Un flic dans la brume

Rémy BOREL

Un flic dans la brume

À Laurence, Jean-Céline, Denis et Didier pour leurs conseils.

À Jean pour le dessin de couverture.

À Jean-Marc Berlière pour sa lecture bienveillante.

ISBN : 979-10-326-4568-0

Dépôt légal : septembre 2021

La balade matinale dans la brume

Ce matin du 23 juin 1940, André MICHEL se leva tôt, il y avait de la brume sur Paris, l'air était humide et quelque chose de bizarre, d'irrespirable, flottait dans l'atmosphère. La France était à genoux, ce pays dont on disait qu'il avait la meilleure armée du monde, celle de Verdun, celle victorieuse du 11 novembre 1918, cet Empire qui avait toujours le soleil au zénith sur un de ses territoires, n'était plus rien, les « boches » déferlaient sur toutes nos belles routes de France, et nos armées reculaient tellement vite sous le feu ennemi qu'elles fuyaient en compagnie du reste de la population, dans un inextricable maelström que n'avait jamais connu ce vieux pays humilié.

André, dans la cuisine de son petit appartement HBM parisien près de la Gare du Nord, prit un mauvais café chaud, très chaud, il était seul ce jour dans son logement, sa femme Françoise et ses deux jeunes enfants étaient loin, quelque part sur une route en direction de la campagne, mère nourricière de la France, mais surtout réceptacle de la débâcle française en cet été 40.

Françoise et leurs deux enfants, Paule 11 ans et Pierre 10 ans, étaient montés dans la belle automobile de Mme et M. Durand, beaux-parents d'André. Ils étaient tous partis en direction de la bonne ville de la Flèche dans la Sarthe. Étaient-ils arrivés ? Peut-être, au moins ils seront un temps loin de « ce mauvais air parisien ».

Lui André, était resté, car il était fonctionnaire, et en plus policier, Inspecteur à la Préfecture de Police, plus précisément à la Brigade de la « Voie publique » dans un groupe d'enquête qui gérait les braquages et les escroqueries. Il ne pouvait pas partir, il fallait qu'un morceau de l'État français, de la République, cette belle idée, soit encore debout pour assurer « les affaires courantes ». Il n'y avait plus d'armée, mais il devait rester quand même une force civile pour assurer ce qui pouvait l'être encore, en tout cas c'était ce qu'avait pensé André lors du départ sans lui de sa famille. Il ne se serait pas vu dans cette maison bourgeoise des parents ou dans la ferme sarthoise des grands parents de sa femme le lendemain de l'armistice, et alors que l'État était en déliquescence, avec un gouvernement en province ne sachant pas s'il devait passer de l'autre côté de la méditerranée. Certes, depuis l'offensive allemande et la débâcle, la Préfecture de Police était « en léthargie » comme sonnée, assommée par l'actualité, et le groupe d'enquête où travaillait André ne « sortait » pas trop d'affaires, c'était un euphémisme, les braquages n'intéressaient plus personne, mais il fallait rester à son poste en attendant « les jours meilleurs ».

Si André s'était levé tôt ce jour, c'était suite à la venue vers les 06h00 d'un voisin bien informé qui lui avait dit tout excité : *« Hitler vient d'atterrir à l'aéroport du Bourget pour une visite de la capitale, il va faire le tour de Paris »,* ville ouverte depuis une dizaine de jours. Suite à cette annonce André avait décidé d'essayer de voir en chair et en os cet Hitler, cet homme dont on parlait depuis une dizaine d'années, ce type bizarre qui en un mois avait fait tomber la France millénaire. On disait qu'il était fou, obsédé et malade, cela paraissait étrange pour André qu'un tel personnage ait pu envahir autant de pays en quelques mois, il devait avoir quelque chose de différent, de toute façon au minimum il était Allemand, ce qui ne facilitait pas l'impartialité d'André qui n'avait pas une très bonne image de notre voisin d'outre-Rhin. En effet, son propre père était mort pendant la grande guerre, celle qu'on avait gagnée à la sueur des combats, celle qui avait saigné la jeunesse française. Au moins à l'époque on avait su résister à l'ennemi, il y avait eu la Marne, une réaction, là pour l'instant rien, le néant, nos généraux étaient en déroute, tous à fuir ou à vouloir se placer dans ce nouvel ordre qui se dessinait après le désastre.

Certes, il y avait la nomination du Maréchal Pétain, il avait parlé de sa douce voix à la France, il voulait se donner une dernière fois à son pays, c'était rassurant mais sûrement trop tard, personne d'autre n'apparaissait, il y avait bien ce De Gaulle mais d'après les rumeurs il avait fui à Londres, et les autres hommes politiques comme toujours étaient aux abonnés absents. Alors, André voulut se rendre compte de lui-même de quoi avait l'air cet Adolf, ce conquérant des temps modernes, cet Allemand à Paris, comme une curiosité morbide, comme lorsqu'on passe à côté d'un accident et qu'on regarde.

À peine ce mauvais café terminé, André s'habilla et sortit avec son vieux vélo dans la rue. Il n'y trouva personne, la vie était morte, et depuis, Paris se cachait car l'ennemi était là depuis le 14 juin. André commença à rouler en direction de la Seine, il se disait en son for intérieur : *« ce sinistre personnage va vouloir visiter la tour Eiffel symbole du génie français, c'est sûr »,* donc il roula vite, il n'était gêné par aucune automobile, par aucun piéton traversant sans regarder. Paris était vide, c'était comme cela depuis dix jours, vide, triste et groggy. Il croisa les drapeaux rouges aux croix gammées qui lui glacèrent de suite le sang. Il n'arrivait toujours pas à y croire, il se posait plein de questions : *« comment le bleu blanc rouge a pu être enlevé pour y mettre cette croix bizarre qui ne veut rien dire, alors que le drapeau tricolore lui, a une vraie histoire, faite de sang et de larmes, qui parle à nous français, même si aujourd'hui il n'y a plus de France ».* Il n'y avait pas que ces drapeaux qui étaient terribles, il y avait les panneaux de signalisation en allemand : *« on est à Paris pas à Berlin !! ».* Il est vrai que l'armée française ayant surtout reculé, elle ne risquait pas d'arriver à Berlin, par contre la Wehrmacht, elle, avait foncé, directe, à travers les Ardennes, alors que ces idiots de Généraux nous avaient bassiné depuis presque cinq ans avec cette antienne : *« Rassurez-vous la ligne Maginot est infranchissable ».* Tu parles, ils les avaient attendus au mauvais endroit. *« Bordel ! Comment on a pu en arriver là, alors qu'on se disait la meilleure armée du monde, celle forgée à la souffrance du chemin des dames »* se répétait sans cesse André tout en pédalant de plus belle.

André se souvenait aussi des déclarations ampoulées de ces galonnés incapables : *« à Berlin bientôt »,* finalement c'était Berlin qui était arrivé à Paris. Même les montres étaient à l'heure allemande, dorénavant le temps et les horloges étaient boches, comme la signalisation et le couvre-feu. Une véritable chape de plomb était tombée sur la tête du pauvre « citoyen gallo-romain » envahi par ces barbares de germains. À l'exception des déjà thuriféraires du nouvel ordre, tout le monde avait « le bourdon » à Paris en ce mois de juin 1940 en voyant les boches défiler sur les champs. Il paraîtrait même qu'un grand neurochirurgien, un cerveau comme avait su construire la France, un homme dont une société avait toujours besoin, qui sauvait des vies, qui semblait si grand alors que vous vous voyiez si petit à côté de lui, un homme utile, surtout dans la difficulté actuelle, s'était donné la mort, ne supportant pas de voir la fin de la France, il s'appelait Thierry de Martel. C'était au bureau à la PP qu'André avait appris cette nouvelle, grâce à la célèbre « radio police », celle de tous les bruits de couloir.

Ce grand médecin devait être une connaissance d'un ponte de la maison « poulaga », on était toujours dans l'entre soi au sein des hautes sphères de la France. Ce chirurgien n'avait peut-être pas voulu être l'élite d'une France sous la botte d'un vieillard qui lui-même était sous la botte des nazis, en tout cas son copain de la PP, sûrement au moins Directeur, lui, ne s'était pas suicidé, il devait préparer sa stratégie pour mieux servir les nouveaux maîtres.

À un croisement, André entendit une énième fois ce message transmis depuis quelques jours par des voitures munies de hauts parleurs : *« les troupes allemandes occupent Paris »,* comme si on ne le savait pas, comme s'il existait quelque part une résistance, il n'y avait plus d'armée, il n'y avait plus de gouvernement, et il y a Hitler à Paris. Il fallait le voir pour essayer de comprendre, de sentir, de commencer le deuil de la nation. André avait tout cela dans la tête en pédalant, depuis début juin, et les mauvaises nouvelles du front il ne pensait qu'à cela, il avait un débat intérieur sur le pourquoi de la défaite, un débat aussi intense que pouvait être le silence de Paris en cette fin juin. De plus, il était seul chez lui, et au boulot c'était morne plaine, il n'avait rien à faire qu'à penser, réfléchir à cet avenir impossible, à ces lendemains qui déchantaient que faire ?

« Partir, mais où ? Résister, mais comment ? Collaborer ? Ah non, pas ça.. » Se morfondre, attendre, faire le dos rond, égrener le temps qui passe trop lentement, souffrir et se dire que ce n'était pas la fin de l'Histoire, que ce n'était pas un Reich de mille ans, mais seulement de carton pâte...

André revoyait encore il y a quelques mois ces communistes qui ne savaient plus quoi dire après la signature du pacte soi-disant secret de « non-agression » entre eux et les nazis, et ce maudit Thorez qui avait fui en Russie, là aussi quelle histoire !! André avait connu à partir de 1939, au sein de sa Préfecture de Police, la chasse aux membres du « PCF », il n'avait jamais aimé les communistes, mais il n'avait pas voulu participer à l'hallali même à la demande de la République, pour lui le militant n'était pas responsable de la compromission de Staline « ce pseudo - petit père des peuples ». André avait tout de même été content de jeter à la face du dirigeant CGT de la section police de la PP cette phrase qu'il avait crue définitive : *« Ton discours sur la lutte finale contre le fascisme est bien mis à mal par ton super héros à moustache qui pactise avec le diable ».*

Décidément c'était vraiment le grand cirque de l'horreur et de l'absurde qui prenait le pas sur le beau triomphe des alliés en 1918, avec pour finir ce clown triste de Mussolini et ses armées d'opérettes italiennes qui se mettaient à attaquer dans son sud la France à genoux. Tout en pédalant, André ne faisait que penser, bouillant de l'intérieur, ce qui avait pour conséquence de le faire aller encore plus vite, il dépassait même cette maudite voiture parlante, cet oiseau de mauvais augure, ce porte-parole de la mauvaise nouvelle : *« les Allemands occupent Paris, les Allemands occupent Paris, les Allemands…».*

À force de pédaler, il rejoignit la Seine, puis il se dirigea vers la tour Eiffel en longeant les quais, Notre-Dame sur l'île de la cité, la Préfecture de Police, le théâtre du châtelet, la concorde et son obélisque, tous ces symboles mis à mal en moins de deux mois par *« ce blitztrieg »* comme l'écrivait la presse anglaise. *« Ah, ces Anglais !! Ils ont dû sûrement encore faire des coups tordus avec leurs troupes sur le sol français, ils n'ont pas dû trop en faire, ils ont dû en garder sous le pied afin de pouvoir rentrer en Angleterre, finalement la défense de la France n'avait pas du trop les motiver ces maudits rosbeefs »*... André déclamait dans sa tête toutes ces rancœurs lorsque non loin du pont Alexandre III il aperçut au loin une série d'automobiles allemandes repartant des invalides.

André s'arrêta, mit pied à terre et cria :
« c'est pas vrai, il a osé venir se pavaner devant le tombeau du plus grand des Généraux, celui qui a mis à mal les armées Autrichienne et Prussienne ». Napoléon Bonaparte avait dû se retourner dans sa tombe, en tout cas ce qu'il en restait avait dû mal « le vivre ». Déjà la veille, le 22, il y avait eu la signature de l'armistice en forêt de Compiègne dans le même train que celui de 1918, visiblement il aimait les symboles, ce foutu Hitler avait fait sortir le wagon de l'armistice de la guerre de 14/18 de son musée pour le remettre dans la même forêt afin de signer l'arrêt des combats avec cette fois-ci *« ces généraux français incapables de 39/40 ».* Hitler aurait pu aussi demander de sortir le squelette de l'Empereur pour l'installer entre

les signataires. Le délire de la revanche n'avait plus de limite en ce mois de juin 40. D'ailleurs, dans la forêt de Compiègne cet hurluberlu sauvage avait, paraît-il, lors de sa balade digestive, regardé dans le blanc des yeux la statue de FOCH le vainqueur de 1918. Pendant sa visite touristique aux Invalides il avait dû regarder « dans le blanc des os » les restes de notre Empereur et fêter sa victoire totale contre les descendants du grand conquérant.

C'était le parcours de la revanche qu'il faisait, ce caporal à moustache : *« Il ne va quand même pas « débaptiser » le soldat inconnu et lui donner le doux nom de Frantz ».* André se disait cela en pensant que la nation française se retrouvait vraiment toute seule face à ce vainqueur avide de revanche, nos généraux et dirigeants n'étaient évidemment plus là pour nous protéger, trop occupés à sauver leurs misérables peaux.

André reprit son vélo et pédala de plus belle pour essayer de ne pas perdre de vue le convoi allemand. Au bout d'un moment il le vit remonter les Champs Élysées, ils n'allaient pas s'arrêter sur le rond point quand même, non ils laissèrent en paix le pauvre soldat inconnu, et ils se dirigèrent finalement vers le Trocadero. André en était sûr, ils allaient admirer la tour Eiffel de l'esplanade. Tout d'un coup le convoi passa à côté de deux gardiens de la Paix en tenue, et là, l'impensable se réalisa, les deux fonctionnaires de Police français se mirent au garde à vous et saluèrent le convoi, non ce n'était pas vrai, les propres collègues d'André, ces protecteurs des citoyens contre les mauvaises gens se rabaissaient à saluer le Führer, ils étaient certes gardiens de la paix mais pas gardiens de la paix des troupes allemandes. André se dit que de bien mauvais jours commençaient et que cela serait sûrement très long, et même que peut-être il n'y aura plus jamais de retour à la normalité, quand la France était libre, c'était vraiment un cauchemar tout éveillé, ces jours de juin 1940.

Mais au fond de lui André ne blâma pas ses deux collègues, ils étaient bien seuls dans leurs uniformes face à la déferlante allemande, c'était la seule présence d'une institution française face aux boches ce 23 juin au matin. Et lui, André, qu'aurait-il fait dans la même situation, lui il travaillait « en civil » il était moins visible, il pouvait se cacher, cacher sa honte d'être là et de ne pouvoir rien faire. Surtout que depuis peu les occupants avaient obligé les policiers français à saluer les militaires allemands, les deux pauvres gardiens de la Paix ne s'étaient même pas aperçus qu'ils avaient salué le nouvel Attila des temps modernes, et heureusement qu'ils l'avaient fait, sinon c'était l'exécution directe. On se préparait vraiment des moments pourris, franchement être policier cela allait devenir un chemin de croix pour « les gens normaux » comme pouvait l'être André.

Le convoi allemand s'arrêta, ils étaient nombreux ces grands hommes verts, ils avaient des gestes rapides, ils semblaient sûrs d'eux, droits dans leurs bottes, ils savaient où ils allaient et ce qu'ils devaient faire, tout le contraire du français en 1940, tout le contraire d'André qui à ce moment-là ne savait plus quoi faire, rester là et risquer de se faire interpeller, quelle honte, un policier français arrêté par des Allemands à Paris. Mais partir c'était une fois de plus fuir, et la curiosité, qui est un vilain défaut, était plus forte que tout, alors André resta. Discrètement il observa, il aperçut ce petit bonhomme à la démarche saccadée, casquette vissée sur la tête, moustache au vent, l'air martial mais ridicule, se diriger vers le belvédère, il était en représentation, des photographes étaient là et prenaient des clichés du Tamerlan allemand, il posait, il savourait on ne savait quelle revanche sur sa pitoyable destinée première, mais là, il se sentait le maître du monde, ou tout du moins le maître de la France, ancienne plus grande puissance militaire du monde. Voilà, il regarda la tour Eiffel qui sortait péniblement de la brume en ce pauvre matin de juin 1940, comme si elle voulait se cacher, tellement elle avait honte de son pays, de ces Français lâches, velléitaires et battus.

Lui, l'Allemand était fier, il toisait l'horizon, il devait penser qu'il n'allait pas s'arrêter là, il voyait plus loin, vers l'Angleterre, vers les États-Unis, pour l'instant pas encore vers les bolcheviques puisqu'ils étaient alliés, l'alliance de la carpe et du lapin.

Finalement, ce petit caporal ne resta pas longtemps à regarder la dame de fer, c'était une visite éclair après une guerre éclair. Il repartit d'un pas rapide et mécanique, il rigolait avec ses affidés, soudain il se dirigea vers André, ce dernier se sentit pris au piège, il ne pouvait pas repartir, ce serait de nouveau fuir devant le boche, en plus on pourrait lui tirer dessus en pensant à un opposant, enfin un opposant, en cette fin juin 40 il n'y avait plus personne qui s'opposait à quelque chose en France, se serait vraiment con de se faire tirer dessus maintenant. André décida de rester, de faire comme si de rien n'était, comme un Parisien qui marchait dans sa ville, comme on l'avait toujours fait librement dans un pays libre, comme on ne le fera sûrement plus. L'instant sembla infini, le convoi des grands hommes verts approcha, ils n'étaient pas méfiants, ils avaient gagné, ils étaient nombreux et lui était tout seul. André avait son arme de service, elle était cachée par sa veste, il pourrait tirer dans le tas, il toucherait peut-être le généralissime auto-proclamé, l'aventure allemande s'arrêterait alors probablement, le guide n'étant plus là, les boches seraient désemparés sans leur maître.

Mais André pensa : *« j'ai deux enfants en bas-âge, c'est bien d'avoir un père héros, mais c'est mieux vivant que mort ».* Il ne bougea pas, regarda fixement le petit homme moustachu, celui-ci tout d'un coup stoppa sa marche victorieuse, il se tourna vers André, le toisa, il sourit de ce sourire du fou, puis il se mit à rire, et tout son entourage aussi, ils rigolèrent de qui, de quoi, de ce pauvre André qui était pétrifié, il commença à regretter d'être venu, il se trouvait con dans cette situation, il était débordé par l'émotion et le nombre d'hommes en vert, cela ressemblait à la campagne de France, que devait-il faire, ne pas sourire surtout ne pas sourire, cela reviendrait à saluer le Führer, d'être comme les deux collègues en tenue, André les avait suffisamment critiqués pour ne pas être comme eux. Surtout que lui était en civil, donc il n'aurait aucune excuse, cela serait une trahison, une de plus en cette année 40.

Les petits yeux de ce petit Caporal se fixèrent dans ceux d'André, et un véritable malaise sortit de ce regard, André comprit tous les malheurs qui s'abattaient actuellement sur le monde. Comment des dirigeants se considérant intelligents avaient-ils pu croire à la parole de cet homme, comment avaient-ils pu imaginer qu'il allait respecter une promesse, comment avaient-ils pu signer les accords de Munich avec ce triste personnage. André en un seul regard avait tout compris, et André ne se considérait pas comme un prix Nobel. Son diagnostic était rapidement établi : *« c'est un malade, un malade dangereux, un malade irréel, un malade comme on n'en a jamais vu, un malade qui ne va pas s'arrêter, un malade qu'il faut stopper, mais un malade qui terrasse tout le monde »*. C'était dingue, la folie avait toujours existé, mais là pour André le diagnostic était posé et clair : *« Ce type allait être maître du monde, un fou allait être le roi du monde, et on ne pouvait rien faire »,* en tout cas André ne pouvait pas faire grand-chose, lui le petit Inspecteur de la Préfecture de Police. D'ailleurs qui pouvait faire quelque chose en ce mois de juin 1940, les hommes politiques français, il n'y en avait plus, si tant est qu'il y en avait déjà eu, les Anglais étaient tous à Dunkerque pour prendre le bateau, les Russes avaient vendu leur âme déjà damnée par leur système communiste, les Américains préféraient ne rien voir, s'il n'y avait aucun de ces grands pays alors peut-être un de ces peuples d'Afrique ou d'Asie, mais là aussi ce n'était pas possible, ces territoires appartenaient tous à un de ces Empires incapables de réagir, ils étaient « la propriété » de ces peuples se disant supérieurs et qui ne s'étaient même pas battus contre le mal absolu. Il n'y avait donc plus un pays digne de ce nom pouvant agir contre ce type au regard de malade mental, en ce mois de juin 1940, André ne voyait personne, vraiment personne pour lutter.

Hitler regarda droit dans les yeux d'André, il se marra en projetant sa petite tête en arrière, puis repartit direct vers sa voiture, il avait pensé à quoi pendant les quelques secondes de l'échange, rien, car pour lui André n'était rien, un Français prétentieux décadent, battu par la grande Allemagne, un qu'on écrasait avec ses panzers puis qu'on oubliait. André, qui ne parlait pas allemand, aurait voulu lui crier : *« Pourquoi as-tu fait ça ? Pourquoi une fois de plus ton pays l'Allemagne, a mis à feu et à sang l'Europe, cette vieille Europe ? 14/18 n'avait pas suffi, la grande saignée n'était donc pas assez importante, il fallait encore ouvrir la plaie et vider l'Europe de ce qui lui restait de force vive »*. Mais aucun son n'était sorti de la bouche d'André, rien, il était resté sans voix devant tant de folie destructrice. Le Führer était déjà au pied de sa voiture, il rigolait toujours, de ce rire glaçant, il parlait à son aide de camp d'une voix nasillarde dans cette langue de Gœthe si particulière, si tranchante, si peu chantante, il était comme dans les films d'actualités, glaçant, hypnotisant, et André comprenait que la France se préparait à de longues années d'obscurité, la France des lumières avait vécu.

Le convoi allemand repartit, vite, très vite, trop vite, il n'avait pas le même rythme que les convois français qui étaient dans le même temps sur le chemin de l'exode, c'était le drame, notre pays, en cet été 40, mais André lui ne se découragea pas, il décida de continuer à le suivre. Cet Adolf avait vu les Invalides, l'Arc de triomphe, la tour Eiffel, *« Est-ce que cela lui suffira où il en demandera encore »*. André se posa la question tout en pédalant de plus belle, il avait la forme en ce moment, il se demandait d'ailleurs pourquoi, il ne dormait plus, il mangeait peu et mal, c'était sûrement le stress qui le faisait tenir, une sorte de dopage naturel, pas comme les cyclistes du Tour de France qui prenaient de la cocaïne pour grimper le Tourmalet. André aurait pu d'ailleurs en prendre de la cocaïne, il y avait bien eu quelques saisies avant guerre dans les fumeries, mais André lui préférait une bonne bière à toutes ces saloperies.

En tout cas, pour l'instant il suivait le rythme du convoi, lui n'était pas pris de vitesse par les troupes allemandes, pas comme les pauvres troufions français à la frontière. *« Mais dans quelle direction allaient-ils ces foutus boches ? Pour se rendre au Bourget afin de reprendre l'avion direction la Prusse il y a plus court que de passer par l'Opéra »*. André réfléchissait à cela quand soudain le convoi s'arrêta de nouveau, le petit Caporal descendit en direction du palais de M. Garnier, ce triste sire aimait la musique, sûrement Wagner, notre petit Inspecteur pensa alors : *« Mais il n'y avait pas que la Walkyrie dans la vie bordel ! Même si la chevauchée fantastique a dû bien motiver les troupes pour nous enfoncer dans les Ardennes, ça c'est sûr ! ».* Cette fois, le Hun des temps modernes se promenait les yeux en l'air regardant le palais avec ses orbites illuminées, il semblait apprécier l'œuvre, cela ne changeait pas grand-chose au personnage mais c'était quand même étonnant ce côté petit garçon capricieux, peut-être qu'il ordonnera dorénavant qu'on ne joue en France que des partitions du bon Richard, fini le reste, fini l'originalité, fini éclectisme, bonjour l'uniforme.

Là aussi la visite fût rapide, il ne semblait jamais prendre le temps de profiter, il fonçait d'un point à un autre, il fallait espérer qu'à un moment cette course effrénée du teuton s'arrêtera, peut-être un jour, mais quand ? Le convoi repartit, il se dirigea vers le nord de Paris, il sembla prendre cette fois-ci le chemin de l'aéroport du Bourget, rapidement André perdit de vue les voitures allemandes, même s'il se dopait au stress il fatiguait, il n'avait pas mangé grand-chose ce matin et les forces commençaient à lui manquer.

André décida de rentrer chez lui, il prendra une douche et il ira à son bureau pour faire semblant de continuer à vivre, à agir même s'il n'y avait rien à faire. Il se mit à réfléchir sur le sens de la visite de ce nouveau maître du pays. Cela allait être difficile de mettre un sens à l'action de ce genre de personnage, le bon sens d'un fou, comment pouvait-on donner une logique à un fou furieux, un fou comme peut-être le monde n'en avait jamais connu, le roi des fous, l'Empereur des fous, mais un fou qui nous gouvernait dorénavant. André une fois le convoi perdu de vue s'imaginait qu'un soir avant de se coucher et de prendre ses petites pilules de couleur, ce dingue de boche avait dû faire un vœu : *« si je gagne je vais faire un tour très vite à Paris, je ferai les Invalides et le tombeau de Napoléon, la tour Eiffel et l'Opéra, tout ça mais très vite, au pas de course, au pas de l'oie ».* Il avait dû élaborer un truc comme cela, un truc de gosse mais pensé par un malade mental qui était à la tête d'une armée surpuissante qui écrasait tout sur son passage. Pour André cette visite n'avait pas de sens, pas de but, juste un réflexe animal, un réflexe qui faisait mal à la France. André espéra que ce genre de visite n'allait plus se reproduire avec les autres chefs nazis, sinon on risquait sûrement de commencer à se croire au zoo, à la sortie digestive après « l'orgie dominicale », la France allait devenir la cour de récréation des huiles allemandes.

Toutes ces réflexions faisaient mal à la tête d'André, il n'osait imaginer l'avenir, la France n'ayant pas de futur puisque au présent elle n'existait plus, il lui restait encore son passé, mais pour combien de temps, les vainqueurs refaisaient toujours l'histoire des vaincus, il n'y aura plus de place pour les heures glorieuses françaises, Wagram, Iena ne seront plus que des noms de rue sans victoire, juste des lieux situés dans la grande Allemagne. Sans avenir que faire, rester les bras croisés, c'était dur surtout qu'André était un flic, mais à quoi cela allait servir un flic français sous l'occupation boche. Peut-être que les nazis allaient supprimer la Police française ou au moins la Préfecture de Police, cette invention de Napoléon, car il fallait effacer toute trace de la grandeur de l'ennemi. Et si finalement les boches faisaient pire, en gardant la police française pour en faire des collaborateurs du nouveau pouvoir, André deviendrait alors un petit auxiliaire des envahisseurs germains, ce n'était pas possible psychologiquement, moralement, alors partir, mais où, peut-être disparaître dans la brume de l'exil.

Puis, partir c'était bien, mais dans quel coin du monde, tous les pays qui entouraient la France étaient ses ennemis. Il y avait bien l'Angleterre, ce pseudo allié qui n'avait pas trop aidé notre patrie pendant la campagne de 1940, De Gaulle s'y était bien réfugié, mais André ne parlait pas la langue de Shakespeare, et il n'aimait pas les Anglais comme tout bon Français. La Russie, il n'était pas communiste, les États-Unis, il n'était pas assez riche pour se payer le voyage, les colonies, elles étaient presque toutes occupées elles aussi. Vraiment, on entrait dans la nuit et le brouillard en cette fin de mois de juin 40. André allait attendre, voir, réfléchir, hésiter, une fois de plus il n'allait pas prendre de décision, comme souvent dans sa courte vie. Il allait malheureusement subir les événements, subir le poids de l'Histoire, son histoire ne sera pas glorieuse, visiblement il n'était pas à la hauteur de la situation, il était juste un flic de la PP perdu dans la brume.

Finalement comme la brume se levait sur Paris, que le soleil sortait péniblement mais sûrement et qu'il se mettait à faire beau, André décida qu'après sa douche il allait prendre son temps, il ne voulait pas arriver tôt à son travail pour juste regarder la pendule du temps avancer, et voir la tête de ses chefs qui ne savaient plus où la donner, c'était au-dessus de ses pauvres forces du moment d'un Inspecteur à la dérive. Pour passer un peu ce mauvais temps, il alla se mettre le long de la Seine regarder le défilé du courant, c'était une des seules choses qui continuaient comme avant la défaite, les boches ne pouvant pas empêcher que le courant pousse le fleuve vers la mer en passant par Paris, c'était déjà cela. André alla s'asseoir sur un banc public comme s'il allait au spectacle sur le boulevard de Clichy, là c'était gratuit et elle était belle, cette scène naturelle. Une fois bien assis, il prit son temps, se mit sur pause afin de réfléchir sur le pourquoi du comment, cela lui faisait du bien, c'était la seule chose en ce moment qui lui faisait du bien, la réflexion, la solitude et regarder le Paris éternel, de toute façon il n'avait que cela à faire lui « le célibataire sans enfant à cause de ce moment d'histoire », après il ira voir quand même ce qui se passe « aux tours pointues », la Préfecture de Police, la PP et ses services d'enquêtes, la Police Judiciaire, la PJ.

En attendant sur son banc il alluma une cigarette, la fuma, la huma, la goûta, la savoura jusqu'à la dernière expiration, sachant que bientôt il n'y aura plus de bon tabac à Paris, seulement des succédanés, peut-être même juste du foin. Certes, il lui restait des paquets à la maison, il allait gérer le stock pour que cela lui fasse encore quelque temps de plaisir pendant ses pauses prises sur le temps de l'Histoire, quand on n'était pas un héros, on avait les récompenses à la mesure de sa bravoure. Et ce matin du 23 juin 40, durant ce moment de tranquillité, presque de sérénité, il revoyait le déroulé de sa vie, il faisait son bilan avant le dépôt, comme devraient le faire les hommes politiques avec la banqueroute de la nation française en cet été 40, et cette étrange défaite.

La genèse

André est né le 12 juillet 1905 dans une petite commune de la Somme, à Misery, village Picard fait de maisons en briques rouges, situé au milieu des champs, à côté de la petite ville de Péronne. Depuis des siècles, ses habitants avaient vu trop de fois déferler sur leurs terres des hordes de germains, de prussiens, de teutons en tout genre, de boches à casques à pointe, pour finir par les nazis et leurs affidés. André est né au milieu de cette France profonde qui avait souffert à chaque guerre contre l'ennemi éternel, il allait sans dire que le « boche » n'était pas le peuple préféré. Lors des jeux de guerre dans la cour de récréation on se battait tout d'abord pour ne pas être le méchant prussien, les grands-mères et les mères n'avaient pas de mots assez durs envers nos voisins d'outre-Rhin lorsqu'elles parlaient de leurs jeunesses, et les Instituteurs avaient toujours comme morale à leur histoire que le jour de la revanche devait être pour bientôt.

André avait vécu dans une famille sans histoire, avec une mère, Mathilde, au foyer, et un père Instituteur. Ce dernier était un de ces hussards de la République, il voulait que ses élèves soient aussi forts et instruits que les petits blonds vivant de l'autre côté de la frontière. Il se battait au quotidien pour que le petit paysan picard ne parle plus tous les jours son patois, sa langue régionale, mais celle de la patrie, que la France devienne un pays moderne, dynamique, qu'il aille de l'avant tout en étant fier de son histoire. André avait certes baigné lors de sa jeunesse dans les récits de son père sur les grandes heures de la patrie, mais ce père, cet homme, était différent des autres, il ne voulait pas d'une nouvelle guerre, il ne voulait pas sacrifier une nouvelle génération. Il avait la belle idée que les deux peuples ennemis devaient s'entendre et accepter de vivre en paix tout en faisant que l'Alsace-Lorraine revienne à la mère patrie. Dilemme compliqué à résoudre pour George le père d'André. Il était souvent en porte-à-faux avec Monsieur le Maire dont il était pourtant le secrétaire, avec Monsieur le Curé et surtout avec ses collègues. Il ne s'était pas fait que des amis, mais il préférait avoir raison tout seul que tort avec tout le monde.

Il était l'un de ces « idéalistes pragmatiques » qui avaient le « défaut » de ne pas crier avec le plus fort, tout en sachant que crier était bon pour la santé morale du citoyen. Il y avait eu une petite sœur morte très jeune de maladie, cette mortalité enfantine encore si prégnante dans le monde rural de l'après première guerre mondiale, l'adage *« qu'il faut deux enfants pour faire un adulte »* n'était plus « d'actualité » comme sous l'ancien régime, mais il restait tout de même dans le quotidien des gens de la France profonde, très vite un petit frère, Roger, était arrivé en « remplacement ». Ce petit frère sera brillant dans les études et rentrera dans la haute fonction publique après le concours du « quai d'Orsay », sa carrière diplomatique le mènera dans différents pays du monde, l'arrivée des Allemands et l'avènement du régime de Vichy ne seront pas un frein à ses ambitions. L'Espagne de Franco était bien pratique pour ne pas se mêler des malheurs de la France pendant et juste après l'occupation.

André lui, était un élève calme et moyen, sans histoire, de ceux dont les profs ne se souviennent pas. Il n'avait jamais fait parler de lui ni en bien ni en mal, il avait passé les années et les classes comme un cours d'eau tranquille avançant vers son confluent. Rien de bien passionnant dans sa scolarité, un certificat d'étude obtenu sans panache, un internat loin de la famille pour obtenir un baccalauréat qu'il n'aura pas. Des copains mais pas de petites-amies la scolarité n'étant pas mixte, un service militaire à garder des portes menant nulle part, et finalement la rencontre avec une fille, Françoise, une passion soudaine, forte mais brève et une grossesse surprise amenant un mariage convenu mais peut-être pas si bien venu. La promise était devenue mère en oubliant de rester épouse et il était resté père en n'étant plus mari. La belle-famille n'avait pas spécialement « d'atome crochu » avec leur gendre, il n'était pas détesté, mais il n'était pas aimé, n'étant pas brillant. Finalement, c'était le même sentiment pour Françoise, elle n'avait plus vraiment de passion envers son mari, où si elle en avait eu ce n'était plus d'actualité, elle travaillait dans une librairie pour passer le temps et avoir un peu plus d'argent. Le premier enfant, une fille Paule, était arrivé sans le vouloir, c'était souvent comme cela avant guerre, on flirtait, on couchait puis on accouchait. Si l'homme était quelqu'un de bien il assumait, si c'était un goujat la femme assumait seule, c'est-à-dire devenait une « fille mère » avec un avenir sombre et difficile jusqu'à trouver un monsieur plus âgé voulant bien profiter de la mère et subvenir à l'enfant. Mais pour Françoise, cela ne fut pas le cas, André assuma tellement bien qu'il y eut mariage et un second enfant, un garçon Pierre, puis la location d'un appartement parisien avec deux chambres, l'une pour les parents et l'autre pour les enfants, logement moderne tout confort avec wc, salle de bains à l'intérieur et pas sur le palier à partager ces pièces de l'intime avec les voisins. Un HBM dans le nord parisien fait de briques rouges avec plusieurs cours intérieures où criaient et jouaient les gosses. Voilà trop rapidement lancé sur le papier, le premier jet de la vie sans heurt de notre héros du quotidien de la France d'avant-guerre, rien de bien palpitant ni d'extravagant, ce n'était que la chronique d'un homme ordinaire, trop ordinaire pour la période traversée et le métier exercé.

Mais revenons un peu en arrière et soyons plus précis dans la chronologie, André n'avait pas encore 10 ans lorsque la grande guerre éclata, il était en première ligne, tout comme son père, en ce début de conflit. Eh oui, malgré son âge il était un acteur de la guerre, enfin un protagoniste qui subissait surtout, habitant en Picardie, terre de passage et de déferlement, tous les trente ans environ, des teutons. Il avait dû se cacher, avoir peur, entendre le bruit des obus qui tombaient au hasard mais qui tuaient, les combattants mais aussi les civils. Son âme d'enfant devait disparaître rapidement, sa mère était seule depuis le départ au front de Georges, elle gérait certes son aîné André mais surtout le petit frère, Roger. André devait donc être autonome dans le fracas des bombes, il ne devait pas être un fardeau pour sa mère. Déjà en 1914 il était seul au milieu d'un monde hostile, il n'avait finalement personne à qui s'accrocher, il fallait déjà survivre, supporter l'insupportable et attendre des jours meilleurs. Mais les jours meilleurs n'allaient pas venir au contraire, son père, cet homme de paix et de sagesse, celui qui aurait voulu que les peuples se rencontrent dans la confraternité, venait d'être arrêté par l'État-major de l'armée française.

Lui l'homme du front, celui qui avait supporté, dès 1914, l'impréparation des « galonnés en chef », qui avait contre-attaqué sur la Marne, qui avait vu tant de copains tomber devant lui, et tant d'Officiers être décorés pour des ordres donnés de se faire tuer et ne pas reculer, ce combattant était dans une cellule d'une prison française. Pourquoi, tout simplement parce que cet être humain n'en pouvait plus de partir la fleur au fusil ou plutôt la baïonnette au canon. Après deux mois d'attaques, de contre-attaques et d'attaques pour contrer les contre-attaques avec comme résultat ne pas avoir avancé d'un iota, une nouvelle fois sa compagnie recevait l'ordre de mettre la baïonnette au fusil pour traverser ou tenter de traverser un champ jonché de cadavres sous le feu de mitrailleuses cracheuses de morts, avec pour couronner le tout l'artillerie française un peu courte, comme si on cherchait désespérément à désespérer le troufion, cette chair à canon mais aussi à mitrailleuse.

Là, Georges n'avait pas pu, ses jambes, son buste, son cerveau, tout son corps disait stop, on ne pouvait pas envoyer à la mort certaine la jeunesse française comme on envoyait un enfant chercher le pain à la boulangerie située en bas de l'immeuble. Non, ce n'était pas de la « trouillardise », non ce n'était pas du « non patriotisme », non ce n'était pas du « non-respect pour ceux qui étaient déjà morts », ce n'était qu'une réaction logique, humaine, d'un homme qui ne voulait plus entendre ces cris de douleurs de camarades tombant dans ces trous de boue devenus le cimetière de la jeunesse française. À trop voir l'horreur et cette sorte de désinvolture de la haute à envoyer la plèbe au casse-pipe, il était brisé. Joffre prétendait dans son salon : *« je les grignote, je les grignote »* , en réalité *« on grignote »* mais à grande bouche la jeunesse française. Ce terrible jour, Georges ne s'était pas levé, il n'était pas redevenu pour la dixième fois la cible facile du boche d'en face, il était resté le fusil au pied, sa tête lui tournait, il savait que son geste aurait des conséquences terribles pour lui, mais que pouvait-il faire à part mourir bêtement pour des mètres voire quelques centimètres d'avancée, si on pouvait appeler cela une avancée, car des centaines de morts pour cela ce n'était qu'un recul, un recul pour la civilisation. Cette course à la mer était un suicide de soldats pour rien.

Il fut mis aux arrêts par des Gendarmes qui n'avaient vu le front que de derrière les premières, les secondes voire la troisième ligne. Le cachot, l'humiliation, la désespérance d'avoir fait son devoir pendant un an sans rien dire, en souffrant de voir partir les copains, d'avoir supporté l'indicible pour finir traité de couard, de traître à la nation, ce n'était pas une destinée mais une lente descente aux enfers. Cette chute continue allait se poursuivre jusqu'au procès, si on pouvait appeler cela un procès. Le Général Reveillac avait exigé de faire passer en conseil de guerre six caporaux, c'étaient des gradés mais pas trop, on faisait un exemple pour la troupe mais à bon compte, on ne touchait pas aux sous-officiers ni bien sûr aux Officiers. Georges aurait pu être Officier en raison de son poste de Secrétaire de Mairie et d'Instituteur, mais il avait voulu être au milieu de la troupe, avec ses anciens élèves de l'école communale devenus de simples paysans et chair à canon entre 14 et 18, c'était là sa philosophie de la vie et bientôt de sa mort. Au cours de ce procès Georges avait été parfait, magnifique, il parlait de la France, de la terre de France, de l'amour de sa patrie, du courage des combattants, du devoir du citoyen, de son combat de toujours pour que son pays retrouve sa grandeur passée, mais il était un honnête homme, il ne mentait pas, il ne se défaussait pas. Il avait toujours appris à ses petits écoliers que la vérité était le costume du bon citoyen, qu'il fallait être juste et droit pour se regarder dans une glace et en ce matin du 10 mars il l'avait été, il l'avait dit avec son beau vocabulaire de hussard noir de la République. Il avait été précis, concis, juste : *« quiconque montait, devait être fauché littéralement soit par les nôtres soit par les mitrailleuses allemandes »,* il avait dix sur dix mais cet aréopage de « galonnés » aux ordres d'un plus « galonné » décidait de condamner à mort quatre des six, pourquoi quatre des six, sûrement pour paraître juste : *« On ne tue pas tout le monde, vous voyez on fait la différence ».* Mais entre quoi et quoi, ces six caporaux étaient des frères du malheur, des jumeaux de la guerre, ils avaient le même sang du courage puis de la désolation. Georges était dans les quatre, il aurait pu ne pas l'être, mais il l'était, il avait déclamé la plus belle des plaidoiries pour être acquitté et il était condamné pour l'exemple. Triste moment, ses deux camarades épargnés ne savaient pas quoi lui dire, ils allaient vivre ou survivre à cette guerre où l'homme ne comptait pas plus qu'un mètre de terrain gagné, cette guerre du vingtième siècle avec ses machines à tuer, cette puissance de feu et cette stratégie d'un siècle passé où la variable d'ajustement n'était pas la mire du canon mais le nombre d'hommes qu'on envoyait à la mort.

Le 10 mars au matin Georges était un combattant de la patrie, le 10 en après-midi il était un traître, le 16 il était condamné à être fusillé, le 17 il était mort. Une semaine pour mourir en lâche sous l'opprobre d'une partie de la nation restée derrière qui ne pouvait comprendre l'incompréhensible souffrance des hommes de devant. Cette précipitation à faire disparaître pour l'exemple le mauvais exemple était d'autant plus horrible que deux heures après l'exécution, le résultat du recours en grâce tombait, la mort était commuée en prison à vie, donc en vie pour le restant de ses jours, même derrière les barreaux en attendant la fin de la furie et peut-être le retour du mot Justice dans ce procès. Mais c'était trop tard, Georges avait été tué par ses camarades devant les autres camarades, avec cette légende tenace qui voulait qu'un des fusils des tireurs le soit à blanc, cela pour éviter le remord et insérer le doute d'être un tueur de camarade. Georges, ce secrétaire de Mairie respecté, était devenu un paria de la société, sa veuve n'avait pas le droit à l'honneur d'entendre les mots d'un « galonné » de l'arrière qui lui parlait de courage des autres, de sacrifice glorieux et de nation reconnaissante. Non, la mère d'André, Mathilde, avait eu le droit à la visite discrète du maire, un ami de la famille, qui lui disait l'indicible, Georges était mort mais pas d'une balle allemande, non d'une balle ou des balles de soldats français, des balles volontairement tirées pour le tuer lui, pas une erreur lors de ces inextricables corps à corps où le danger venait de l'avant, de côté mais aussi de l'arrière. Elle n'avait le droit à rien, ni à une pension ni à la reconnaissance de la nation, même si cette dernière ne nourrissait pas une famille. Mathilde ne comprenait pas, son mari ce héros du quotidien, qui était parti au front en sachant que ce conflit n'était pas bon mais qui savait que le devoir devait être fait pour que la France reste la France. Cet homme cultivé, intelligent, ayant donné tout son cœur à éduquer le petit picard pour qu'il soit plus instruit, qu'il puisse faire face aux petits allemands dans une égalité de la connaissance, cet homme était maintenant un lâche, un traître, un moins que rien, un bon à rien. Les autres femmes de soldats la regardaient comme une coupable, pour celles dont le mari était encore au front elles pensaient que s'il était tué ce serait en partie de la faute de ce lâche qui n'avait pas su arrêter le boche, pour celles dont le mari était mort c'était là aussi de sa faute et pour les mêmes raisons, pour celles dont le mari était au chaud à la maison, c'était juste pour trouver un bouc émissaire afin de détourner l'opprobre et le malaise d'être planqué.

La suite de la guerre fût terrible pour le petit André, il n'avait plus de papa, il n'avait presque plus de maman, car elle devait s'occuper du petit tout en travaillant pour remplir la marmite de soupe maigre.

André devait de plus subir les moqueries de ses camarades de classe, il avait un papa lâche, il avait la honte de cela, il ne comprenait pas, son père ce héros ne pouvait pas être un lâche, il était son héraut du quotidien. Toute sa scolarité fut souillée par cet épisode, il lui semblait que ses professeurs le regardaient comme un être différent, il n'avait pas un père mort pour la France mais un père mort par la France, cela changeait tout. Il n'avait le droit à rien, excepté la malhonnêteté de ces planqués de l'arrière qui étaient bien contents d'avoir un dérivatif à leur lâcheté, le fils du lâche c'était lui et eux pouvaient continuer leur triste vie à l'abri des regards réprobateurs. C'est fou comment lorsqu'on était coupable de lâcheté voire de compromission, il était agréable d'avoir de la « chair à opprobre » pour dévier le jugement des autres. Pour toutes ces raisons, André n'avait pas gardé de très bons souvenirs de ses années collège, il avait des copains, mais des copains de solitude, eux aussi n'étaient pas les préférés des autres, ensemble on était moins seuls, et en partageant sa tristesse avec celles de certains on pouvait résister aux plus forts que vous, surtout dans ce monde clos de l'internat où être vingt-quatre heures sur vingt-quatre avec les autres ne vous laissait pas de répit pour la moquerie et la loi du plus fort. À ce jeu, André n'était pas le plus fort, mais il savait éviter les conflits en ne se mêlant pas aux chimères des autres. Il était donc un élève sans histoire mais à qui on faisait souvent des histoires pour celle de son pauvre papa mort ce sinistre jour du 17 mars 1915.

En ce jour du 11 novembre 1918, André était triste, triste car si la France avait gagné, si la France avait lavé l'affront de 1870, si elle était la grande gagneuse en apparence de cette grande saignée, lui savait que son papa ne reviendra pas du front, il ne pourra pas l'enlacer et lui dire tout ému : *« je suis fier de toi et je t'aime mon papa, bienvenu chez toi »*. Il y avait pensé toute cette journée du haut de ses treize ans, dans ce froid dortoir de cet internat rigide. Les « flons flons », les fêtes pour s'enivrer de la paix retrouvée n'avaient pas véritablement concerné notre jeune André, même si au fond de lui, la fin du rationnement, de la peur de voir le boche entrer dans

Paris et occuper la France ne le laissaient pas indifférent, André malgré son jeune âge était un humaniste comme l'avait été son père, il ne pensait pas qu'à lui et à sa tristesse, il ne souhaitait pas aux autres ce que lui subissait, cela ne servirait à rien, et son malheur ne serait pas allégé en le partageant comme un gâteau. Les épreuves faisaient mûrir l'enfant, lui faisaient prendre de la distance, si elles ne le tuaient pas psychologiquement elles le rendaient plus fort, et André n'était pas mort. Il aimait encore rire, il appréciait les bonnes choses de la vie et il aimait regarder les jolies filles dans la rue en s'imaginant toutes les conquérir comme ces héros de romans dont il avait plaisir à lire les aventures.

André n'était donc pas l'un de ces élèves brillants dont les professeurs aimaient parler à leur entourage pour mieux valoriser leur carrière, pour être celui qui découvrira son génie, en espérant être le « Louis Germain » de quelqu'un. Non, il n'était qu'un lambda parmi d'autres, certes pas le pire, celui dont on parlait aussi lors des soirées entre membres de l'Éducation nationale, cela afin de pimenter la conversation et faire de sa carrière un véritable parcours du combattant, celui d'un hussard de la République. Il avait donc traversé sa scolarité comme un cours d'eau sans passion et sans fort courant jusqu'au baccalauréat qu'il n'avait pas obtenu sans gloire et inscription au tableau d'honneur. Comme tous ces enfants sans grande famille il ne pouvait pas trop espérer le repasser, trop onéreux. Pour la suite, il ne savait pas trop quoi devenir, il avait bien des rêves secrets faits de métiers remplis d'héroïsme et d'aventures lointaines, tout cela enfoui dans les tréfonds de ses pensées lors des moments de spleen le soir ou le week-end lorsqu'il avait envie de sentir la présence de sa mère ou de son frère, et qu'il n'avait que le froid de son internat catholique. Il n'avait pas vraiment d'idée, finalement il avait bien lu quelques romans dits « policiers », la recherche de la vérité, le fait de vouloir savoir ce qui s'était passé, meurtre, viol, vol, à un moment et à un endroit où vous n'étiez pas avec des gens que vous ne connaissez pas, était pour lui passionnant. Mais l'enquête, l'investigation était surtout ouverte aux anciens sous-officiers, il ne l'était pas, il avait certes fait son service militaire mais là aussi sans gloire ni médaille. Il était parti occuper la Rhénanie, eh oui son papa avait combattu le boche, il n'avait vu que les blessures de la terre de France, il en était mort et lui petit jeune qui n'avait pas eu une seule fois à connaître le feu, était en Allemagne, ironie cynique de l'Histoire. Il avait vu, pendant ces années de service, le peuple allemand de près, il avait même vu de très près l'Allemagne, surtout l'allemande, une gentille jeune fille qui n'avait pas opposé beaucoup de résistance aux assauts du maladroit français, il l'avait aimée, elle aussi, mais entre deux massacres de peuples, 14/18 et 39/45, était-il possible que deux humains de ces deux patries, qui ne faisaient que s'envahir et s'occuper successivement, puissent connaître une histoire d'amour paisible...

En tout cas, sa première fois il l'avait connue outre-Rhin, et le plaisir d'aimer aussi, l'attente de l'autre, la douce musique du cœur avant de la revoir, tout cela avait égayé son triste service passé à faire des manœuvres inutiles, inutiles au moment de les faire mais surtout tragiquement inutiles à l'aune de la déroute de juin 1940. Pendant tout son séjour chez les teutons, André n'avait eu que dédain envers les galonnés sûrs d'eux, « clownesquement » prétentieux et persuadés d'être des clones de Napoléon à Austerlitz. Il avait même de la haine envers ces fils de bonnes familles, ces personnes qui en 14/18 avaient envoyé comme chair à canon les camarades de son père. Mais que pouvait-il dire à ces gradés et hauts gradés, lui le seconde classe Michel, dont le père n'avait pas été encore réhabilité et qui était donc encore le fils d'un lâche. On lui faisait bien sentir qu'il n'était pas d'une descendance de héros, alors qu'eux avaient déjà plein de breloques sur leurs poitrines, tout comme leurs pères et tout comme bientôt leurs propres enfants qui avaient le même sang qu'eux, celui des héros. Son service n'avait donc pas été passionnant, il ne s'était épanoui que dans les bras de sa jolie blonde, finalement il était comme son père, une sorte de lâche à la nation. Il s'était frotté avec plaisir à une jolie partie de l'Allemagne et avait été assez froid et lointain avec ses supérieurs si prétentieux.

Ah ! ce célèbre service militaire, passage obligé et rite de passage pour la jeunesse en devenir de ce grand pays presque maître du monde dans ces années 20, mais service qui n'avait de militaire que le nom, éplucher des patates, faire son lit au carré, marcher au pas et tirer quelques cartouches avec un vieux fusil dans une cible en carton n'entraînaient pas vraiment nos pauvres troufions à résister à l'envahisseur germanique et ses divisions. Mais il avait fait son service dans la plus grande armée au monde, il avait passé du temps dans la Ruhr, il avait occupé le terrain, celui de l'ennemi héréditaire, pas méchamment, « gentillement », poliment avec humanité. Malgré tout cela on n'était pas sûr que le boche de base avait apprécié sa présence, excepté bien sûr sa petite conquête toute blonde et coquine avec qui il avait pu construire plus qu'une amitié franco-allemande. Ah ! si les autres, les dirigeants, avaient pu prendre exemple sur lui et la jolie frimousse allemande pour construire un monde de paix et d'amour. Quand même grâce à tout cela, il avait eu l'illusion d'avoir participé un peu à la grandeur de la France, il avait conquis du terrain et un cœur allemand, mais ce n'était que du faux, du toc, du pas grand-chose, tous ces mirages seront balayés en deux petits mois à coup de Stukas et de Panzers.

Il était donc sans travail à la sortie de l'armée, alors que choisir, pas l'armée professionnelle, trop de mauvais, de prétentieux, de personnes qui allaient emmener la France dans la catastrophe. André malgré sa modeste personne, avait bien senti en les côtoyant que « les galonnés » vivaient trop sur leurs exploits passés, et même si la guerre n'était pas trop loin, tous ces « étoilés » regardaient dans leur dos au lieu de regarder au loin devant eux. C'était la meilleure façon de se prendre les pieds dans le premier tournant, car même si connaître son passé était gage de comprendre le présent pour se préparer à l'avenir, eux avaient réussi à regarder le passé sans le voir, sans comprendre le présent et à sacrifier l'avenir. Bref, être troufion ou sous-off, ce n'était pas pour lui. Alors opter pour quoi, finalement la Police c'était pas mal, on était au service du citoyen, on avait une paye correcte, on pouvait faire des choses intéressantes. Mais le vrai Gardien de la

Paix pour André c'était celui de la Préfecture de Police, la « PP », « les tours pointues », de cette institution inventée par « le grand homme » de la France avant Clemenceau et après Louis XIV. Il ne voulait pas travailler dans une petite ville, dans ces polices municipales à la solde d' un Maire, un politique qui suivra son instinct de réélection pour ses priorités d'ordre public. Le Préfet de Police était pour lui un homme d'État, pas un profiteur comme l'étaient souvent ces hommes politiques. Ce n'était pas un raisonnement très construit, très intellectuel de la part d'André mais à vingt ans on est jeune et souvent un peu simpliste pour ne pas dire un peu con, et ça ce n'était pas un jugement de valeur mais un paradigme.

Il décida de passer l'examen pour être gardien de la Paix avant tout. L'école pratique professionnelle de la « PP » était finalement une ambition à la mesure de notre André, mais avant il fallait passer le concours d'entrée. Il y avait une dictée, des maths et du sport, puis un oral où il fallait parler de soi, des autres et de la France. André n'était pas mauvais pour tout cela, il se débrouillait et il obtint « le sésame », une convocation à l'école de Police de la P.P. Pendant la scolarité, ce n'était pas la grande école du quai d'Orsay que son frère allait suivre avec brio, mais on apprenait tout de même les bases pour être un bon flic, c'est-à-dire être poli, aimer son pays, savoir les rues de Paris, le secourisme, avoir une bonne hygiène et une bonne vue, être un minimum sportif, connaître le maniement du bâton qui pouvait servir tant à indiquer qu'à taper. C'était ce qu'on devait être à la sortie de la scolarité, cet homme moderne et efficace, cet homme de la France des années 20 ou 30 qui se reposait sur ses lauriers de 14/18 et qui allait bientôt recevoir ce coup de pied dans le cul en juin 40. Mais l'essentiel c'était qu'André avait bien aimé son passage dans cette école, il s'était bien marré avec quelques-uns des élèves de sa section. De plus, il avait appris pas mal de chose, il avait travaillé sur l'intervention au cours d'une rixe, après un accident de la voie publique. Il avait étudié les différents types de malfaiteurs, leurs habitudes, leurs accoutrements, leurs procédés, leurs ruses et leurs méthodes. Il s'était entraîné à l'arrestation d'un malfaiteur armé, mais aussi aux secours des blessés, des noyés. Cours théorique le matin et cours pratique l'après midi, on sortait avec la promotion dans Paris pour s'entraîner aux interventions de toutes sortes. C'étaient les bons moments, le temps où tout était ouvert pour la suite, la rencontre avec Françoise et une histoire qui semblait infinie, la carrière qui allait commencer et qui ne pourra qu'être glorieuse. La France paraissait encore grande et semblait diriger le monde, c'était le temps de l'illusion, de la croyance en l'avenir, de ce je ne sais quoi qui vous fait croire à l'invincibilité, à la montée vers les sommets sans le rocher de Sisyphe même si « on pouvait quand même l'imaginer heureux ».

Ces années d'insouciance André les retournera souvent dans sa tête aux moments les plus sombres de sa vie, il se dira : *« j'ai profité, un peu, c'était déjà cela, j'ai rigolé, bu, rencontré, aimé, j'ai pris un peu de crédit de la vie avant que les pénalités me tombent dessus ».* Mais tout n'était pas rose, dans une école, il y avait toujours « les emmerdeurs », « les fayots » et « les méchants » qui se servaient, écrasaient les autres et profitaient du business, mais notre élève gardien André pouvait encore gérer cela, il pouvait être l'homme qui avait du répondant, qui pouvait s'opposer à la bêtise ou à l'injustice. Lorsqu'on était un homme relativement bon comme notre héros du quotidien on pouvait le faire, mais parfois la vague était trop forte, et le tsunami de l'histoire pouvait vous balayer. En effet, quelques années après il n'y aura que quelques marins de haut vol qui résisteront à l'ouragan nazi, les autres seront entraînés dans les bas fond.

À la sortie de l'école en 1925 André prenait son poste dans le dix-neuvième arrondissement, quartier populaire et sympathique, avec ses buttes Chaumont, sa rue de Belleville et ses commerces. André aimait surtout travailler aux alentours du square Bolivar, ce petit espace tout en montée, en forme de fer à cheval, avec ses grands immeubles bien parisiens, ses quelques arbres au milieu et son petit bar en bas à droite en descendant. Estaminet où André et ses collègues de patrouille faisaient, il fallait bien l'avouer, quelques petites haltes agréables, le petit rouge pour certains ou le petit blanc pour d'autres. On refaisait le monde avec le patron et ses clients, on apprenait aussi pas mal de choses sur la vie du quartier, sur les bonnes choses, la naissance d'un enfant, le mariage des autres ou la réussite de certains, mais surtout de mauvaises choses, car le flic était toujours à l'écoute de cela, non pas qu'il était un homme négatif, mais il était un homme réaliste. Il ne pensait pas que tout le monde était suspect mais à la différence des illuminés de la bonne conscience qui déclamaient à longueur de discours : *« Si, si tout le monde est beau, tout le monde est gentil, il ne faut pas voir le mauvais c'est pas bien, on s'aime tous »,* il savait que la nature humaine était souvent pas si belle en creusant un peu. On arrivait « à lever de belles affaires » en prenant son petit remontant.

Il se souvenait d'une fois où Albert, le patron, lui avait dit discrètement lors d'une ronde : *« Je vois souvent au comptoir un type bizarre qui vient aux nouvelles régulièrement, qui se renseigne pour savoir s'il y a beaucoup de monde parti en vacances cet été, ou si la pauvre mamie Claudine était encore toute seule dans son bel appartement de la rue de Crimée. C'est un type un peu louche, trop propre sur lui et trop curieux ».* Ce personnage avait tout de suite intéressé André. Quelques petites « planques » et quelques petites filatures, même en tenue, ce qui ne facilitait pas trop le travail, et André fit un beau « flag ». Ce type était un « monte en l'air », un cambrioleur, une fois arrêté et mis entre les mains de la P.J, la perquisition de son appartement du vingtième arrondissement permettra de retrouver une véritable « caverne d'Ali baba ». De nombreux cambriolages non résolus le seront à cette occasion. C'était lors de cette interpellation qu'André se fit remarquer par les collègues de la Brigade de voie publique de la P.P, il leur avait semblé qu'André n'était pas qu'un bleu, un flic bon à agiter son bâton blanc. Cette image, les hommes en civil l'avaient souvent concernant les hommes en tenue. Il y avait une certaine condescendance du civil envers l'uniforme, il y avait l'élite de la PP en costume et cravate et « les grouillots » en bleu, c'était très con mais c'était comme cela. André lui, n'avait jamais eu ce genre de sentiment, il avait été content de porter l'uniforme et de porter secours au vieux chat de la vieille dame du troisième qui ne savait plus descendre de l'arbre au milieu de la cour. Le sourire et les remerciements de la mamie lui avaient donné son rayon de soleil de la journée, il n'avait pas besoin des félicitations d'un « galonné », il préférait ces « médailles » là. André fit pas mal de belles affaires grâce à son « amour des gens », oui il aimait bien son prochain, il aimait s'intéresser à eux tout simplement. Le vieux monsieur lui parlait de sa guerre, la femme de chambre de ses malheurs avec son patron, le jeune de cette belle jeune fille à qui il n'osait parler, et cet enfant de la rudesse de son père. Par ce comportement, il obtenait beaucoup de renseignements, cela était souvent le début d'une belle enquête, d'une belle affaire.

La Police Judiciaire s'intéressait de plus en plus à lui, il avait le sens policier mais surtout le sens des « affaires », c'est-à-dire de l'enquête, il ne faisait pas n'importe quoi, il ne ramenait pas des affaires « bancales » dont on ne pouvait rien faire en procédure ensuite. André était donc un simple flic mais un sans histoire avec suffisamment d'honnêteté, de volonté, d'amour de son boulot, tranquille comme un fleuve du même nom. Il charriait les affaires à son rythme sans vouloir aller plus vite que la musique pour faire plaisir au chef d'orchestre, pour bien se faire voir, pour se mettre en avant en faisant du vent qui disparaîtra dès que la tempête hiérarchique sera retombée. C'était un honnête homme au sens qu'il pouvait se tromper ou faire des erreurs mais cela sera toujours en faisant son devoir de serviteur modeste de l'État.

Finalement la chance se présenta à lui, pour une fois, il allait être « aspiré » par le civil. Il était nommé Inspecteur de la P.P en 1933 après un semblant de concours, il s'en était fallu de peu, car la plupart des places étaient encore réservées aux anciens Sous-Officiers de l'armée, peu de postes l'étaient pour de vrais flics, ou en tout cas ceux motivés véritablement par le métier. Donc, André était devenu Inspecteur, Monsieur l'Inspecteur, port du costume et de la cravate avec l'imperméable par-dessus. Avant d'être en poste il repartit un temps à l'école, cette fois-ci il n'apprit plus comment régler la circulation mais comment trouver un coupable. Pour cela il allait apprendre les différentes phases de l'enquête jusqu'au jugement, il allait apprendre à réaliser des filatures et des arrestations. Il allait même apprendre la science de Monsieur Bertillon, une gloire de la PP, l'inventeur de l'anthropométrie, du « contrôle au faciès » et de la prise d'empreinte, grâce à ce monsieur, le policier sera aussi un scientifique et un photographe, il n'était pas qu'une machine à baffes dans la gueule avec la lumière en sus. Il avait bien aimé là aussi ses cours, de toute façon André pensait qu'on avait toujours des choses à apprendre alors encore plus dans une école, même si ces profs n'étaient pas tous de la première « fraîcheur », certains étaient là parce que l'on ne savait pas où les mettre, ils radotaient, ils ronchonnaient des choses qui ne s'étaient pas passées au cours de leurs longues, trop longues carrières. Mais malgré ces vieux aigris André avait aimé son passage dans cette école des messieurs en costume cravate. Il avait aimé apprendre à rédiger le rapport, le fameux rapport de police. Il l'avait travaillé après le visionnage d'un film qui montrait le déroulement d'une infraction.

Ah la modernité ! C'était une bonne chose, on avait pris les dernières technologies pour former nos vaillants Inspecteurs, de l'interactivité avec le grand écran, si l'armée avait pu faire cela en juin 1940, si elle avait créé des divisions de chars plutôt que d'aligner ses engins à chenilles comme des pommes de terre dans un grand champ, si la grande armée française avait pu faire preuve de modernité comme du temps du grand Napoléon, plutôt que de conservatisme et de vieillesse tendant vers le gâtisme. Mais ne rêvons pas, le mal était fait dans les années 30, l'état-major français connaissait non pas la promotion canapé mais la promotion au plus sénile et l'allemand sera là en juin 40. Ce n'étaient pas les cours fort intéressants d'André qui auraient pu changer le cours de l'Histoire. À la sortie de son école, il avait connu une certaine fierté d'être un Monsieur l'Inspecteur. Gardien il avait déjà été fier de son boulot, il avait aimé ses années de patrouille, de rencontre avec la population, la Police n'étant efficace que si elle était au contact de sa population, si elle était visible, respectée et appréciée, le verbe aimer étant peut-être un peu fort, « appréciée » c'était déjà ça, et dans le secteur d'André c'était cela, il était apprécié. Il savait faire la part des choses et reconnaître les braves gens des salauds. Il était donc monté en grade, en promotion, mais ce n'était pas toujours assez pour ses beaux-parents de province, on lui parlait d'un Commissaire qu'on avait bien connu quand, lors des repas, André parlait des Inspecteurs ces coreligionnaires. Rapidement il ne parlera plus chez beau-papa et belle-maman, il sera sur pilote automatique lors des moments passés chez eux, dans son couple ce sera pareil, il allait être petit à petit sur pilote automatique, mais avant cela il y avait eu cette histoire que l'on avait déjà rapidement évoquée, et qui ressemblait très fortement à de l'amour, il y avait eu un mariage, des enfants, et de la joie.

La rencontre et sa suite

En effet, ce jour d'octobre 1927, André semblait heureux, en tout cas il était bien habillé dans son beau costume acheté pour l'occasion. Quelque temps avant il avait rencontré une jolie fille, Françoise, ce qui lui avait fait connaître sa belle-famille appartenant à la petite bourgeoisie de la Sartre. Il avait été donc l'hôte de leur maison située dans la bonne ville de la Flèche et de la grande ferme à proximité de Lude appartenant aux parents de la belle-mère, mais il avait surtout côtoyé une belle-famille n'aimant pas trop les fonctionnaires. Le beau-père, huissier à son compte, était plutôt réactionnaire, la République ce n'était pas trop cela, donc un policier de la République c'était encore plus pas trop ça. Pour la mère cela n'était pas trop important ce qu'elle pensait, elle n'était là que pour « servir la soupe » à son mari puis à ses enfants. Elle était là aussi pour l'éducation dont les directives étaient dictées par le pater familias, elle avait élevé ses enfants avec des valeurs surannées mais qui allaient si bien à cette moyenne bourgeoisie de province d'après la grande guerre et d'avant l'autre guerre.

Et même si la belle-famille préférait à André un jeune notaire pas encore à son compte de la région, lors d'un mariage, où les deux

André et Françoise étaient invités, il y avait eu une rencontre d'un soir qui avait perduré, début d'histoire, sexe et grossesse donc mariage, le cocktail détonnant à cette époque, l'histoire banale d'un manque de contraception, terme barbare, symbole de luxure, de débauche, de manque à Dieu. Il y avait un polichinelle dans le placard lors du passage devant monsieur le Curé, et tout le monde avait fait comme s'il n'y en avait pas. Étaient-ils vraiment amoureux les deux mariés, peut-être, évidemment, mais pas sûrement, car la chair avait été plus rapide que l'esprit, et cet enfant qui arrivait devenait un accélérateur d'amour. Certes, elle était jolie Françoise, certes elle était intelligente et cultivée, elle avait tout de même obtenu une licence de lettres à la faculté, ce qui était rare à l'époque pour une jeune femme, mais toutes ces qualités feront-elles un grand amour, ou plus précisément une assurance contre une usure trop rapide de cet amour. Au départ personne ne pouvait le savoir mais à l'arrivée on fera le bilan. Pour l'instant ça allait, on rigolait, on faisait la fête, on faisait l'amour, cette fois-ci sans risque puisque le risque était déjà là, et tout le monde tournait la tête en faisant croire qu'on ne savait pas, hypocrisie du temps.

Françoise avait du caractère, elle n'avait pas aimé ce clerc de notaire qu'on voulait pour elle, elle répétait à qui voulait l'entendre et surtout à ses parents : *« ah non pas lui, ce garçon fat, sans saveur, transparent à force d'être si bien aux yeux des parents, moi je ne me marie pas avec une belle situation au sein de la société »*. Pourtant, il lui avait fait la cour, comme on disait, encouragé par le père de la promise. Mais si ce petit notaire avait fait la cour, André lui avait fait l'amour, et c'était donc lui qui avait gagné celle promise à un autre. Après cela André aurait pu dire à ce petit notable en devenir : *« Il ne faut jamais croire les promesses, elles n'engagent que ceux qui y croient comme disait le poète »*. Pourtant Françoise n'aimait pas trop les poètes malgré sa licence de lettres, elle préférait les écrits réalistes, ceux qui décrivaient avec des mots durs les réalités de ce monde, Zola était son préféré bien qu'il ne fasse pas partie de la bibliothèque familiale. Mais Françoise était une femme émancipée surtout pour l'époque, et c'était à la grande librairie du Mans qu'elle avait pu découvrir puis acheter les œuvres du père des Rougon Macquart.

Elle avait eu avant André un premier flirt, un garçon du lycée de la Flèche, un futur sous-off, un gars sympa, sportif, un peu trop sportif et pas trop lecteur de livre, c'était le corps qui s'était exprimé, l'esprit était ailleurs, il fallait bien que le corps exulte, découvre, apprenne, Françoise était bien une femme libre, qui choisissait. Là elle n'avait pas choisi d'être enceinte, mais elle l'assumait, peut-être plus qu'André. Les filles seront toujours plus mûres plus tôt que les garçons, et André lorsqu'il avait appris la nouvelle n'avait pas su se positionner, peut-être fuir comme beaucoup d'homme, partir loin. Il était un peu dépassé, certes pas un lâche, mais pas un « mâle de caractère » qui de suite aurait dit : *« c'est mon enfant, on l'assume, je l'assume, on l'aimera et il nous aimera »*.

Il aurait peut-être préféré que Françoise lui dise : *« non on ne peut pas le garder, on est trop jeune, je vais voir ces femmes à aiguilles pour le faire partir »*. Mais c'était trop horrible pour André, Françoise aurait souffert, elle aurait pu mourir aussi. Plutôt que ce scénario André aurait préféré l'intervention divine, que l'enfant ne tienne pas, une fausse couche bienvenue, il n'était pas assez courageux pour l'assumer tout de suite cet enfant, mais il n'était pas non plus assez « courageux » dans la lâcheté pour accepter cet avortement, finalement il décida de ne rien décider et que la destinée choisisse pour lui, cela pour lui éviter de décider, sacré André, l'indécis.

Leur début d'histoire avait été un peu difficile comme tous les couples pas encore officiels, pas encore passés devant monsieur le Curé, pas encore honorables auprès de la société. Certes, André avait un logement indépendant à sa sortie d'école mais c'était chez une vieille femme curieuse comme un pot de chambre et Françoise vivait chez une vieille cousine de sa mère qui avait un appartement à proximité de la Sorbonne où elle étudiait. Pas évident d'avoir un minimum d'intimité pour un nouveau couple de jeunes remplis de fougue, mais ça faisait travailler l'imagination, la débrouillardise donc ça cimentait, ça construisait une histoire à deux. Françoise était jolie, vive et intelligente, elle semblait donc avoir toutes les qualités. Mais qu'est-ce qui pouvait se passer dans l'alchimie entre deux personnes pour que tout cela disparaisse, non pas l'intelligence ou la beauté mais le petit truc qui laissait à penser qu'il n'y avait qu'elle qui avait toutes ces qualités. Si on restait ensemble malgré l'usure c'était peut-être grâce à l'hypocrisie des sentiments, la cécité des esprits, le besoin de ne pas être seul, ou tout simplement que c'était finalement ça ce que l'on présentait dans les années 30 comme étant l'amour d'un couple bien sous tout rapport, même sans le sexe. En tout cas André aimait cette situation du début, tous les méandres empruntés pour se rencontrer et passer un moment ensemble. Mais l'arrivée d'un enfant bouleversait tout, il fallait tout plaquer ou tout officialiser, André était devant un choix, un petit gouffre pour lui, il avait 23 ans, et c'était déjà l'heure du choix qui lui semblait définitif. Il fallait donc prendre une décision, il ne pouvait imaginer laisser seule Françoise et leur futur enfant, il devait donc prendre épouse. Cette marche franchie sera le début d'un processus bizarre, l'amour, le sel de l'amour, cette petite étincelle qui faisait toute la différence allait petit à petit s'éroder de façon presque mécanique, comme un rocher et le ressac de la mer.

En attendant l'usure du temps il y avait le mariage, les amis, la mère d'André qui était si contente que son fils aîné soit enfin dans le droit chemin pour sa vie privée, pour sa vie professionnelle il l'était déjà étant policier, profession qui n'était pas très habituelle dans la famille de Mathilde. On était plus dans la connaissance, la lecture au sein de sa fratrie que dans l'ordre public. Mais cette mère n'avait plus trop d'illusion depuis la guerre et le sacrifice de son mari pour l'honneur de la France et de ses galonnés incapables de faire avancer de quelques mètres leurs troupes sans en sacrifier la moitié en les lançant à travers champ en pantalon rouge. Mathilde était donc devenue une pragmatique à force d'épreuves subies, son grand fils André était casé professionnellement, lui qui n'était pas le plus doué des écoliers, et là il se casait personnellement donc c'était une bonne chose de faite en ce beau jour d'octobre. Elle pensait qu'avec le second ça serait moins compliqué, il était doué pour les études, il savait ce qu'il voulait faire, de la diplomatie. Ses capacités et son futur avaient déjà éveillé les intérêts de potentielles belles-familles de la bourgeoisie, et comme Roger le petit frère n'était pas un idéaliste et un rêveur, il n'y avait pas de problème, il prendra le meilleur parti, quel qu'il soit.

Pour en revenir à André, ses beaux-parents avaient finalement accepté ce serviteur de la République au sein de leur famille puisqu'il était le père du futur petit enfant. En 1928 il y eut donc la naissance de sa fille Paule, il y avait de la joie, André était un bon père à défaut d'être un bon mari sur le long terme. Il allait l'aimer cette fille aux yeux malicieux, elle lui apportera ce que ne lui donnera plus Françoise, de l'amour sans limite et ce petit truc qui faisait qu'on était heureux même s'il pleuvait toute la journée. Rapidement, à cette époque on enchaînait pour les naissances, et en 1929 naissance de Pierre, idem, joie, échanges, vie qui se remplissait de plein de moments joyeux et revigorants. Ces deux enfants seront le moteur de son existence quand le couple ne sera plus vraiment un couple, quand le pragmatisme des femmes et la lâcheté des hommes faisaient tenir l'équipage tant bien que mal, comme un mur avec du vieil enduit. Et même si André bossait beaucoup, qu'il voyait plus souvent ses collègues que ses enfants, il était un père présent par son dévouement et son attention envers eux. Françoise, malgré la venue de ses deux enfants, avait continué de travailler en librairie, peut-être parce qu'elle avait toujours été une femme libre, mais aussi peut-être dorénavant parce qu'il n'était plus si passionnant ce mari, cet homme trop réfléchi, trop prudent, trop sympathique avec tout le monde, et moins passionné avec elle.

Françoise un jour lui préfèrera un jeune veuf, un homme brillant, parlant haut, ayant le verbe facile qui sied si bien au haut fonctionnaire de la Préfecture. C'était un homme d'appareil qui savait naviguer, mener sa barque là où il fallait. Françoise l'avait rencontré en venant voir André à son bureau B 134. Comme elle était une femme indépendante elle avait accepté une invitation au restaurant puis d'autres choses. Finalement la guerre avait fait tout exploser, son couple et son boulot qu'elle fuyait pour vivre avec ses parents, mais aussi son amant qu'elle quittait temporairement, le temps du chaos avant de le retrouver à Vichy, centre politique de la révolution nationale. Son nouvel homme à la fin « de la catastrophe », et le retour de la France sur le marché des nations en 44, retombera sur ses pattes. En effet, ce personnage n'aura pas de problème de conscience en ces temps troublés, il servira le Maréchal Pétain avec aisance et talent, il rebondira à la libération, il donnera des gages, des noms, en tout cas il ne sera pas inquiété. La France enfin libre aura besoin de lui, il fallait bien une administration qui fonctionne, on faisait du neuf avec du vieux, on n'avait pas sous la main de quoi faire table rase du passé donc on recyclait les vieux pots, on gardait les moins compromis ou en tout cas ceux qui savaient le faire croire.

Mais n'anticipons pas, pour l'instant nous sommes encore « au temps béni » de la grande France et de ses colonies, celle d'avant juin 40. Il y soufflait toujours un vent de puissance, l'amour d'André pour ses enfants était toujours aussi fort, même si celui pour sa femme s'estompait. Dans ces années 30, il y avait eu des moments où le temps s'arrêtait, où on se sentait ailleurs, dans un endroit où la pluie froide des matins d'automne était oubliée, où le temps qui coulait n'était pas compté, le sentiment d'être bien étant constant. Ce moment, cet endroit, c'était l'été à la pension de famille Gambetta, cette grande bâtisse où André se rendait en juillet était située à Frontignan au 36, avenue Gambetta dans ce beau département de l'Hérault chaud et ensoleillé. À l'intérieur des terres de ce beau pays le dégradé de vert des champs de vignes caillouteux faisait de ces paysages des tableaux admirés au quotidien par leurs visiteurs estivaux parisiens. On aimait cette terre du sud-ouest et son sang qui coulait à flots dans les verres des amoureux de Bacchus. On aimait ces promenades en famille autour du bassin de Thau, véritable mer intérieure où un trésor se découvrait sur des « tables » plantées au milieu de ce grand lac salé, sur cette presque mer on y cultivait les huîtres et les moules dégustées directement chez l'exploitant aidé en cela par un petit Picpoul bien frais. On aimait visiter dans un hors du temps et une sérénité constante, ces jolis villages de pêcheurs, Bouzigues, Meze, Marseillan, tous baignés de soleil et de chaleur. André aimait aussi ces maisons du pays appelées « vigneronnes », il en avait vu des superbes à Poussan, avec leurs entrées voûtées fermées par des immenses doubles portes en bois, leurs grandes fenêtres rectangulaires prolongées par leurs balcons en fer forgé et leur surprise pour ces maisons de ville, une fois le portail et le hall d'entrée passés, d'avoir à l'arrière des bâtiments d'immenses jardins secrets qui n'appartenaient qu'à ceux qui les habitaient.

Ce coin de tranquillité et de bonheur avait été un havre de repos pour André et sa petite famille, puis au fur et à mesure que le couple se délitait, une parenthèse dans la grisaille. À chaque commencement du mois de juillet départ en train le soir de la gare de Lyon, arrivée le lendemain matin à la petite station SNCF de Frontignan, à l'angle de cette gare l'avenue ombragée de ce grand nom de la République, cet homme d'État Gambetta, dont on aurait eu bien besoin en cet été 40, quelques mètres plus loin la pension, cet immeuble blanc avec ses tours de type mauresque situées à l'arrière et qui faisaient penser à un bâtiment de l'Empire ottoman, sa grande grille protégeant l'entrée et sa cour intérieure. À l'étage, les pièces fraîches si reposantes, si agréables, permettaient à tous de respirer, de changer d'air. Les congés payés pour tout le monde, même pour ceux qui n'étaient pas fonctionnaires, quel bonheur pour tous. André aimait ces courts repos, une semaine dans cette chaleur étouffante du sud, loin de la maison familiale des beaux-parents, certes plus ostentatoire mais tellement plus froide et triste, où le lâcher-prise n'existait pas. Chez eux il y avait toujours une représentation même petite à faire, il y avait toujours un voisin, un homme du monde qui y était et André devait paraître plus haut qu'il n'était, lui le simple Inspecteur de la P.P, ancien Gardien de la Paix. Il n'aimait pas ces discussions sur cette

France paresseuse qui demandait à être payée à ne rien faire, lui savait ce dont les gens simples avaient besoin pour tenir, il était flic, donc au milieu des drames, de la saleté, de la dureté de la vraie vie des vrais gens, il était « au milieu de la société », il était le témoin en première ligne, comme son papa en 1915, des bassesses de notre monde. Certes, il avait bien existé des matins au bureau où il avait eu envie de fuir, de partir, de ne plus rentrer dans ces cours des miracles, dans ces citadelles du crime et de la dépravation, mais il avait continué étant un « spectateur engagé » dans la lutte contre les méchants du quotidien. Ce mal-là il pouvait le combattre, il avait assez de force et de conviction pour le faire, notre Inspecteur au charisme de non héros.

En attendant, à Gambetta au début, c'était bien, il y avait le ciel bleu, la mer bleue, le soleil et Françoise. On faisait l'amour le matin, le midi et le soir voire plus, puis étaient venus les enfants, on faisait l'amour le matin, puis plus rien pour finir par s'engueuler, mais on partait quand même, les enfants aimant le ciel bleu, la mer bleue et le soleil de Frontignan. André avant la guerre aimait se rendre chez les viticulteurs du village de Pinet discuter de leur art, ce vin blanc, le Picpoul, qui était si agréable à boire le long du bassin de Thau à midi, puis le soir quand les moments avec Françoise n'étaient plus trop cela. Ce vin simple mais fruité lui permettait de ne pas penser ou de penser à autre chose, en tout cas de ne pas mal penser. Il pensait à tout ce qu'il pouvait faire s'il avait le courage de terminer cette histoire avec Françoise mais le ciel bleu, la mer bleue et le soleil de Frontignan invitaient plus à reporter le tout après, plus tard, voire à jamais, tellement on était bien ces soirs d'été sur le balcon à regarder le temps qui passait doucement sans pesanteur, sans idées négatives, juste une douceur de vivre dans ce joli pays de vignes, de mer et de soleil.

En plus lors de ces étés d'avant-guerre à la pension « Gambetta » il y avait la mer pas loin, il fallait s'y rendre à vélo, ce sable fin et chaud, ce bleu du ciel, cette mère de toutes les mers où l'on plongeait avec tellement d'envie, ces moments de bonheur simple vous faisaient repartir du bon pied pour un an à Paris malgré tous les tracas de la vie quotidienne, on oubliait vraiment tout à la pension de l'avenue Gambetta, on se croyait hors du monde mauvais tellement c'était bien. Pendant ce séjour, lors de la fête nationale on assistait le soir aux joutes le long des canaux à Sète, avec ces beaux bateaux de bois bariolés supportant au bout d'une sorte de grande échelle des chevaliers blancs munis d'une lance et d'un pavois. *« Il a passé la garde, il a passé la garde, il est pénalisé, il est éliminé »* criait le speaker si l'un des deux combattants n'était pas tombé dans l'eau du canal Saint-Louis après le coup de lance de son adversaire. Les parisiens en congé ne comprenaient pas toutes les règles de ce combat de chevaliers sur l'eau, mais André et ses enfants adoraient ce spectacle vivant de plein air, cette attraction sur l'eau. Toute la famille aimait vraiment cette belle ville de Sète, avec ses nombreux canaux irriguant le cœur de la cité, son théâtre unique ouvert sur la mer, ce mont Saint-Clair boisé avec à son sommet sa vue à 360 degrés, ses fabricants de Tielles, ce plat du pauvre tellement bon et précieux, pour finir par le quartier des pêcheurs, voire des chats, à la Pointe courte, assemblage hétéroclite de modestes cabanons nés de l'arrivée du train et de la construction de la gare.

Ces moments hors du temps allaient eux aussi se terminer, fracassés par l'Histoire, l'occupation ne permettant plus à un habitant d'aller dans différents endroits de son propre pays. C'était ainsi, pendant quatre ans la France allait être comme gelée, elle rentrera en régression, la Révolution nationale allait l'infantiliser, et on le savait bien un enfant ne se déplaçait pas tout seul, en tout cas pas sans l'autorisation de ses parents, et là c'étaient des parents terribles, des boches nazis et des vieux réactionnaires de la révolution nationale rance, mais avant « la nakba » de juin 40 rien de tout cela à la pension de famille Gambetta, que le ciel bleu, la mer bleue et le soleil.

Lors des journées d'occupation dans le Paris de la collaboration, André repensera souvent à la pension de famille, il y serait allé avec cette Michelle, cette femme qui va apparaître comme un mirage, comme un miracle inachevé, ils y auraient été heureux, car on était heureux partout avec Michelle, donc encore plus à Gambetta. Ils auraient fait l'amour matin, midi et soir voire plus, et ils auraient recommencé, sur la plage, sur un bateau, partout, mais voilà il n'ira jamais avec Michelle. Pendant ces heures noires, ce ciel bleu, cette mer bleue et ce soleil l'aideront tout de même à tenir seul dans son petit appartement HBM du nord parisien où il était prisonnier, puisque le Français ne pouvait plus bouger dans son propre pays, donc exit le ciel bleu, la mer bleue et le soleil après 1939.

Au bureau B 134

Mais revenons à ces jours d'après juin 1940, on devait se réinventer, on devait revivre mais pas comme avant, on était en face d'un mur, les boches semblaient invincibles, ils étaient partout, partout ils étaient puissants, ils étaient implacables, le français était lui incapable, il ne pouvait plus rien faire, il ne savait plus rien faire, à part écouter peureusement un vieux Maréchal chevrotant. Donc, plus rien ne sera comme avant, mais il fallait vivre ou survivre, et André continuait de se rendre à son travail à la Préfecture de Police. Au célèbre 36, dans ces bureaux qui sentaient bon la belle affaire, le crime résolu mais aussi « la baffe réflexe ». André était donc affecté depuis plusieurs années à la Brigade de la voie publique, et plus précisément au groupe « enquêtes ». Son quotidien étaient les braquages, ces voyous violents, parfois sympathiques, mais dangereux. Plusieurs fois les interpellations étaient limites, il existait bien le bandit gentleman qui disait : *« d'accord, c'est bon j'ai perdu, je me rends »* mais le plus souvent c'était : *« si je peux me barrer même en tirant sur le flic, je le fais ».* De toute façon lorsqu'on sortait un revolver sous le nez d'une caissière en lui disant : *« la bourse ou la vie »,* on était rarement un humaniste pacifiste, et même si c'était une banque capitaliste qui était visée à travers sa pauvre employée au salaire dérisoire. Malgré tout cela André aimait son métier et son boulot, il n'était pas un « super flic », mais il était sur le terrain au quotidien, et avec un minimum de règles de sécurité on pouvait survivre à ces truands.

Son groupe était composé de sept fonctionnaires, un chef de groupe, Inspecteur principal, René, un mec bien mais très malade, donc un peu beaucoup fataliste, qui bossait toujours de façon très professionnelle, tout en se disant de temps en temps que cela ne servait à rien de se faire chier puisque le lendemain il pouvait ne plus être là mais au funérarium. René connaissait très bien les ficelles du métier, les obstacles à éviter, les moments où l'on pouvait s'amuser et les moments où il fallait donner de l'os à ronger à la hiérarchie. Ensuite, il y avait un adjoint, Lucien, Inspecteur Principal adjoint, qui avait trop à son goût le mot *adjoint* dans ses titres, il était impatient, peu sympa et surtout il savait naviguer entre les récifs, et à cette époque il y en avait plein, mais surtout Lucien savait ce qu'il devait faire pour parvenir à ses fins, et dans ces moments troublés c'était une qualité vitale et essentielle pour survivre.

Parmi les autres membres du groupe vous aviez « trois Inspecteurs suiveurs », Gaston, Louis et Marcel, qui ne faisaient jamais le pas de trop ou de travers, ils avaient toujours l'art de s'abriter derrière les autres sans état d'âme, ce qui comptait pour eux c'était le quotidien mièvre de leur foyer, la police c'était bien, mais on aurait pu être derrière un guichet à la Préfecture cela aurait été la même chose pour eux. Finalement, le plus valeureux, le plus fougueux, c'était le plus jeune, Alexandre, le dernier arrivé, celui qui osait, qui croyait en ce qu'il faisait, toujours prêt à se sacrifier et qui se sacrifiera.

Mais pour l'instant en cet été 1940 c'était le « no man's land » à la PP, les collègues venaient, ne venaient pas, on ne s'agitait pas trop, on était en attente, que faire, les boches étaient partout, l'État français nulle part, donc on ne savait plus à quel saint s'accrocher ou à quel sein se vouer, le Saint patron des policiers se cachant lui aussi, et les

« patrons », les commissaires, attendaient dans quel sens le vent allait repartir pour s'y engouffrer, carrière oblige. Voici posé le bilan que l'on pouvait faire de l'état et de la léthargie de la PP lors de cet été étouffant de 1940. Et l'un de ces chefs faisait déjà montre de beaucoup d'enthousiasme à l'arrivée d'un monde nouveau, et de la fin de la troisième République, un certain Commissaire Hennequin. Cet individu avait plein d'idées pour faire repartir la France, il était bien organisé, il était prêt à mettre au service du nouvel État français ses qualités d'organisateur, de distributeur de rôles, il était Chef des policiers en tenue, il dirigeait les collègues des deux pauvres bougres qui avaient salué le fou furieux en goguette dans les rues de Paris. On pouvait être sûr que si la photo du salut à Hitler lui avait été présentée il les aurait félicités en leur disant : *« c'est bien, dorénavant c'est comme cela qu'il faut faire, soyez polis avec les germains, ce sont nos maîtres ».* Le plus terrible dans ce salut policier aux troupes d'occupation, c'était qu'il avait dû être spontané, ils avaient eu le « salut réflexe » comme on aura la « lourde et sanglante baffe réflexe » avec le résistant. Mais, Hennequin n'était pas le Chef actuel d'André, il le connaissait ce « patron », il ne l'aimait pas, il avait été sous ses ordres, enfin de très loin vu son grade de gardien de la Paix, mais il avait été un de ses hommes lorsqu'il était en tenue. Pour l'instant ce Commissaire de la tenue fourbissait ses armes avant de donner bientôt la pleine mesure de son ignominie courant juillet 1942.

Son Chef direct était le Commissaire Weber Marcelin, un homme prudent en cet été 1940, il était comme ses hommes, il attendait, et ce matin de fin juin 1940, lorsqu'il avait vu arriver André au bureau il avait été surpris, il lui demanda : *« Mais vous venez ? Vous savez pour l'instant il n'y a pas grand-chose à faire, vous avez des dossiers qui peuvent sortir ? je ne pense pas.. ».* André lui répondit alors : *« Monsieur, je dois être présent au bureau à un moment où tout le monde a fui son poste, ce n'est que symbolique mais c'est important pour moi ».* Le Commissaire Weber fut surpris de cette réflexion d'un de ses hommes, il fallait dire que le Commissaire venait d'un milieu « aisé » qui regardait de haut ceux qui étaient en bas de l'échelle ou tout du moins ceux qui n'étaient pas de son milieu. André lui raconta son périple du matin à vélo derrière le führer, le commissaire Weber avait eu alors un nouveau moment de stupeur et lui demanda : *« mais pourquoi avez-vous fait cela, ce n'est pas prudent, on ne sait jamais dans ces jours un peu compliqués, il faut être prudent ».* André lui répondit : *« Je ne pense pas avoir pris de gros risque à suivre de loin un convoi, le boche est chez lui à Paris en ce mois de juin, il est plus dangereux de suivre en province un convoi de soldats français en fuite avec les piqués des Stukas allemands ».* Le Commissaire Weber mit fin à la conversation, il ne la sentait pas cette discussion, c'était dangereux pour lui, c'était presque subversif cette histoire de suivre le nouveau maître du monde pour voir à quoi il ressemblait. Il fallait être prudent, ne pas faire de vague, et attendre le sens de cette dernière pour repartir dans le bon sens, et là André, il était mal parti pour son Chef de service. Décidément cet homme, ce Weber, était vraiment aussi terne que ces costumes gris qu'il portait, ils étaient certes chers ses costumes, mais ils étaient tristes, tristes. Ceux d'André n'étaient pas de la même qualité mais au moins ils étaient vifs et un peu originaux, et même des fois il n'était pas en costume mais en pull et pantalon décontracté, en effet, on ne courait pas après le braqueur avec un costard en flanelle. Décidément, ce Chef correspondait vraiment au portrait type du personnage au sujet duquel on prononçait le célèbre adage : *« si vous avez besoin de rien venez me voir, et si vous avez besoin d'aide, surtout allez voir ailleurs si l'herbe est plus verte ».* Bon, de toute façon pour l'instant personne ne pouvait rien pour personne, les héros n'étaient pas encore sortis du bois et les traites n'avaient pas encore pu donner toute leur mesure, il n'y avait pour l'instant que des attentistes anxieux.

André entra tout de même dans son bureau malgré les remontrances de son Commissaire, il le partageait avec Gaston, Marcel et surtout Alex, il aimait vraiment bien ce dernier, il le faisait marrer, il avait une grande gueule, cela ne plaisait pas à tout le monde mais lui il aimait bien, surtout que c'était fait avec une certaine intelligence. D'ailleurs, le seul présent du groupe ce jour-là, excepté le Commissaire Weber, c'était lui, Alexandre. Il était là et en plus il bossait, eh oui il avait quelques infos sur des tristes personnages qui n'avaient pas « chômé » pendant la débâcle, ils s'étaient servis dans les maisons ou les banques, laissées pour mortes devant l'avancée ennemie. Alex interpella André lors de son arrivée : *« tu sais, j'ai des infos sur une bande de mecs qui ont dépouillé des pauvres gens qui étaient riches ».* André sourit à cette tournure de phrase, Alex continua : *« on n'a pas encore les noms, mais je connais leur organisation et leur façon d'agir, j'ai tout compris, et ils se sont bien remplis les poches, ces salauds. Quand ça ira mieux, on ira les chercher avec leur bande, ce sont des gros ».* André lui répondit : *« Quand ça ira mieux mon pauvre Alex, je ne suis pas sûr que cela ira mieux bientôt ».* Alex ne put s'empêcher d'insister : *« T'inquiète André, on va se les faire ces montes-en-l'air, Allemands ou pas Allemands à Paris, faut bien s'occuper pendant l'occupation, non ? », « Oui, je crois qu'on va être bien occupé pendant quelque temps à Paris »* répondit ironiquement André.

Mais cela faisait plaisir à André de voir ce jeune homme si motivé, encore plein de vie et d'espoir dans ces moments si mornes et tristes. En cette sorte de fin du monde, il lui semblait bien innocent ce jeune homme, comme déconnecté de la réalité, mais il fallait se méfier de cela, la jeunesse surprenait toujours dans le positif comme dans le négatif. On avait vu chez les boches cette jeunesse perdue choisissant les groupes de la jeunesse hitlérienne qui déferleront sur l'Europe, et on verra bientôt que l'innocence française de la PP saura choisir son camp et cette fois-ci celui des bons. Pour l'instant, Alex n'était qu'un chien fou toujours prêt à mordre le délinquant malgré la décrépitude de la maison « poulaga » en cet été 1940. Cet Alex, ce chien fou, avait un copain du même âge, un certain Grégoire, il était comme lui jeune et fougueux, plein d'espoir dans un temps où il n'y en avait plus, il était Instituteur dans une école parisienne des faubourgs où les gavroches usaient leurs fonds de culottes déjà élimés. Il avait la cause chevillée au corps, il croyait en ce qu'il faisait et pensait qu'il était utile sans le crier sur tous les toits, et qu'il allait révolutionner son temps, bref c'était un idéaliste avec les pieds sur terre, ceux qu'aimait André et il pensait bien sûr à son père quand il voyait ce Grégoire, ce rapprochement avec Georges il était à préciser ne se faisant pas sur le physique et les habits, trop de différence d'âge entre les deux.

En effet, avec ses cheveux hirsutes, sa petite moustache à la Clark Gable, ses jambes et bras trop longs dans un corps d'échalas, son veston à carreaux long et cintré qui cachait une toute petite cravate, ses pantalons trop larges, ainsi que ses chaussures épaisses à semelles en bois, Grégoire était ce qu'on appelait dans les années 40 « un zazou », ces jeunes qui faisaient une sorte de résistance à la société bien pensante et dorénavant aux nazis ainsi qu'aux vichystes rances, ils le faisaient par le biais de leurs tenues excentriques et leurs comportements irrespectueux. Une résistance faite par l'existence différente et une révolte par le cynisme contre une révolution nationale avec sa théorie qui puait la naphtaline et son « avant, quand la France était agricole c'était mieux ». Grégoire et le père d'André étaient certes opposés sur l'habillement et le physique, différence de temps et d'histoire, mais ils avaient la même idée sur l'éducation des petits des petites gens, tout le monde avait le droit à une « bonne éducation », que l'on soit à une place en haut de la société ou que l'on se trouve dans les sous-sols de la République. Quand André pensait « bonne éducation », ce n'était pas celle que fournissaient dorénavant les laudateurs du Maréchal, celle qui était moisie et qui rappelait l'idée qu'il y avait deux ordres dans la vie, ceux qui croyaient au sauveur de la France à moustache blanche, qui allaient à l'Église tous les dimanches, et ceux qui étaient des mauvais français en étant juifs, francs-maçons ou simplement épris de liberté et d'envie de vivre heureux. La vie était trop courte pour s'habiller triste, dira un slogan publicitaire, c'était sûrement ce que pensaient déjà les « zazous » et Grégoire, ces jeunes étaient en avance sur leur temps, trop en avance et cela leur coûtera souvent cher. Mais c'était vrai, la vie était trop courte pour penser qu'il fallait vivre comme le souhaitaient ceux de la révolution nationale, ces jeunes idéalistes pensaient eux, que la femme ne devait pas rester à torcher les gosses et à faire le repas de son homme, que ces derniers ne devaient pas s'abrutir au boulot en oubliant de vivre puis se reposer seulement en allant le dimanche à l'Église, et que les enfants ne devaient pas apprendre comme chant juste l'antienne : « Maréchal, nous voilà » .

Grégoire avait toujours appris à ses élèves à certes aimer son pays, car il fallait aimer son pays, mais cela dans « une bonne fierté », en sachant ce qui était bien et ce qui était mal dans sa patrie, en expliquant pourquoi les congés payés n'étaient pas une prime à l'oisiveté, qu'il existait certes une religion chrétienne qui pouvait être belle, mais que d'autres sortes de gens et de croyances existaient et qu'il fallait les connaître, que tout le monde avait sa place en France si on acceptait de respecter nos règles, comme nous, si on allait chez les autres. André savait que le discours de Grégoire ne passait plus trop au sein de son établissement depuis quelques mois en raison d'un Directeur d'école quelque peu pétainiste qui pensait que derrière l'idée « tout le monde avait sa place chez nous », il y avait l'acceptation qu'un juif, un handicapé, un manouche et même un coco pouvaient être de bons citoyens et vivre dans notre beau pays. Grégoire était donc dans le collimateur de son responsable bien qu'il ne manquait jamais de dire à ses élèves que la France était belle tout en rajoutant, au grand dam du Directeur : *« La France est belle même en ces temps de souillure, tout comme une belle femme violée reste toujours une belle femme malgré la souillure de son agresseur ».* Peut-être que plus tard, un jour, des gens qui s'auto-proclameront défenseurs des opprimés, des sans-grades, des sans-dents, cracheront sur leur pays, mais Grégoire lui, ne le faisait pas en 1940, et pourtant, étant donné la période, il aurait pu le faire.

Grégoire venait souvent au service voir son copain Alex, c'était une bouffée d'air frais pour André dans ce monde de costards gris mal taillés. Grégoire et Alex étaient regardés de travers, on disait même qu'ils étaient « pédérastes ». À la différence des autres André pensait qu'on pouvait être amis très proches sans être « pédéraste », mais le vrai problème était que les « pédérastes » étaient aussi les chassés de la révolution nationale, alors que beaucoup de leurs pourfendeurs l'étaient aussi en secret. En tout cas, cette « rumeur » embêtait André. Il avait peur du « sport national » à Paris entre 40 et 44, la lettre anonyme de dénonciation, et si un jour un salopard écrivait au Préfet de Police les mots suivants : *« Monsieur, j'ai l'honneur et l'avantage de vous écrire qu'un policier « pédéraste » ramène un copain « pédéraste» et qu'ils baisent dans les bureaux »,* André ne donnait pas cher de la peau des deux. Il leur avait demandés d'emmener des copines au service pour éviter cela, mais les deux rigolaient, leurs jeunesses ne voyaient pas où était le problème, et ils préféraient emmener leurs copines dans leurs lits que dans des locaux sales et tristes de la PP, occupés par plein de mines grises comme leurs costards.

En attendant les cages étaient vides, le délinquant était comme un poisson dans l'eau, dans de l'eau trouble et il aimait cela. Il y avait bien eu de nombreuses maisons visitées par des visiteurs du soir en ces mois d'été, et Alex était sur le coup. Ces propriétaires n'étaient pas partis en vacances mais en exode sur les routes de France, il était loin ce mois d'août 36 où les Français découvraient le plaisir des départs vers des lieux de villégiatures, en ces mois de juin et juillet 40 c'était la découverte de la fuite en avant, et l'abandon de presque tout. Et ce presque tout n'avait pas échappé aux truands de la région parisienne, eux n'avaient pas fui devant l'ennemi, au contraire ils étaient restés en ce disant que dans le chaos il y aurait bien des choses à accaparer, et ils s'étaient bien servis. Le malheur d'un temps des uns faisant le bonheur des autres salauds, mais après ces réfugiés de l'intérieur du pays il y aura d'autres victimes de ce genre de cambriolages, les victimes suivantes seront ceux mis au rebus de la société de la révolution nationale, les juifs. Car tous ces types « du milieu français » allaient trouver dans l'occupation de nouvelles occupations, par un retournement de sens ils allaient pouvoir jouer aux gendarmes et aux voleurs en étant des deux côtés, tout cela grâce à leurs nouveaux amis allemands trop contents de pouvoir compter sur des gens capables de tout, même de trahir père et mère, juste pour de l'argent ou une pute du « one two two ». André aura à connaître ce genre de « triste sire ».

Un des premiers dossiers que le groupe avait à traiter pendant cette période trouble était le braquage du crédit Industriel et Commercial. Des encaisseurs du CIC effectuaient des transferts de fonds entre les succursales, le siège et la Banque de France. Un jour rue de la Victoire à Paris, trois hommes les braquèrent en pleine voie, il y eut des échanges de coups de feu entre les bandits et les trois convoyeurs. Parmi ces derniers, l'un décéda et un deuxième fut gravement blessé. Les braqueurs repartirent avec quatre millions de francs en « oubliant » vingt et un millions en bons du trésor. Belle affaire pour le groupe des enquêtes de la Brigade de voie publique de la PP, ça sentait bon pour les limiers de la PJ, on allait voir ce qu'on allait voir. Dans ce cas-là, les voleurs étaient toujours des voleurs et cela, que l'on soit sous une Dictature ou sous une République. Mais André l'apprendra à ses dépens, ce n'était pas tout à fait vrai en ces temps où des Policiers pouvaient être des anciens truands et des nouveaux collaborateurs. En tout cas le groupe se lança dans l'enquête, il fallait des billes pour boucler le dossier, il fallait se sortir les doigts de son quotidien pour réussir, et le groupe le faisait. On grattait, on se renseignait auprès des indics, on voulait savoir qui avait pu faire ce genre de coup. De toute façon dans une enquête de Police il ne fallait fermer aucune porte, faire toute sorte d'hypothèse, ne rien écarter. On ne sortait une belle affaire qu'avec du boulot et de la chance, car la chance ne venait qu'en travaillant dans tous les coins du possible. André l'avait appris de ces années à la PP, c'était en fouinant qu'à un moment on tombait sur quelque chose qui faisait avancer et menait à la résolution de l'énigme et l'arrestation des truands. Pour André, l'enquête judiciaire c'était comme un travail d'historien, il fallait s'approcher le plus possible de la vérité en réalisant un travail de recherche, de synthèse sur les archives, sur les témoignages, sur les fouilles. On récupérait tout cela et on écrivait, non pas une thèse, mais des procès verbaux qui au complet feront une procédure lue, étudiée par des Juges, remplaçant en cette occasion les Professeurs d'Université. Ce n'était donc pas un simple travail de gros bras, la procédure judiciaire, c'était un travail intellectuel, de curiosité et de réflexion, on devait comprendre l'autre, la victime, les témoins, le truand, et essayer d'approcher la connaissance des faits sans se prendre pour un justicier ou un Juge d'avant jugement. Le boulot bien fait était un dossier solide avec une victime rassérénée et un coupable habillé pour l'hiver, après si la Justice se plantait c'était triste, mais ce n'était pas de la faute du flic, lui il avait fait son job. Il y avait aussi les enquêtes où la victime n'était pas aussi victime qu'elle en avait l'air, on était à l'écoute de la victime, mais on ne sacralisait pas son histoire, André avait déjà sorti de la merde des mis en cause qui n'avaient comme tort que d'être dans le collimateur du plaignant. Mais toutes ces évidences seront battues en brèche pendant les quatre ans de l'occupation, il n'y avait plus seulement des victimes d'un côté et des truands de l'autre, il y avait les nazis, les collaborateurs, les truands au service des collaborateurs ou des nazis directement, les truands au service de la résistance ou à leur propre service, les victimes des nazis, des collabos, des truands mais aussi des résistants, tout ce bordel pour un flic honnête comme André était très compliqué, donc pour ne pas se perdre il fallait rester aux fondamentaux, il y avait un braquage avec des victimes et il fallait trouver qui avait fait le coup, c'était simple, c'était bon, c'était du boulot d'Inspecteur de la P.J à la PP, donc c'était pour André.

Les premières constatations sur le lieu des faits révélaient un mode opératoire ultra violent, avec des agresseurs n'ayant pas peur d'ouvrir le feu, comme des gens qui ne s'inquiétaient pas trop des conséquences de leurs actes, la vie des autres n'ayant aucune valeur pour eux, le narcissisme poussé à l'extrême, de froids tueurs. Concernant les constatations sur le braquage elles étaient parfaites, comme les aimait André, les premiers intervenants avaient très bien bossé, et l'Inspecteur PJ qu'était André connaissait la valeur des premières constatations, des premiers intervenants, souvent les suites d'une enquête dépendaient du premier regard, du début de l'action de la Police. Combien de fois André, lorsqu'il était Gardien de la Paix, avait vu certains de ses collègues en bleu arriver sur une scène d'infraction comme « on va à la pêche aux moules », ils allaient et venaient sur l'espace sacré de la scène de crime comme on se promenait le dimanche matin au marché. Cela l'énervait cette désinvolture, André gueulait contre cela, il se prenait la tête avec les vieux, les anciens qui n'en avaient rien à faire, qui n'avaient comme préoccupation que de savoir ce qu'ils allaient manger à midi, et quand André leur expliquait pour la centième fois de faire attention, ils le regardaient du haut de leur gros ventre et répondaient : *« on s'en fout dans trois ans c'est la retraite, cela ne va nous faire un second trou du cul »*. André était encore plus gueulard envers les jeunes, eux ils avaient une carrière à faire, et beaucoup de scènes de crimes ou de délits à matérialiser et « à sacraliser », il fallait donc les éduquer aux bonnes manières et c'était à cela qu'André le Gardien de la Paix d'expérience s'astreignait à la réception des nouveaux arrivants dans sa brigade du Commissariat du dix-neuvième arrondissement. Dès le début, André sentait ceux qui avaient la fibre de l'enquête, de l'investigation, de la recherche et ceux qui étaient là pour la paye ou pour juste garder une porte et rentrer le soir chez eux. Il avait tellement gueulé fort pendant sa première carrière en uniforme que la PJ avait noté son sens « du devoir » d'enquêteur, et maintenant qu'il était « en civil » à la PJ, c'était à lui de remarquer « les bleus » qui avaient la fibre pour peut-être les faire « monter » à la PJ. Là, les collègues primo intervenants étaient bons, les douilles, les témoins, les objets laissés par les truands, tout était gardé, le périmètre de sécurité bien établi, la PJ PP pouvait commencer à bosser en tout confort.

Des témoins et des constatations, il apparaissait donc qu'on était en face d'une bande ultra violente. En ces temps d'occupation et de violences paroxysmiques, le niveau des truands était lui aussi plus élevé qu'avant guerre pour ce qui était de la méchanceté gratuite et sanguinolente. Comme si la violence appelait la violence, comme si la déliquescence d'une nation se mesurait aussi à l'aune des saloperies de ses malfrats, comme si le nazisme irradiait de son horreur toutes les strates de la société. Cela devait être cela, le totalitarisme, « cette invention » du vingtième siècle, communisme, nazisme, fascisme même combat pour la violence consubstantielle, c'était terrible pour notre pauvre France historiquement démocratique. André dès son retour au bureau demanda à Gaston, l'un des membres suiveurs du groupe : *« Tu peux vérifier dans les fichiers si des braqueurs ultra violents sont connus et surtout en liberté»,* même si ce terme était une litote en ces temps d'occupation. Gaston mettait au cours de l'après-midi sur le bureau d'André différentes fiches de truands, en voyant cela lors de son retour d'une autre enquête, André ne put s'empêcher de penser tout haut : *« quel boulet ce Gaston, Inspecteur et incapable de prendre n'importe quelle sorte de décision, même la plus petite des initiatives, il n'a même pas établi une sélection ».* C'était le genre de type, lorsqu'on lui demandait de récupérer des fiches de truands et d'essayer de voir lesquelles pouvaient correspondre à l'affaire en cours, certes il allait récupérer les fiches, ça il pouvait, cela ne demandait aucune initiative, ce n'étaient que des instructions, mais prendre une décision même minime, c'est-à-dire sélectionner une fiche plutôt qu'une autre, là c'était trop de responsabilité pour lui, il ne préférait pas se mouiller. Il y en avait tant de fonctionnaires comme Gaston à la PP, il n'était qu'un putain de paradigme, encore plus sous l'occupation, car une erreur sous les nazis ce n'était pas le même risque qu'une erreur sous la troisième République.

André commença donc à étudier les fiches de personnes connues défavorablement par les services de Police pour des faits de braquage sanglant, il y en avait pas mal, fallait faire le tri entre ceux qui tiraient après qu'on leur avait tiré dessus, et ceux qui tiraient alors que personne ne leur tirait dessus. Au bout d'un moment André s'arrêta sur un certain Émile Buisson, né le 19 février 1902 à Paray-le-Monial, connu pour pas mal de saloperies et surtout pour un braquage en 1937 d'un Crédit Lyonnais. Pour cela il avait été arrêté et condamné. Mais en cette belle année 1940, après la magnifique campagne de mai/juin de notre superbe armée de vainqueurs, lors du bordel de l'exode, ce cher Émile, pendant un transfert, avait réussi à prendre « la poudre d'escampette » au détour sûrement d'un piqué de Stuka accompagné de sa partition de sirène tristement célèbre, ou alors pendant la pause repos de l'escorte au milieu des charrettes remplies de poules, d'enfants, d'armoires normandes et autres souvenirs de la vie d'avant. C'était dingue comme un mauvais poisson pouvait bien nager au milieu d'une mare de boue et de drame, ce n'était pas comme l'armée française qui elle, s'était noyée au milieu des pauvres bougres fuyant la déferlante nazie. Après 1940, et sa sortie de prison anticipée par lui-même, Emile n'avait officiellement plus fait parler de lui, mais on savait bien que cela pouvait cacher des activités commises mais non attribuées à son auteur. Étant donné le palmarès de ce gredin, il n'était pas possible de ne rien faire pendant plusieurs années, surtout en ces temps dorés et prospères pour la confrérie des malfrats et marlous. Son passé de proxénète à Shanghai avait confirmé sa jeunesse délinquante et violente. De plus, la description assez précise d'un témoin étayait les soupçons qui commençaient à converger vers cet Émile. Pour l'arme utilisée c'était plus compliqué en ces temps d'après débâcle, les armes fleurissaient à foison à Paris, surtout dans le milieu de la pègre. On n'avait qu'à se baisser pour récupérer les armes de l'armée en déroute lorsqu'on était un truand bien introduit, et Émile semblait l'être.

Rapidement Émile était donc ciblé, mais il n'avait pas agi seul, il fallait essayer de connaître ses complices. Ils étaient deux avec lui, pour les autres, les descriptions étaient plus aléatoires et moins sûres. L'affaire suivait donc son cours comme on disait à la PJ PP, il restait à connaître sa cache et identifier les co-auteurs, les arrêter et peut-être retrouver une partie du butin, tout le groupe était dessus, comme d'habitude Alex était en première ligne, motivé et astucieux. Le Chef de groupe René, malade, aidait comme il pouvait, et il pouvait bien. André l'aimait bien ce René, carrure de pilier de rugby, barbe grise fournie, mains de catcheur qui auraient pu tordre le cou d'un taureau, mais qui avaient surtout rougi les joues des malfaisants récalcitrants, et pour finir une voix d'un homme ayant fumé toute sa vie au moins dix paquets de cigarettes sans filtre par jour. René était malade, très malade, il avait comme on l'écrivait souvent après la disparition d'un être cher ou connu, « une longue maladie », périphrase bizarre pour ne pas prononcer le mot « cancer », comme si cela était honteux d'en avoir un, comme si c'était de ta faute si tes cellules se multipliaient alors que toi tu n'avais rien demandé, comme si tu avais attrapé une chaude pisse en couchant avec « la première couche-toi là » en la payant en petite monnaie. Non, René, qui en plus n'avait jamais fumé, avait attrapé, et sans le faire exprès, il l'aurait bien laissé là où il était, un cancer de la gorge, son opération ne l'avait pas guéri mais l'avait laissé sans voix, ou simplement avec une voix de fumeur, ironie morbide de la vie et bientôt de la mort. Depuis son opération qui n'avait servi à rien qu'à confirmer qu'il était foutu, René arpentait les couloirs de la PP avec sa carrure d'athlète et sa voix de fumeur qui ne fumait pas. Comme il savait qu'il était foutu, il ne se privait pas de se foutre de la gueule de tout le monde, lui l'homme aux 3257 interpellations avant guerre, « le plus grand flic de France », lui qui avait en partie inspiré ce Simenon, journaliste à « DETECTIVE », journal créé par Kessel et Gallimard. Ce personnage de roman, le dorénavant célèbre « Maigret », avait pris certains traits bourrus de René, il n'était pas le seul à avoir inspiré ce journaliste belge, les traits d'autres collègues avaient inspiré ce plus que journaliste, lui qui traînait toujours dans les couloirs sombres de la PJ PP à l'affût du moindre bout d'info sur une affaire. Mais il n'y avait pas que pour cela qu'il traînait ce presque Belge, il y avait aussi la volonté de croquer, de sentir les personnages qu'il croisait dans les bureaux pour agrémenter ses romans, les rendre vivants ou presque. D'ailleurs André s'était souvent demandé, lors de réflexions de fin de soirée, après la consommation d'une certaine dose de boisson contenant des degrés d'alcool, s'il n'y avait pas ne serait-ce que 0,1 % de lui dans l'un des romans du plus célèbre flic de France, mais au moment du dégrisement au petit matin il arrivait presque toujours à la conclusion que non il n'y avait rien de lui dans ce Policier à la pipe célèbre.

René, ce presque héros de roman, était en raison de sa personnalité bourrue, et aussi de son épée de Damoclès qui se détachait de plus en plus au-dessus de sa tête au fur et à mesure que la maladie avançait, un homme en sursis. Il n'avait de cesse d'être provoquant dans les bureaux feutrés de la PP. En 1936 lors du front populaire il entrait dans les bureaux en levant le poing, puis il avait repris ce « tic » après 1939 au moment de la chasse au coco par la troisième République lors de la signature du pacte germano-soviétique, sous l'occupation il avait changé de jeu, il rentrait dans les mêmes bureaux en faisant cette fois-ci le salut nazi. À l'époque, sous la France pas encore occupée, les pontes n'osaient rien trop lui dire, il faisait du chiffre, il était infatigable, certes un peu lourdaud mais tellement utile pour une carrière de commissaire ou de directeur PJ. Après juin 40, c'était son cancer en phase terminale qui le faisait paradoxalement survivre au milieu des croques morts de la révolution nationale, une sorte de pitié pour celui qui allait crever le faisait passer entre les gouttes de la répression.

L'enquête battait donc « un peu de l'aile » lorsqu'une fille « de petite vertu », comme on disait à l'époque, se mettait un an après à se confier. Pourquoi d'ailleurs « une petite vertu », coucher pour de l'argent cela n'avait rien de petit, c'était juste une question de survie, c'était le client marié qui avait une petite vertu, surtout si c'était un homme bien sous tout rapport, sauf pour ses rapports sexuels tarifés car sa bourgeoise ne baisait plus, ou mal. Cette pauvre fille au sens financier, avait donc confié un soir de désespoir, ce qui lui arrivait souvent, à un indicateur de la Police, qui était un peu son « souteneur » : *« Je sais qu'un dénommé Buisson se vante d'avoir tiré sur un convoyeur, et que depuis il se cache dans un appartement de la banlieue parisienne à quelques mètres de la capitale et à proximité d'un marché de vieux meubles pour très riches ».* Ce « souteneur » par euphémisme en parlait alors à un flic de sa connaissance. Visiblement cet Émile n'était pas seul, un certain Ernest et surtout un Joseph, comme le petit père des peuples, se cacheraient aussi. Ce Joseph n'avait pas de moustache mais d'après la rumeur une balle dans la jambe, et lors des constatations, les enquêteurs avaient remarqué qu'une deuxième personne avait été blessée en plus d'une des victimes. Pour ce qui était des convoyeurs, un était mort, le second on l'avait déjà dit criblé de balles et le troisième traumatisé par la fusillade mais sans ogive dans le corps. Donc, c'était sûrement un des trois braqueurs qui avaient été touchés par un « tir ami » comme on disait dans le milieu militaire pour parler par litote d'une bavure. Là, pour les truands on aurait pu parler d'un tir de « boucher » tellement Émile avait envoyé de la sulfateuse, en tout cas un des leurs était blessé, et dans cet appartement, situé sûrement à Saint Ouen, étant donné la description, un marché de meubles pour riches à côté de Paris il y en avait pas cent cinquante, se cachait la bande. Ces truands heureusement pour la Police il fallait toujours qu'ils jactent trop, qu'ils se répandent de leurs exploits auprès des filles, ça facilitait le travail, ces marlous s'ils pouvaient en parler en long et en large à des journalistes, ou même en faire des livres avec les photographies de leurs exploits et de toute la bande en première page, ils le feraient.

Dès que l'info remonta au groupe il y avait eu l'adjoint, le prénommé Lucien, qui n'avait pu s'empêcher de courir, de ramper, vers les bureaux du dessus, ceux des pontes, pour baver le renseignement, histoire de passer avant les autres. On l'avait déjà dit, il y avait trop d'adjoints dans les titres de Lucien, Inspecteur Principal Adjoint, Adjoint chef de groupe, fallait que cela disparaisse. Ce Lucien était tout le contraire de René, autant ce dernier était franc, autant le premier était retord, on pourrait dire de lui *« qu'il vendrait du beurre aux Allemands en période de marché noir tout en arrêtant ceux qui lui avaient fourni la marchandise pour les remettre aux mêmes allemands à qui il avait revendu les produits tout en avisant la résistance qu'il mettait hors d'état de nuire des profiteurs du marché noir et de l'occupation nazie »,* c'était tout dire. Pendant que Lucien léchait le cuir des Chefs, l'équipe avançait dans l'enquête, on devait préparer des planques, et secouer les tenanciers des bars de cette ville périphérique de Paris, ils avaient toujours des trucs à se faire

pardonner ces bistrotiers, ils n'étaient jamais clairs dans leurs commerces, surtout après juin 40 et les tickets de rationnement. Il était facile de les faire parler, surtout de les faire trop parler sur les truands qui gravitaient dans leur clientèle. Rapidement, un de ces tenanciers se confia à Alex, ce sympathique garçon venu comme si de rien n'était, prendre le pouls du quartier en se faisant passer pour un journaliste de « je suis partout ». Le bistrotier dans son langage quelque peu fleuri de titi parisien de banlieue avait confessé :
« Dans un immeuble lépreux situé à proximité des antiquaires, ces brocanteurs de luxe, ces hommes de culture déguisés en vendeur de vieilles chaises, un certain Émile se repose d'un voyage lointain avec un ami, voire deux ». Pour un voyage lointain, un braquage à Paris comme « road trip bucolique » il y avait plus romantique.

Le groupe se mit discrètement en planque devant cet immeuble minable, comme vie de château il y avait mieux, franchement ces truands, ils vivaient dans la merde alors qu'ils étaient censés dormir sur des matelas de billets, André n'arrivera jamais à comprendre ces types, certes ils avaient peut-être eu une jeunesse compliquée, mais tous les enfants de pauvres ne finissaient pas braqueur ou receleur. C'était compliqué cette planque, ce n'était pas comme pour les groupes de la PP chasseurs de résistants en tout genre, ces derniers étaient souvent des jeunes sans expérience, ils faisaient plein de conneries pour se faire prendre, les flics n'avaient qu'à se baisser pour les ramasser. Là, c'étaient des truands à la carne endurcie, ils étaient aux aguets tels des prédateurs, on ne devait faire aucune erreur, la moindre hésitation et ils disparaissaient de nouveau dans la brume du Paris occupé comme pouvait le faire, dans la savane, un félin chassé par les braconniers. Rapidement tout de même on constatait la présence de deux hommes pas mal louches, un boiteux et un valide, ce dernier sortait souvent pour faire des courses, il était assez tranquille, pas trop sur ses gardes, ce qui surprenait et inquiétait André, étaient-ils devant la bonne porte, n'avaient-ils pas été bernés par ce propriétaire de rade. Il y avait bien à l'intérieur un type qui semblait handicapé, ils avaient aperçu des fois par la fenêtre un homme qui marchait difficilement, qui boitait pas mal, mais on n'était pas obligé d'avoir pris une balle dans la jambe lorsqu'on avait la jambe folle, cela pouvait être de naissance ou après un accident de la vie courante, et un accident de la vie courante c'était rarement une balle de mitraillette. Finalement, le valide était partiellement identifié, Ernest surnommé le « beau gosse », un bon client pour la PP PJ, pas mal de faits à son actif, comme on disait chez les keufs du 36 : *« connu très défavorablement des services de Police »*. Malgré sa belle gueule il n'était pas le gendre idéal, plus du genre à foutre sur la courge de sa dulcinée que de lui cueillir un bouquet de coquelicots, et surtout plus du genre à escroquer son prochain qu'à lui donner la moitié de son manteau comme notre ami le légionnaire romain Martin qui en deviendra Saint.

Le problème pour André était que cette « belle gueule » n'avait pas été décrite par les témoins du braquage, donc même si on pouvait fortement penser qu'il y était, on ne pouvait pas le prouver. Le second, complice ou co-auteur le prénommé Joseph, André n'arrivait pas à l'identifier, il avait beau regarder les fichiers, les bons, ceux des vrais truands pas celui de Tulard qui répertoriait les pauvres juifs. Ce « fichier Tulard » qui déshonorait tous les autres fichiers très utiles de la Police pour faire la chasse aux vrais méchants, aux marlous de toute race qu'il soit juif ou pas juif, auvergnat ou pas auvergnat. André en ces mois d'occupation essayait donc juste de trouver le nom de ce Joseph, et il se perdait en conjecture, en scenarii, en possibilités, enfin bref on n'y arrivait pas avec ce type. Et là aussi, il y avait un problème, le seul témoin qui pourrait le reconnaître était le convoyeur blessé, et depuis qu'il avait retrouvé la raison à sa sortie du coma, il avait perdu la mémoire. Dans un premier temps avant de sombrer dans un profond sommeil il avait décrit Émile Buisson et un autre individu qui pourrait correspondre à ce Joseph, mais depuis « nada », plus rien, l'écran était noir, sa mémoire était partie ailleurs se promener, comme souvent en cas de choc lors d'une agression, c'était le symptôme post traumatique. Et ce mot savant n'aidait pas André, il se disait que si lors de l'interpellation on n'avait pas l'argent, ni des armes ce sera bien léger, surtout qu'il n'arrivait pas à constater la présence effective d'Émile. André était retourné voir ce vendeur de bière en ayant un discours un peu plus musclé qu'Alex, et ce pas trop honnête commerçant lui avait certifié : *« Si, si je te le jure, Buisson a été vu dans ce logement, mais c'est vrai pas depuis quelques jours, je te le Jure sur la tête de mes.. »,* André l'arrêta, un menteur comme lui jurant sur la tête de ses enfants, de sa mère et on ne savait qui d'autre c'était insupportable à entendre.

Cette anguille d'Émile avait-t-il « détronché » l'équipe d'André, ou alors il avait juste été ailleurs faire un autre mauvais coup avec d'autres mauvais garçons, connaissant sa réputation André pensait que c'était fort possible. Cet Émile il ne pouvait s'empêcher de faire les quatre cents coups même s'il était « plein aux as » après le braquage du CIC, c'était dans son ADN il aimait l'adrénaline, mais la mauvaise celle qui faisait faire des conneries à ses propriétaires, il ne pouvait pas passer à côté d'une banque sans se dire : *« tiens j'y entrerais bien avec un revolver dans chaque main en disant la bourse ou la vie »,* comme dans les westerns américains. Le dilemme maintenant pour le groupe c'était faire quoi, attendre mais le temps passait et le braquage commençait à dater, les preuves s'effaçaient comme après une averse. De plus, c'était le risque d'être encore plus détronché, surtout que depuis que le groupe planquait les autres dossiers, ils faisaient du « sur place », on ne pouvait pas tout mettre de côté pendant trop longtemps même pour des faits certes graves mais dorénavant anciens. Les gens pensaient toujours que les enquêteurs n'avaient qu'une affaire à traiter à la fois comme dans les romans policiers, et non, même dans un groupe de la PJ on avait beaucoup de dossiers en même temps, il fallait prioriser, faire avancer les dossiers en parallèle, mettre un coup de collier sur un lorsqu'on avait des éléments nouveaux, puis revenir à un autre en attendant de les sortir et de récupérer de nouvelles affaires. C'était ça le quotidien d'un enquêteur ce n'était pas un long fleuve tranquille, mais beaucoup de ruisseaux qui deviendront avec le temps et le travail d'investigation peut-être des rivières voire des fleuves, mais souvent il ne restait après recherches que des mares d'eau qui s'asséchaient petit à petit pour finir souvent en classement. L'autre solution pour ce dossier, était de taper un matin à 06h00 en espérant faire la totale, c'est-à-dire Émile, les deux autres, le butin et l'arme qui avait « sulfaté » les convoyeurs. René qui n'était pas encore mort et donc était encore le chef, au grand regret de Lucien, décida qu'on allait taper un peu à l'aveugle, tant pis, on ne pouvait pas rester plus longtemps les bras croisés. Pour éviter les fuites le groupe ne parla pas trop du dossier à la PP, car pour les truands on ne savait jamais de quel côté ils étaient, collabo, résistant, ou les deux voire amis de la PP. Finalement on décidait de taper en début de semaine prochaine à 06h00, on demandera au dernier moment des gardiens de la paix du commissariat local. René s'en chargera comme Chef de groupe, il avait les connaissances et le physique malgré sa maladie pour se faire entendre.

Un soir en revenant d'une de ses surveillances à Saint Ouen André traîna dans les couloirs de la PP, il aimait bien se balader au gré du vent dans ces longs méandres de la Préfecture, il apprenait souvent beaucoup de choses, car l'information ne passait plus très bien entre services, voire entre groupes du même service et pire entre membres d'un même groupe. Chacun gardait souvent ses infos pour lui, chacun voulait ses propres petites magouilles pour lui tout seul, cela pouvait permettre de briller auprès de la hiérarchie, même si cette dernière en ces temps quelque peu troublés cherchait surtout à maîtriser sa connaissance en langue allemande, les rapprochements entre des affaires de délinquance classique non juive ni coco, cela n'avait plus beaucoup d'intérêt pour la carrière. Alors, les pontes laissaient faire le chacun pour sa gueule, cela encore plus qu'avant 40, c'était un peu la guerre des polices au sein de la même police qu'était la PP PJ. André « vaquait » donc à ses recherches de renseignements internes, lorsqu'il s'approcha au deuxième étage, de la porte 35, numéro des terribles bureaux de la Brigade spéciale numéro 2, celle dévolue à la chasse « aux cocos » et aux résistants de tout poil.

Cette Brigade appartenait aux Renseignements Généraux, les « RG » PP, elle avait été créée en premier par la troisième République après la déclaration de guerre contre les Allemands en 1939 pour chasser tout ce qui pouvait saper le moral de la nation, surtout après le pacte germano-soviétique qui avait vu nos chers amis cocos ne plus savoir sur quel pied danser. Un jour Staline le petit père des peuples disait : *« tapez sur les fascistes »* et le lendemain après une ou deux purges il disait : *« ah ben non finalement tapez sur le social traître et laissez les nazis tranquilles ».* Donc en 39 le coco français était devenu l'ennemi de la troisième étant l'allié de l'ennemi de la France Républicaine, mais à mi-41 il était dorénavant l'ennemi total de la France vichyste, étant devenu l'allié peu recommandable des alliés voulant libérer le monde des nazis. C'était compliqué à suivre, mais on l'avait déjà dit, André n'était pas trop « chaud » en 1939 pour chasser le simple militant, il aurait préféré botter les fesses de ce lâche de Thorez parti « en congés bonifiés » dans son union soviétique d'adoption, et cela pendant que son pays était en déroute. Si en 1939 il n'était pas trop partant pour casser du coco, alors après 1941 il l'était encore moins. André savait que malgré toutes les divergences qu'il pouvait avoir avec cette idéologie totalitaire et son cortège d'horreurs, il fallait choisir « la moins pire », la moins dégueulasse des deux saloperies, et surtout celle qui n'occupait pas la France, donc en 1941 un coco c'était tout de même mieux qu'un facho.

Cette seconde B.S, puisqu'il y en avait eu deux de créées, était vraiment la pire, les pauvres gosses qui tombaient entre leurs mains en prenaient plein la gueule, ils s'en sortaient rarement indemnes. Le plus terrible c'était que cette BS 2 était super efficace, ils avaient mis au point des systèmes d'investigations très au point, infiltrations, filatures, surveillances, toutes ces bonnes choses lorsqu'il s'agissait de la police d'une démocratie étaient devenues un terrible outil de répression. Les pauvres jeunes résistants sans expérience tombaient « comme à Gravelotte » dans les filets de la BS 2, comme ce Krasucki Henri alias « Bertrand » chef de la « jeunesse juive » victime de ce terrible professionnalisme policier, torturé et déporté « grâce » à cette brigade. D'ailleurs, André s'était inspiré de certaines de ces techniques pour les affaires de son groupe, il en avait extirpé « les métastases » nazies pour essayer de soigner Paris de la délinquance classique. Il fallait être pragmatique, même chez les salauds on pouvait trouver des choses intéressantes, André le savait bien puisque depuis 1941, les Polices municipales vieillottes qui pullulaient en France avant cette date avaient été remplacées par la Police Nationale, sa PP PJ faisait donc partie dorénavant d'un ensemble mieux organisé que sous la troisième République. Terrible destinée, terrible ironie de l'histoire, il aurait fallu un État non démocratique pour créer enfin une Police plus efficace, vous allez me dire c'était logique, les tyrans aimaient une Police efficace, mais pour André la démocratie devait elle aussi aimer une Police efficace. Une des libertés fondamentales du citoyen d'un pays libre était de vivre sur un territoire pacifié où « les honnêtes gens » n'avaient pas peur de sortir le soir. Et ce n'était pas avec ces vieilles polices municipales d'avant 1941 qu'on pouvait véritablement assurer la tranquillité publique de l'habitant d'une ville de province. On l'avait déjà précisé le choix d'André pour être flic à la PP avait été guidé par cela, la PP dans les années 30 était la plus moderne des Polices de France, après 1941 elle était devenue en gros comme les autres.

Enfin bref, André n'aimait pas ces types aux dents longues et aux mains pleines de sang de la BS 1 et 2 même s'il leur avait pris quelques techniques d'enquête. Et justement, cet état de fait, cette relative efficacité que pouvait laisser paraître le travail d'André, son flair de flic, avait intéressé à un moment les chefs de la BS 2. Ils avaient recruté dans un premier temps plein de Gardiens de la Paix qu'on avait nommé « Inspecteurs spéciaux », c'étaient des jeunes « pleins de jus » qui en voulaient beaucoup surtout aux cocos, mais au bout d'un moment il fallait bien des fonctionnaires plus expérimentés en investigation. André était de ceux-là, on l'approcha, on lui demanda si cela l'intéressait. André était un bon flic, et d'un bon flic on pouvait en faire un salaud efficace si on oubliait la déontologie, la morale, l'humanisme, la fraternité et d'autres petites choses. Après cette approche de la BS 2, André avait été bien emmerdé, il ne voulait surtout pas y aller, torturer des jeunes français qui voulaient juste libérer le pays d'un cancer ce n'était pas sa tasse de thé, même si ces mêmes jeunes pensaient que l'avenir de l'homme était radieux en union soviétique. Alors comme d'habitude André avait louvoyé, il ne voulait pas refuser trop brusquement, cela l'aurait peut-être mis sur une liste de flics suspects. À la PP PJ on avait toujours été un peu parano mais après 40 c'était devenu une religion, on se méfiait même de sa propre ombre ou des ombres en général comme l'indiquait la célèbre affiche sur l'espionnage pendant la guerre. Donc, André avait biaisé, il avait parlé de leurs horaires démentiels, de leurs disponibilités sans limite, ils étaient corvéables à merci, et ça André prétendait ne pas pouvoir, même s'il brodait un peu son groupe d'enquête faisant lui aussi beaucoup d'heures. André avait évidemment parlé de sa vieille mère, en exagérant à fond son côté dépendant et sénile, et en 40 l'image de la mère de famille était sacrée, tellement qu'on avait inventé une fête pour elle. Là aussi c'était triste, bien sûr qu'une mère c'était sacré, qu'on devait la protéger lorsque la roue de la vie avait tourné et que c'était vous maintenant le fort, mais pourquoi attendre la révolution nationale et sa cohorte de cloportes pour la fêter. La troisième République aurait dû l'inventer cette fête des mères mais dans le bon esprit, pour rendre hommage à la femme qui donnait la vie, mais pas seulement, aussi à cette mère, « un citoyen » aussi important que l'homme, qui n'avait pas qu'un rôle de procréation et de cuisinière, un humain dans la plénitude de sa fonction avec un plus par rapport à l'homme, on l'avait déjà dit, permettre la vie. Les mâles eux, ayant plus l'habitude de donner la mort, demandez le sexe d'Hitler, Staline, Mussolini et leurs prédécesseurs, de plus en 14/18 les Généraux qui envoyaient à la boucherie les autres hommes avaient bien tous une bite et deux couilles, enfin en avaient tous eu à un moment de leur existence. Donc pour résumer André avait brodé, et cela avait marché, les pontes des BS 2 finalement ne l'avaient pas pris, de plus René le Chef de groupe, malin comme un singe malade, en avait rajouté une couche pour ne pas perdre un bon effectif. Il avait susurré qu'André depuis le départ de sa femme en province, et surtout dans les bras d'un autre, n'était plus trop le même, il était devenu un peu casanier, un peu « doucement et surtout pas trop vite » et ça ce n'était pas bon pour un enquêteur d'un groupe de « saute dessus ».

André était donc en cette fin d'après-midi du côté de chez les chasseurs de « cocos », il marchait à « pas de velours », lorsqu'il entendit une discussion qui allait lui glacer le sang. Il était tard à la PP, il n'y avait plus trop de monde dans les couloirs, et les salauds se sentaient encore plus chez eux, ils ne faisaient plus assez attention aux ombres qui traînaient. André surprit une conversation entre un ponte de la PP et un enquêteur de la BS 2 : *« Vous savez Monsieur le Contrôleur Général, j'ai des éléments pouvant vous intéresser, depuis quelque temps la Brigade travaille sur un groupe de jeunes anti-Maréchal un peu « loufoques », excusez-moi de l'expression Monsieur le Contrôleur ».* André en entendant cela ne put s'empêcher de penser : *« quel faux cul, quel lèche cul, quel sale cul, quel encul.. »* cet Inspecteur de la BS 2, André tendit encore plus l'oreille et même les deux lorsqu'il entendit la suite, comprenant très vite le drame : *« Oui Monsieur le Contrôleur, il s'agit de jeunes un peu baroques, excusez-moi encore l'expression Monsieur le Contrôleur, des zazous pour certains, et en plus un de ces mauvais types appartient à la PP, et même à la PJ ».* Zazous, baroques, jeunes, PP PJ, le cœur d'André se mit à battre très fort, trop fort d'ailleurs, il eut l'impression que dans le silence des bureaux en ce début de soirée on n'entendait que le « boum boum » de son organe, il se calma, pensa aux matins de stress et de silence obligatoire devant la porte du mécréant avant l'interpellation à l'heure du laitier, il souffla, contrôla sa respiration et continua à écouter l'inécoutable : *« Ben oui Monsieur le Contrôleur général, vous savez on suit depuis quelques semaines des jeunes étudiants, Professeurs et même Inspecteurs qui sont à la solde de la juiverie communiste maçonnique ».*

Ce salopard en une phrase avait sorti tous les ennemis de la France collaboratrice, juste pour faire plaisir à ce ponte galonné de la PP, il ira loin sous le Maréchal cet empaffé d'Inspecteur, si André ne se trompait pas il se prénommait Théophile, quel prénom con, con comme son maître, con comme ce salaud pouvait l'être avec ses : *« excusez-moi du terme, Monsieur le contrôleur Général ».* André avait lu les œuvres littéraires d'un autre Théophile, mais là celui de la PP il lui fracasserait bien la tête même s'il n'était pas Capitaine, afin d'éviter le pire pour son collègue et ami Alex. Ce Théophile continuait avec sa voix de « faux derche » à enfoncer le clou dans le cerveau d 'André : *« Oui Monsieur le contrôleur Général, ce policier vous savez c'est celui qui est sûrement pédéraste, celui qui est toujours avec ce garçon aux mœurs et aux costumes bizarres, oui c'est ça on les voit toujours ensemble au groupe des enquêtes, ces deux gugusses avec leurs amis font des actions contre la révolution nationale, ils gribouillent sur les affiches du Maréchal des insanités, distribuent des tracts où ils écrivent ce que disent les ennemis de la nouvelle France, ils ont même fait caca, excusez-moi du terme Monsieur le Contrôleur Général, dans une voiture appartenant à un directeur de cabinet, c'est pour dire, mais surtout ils veulent commettre un attentat contre le Préfet de Police, Monsieur Bussière, ou si ce n'est pas lui contre un des chefs de la Police de Paris, et excusez-moi du terme, peut-être même contre vous Monsieur le Contrôleur Général ».* André eut la tête qui se mit à tourner, il savait qu'Alex avec Grégoire faisaient les cons après le boulot, comme déféquer sur un siège de voiture d'un Directeur de cabinet, il reconnaissait bien leur humour potache, mais de là à envisager de tuer le Préfet de Police, André n'avait jamais pensé qu'Alex et Grégoire y auraient songé. Derrière leur côté rigolo il y avait de la détermination et du courage, mais comme souvent ces jeunes révoltés étaient inconscients du danger, et lorsqu'on n'imaginait pas le danger on tombait dans les filets de ces renards de la BS 2 ou de la Gestapo quelle qu'elle soit. C'était un cas d'école, des jeunes remplis de courage et d'inconscience, des cibles idéales pour tous ces rapaces de la collaboration. André revoyait les deux visages poupons d'Alex et Grégoire au bureau, toujours prompts à se foutre de la gueule d'un vieux cacique du pouvoir rance de Vichy, mais de là imaginer que dans leurs cerveaux germaient des actes aussi dangereux et importants, André ne l'avait pas vu venir. Le Théophile continuait de développer sa veulerie : *« Monsieur le Contrôleur Général, mon groupe a décidé de faire tomber le réseau, on connaît toutes les adresses, et on sait leurs habitudes, mais juste une demande, vous ne préférerez pas qu'on arrête cet Inspecteur à son bureau, juste pour faire un exemple, pour faire réfléchir les simples d'esprits de la PP qui voudraient l'imiter »*. Le ponte de la PP, répondit à ce laquais de la révolution nationale : *« Euh, euh attendez, je ne sais pas, je vais me renseigner, je ne sais pas si cela est très bon d'agir ainsi, cela pourrait salir la réputation de la Préfecture auprès des Allemands, je vais en référer au Chef de la PJ, Monsieur l'Inspecteur Général, et je vous dirai, de toute façon ils ne veulent pas agir demain ? », « Non monsieur le Contrôleur Général, pour l'instant ce sont des branquignoles, mais dans quelque temps ils pourraient être vraiment dangereux, je vous laisse parler, Monsieur le Contrôleur Général à Monsieur l'Inspecteur Général, à qui vous passerez mes salutations respectueuses, vous pensez aussi prévenir Monsieur le Préfet de Police ? », « Non, non pour l'instant je verrai Monsieur l'Inspecteur Général, ce dernier décidera si on le dit à Monsieur le Préfet, en attendant surveillez bien ces petits cons ». « Bien sûr, Monsieur le Contrôleur Général, je vous souhaite une bonne soirée »*. André eut juste le temps de se cacher dans les toilettes situées à proximité avant que le plus gradé des deux salauds sortit pour se diriger à l'étage supérieur dans son bureau et réfléchir comment agir contre Alex et ses copains. André comprit, il ne devait pas tarder, il fallait partir voir Alex le plus discrètement possible et lui dire de fuir, de disparaître, de « prendre le maquis » pour éviter l'arrestation.

André ne connaissait pas les autres amis d'Alex et Grégoire, il ne pouvait prévenir que ces deux-là, c'était déjà bien, c'était essentiel pour lui, il les aimait trop pour les laisser tomber dans le piège. André était certes un flic qui ne savait pas sauter le pas, un indécis de la vie, mais il était un humain ayant gardé son humanité. Il devait donc en urgence voir Alex et Greg sans se faire détroncher par les salauds de la BS 2. Il avait une chance, il connaissait certaines habitudes des deux « héros » en danger, ils avaient une garçonnière où ils emmenaient leurs conquêtes, souvent c'étaient les mêmes et en même temps, dernièrement ils avaient levé une jolie fille, une de plus, une sympa qui avait envie de vivre et connaître la joie du lit plutôt que la tristesse d'une messe le dimanche matin. Et on était vendredi soir, donc moment propice aux soirées terminées au lit avec une belle conquête. André était sûr que ces flics, certes efficaces, de la BS 2, ne connaissaient pas cette adresse précise, Alex et Grégoire ayant toujours été d'une discrétion cette fois-ci totale pour leur jardin secret, de nombreuses femmes mariées, qui s'emmerdaient avec monsieur, avaient passé du bon temps avec l'un ou l'autre, ou les deux, donc pour les galipettes ils avaient bien compris qu'on ne devait pas connaître leur cachette, surtout qu'au sein de la PP PJ certains pontes ne savaient pas que leurs tendres épouses faisaient de l'exercice au lieu de s'occuper du foyer familial comme le préconisait le Maréchal.

André quitta alors le plus rapidement possible la PP, il prit le métro en ce début de soirée, il regarda partout si personne ne le suivait, on l'avait déjà dit après 40 on est parano à fond, on se méfierait même de son enfant, c'était cela la force d'un État totalitaire, tout le monde pouvait vous trahir pour survivre, même la chair de votre chair. André descendit à Sèvres Babylone, dans ce quartier plus que bourgeois du septième arrondissement. C'était là que les deux loustics avaient planté leur garçonnière au milieu des familles aisées et bien sous tout rapport, ne demandez pas à André comment ils pouvaient se payer « ce baise en ville », visiblement c'était une bonne combine trouvée à deux, comme pour les filles. André après une petite marche, emprunta la rue de Babylone, le lieu de dépravation de ces deux jeunes zazous, Babylone la pécheresse portait bien son nom pour ces deux loustics sympathiques. André marcha un peu dans la nuit tombée, il regarda bien à gauche et à droite, il connaissait les techniques des Brigades Spéciales, il les avait copiées, c'était un avantage, grâce à cela il pouvait éviter d'être vu en s'y rendant, et surtout il pouvait en plus repérer les roquets de la

BS 2 si par hasard ils avaient eu vent de l'existence « de cet havre de sexe et de joie ». Approchant de l'immeuble recherché et servant d'exutoire à la jeunesse coquine, André tourna un peu dans la rue, il faisait des coups de sécurité pour constater finalement que les chacals mais néanmoins collègues des groupes chassant le coco n'avaient pas eu vent de cette adresse. Devant l'immeuble bourgeois, cette tour de Babel, il ne put que sourire, il se demanda, tout en montant discrètement l'escalier de service, celui qui n'était pas repeint régulièrement et qui n'avait pas de tapis rouge comme ornement, combien d'érections, combien d'orgasmes grâce à nos deux résistants en herbe eurent lieu en cet endroit, Alex et Grégoire « les deux Nabuchodonosor » de la relation extra-conjugale reclus dans leur ziggourat.

Devant la porte du petit logement situé au dernier étage, André était resté dans le noir pour être plus discret, il écouta aux portes, en général ce n'était pas bien, mais là il le fallait c'était pour la bonne cause. Il n'y avait pas beaucoup de bruit dans ces chambres appelées de façon péjorative par le bourgeois « de bonnes ». Ces mini-logements de neuf mètres carrés, avec en général même pas un point d'eau pour se laver les parties intimes après une journée de labeur au service d'une famille pas toujours en communion avec son domestique, ces « placards » étaient presque un luxe pour ces pauvres hères qui n'avaient finalement de vie qu'à travers des gens qui les méprisaient. Toutes ces réflexions presque communistes, on dit bien presque, n'ayant pas besoin de sucer la poire au père Staline pour penser à son prochain et vouloir lutter contre l'exploitation, donc toutes ces pensées de lutte des classes « sans la carte du parti » André les faisait défiler dans sa tête en mettant son oreille aux différentes portes. Au bout d'un moment il entendit une voix familière, un son positif qui le faisait marrer au bureau au milieu des mauvaises paroles entendues depuis 40 à la PP PJ, cette intonation si particulière, si positive au milieu de la grisaille c'était Alex, il l'entendait parler et une seconde voix lui répondait, c'était Grégoire, visiblement les deux attendaient quelqu'un, sûrement pas un homme de 1M79 et 85 kilos porteur d'un costard élimé mais plus une femme ou des femmes ouvertes à la discussion. André frappa doucement, très doucement comme une femme mariée à la porte de son amant, il entendit une voix susurrant : *« c'est qui ? »,* André aurait voulu ne pas être là, ne pas remplacer, ne pas prendre la place de la promesse de passer un temps de plaisir et de jouissance, mais la triste réalité était là, André répondit : *« c'est moi André, ouvrez vite s'il vous plaît, c'est très grave »* . La porte s'entrouvrit, la tête surprise d'Alex apparut, *« tu fais quoi ici, Monsieur l'Inspecteur »,* ne put s'empêcher de dire en riant Alex. André entra vite, il n'avait pas trop le temps de disserter sur le pourquoi du comment, une fois à l'intérieur il constata que ces deux terribles étaient bien organisés, en fait ce n'était pas une chambre de bonne mais deux qu'ils occupaient, une porte permettait de passer d'une chambre à l'autre, on avait besoin d'un peu d'intimité tout de même lorsqu'on s'encanaillait avec la bourgeoise ou la servante, et ces deux coquins avaient en plus dans chaque chambre un point d'eau, c'était le lupanar parfait sans ce côté nauséabond des bordels aux rideaux rouges où se pavanait la clique des officiers nazis et leurs laudateurs collabos. Si les deux garçons avaient « ce baise en ville », alors qu'ils étaient célibataires, c'était pour une raison simple, l'un vivait dans les murs de l'école où il enseignait, cela aurait fait désordre le défilé des dames au sein de l'enceinte enseignant aux petits français « Maréchal nous voilà » avec un Directeur aussi coincé du cul qu'était obsédé du cul un bonobo, et le second avait « une chambre de célibataire » louée auprès des services sociaux de la PP., là aussi le va-et-vient de femmes n'était pas possible dans ce haut lieu du célibat gardé par des vieux « sous-baloches » à moustache et à la retraite.

Les deux compères, qui visiblement attendaient leurs belles, firent de gros yeux à la présence d'André dans leur cachette pour stupre, de suite André débita ce qu'il devait leur dire, il n'y avait pas une minute à perdre, lorsque la BS 2 voulait taper au sens propre et figuré on ne devait pas plaisanter, surtout que certaines fois c'était la saloperie de Gestapo française qui reprenait la distribution des baffes dans la gueule pour clôturer le dossier.

André débita : « *Voilà les gars, j'ai surpris l'autre con de Théophile de la BS 2 en train de rendre compte sur un dossier que son groupe menait contre vous et votre groupe de résistants, ils savaient que vous vouliez faire un attentat contre le Préfet de Police, et celui qui avait été avisé de cela était cet autre con de contrôleur Général, un des gérants des RG PP. Ils voulaient vous interpeller rapidement, simplement l'autre couard de Contrôleur voulait bien vérifier auprès de son Chef du dessus si toi Alex tu pouvais être tapé au bureau. Putain les gars, c'est cool de faire de la résistance mais vous êtes visiblement pas assez discrets, peut-être pas vous, mais en tout cas un des membres de votre équipe, il y a même peut-être un de vous qui a bavé auprès des chasseurs de cocos c'est un classique* ». Les deux compères d'un coup n'avaient plus leurs sourires d'ados attardés, ils comprenaient la gravité de leurs situations, ils sentaient déjà la lame du couperet passer près de leurs têtes. André résuma la suite pour eux : « *Dès maintenant vous partez, vous ne prévenez aucune autre personne de votre groupe, tant pis c'est terrible, mais c'est comme cela, vous ne savez pas s'il y a un traître parmi vous, la BS 2 est sur votre dos, et ils ne lâchent rien, ils sont comme des chiens fous* ». Grégoire, dans un moment de panique assez rare pour lui demanda : « *mais aller où ?* ». André lui répondit : « *loin, loin, loin de tout, au milieu de nulle part, tu vois le genre d'endroit dont je parle, et partir sans bagage si tu ne veux pas que vos mères vous portent une couronne sur la fausse commune où vous terminerez après l'étape bureau 35 de la PP RG* ». Alex demanda alors à André s'il n'avait pas été suivi ou si la BS 2 connaîtrait cette adresse, André le rassura, non il n'y avait que lui qui était au courant, c'était une chance : « *partez les gars, ne restez pas cinq minutes de plus, disparaissez de la scène, soyez loin de cette capitale étouffante* ». André leur parla du dernier train vers Limoges, ce centre mou de la France, où il y a beaucoup de vaches derrières lesquelles on pouvait se cacher, où on avait renvoyé les généraux les plus gâteux de 14/18, ils n'étaient pas encore recherchés, ils n'étaient pas juifs, et on était vendredi, donc le week-end arrivait. Certes il n'y avait plus de zone dite « libre » par antiphrase, mais la Haute-Vienne c'était loin de tout en 42, ce n'était peut-être qu'une première étape vers un voyage plus au sud, mais pour la suite André n'avait pas grand-chose à proposer, lui le simple Inspecteur de la PP PJ qui n'appartenait à aucun clan, aucun réseau, sans race ni parti.

André regarda une dernière fois Alex et Grégoire se préparer à partir en espérant tout de même les revoir, même s'il ne savait trop ce que cela pouvait donner de fuir devant la BS 2, cela faisait tellement longtemps que la chape de plomb recouvrait sa petite vie de petit Français de Paris que l'espoir dans l'avenir était une expression dont il avait oublié le sens. André leur dit : *« adieu les gars, vous êtes beaux et forts dans votre jeunesse insoumise et inconsciente, vous êtes ce que j'aurais aimé être, mais voilà je ne le suis pas, soyez prudents et courageux, je ne peux que vous promettre de la sueur et des larmes comme avait déclamé ce vieux Churchill à son peuple en 40, fini les filles et le champagne, prenez le maquis mais évitez de tomber comme beaucoup de gosses qui combattent la meilleure et sanguinaire armée du monde comme s'ils jouaient à la chasse au trésor pendant un patronage ».* André avait envie de pleurer, de tristesse, de rage, de désespoir, mais il résista, cette fois-ci il était résistant pour pas grand-chose, juste en larmes, il leur devait bien cela à ses deux jeunes amis. Il partit en premier, toujours sur la pointe des pieds, toujours en regardant à droite et à gauche, il se positionna non loin de l'alcôve perdue, il voulait être sûr que les deux partaient bien. Et effectivement, il les vit tous les deux sortir et filer comme des ombres qu'ils étaient devenus dans les rues de Paris en direction de ce lieu qui leur ferait peut-être échapper aux griffes des salauds. Une fois que tout le monde fut parti, André rentra tranquillement chez lui, mais tristement, il savait qu'il avait perdu un super collègue, celui qui lui donnait de l'espoir, même le plus petit, dans ce futur sans avenir.

Après la disparition de son jeune collègue, André se sentait vraiment seul en cette année 1942 d'avant les débarquements en Provence, en Italie, en Normandie. Stalingrad était encore très loin, comme les Américains, les Russes, la liberté, et la joie de vivre. André était dans une nasse, dans l'oppression au quotidien, c'était horrible cette impression de devoir se méfier de tout, de son voisin, de son commerçant habituel, de l'inconnu qui passe et même de sa famille. C'était la quintessence du totalitarisme cette suspicion absolue, ils étaient forts ces nazis, on ne pouvait pas faire mieux comme salauds, comme oppresseur, comme « annihilateur » de différence, de liberté, de vie. Ajoutez à tout cela un caractère prudent, et le résultat était connu, vous êtes en face d'un homme qui n'était pas un spectateur engagé dans l'Histoire, juste un individu perdu dans ce typhon historique, qui n'avait plus son libre arbitre d'être courageux, il était comme ces pierres qui roulent sans fin et sans but au fond de la rivière entraînées par le fort courant en attendant que cela s'arrête.

À la PP PJ c'était un peu le bordel ce lundi matin, André avait préféré aller directement sur le lieu de la planque d'Émile, il évitait comme cela les regards, les questions sur la non présence d'Alex. Mais il avait dû revenir au bout d'un moment au bureau. Là, Lucien le terrible, lui demanda directement : *« tu sais où se trouve Alex, il est introuvable »,* André répondit faussement naïf, *« ben non, il doit être malade, je ne sais pas, lui il est toujours là dès 08h00 et cela même des fois le week-end alors qu'il n'est pas de permanence ».* Et André rajouta malin *« vous n'êtes pas allés voir chez lui, dans sa chambre ? ».* Lucien en resta coi, André savait bien que « ce faux cul tout rougeaud » était au courant que la BS 2 était allée au matin cueillir le pauvre Alex au saut du lit, mais que ce petit n'était plus dedans depuis l'avant-veille au soir, qu'il devait être quelque part loin de ce mauvais air de la PP. André encore plus sournoisement demanda à ce faux derche : *« Vous êtes allés voir chez Grégoire ? Ils sont toujours fourrés ensemble, tu le sais bien, Lucien ».* Ce dernier répondit : *« Oui, oui c'est fait, mais non ce Grégoire n'était pas chez lui, lui aussi d'ailleurs... »,* puis Lucien s'arrêta de parler de peur de trop en dire pensant qu'André ne savait rien, qu'il n'avait pas fait sa pêche aux renseignements dans les couloirs de la PP. Pour ne pas éveiller les soupçons, André passa à autre chose : *« Les gars, de toute façon ce coquin d'Alex est peut-être dans un placard d'une maison bourgeoise coincé par le retour inopiné du mari cocu, il faut juste attendre que le mari trompé retourne à ses occupations professionnelles et Alex sortira de sa cachette, puis reviendra au boulot, les cheveux défaits et la barbe de deux jours. Voilà passons à autre chose, passons à l'enquête sur Émile, moi je pense qu'il faut taper, tant pis on ne peut pas attendre je ne sais quoi d'ailleurs, on tente le coup de filet et on verra bien ce que l'on attrape ».*

Effectivement André voulait passer à autre chose, bosser pour oublier, Alex, l'occupation, l'absence de ses enfants, l'avenir sûrement pas radieux, enfin toutes ces choses terribles des années 40. René et les trois autres collègues du groupe étaient d'accord pour une fois, il y en avait marre d'attendre le retour de ce drôle « de messie », peut-être qu'il se cachait derrière une cloison dans l'appartement surveillé, on n'en savait rien, fallait y aller. René prit les choses en main, il se chargera de demander à l'officier de voie publique du Commissariat de Saint Ouen de lui fournir ses meilleurs hommes pour l'interpellation à l'heure du laitier. On décida que ce sera demain matin à 06h00. On prépara l'opération dans le bureau du chef de Groupe, et là c'était René lui-même qui avisa la hiérarchie comme il se devait avant ce genre d'opération. Le Commissaire Weber tout occupé à sa future mutation dans un service plus prestigieux, « la crim », s'en foutait un peu de l'interpellation, un braquage qui datait de plus d'un an, avec aucun juif, franc-maçon ou coco comme mis en cause, ça n'allait pas pisser loin pour la promotion. C'était dingue cette habitude de la hiérarchie de gueuler lorsqu'on ne les avisait pas d'un truc et d'en avoir pas grand-chose à foutre lorsqu'on les avisait en temps et en heure des choses, ça devait être cela le fait d'avoir des responsabilités, être toujours dans le contre-pied. André resta un peu au boulot pour ficeler la procédure. On l'avait déjà dit, le droit pénal français normal, André pensait normal lorsque ce n'était pas une chasse aux juifs, francs maçons, coco ou autres opposants, ce droit policier français était donc tout dans l'écrit, le papier, la machine à écrire, la lourdeur. Le flic d'investigation était bien un soutier de la procédure pénale qui dans les bas fond de la société montait un lourd dossier pour que ces messieurs de la haute, les magistrats, décident de la suite à donner à ce travail de mineur de fond. André vérifia que tout y était, la saisine, les constatations, les auditions, les scellés, les examens médicaux, les planques, les recherches dans les fichiers, les vérifications, les avis magistrats, oui tout y était, la procédure était nickel comme toujours pour le groupe d'enquête de la PP PJ. Il n'y avait plus qu'à, qu'à prendre au saut du lit les méchants braqueurs. André après ce travail rentra chez lui, il pensait à Alex et Grégoire, il pensait à plein de choses, et il était triste, il aurait besoin d'un peu de réconfort dans son lit froid, une femme par exemple, une jolie blonde ou brune voire rousse, enfin une présence féminine, eh bien non, de nouveau il n'y aura personne ce soir, il ouvrit sa porte d'HBM en imaginant ces deux jeunes garçons perdus, apeurés avec les troupes de salauds à leurs trousses. On l'avait déjà dit à la PP c'était dans les années 40 le branle-bas de combat, pas pour l'affaire du CIC, mais pour la chasse au groupe d'Alex et Grégoire, les autres jeunes de l'équipe avaient été attrapés par la BS 2, ils étaient cinq à souffrir ce soir dans les bureaux de leurs bourreaux, et là André évacuait ces images d'interrogatoires violents, ces moments de coups en tout genre, c'était tout ce qu'il détestait, il savait que ce soir les Inspecteurs adjoints allaient transpirer sous les aisselles pour obtenir on ne savait quels aveux, en tout cas d'autres noms de résistants et sûrement le lieu où pourraient se cacher Alex et Grégoire. André ne savait pas s'il y avait une balance parmi eux, André ne voulait pas le savoir, il avait sacrifié cinq jeunes pour en sauver deux, c'était une décision terrible mais dans les années d'occupation c'était toujours comme cela, années terribles pour la conscience lorsqu'on en avait une.

Le lendemain matin l'opération se mettait en place, il y avait du gardien de la paix autour du bâtiment, on cassa la porte, on cria : *« Police, personne ne bouge »,* mais on n'arrêta que Joseph le blessé et le « beau gosse », pas de trace d'Émile, pas de trace du braquage, pas de trace de la présence des armes, la pêche n'avait pas été terrible.

On ramena tout le monde au bureau après la perquisition. Il fallait interroger les deux lascars, cela n'allait pas être de la tarte, le groupe n'avait pas grand-chose contre eux, les seuls témoins étaient devenus amnésiques, et bien sûr, comme tout bon truand, les gardés à vue avaient un alibi, qui plus d'un an après les faits tombait drôlement bien. Un citoyen honnête ne se souviendra pas de ce qu'il avait fait un an ou deux auparavant, sauf si c'était le jour de son mariage ou de l'enterrement d'un de ses parents, mais un jour lambda on ne savait plus, le truand professionnel lui, oui. Les deux loustics avaient passé la journée ailleurs soit en galante compagnie soit avec sa maman, alibi pourri mais qu'on ne pouvait pas contredire, sauf témoins ou indices, et là il n'y avait rien de cela. La veille blessure de Joseph constatée par les voisins, non ce n'était rien qu'une sale voiture qui ne s'était pas arrêtée et qui lui avait entaillé fortement la jambe à le rendre boiteux. S'il n'était pas allé à l'hôpital, c'était juste qu'il n'en avait pas les moyens et que cela ne servait à rien, il était de la campagne et en plus il avait fait des campagnes militaires, il savait comment se soigner loin des médecins en blouse blanche depuis qu'il avait fait les bataillons d'Afrique. André avait essayé de prendre en charge les auditions, il avait mis une pression maximum, il les avait menacés de choses qu'il n'aurait jamais fait, il s'était énervé plus que de raison, plus que d'habitude, peut-être parce qu'il était inquiet et fatigué après l'affaire d'Alex et Grégoire. Joseph et Ernest alias « le beau gosse » commençaient à trouver le temps long en garde à vue, ils pensaient qu'André était leur principal problème, car les autres du groupe avaient « lâché » l'affaire n'y croyant plus, les collègues avaient repris les autres dossiers, d'ailleurs ils demandaient à André d'arrêter d'emmerder les deux truands contre qui on n'avait rien, et de remettre le nez dans les autres affaires en cours, et là il y avait le choix pour les dossiers à faire avancer, vivre ou sortir.

Mais André s'entêta, il personnalisait trop, il ne prenait plus la bonne distance de l'enquêteur. C'était toujours mauvais de vouloir jouer au justicier lorsqu'on était flic. On n'était pas « le sauveur de la patrie » lorsqu'on était Inspecteur, surtout André pendant ces années 40, lui qui ne sauvait pas grand-chose en ces temps d'occupation barbare. Au bout d'un moment, René reprit les choses en main comme devait le faire l'ancien, le Chef, il stoppa tout et libéra les deux malfrats à qui malheureusement on ne pouvait rien reprocher dans cette présente affaire. Et là aussi André s'emporta, mais il le regrettera dans quelque temps au moment du grand chambardement de l'après été 44, il prit à part les deux gugusses au moment de la sortie des cages de garde à vue, ces lieux immondes où l'on mettait des méchants qui pissaient dedans et qu'on plaignait ensuite d'y avoir été une journée, alors que des fonctionnaires mal payés les gardaient tous les jours sans pisser dedans mais sans que cette fois-ci cela gêne les bonnes consciences. Donc, André s'énerva contre les deux qui faisaient les fanfarons en sortant libres comme l'air : *« Ne vous réjouissez pas trop tôt les gars, je ne vous lâcherai pas, je sais que vous êtes des « pros » du vol en tout genre, j'ai tout sur vous maintenant, votre avenir dépendra de moi, on se retrouvera un jour et ça chauffera cette fois-ci pour vous ».* Paroles prophétiques mais pas dans le sens qu'imaginait André en cette année 42, les deux le regardaient méchamment, ils se souviendront des menaces d'André et ils sauront faire du passé table rase afin de repartir eux, dans une nouvelle vie.

André venait de faire une erreur, mais il fallait lui pardonner, il ne savait plus trop où il se trouvait, toute la journée des rumeurs avaient bruissé dans les couloirs tristes de la PP, Alex était un terroriste, il voulait tuer le Préfet avec d'autres francs-maçons ou cocos, au choix. On voulait savoir des choses sur lui et son entourage, on commençait à demander aux autres membres du groupe s'ils savaient pour ses activités terroristes, par chance et pour une fois, ce Lucien veule, qui ne voulait pas de problème et qui « était en cour », avait réussi à faire passer le message que le groupe n'était pas du tout au courant des activités hors police de ce terroriste. Alex était le plus jeune et donc différent des autres vieux membres du groupe, ils ne sortaient pas ensemble, ils ne se voyaient pas en dehors du boulot, c'était passé auprès des vautours de la PP qui tournaient autour du bureau B 134. Mais cela expliquait l'attitude d'André qui avait surinvesti les auditions pour échapper à cette chasse aux renseignements sur Alex. Surtout André n'était pas très fier de lui, personne ne s'était aperçu qu'il était proche d'Alex, comme un instinct de survie il avait mis sans le faire express un fossé entre lui et Alex, comme un lâche, comme un type qui ne connaît plus son copain lorsqu'il avait des emmerdes. Ce n'était pas très beau mais c'était comme cela, André avait peut-être dans son inconscient mis des barrières invisibles mais visibles par les laudateurs du régime de Vichy, cela pour se prémunir des balles perdues. André ne le sentait pas cette histoire de fuite, Alex et Grégoire allaient devoir faire vraiment gaffe pour survivre, et ils ne devaient absolument pas reprendre contact avec lui, car même si on ne le soupçonnait pas, les limiers sanguinaires de la BS 2 surveillaient tout l'entourage de ces deux pauvres bougres, et pour André les deux jeunes n'avaient pas trop d'autre entourage que lui, le groupe et les filles cachées de la rue de Babylone.

Émile Buisson, après l'interpellation ratée, eut un mandat d'arrêt « au cul » délivré par le Juge d'Instruction qui suivait le braquage du CIC. André, qui était passé à autre chose, eut quelque temps après la mauvaise surprise d'apprendre que la Gendarmerie allemande venait d'attraper et de remettre Émile au Juge mandant, terrible situation pour un flic français « normal », André se sentait vraiment comme un mauvais inutile, le jouet des occupants barbares. Il savait bien qu'Émile avait été quelque peu protégé par les Allemands ou les collabos un temps, il avait dû leur rendre des menus services, comme la dénonciation de juifs cachés, d'opposants allemands réfugiés ou d'autres broutilles dans ces années de terreur, et là en 43 il ne leur était plus utile, donc la feldgendarmerie dans « leur grande bonté » le céda à la Justice vichyste. Le Juge mandant chargea André des auditions de ce braqueur fou. Pendant plusieurs jours André essaya d'obtenir le nom de ses complices mais en vain, Joseph, Ernest, il ne lâcha rien avec ses yeux de tueur fou. André en avait la chair de poule de ce regard et de ce sourire carnassier, il sentait que ce type pouvait tuer comme il respirait, la mort de l'autre ne l'embêtait pas surtout lorsque c'était lui qui l'avait donnée. Il reconnaissait avoir été là lors du tir qui avait atteint le convoyeur, ça pas de problème c'était une ligne de plus dans son palmarès, mais balancer les autres jamais même sous la torture, de toute façon André ne torturait pas, et pourtant ce salaud d'Émile en méritait des baffes, lorsqu'il racontait l'agonie du convoyeur sous les balles, et lui partant avec la recette. Le silence du tueur était aussi pour le butin qui pour lui avait disparu, volé par d'autres malfaisants. André se disait que ce type devait rester pour la fin de sa vie en prison, il était un danger pour la société future, la pénitentiaire devra faire gaffe dorénavant lorsqu'il y aura des transferts, ce braqueur ne devait pas reprendre la poudre d'escampette, sinon il y aura d'autres morts, et sûrement beaucoup d'autres morts.

Finalement Émile sera condamné aux travaux forcés comme on disait à l'époque, c'était le seul à tomber dans cette histoire, les deux autres complices réapparaîtront certes mais pas comme complices de vol à main armée, plus comme des héros de la nouvelle France.

André avait commencé une autre belle affaire lorsqu'il allait le matin entendre en maison d'arrêt le braqueur fou, et c'était une autre histoire de fou, c'était d'ailleurs le surnom du principal mis en cause. Au cours de cette procédure André allait se heurter une nouvelle fois et à un moment de l'enquête à un mur, le mur des desiderata des nazis et leurs affidés. André aura de nouveau ce terrible et collant ressenti de n'être plus rien dans son pays, qu'un pantin de la PP qui ne faisait que ce que disait l'occupant, comme un simple auxiliaire, un laquais des tueurs en série, des génocidaires de toutes les populations sans défense. Dans le cas présent il s'agissait d'une procédure de racket de boite de nuit. Ces établissements étaient surprenamment prospères en ces temps de révolution nationale et le retour de la pudibonderie couplée avec la bondieuserie. Certes, le Maréchal avait dû dans sa jeunesse africaine fréquenter les bordels pour se dégager le poireau, mais entre 40 et 44 parmi les caciques du pouvoir ce n'était plus cela, c'était travail, famille, patrie et messe le dimanche. Par contre, pour l'Allemand occupant et le truand collaborateur c'était le gai Paris, le champagne, les bulles et les paillettes plus la fête dans les bordels parisiens. L'occupant s'éclatait dans la capitale de l'ancienne deuxième puissance mondiale et avec les filles de joie du perdant, c'était comme cela les conquêtes, on prenait toutes les richesses du pays, ce qui comprenait les femmes, terrible répétition de l'Histoire, que l'on soit Attila ou Hitler même combat, on massacre et on baise les femmes du massacré.

Cette enquête avait commencé doucement, un homme assez brutal et visiblement pas très bien dans sa tête demandait « l'impôt » à cet établissement chic du huitième arrondissement où les filles étaient belles et expertes. La tenancière pensait être à l'abri de ce genre de mauvaise surprise en accueillant à bras ou d'autres choses de plus intime ouverts le dignitaire nazi. Mais le professionnalisme et le sérieux ne payaient plus en ces temps troubles, vous aviez beau faire bien les choses il y avait toujours un problème qui apparaissait, et ce problème c'était ce type qui demandait de plus en plus pour ne pas faire fermer l'établissement voire le faire brûler un soir par inadvertance. Au départ, personne n'en voulait de cette histoire, le racket d'une mère maquerelle, franchement les pontes de la PP PJ ils s'en foutaient comme de leur premier résistant arrêté. Mais André lui il aimait bien, il avait demandé le dossier, ça l'occupait en ces temps d'occupation où il était de plus en plus seul et surtout sans activité physique nocturne. Il avait de l'empathie pour ces pauvres filles qui n'étaient de joie que par antiphrase. Elles étaient souvent jolies et gentilles, et cela même si vous n'étiez pas leur client ni leur souteneur. Être « une pute » ce n'était jamais terrible comme situation professionnelle c'était le moins que l'on puisse dire, mais entre 40 et 44 c'était pire. La population française dans son ensemble n'était plus qu'une sorte d'esclave du troisième Reich, soutenu en cela par Pétain et Laval qui organisaient à qui mieux mieux la collaboration et la mise sous servitude de toute une nation. Si les maîtres des esclaves étaient eux-mêmes des esclaves, qu'est-ce que pouvait être la situation des esclaves d'esclaves. Dans l'antiquité il n'y en avait pas d'esclave d'esclave, dans les plantations non plus mais entre 40 et 44 la mère maquerelle était au service de l'occupant et ses filles étaient à son service donc esclave d'esclave.

André n'avait jamais été un grand adepte des bordels, le plus vieux métier du monde comme on l'appelait, ce métier qui avait toujours été là pour permettre au puceau d'être dépucelé, au marin en permission de se vider, au bourgeois de se faire pomper car madame ne le voulait pas et au timide ou moche de baiser. André n'avait jamais fréquenté ces établissements même pour l'une des raisons que l'on venait d'évoquer. Il n'aurait pas trop aimé devoir passer à la caisse de la tenancière en récupérant une serviette et un savon avant que le corps puisse exulter, ce n'était pas très bandant pour lui. En plus, savoir que la fille n'était qu'une marchandise que l'on pénétrait ne grandissait pas l'homme au contraire de son pénis dans ces moments-là. Par contre discuter, seulement discuter avec elles plaisait à André, elles n'étaient pas que des vagins que l'on pénétrait grâce à un billet, elles avaient une histoire, souvent triste, des sentiments et un recul sur la vie qui les rendaient souvent plus intelligentes que leurs clients qui ne pensaient qu'avec « leurs bites ». Et pour ne rien gâcher beaucoup de ces filles avaient un joli minois, certes souvent abîmé à force de passes sordides, mais agréable à voir pour un homme comme André qui aimait les femmes pour ce qu'elles étaient vraiment. André était venu plusieurs fois seul, Alex n'étant plus là, dans ce bordel. Il avait interrogé beaucoup de filles et leur mère maquerelle. Il en avait conclu que ce type était vraiment dangereux, qu'il pouvait vraiment passer à l'acte, que c'était du sérieux mais personne ne prenait au sérieux cette affaire, des putes qui brûleraient ça n'intéressait personne, à la rigueur le client d'habitude mais rapidement il aurait pris ses habitudes ailleurs. André n'avait pas grand-chose sur ce type qui était certes fou mais assez discret. Il y avait tellement de marlous en liberté dans ces années 40 qui faisaient souvent un peu ce qu'ils voulaient s'ils rendaient de temps en temps des services à la barbarie nazie. Enquêtant seul il n'avait pas beaucoup avancé pour l'identification du mis en cause, il avait par contre bien monté les bases du dossier.

Il avait matérialisé les infractions, les menaces de destructions, les menaces de mort, le chantage, il avait bien identifié les différentes victimes, il n'y avait pas que l'établissement qu'il avait menacé de brûler, certaines filles aussi étaient vouées à finir sur le bûcher, les plus fragiles afin qu'elles fassent pression sur « leur protectrice » pour qu'elle cédât. André avait tout fait tout seul, plaintes, auditions, constatations, et recherches, il lui restait plus que le type. Ce dernier devait être quand même un type proche des milieux interlopes de l'occupation ou de la collaboration, car personne n'était venu lui dire d'arrêter ses manigances, la maison était quand même fréquentée régulièrement par des hauts gradés allemands et des membres de la Gestapo française de la rue Lauriston, on n'embêtait pas comme cela les lieux de repos du guerrier teuton. Ce qui était terrible pour les filles du bordel, c'était qu'elles donnaient du plaisir à ces nazis, mais ces derniers se foutaient complètement de leurs existences, si un salaud qui était l'un de leurs affidés les menaçait, ils s'en fichaient comme de leur première déportation d'innocents dans un camp de la mort.

Mais l'affaire allait s'accélérer un soir de printemps 1943, au temps de la bataille de Stalingrad et des premiers revers des teutons dans l'est de l'Europe. Un des serveurs de la boite de nuit, qui était la première étape à la maison close de la mère maquerelle, avait voulu mettre dehors un individu qui commençait à foutre le bordel. Ce type mal luné avait sorti sans aucune hésitation un pistolet automatique, et « sans crier gare » avait tiré sur le pauvre employé à bout portant, deux balles dans le buffet et adieu la vie pour ce brave homme qui avait juste voulu dire à un client qu'on ne dérangeait pas les autres lorsqu'on était bien élevé. Le tireur était parti sans demander son reste et avait disparu depuis. Au départ les premiers intervenants avaient pensé à une simple si on peut dire dispute entre un client lambda et un employé d'une maison pas trop recommandable d'après les critères du Saint Siège de Rome. Ce n'était pas complètement idiot, combien d'incidents se produisaient régulièrement dans ces endroits interlopes, la nuit tous les chats sont gris et tous les gens sont louches, ce monde de la nuit était un monde de violences où les marlous de toutes sortes réglaient leurs comptes souvent à coups de poing, de couteau et de revolver. Mais rapidement un témoin du meurtre était trouvé par les fonctionnaires du commissariat local, ce client leur avait expliqué : *« Ce type, ce n'est pas la première fois que je le vois, à chaque fois qu'il vient ça se passe mal avec les employés, je pense qu'il connaît bien les hauts gradés allemands qui fréquentent la boite »*. En effet, les serveurs, la responsable, les filles du bar et du bordel attenant semblaient avoir peur de lui et ne pas savoir s'en dépêtrer. Mais ce soir d'homicide le tueur n'avait parlé qu'à la victime, il y avait donc peu de témoins à interroger, les autres clients français n'ayant pas trop demandé leur reste, ils étaient vite partis de l'établissement à la lanterne rouge. Dans ce genre de boite à filles on venait rarement avec madame siroter un thé glacé, on venait plus se faire siroter mais pas par la régulière qui elle était restée torcher les mômes ou faire la vaisselle. Comme le reste des clients étaient des officiers allemands, la pauvre police française, en la personne du Commissaire de permanence de nuit, n'avait pas eu la volonté ni surtout le pouvoir de les interroger et de les indisposer, déjà qu'une bagarre entre français avait gâché leur soirée, il ne fallait pas pousser le bouchon trop loin. La police auxiliaire du pays conquis devait juste ramasser le cadavre et les douilles puis les laisser partir vers une autre boite à filles pour enfin bien finir leur journée.

Malgré cela, l'enquête avançait, un policier du Commissariat local, un bon petit gars qui avait le sens de l'enquête, même s'il s'occupait surtout des chats écrasés ou coincés dans les arbres, se mit à faire le lien entre cette histoire et l'affaire d'André. En effet, notre Inspecteur de la PP PJ, qui n'avait pas les pieds dans le même sabot, avait fait le tour du quartier et des postes de police du quartier pour faire la pêche aux renseignements. André savait trop bien qu'une enquête n'avance que si vous vous bougez le cul, que si vous sortez de votre bureau. On l'avait déjà précisé, boulot plus chance égale enquête qui pourra se résoudre. Ce policier de quartier avait été approché par André, ce dernier lui avait expliqué son affaire de racket, de chantage, il lui avait demandé si en tant que local il connaissait bien l'établissement, les gens qui le fréquentaient, plein de choses qui seules pourraient sembler sans importance, mais qui mises bout à bout faisaient la trame de l'enquête. L'investigation policière il ne fallait pas se tromper, c'était un exercice intellectuel, de réflexion, de stratégie, de flair et de travail d'équipe. On pouvait le voir dans les romans policiers à la mode, la seule différence était le fait que dans ces livres on ne parlait jamais du travail derrière la machine à écrire, des pages et des pages de procès verbaux, originaux ou pelures pour les copies, ça c'était moins glamour, on préférait que le Commissaire obtienne les aveux du tueur en série accoudé à un zinc de bar en train de boire un p'tit blanc sec, on oubliait les heures derrière le bureau à s'abîmer les doigts et les yeux à taper sur des touches pour faire vivre une histoire vraie. Le bon Inspecteur PJ était policier dans l'âme, c'est-à-dire un être sportif, scénariste, dactylo, assistant social, mais aussi un qui s'intéressait à son prochain et pour finir un chercheur d'approche de vérité, voire tellement d'autres choses.

Le policier de quartier percutant laissait ses collègues de permanence se perdre en conjecture, il alla au siège de la PP PJ au 36 pour voir si André était encore là, et pour une fois il ne l'était pas, André avait quand même envie parfois de rentrer dans son appartement lorsque l'activité était calme. Le collègue du Commissariat lui laissa un mot et des coordonnées afin qu'il reprenne contact avec lui. Pendant ce temps-là les policiers sur le lieu du crime faisaient du vent avec les filles qui n'avaient pas vraiment le cœur à rire, elles avaient peur de la suite, elles avaient la preuve par A plus B que ce type ne plaisantait pas lorsqu'il disait qu'il allait toutes les buter si on ne lui donnait pas ce qu'il voulait. Les fonctionnaires sur place faisaient donc les beaux devant les filles, ce genre de situation avait le don d'agacer André quand il voyait cela, on roulait des mécaniques, on faisait le coq devant les poules et pendant ce temps-là on passait à côté des choses les plus évidentes. On ne devait pas mélanger les genres lorsqu'on était un professionnel, la bagatelle on verra plus tard, on était sur une scène de crime et il n'y avait que cela qui comptait, d'où les moments d'après clôture de procédure où l'on pouvait totalement décompresser avec quelques bières et saucissons, pas avant, en tout cas c'était la religion d'André quand il y avait du boulot. Le lendemain matin, André en arrivant au bureau B 134, découvrit le mot du collègue, il se précipita dans le commissariat de quartier pour comprendre la situation. Jules, puisque c'était le prénom de cet enquêteur local, lui expliqua ce qu'il avait vu et entendu la veille dans ce bar à pute du huitième, cet établissement qui avait vu à de multiples reprises un type venir faire du chantage. Jules lui précisa : *« Pour l'instant l'affaire est restée étrangement encore au sein du commissariat, la crime du 36 n'étant pas intéressée, sûrement qu'un serveur d'un bar « à putes » on s'en fout un peu beaucoup à la grande police »*. Surtout que le Commissaire Weber, l'ex-chef d'André, le nouveau chef des limiers du 36, préférait chasser le tueur d'Officier allemand. André comprit de suite que ce tueur était son maître chanteur, il monta voir le Commissaire de quartier, il se présenta et lui demanda : *« Monsieur le Commissaire, pourrais-je récupérer s'il vous plaît le dossier du meurtre à la lumière de ma propre affaire de chantage sur le même établissement »*. Le patron du coin qui était très embêté et débordé par le fait que des jeunes gens tous les soirs de beau temps jouaient à la pétanque sous les fenêtres d'un Général de la Wehrmacht, l'écouta d'une oreille distraite entre deux expulsions avec huissiers de locataires ne payant pas son loyer. Il lui répondit : *« Bien sûr Monsieur l'Inspecteur, si vous voulez il n'y a pas de problème, faites je m'en fous un peu et même beaucoup, dites-le quand même à votre Commissaire et au Procureur, ce sont eux qui décident pas vous »*.

André fonça au Tribunal situé juste derrière ses bureaux, il allait voir le Vice-Procureur s'occupant de ce genre de dossier, il n'allait pas voir son Commissaire, non pas par manque de respect hiérarchique mais juste parce qu'il n'a plus de hiérarchie. En effet, depuis le départ, certes récent, de Weber, personne ne se bousculait au portillon pour reprendre les groupes PJ qui s'occupaient des affaires générales, ça n'intéressait personne cette délinquance non porteuse de promotion dans l'ordre policier des années 40 et de la botte allemande. Il aurait pu aller voir René, mais il savait qu'il était très malade en ce moment, et qu'il restait alité en attendant une hypothétique amélioration de son état de santé. Le dernier type plus gradé que lui c'était Lucien, et André n'allait surtout pas le voir tellement il était vicieux et compliqué, il pourrait faire capoter la saisine du groupe pour cette affaire d'homicide sans d'ailleurs que l'on comprenne pourquoi, juste pour faire chier, pour foutre la merde, et surtout afin d'en sortir un quelconque avantage pour lui sans que l'on sache trop quoi exactement. André se présenta devant le bureau du Vice-Procureur de permanence dans ce palais de Justice d'un autre âge mais qui portait encore beau malgré les ravages de l'occupation et de la collaboration. En effet, si être flic à Paris entre 40 et 44 ce n'était pas simple, être juge l'était encore moins, il paraîtrait que *« Juger c'est comprendre »* et comme disait l'écrivain *« plus je comprends moins j'ai envie de juger »,* entre 40 et 44, juger c'était surtout comprendre les intérêts de l'ennemi occupant et juger sans comprendre ceux de la France battue pour condamner à presque coup sûr de bons français. André frappa à la lourde porte, on lui dit : *« Attendez s'il vous plaît ».* La justice était occupée, elle répondait aux demandes de l'occupant, on faisait comme-ci cela était réalisé de façon indépendante, que le sort de pauvres résistants était décidé par la justice du pays concerné, foutaise. La non indépendance de la justice envers l'occupant était pire que pour la Police, on pouvait des fois arrêter des bandits même amis de l'occupant, par contre les faire condamner définitivement c'était mission impossible, ils étaient libérés avant. André bientôt comprendra que même pour la Police c'était devenu mission impossible d'arrêter des copains de l'occupant.

Enfin la porte du Vice-Procureur s'ouvra, un grand homme sec et chauve sortit la tête d'un immense bureau sombre, il portait un costard triste comme une porte de prison, il était raide comme la justice, et il ne souriait que lorsqu'il se brûlait, pour résumer et pour parler cru, il n'était « pas baisant ».

Il commença par demander : *« Oui bonjour monsieur, c'est pour quoi ? »,* il disait cela d'un ton tellement hautain que cela sentait le descendant d'une famille de la haute bourgeoisie de province qui avait un père notaire, un frère Médecin, un autre évêque et une sœur épouse de député. André un peu surpris débuta son laïus : *« Figurez-vous Monsieur Le procureur ... »* il expliqua alors l'enquête initiale du racket puis la procédure d'homicide de la veille, le rapport évident entre les deux affaires et son souhait d'être saisi, en tout cas son groupe, de la procédure d'homicide qui était gardée pour l'instant par le commissariat local de Paris huit. Son interlocuteur, tout en raideur, regarda longtemps l'Inspecteur de la PP PJ avant de répondre. Pendant ce laps de temps, qui paru très, très long, André observait du coin de l'œil cet immense bureau sombre du Procureur, avec ses dorures un peu surannées, ses piles de dossiers qui ressemblaient à des immenses châteaux de cartes inutiles, et un vieux poêle à bois seule objet chauffant la pièce, ce qui rappelait le fait que la Justice française était dans le même état que son pays de compétence, en l'occurrence en miette, à genoux, écrasé par le joug nazi.

Soudain le magistrat se mit à débiter sa leçon d'une voix d'outre tombe : *« De toute façon ces lieux de débauches sont une honte pour la France du Maréchal, ils ne devraient pas exister, ce sont des lieux de tous les vices, de toutes les dépravations, la France ne redeviendra pas la France éternelle si elle continue d'accepter cela de nos partenaires allemands »...*

En entendant cela, André ne put s'empêcher d'avoir un haut le cœur et presque de la pitié pour ce haut magistrat. Parler de partenaire cela voudrait dire qu'il y a un échange entre les deux-là, à part des ordres aboyés par les nazis à ses auxiliaires veules et soumis il n'y avait rien d'autre, et pour ce qui était du retour de la France éternelle, les bordels eux, sont éternels, donc il n'y avait pas de rapport. André ne pouvait pas s'empêcher de se dire dans sa tête : *« mais quel idiot ce mec, mais je ne peux rien répondre à ses âneries, je veux récupérer la procédure d'homicide »* ; de plus, il savait très bien que ce type, qui devait donc appartenir à une grande famille bourgeoise de province, comme tous ces hauts magistrats, n'avait que peu de considération pour ce simple Inspecteur même pas Commissaire. De guerre lasse, le Vice-Procureur dit à André : *« Si vous voulez le dossier pas de problème, prenez-le, de toute façon ce serveur était employé par l'entreprise du mal et le tueur ne valait pas mieux, et vous verrez qu'ils sont juifs tous les deux »,* André eut envie de lui rétorquer : *« Vous mélangez les torchons et les serviettes Monsieur le Procureur de la République, le serveur est une victime qui avait un travail comme un autre pour survivre, le tueur était un salaud qui n'était pas un type comme les autres, et pour le fait qu'ils soient juifs ce n'était pas un problème, un juif qui tue un juif c'est un meurtre pour la législation française, même si depuis juillet 1940 le juif n'était plus qu'un membre de seconde voire de dixième zone de notre pauvre pays »,* mais en réalité pour finir André répondit : *« Merci Monsieur le Procureur ».*

En sortant du bureau André prit une grande inspiration, il n'aimait pas ces discussions faussées où il ne fallait pas dire ce que l'on pensait pour faire de l'entregent. Déjà que depuis 40 on n'avait plus de liberté de parole, alors la liberté de dire : *« tu me fais chier, je m'en fous de ce que tu me dis »,* ce qui certes envers un supérieur n'avait jamais vraiment existé même sous la troisième République, c'était encore moins possible après 40 si votre interlocuteur « était en cour » chez les nazis. Vous pouviez vous retrouver vite déporté pour une raison peu claire, mais en tout cas déporté. En temps de paix on appelait cela de la diplomatie, du savoir vivre ou tout simplement : *« du savoir être faux cul dans la haute société »,* entre 40 et 44 c'était : *« comment survivre devant l'ignoble ».* André était tout de même satisfait, il venait de récupérer le dossier d'homicide, il sentait que cela allait enfin déboucher, il y avait eu un mort certes, mais là le tueur allait être identifié, son flair de flic se trompait rarement. Il quittait donc ce palais de Justice ostentatoire, trop d'ailleurs au vu de la période que traversait ce pays. Un peu comme si un clochard vêtu de haillons était chaussé de grolles neuves en cuir brillant, il y avait quelque chose qui n'allait pas dans cette différence, une dichotomie comme on disait, entre un palais qui fut celui d'un grand royaume et un État qui n'était que ruine depuis trois ans. André passa dès son départ du palais au Commissariat du huitième arrondissement, le Commissaire fut de nouveau complètement indifférent à la démarche d'André, il était en train de préparer une opération qui lui tenait beaucoup plus à cœur que celle d'André, surtout elle lui tenait beaucoup plus à sa carrière. En effet, il était dans son bureau avec son Officier, chef de la tenue, et un second type à lunettes vêtu d'un costard trop petit. Ils préparaient fébrilement une opération pour le lendemain matin aux portes des stations de métro de sa circonscription afin d'interpeller les réfractaires au STO, le service du travail obligatoire, cet ordre allemand de déporter vers les usines les travailleurs français pour libérer les ouvriers allemands afin de les envoyer sur le front de l'est se faire tuer. Évidemment, comme toujours depuis 40, le gouvernement français composé de valets, et de ce fieffé salaud de Laval, avaient tout de suite pris les choses en main pour satisfaire tous les desiderata des nazis. Cette précipitation à servir juste parce que cet ancien maire de gauche d'Aubervilliers devenu Chef d'un gouvernement fantoche pensait que le troisième Reich allait vivre mille ans et qu'il fallait vivre avec. André avait toujours été stupéfait de ce retournement de carrière, ce qui prouvait que l'on pouvait faire d'un homme politique ayant peu de scrupule, ce qui était un euphémisme, ce que l'on en voulait, en tout cas les nazis faisaient ce qu'ils voulaient de ce drôle de type encore à moustache.

André demanda de récupérer la procédure papier, en tout cas le peu qu'avait fait le commissariat depuis les constatations, cela emmerdait beaucoup ses interlocuteurs, le Commissaire cria à sa secrétaire : *« allez chercher l'histoire du serveur de putes qui s'est pris une balle dans le buffet par un client mécontent »,* drôle de résumé mais qui expliqua le peu d'entrain pour garder le dossier. André regarda alors les trois types autour du plan des stations de métro, il pensait à ces pauvres jeunes hommes qui allaient tomber dans les filets des policiers français pour être envoyés dans des usines de nos ennemis afin que ces derniers puissent mieux tuer ceux qui étaient censés nous libérer, les alliés, terrible période, hors du temps, hors de l'histoire habituelle, tourbillon d'horreur et de malheur. Le troisième type, André comprit finalement que c'était un Inspecteur du travail, en effet M. Laval voulait que les choses soient bien faites, à la française, comme avait toujours su le faire la fonction publique française, ce fleuron du système de notre pays. Comme on était finalement en présence d'un problème de travailleurs et de travail, certes à l'étranger mais d'emploi quand même, Monsieur Laval envoyait les Inspecteurs du travail avec les policiers pour le régler, quelle magnifique machine cette administration, fierté de notre pays depuis le grand Napoléon, pauvre pays, pensait André qui voyait ces fonctionnaires zélés se mettre en quatre pour un autre qui n'était autre que notre ennemi héréditaire. Il regardait aussi le Commandant, chef de la tenue, transpirer de tous ses pores en regardant le plan du quartier, il avait sûrement peur de rater, de mal faire, d'échouer, de ne pas attraper assez de récalcitrants au S.T.O, de déplaire à son Commissaire tellement investi dans cette mission qui fera tant plaisir à Monsieur Laval et aux occupants si elle réussissait. Les yeux de ce commandant étaient exorbités comme si sa tension sortait par là aussi, il n'arrêtait pas de dire : *« on n'a pas assez d'hommes pour quadriller le secteur, on n'a pas assez d'hommes, non vraiment pas », « pauvre abruti, pauvre lavette »* pensait André, il avait été gardien de la Paix, il avait bien aimé ses missions de protection du plus faible, de l'enfant qui traversait, de la vieille personne qui avait gagné le droit d'être tranquille en rentrant chez elle après ses petites courses, mais faire la chasse aux récalcitrants de cette mesure inique quelle plaie.

Il se souvenait de ces opérations au petit matin pour chasser les travailleurs sans papier qui prenaient le métro pour aller bosser afin d'avoir des papiers, ces opérations sans intérêt pour la chasse à la vraie délinquance mais tellement intéressant pour les chiffres du Commissaire qui pourra s'en targuer devant le Directeur qui lui-même le fera devant le Préfet qui ira devant le Directeur de cabinet s'en vanter avant que ce dernier en parle au Ministre qui parlera à la presse de ses bons chiffres alors que le voleur et le violeur couraient toujours eux, au contraire du travailleur sans papier. Déjà qu'avant 40, André supportait difficilement cette énergie perdue à faire ce genre de chiffres, alors après 40, pour des pauvres français patriotes c'était d'un telle ignominie qu'André ne demanda pas son reste une fois qu'il eut son dossier sous le bras, il repartit au bureau B 134.

André une fois au bureau fit un travail de synthèse, le boulot d'enquêteur étant l'approche de la vérité par les hypothèses et les vérifications, c'était un mélange de travail de journaliste, d'historien et de joueur d'échec. André fit donc un rapport de synthèse, qui reprenait tous les éléments, il réussit l'amarrage des deux procédures, tout était clair, on voyait bien les éléments qui faisaient que ces deux affaires n'en étaient finalement qu'une. Dorénavant il fallait identifier ce type violent et tueur. André n'avait plus son Alex pour le booster, le pousser, entre un Chef malade, un falot d'adjoint et trois types sans personnalité qui suivaient le dernier qui avait parlé tout en ne prenant aucune décision de peur : *« d'avoir un problème si par hasard cela tournait mal »,* André était bien seul pour cette affaire. Comme à la PP PJ la tradition voulait qu'on ne se partageât pas les affaires entre groupes de la même direction, que l'on gardait jalousement ses dossiers dans son petit coin, André ne pouvait pas trop compter sur les collègues des sections d'à côté. André pensait que c'était très con cette mentalité mais c'était comme cela, il était toujours difficile d'aller dans le sens contraire d'une habitude surtout à la PP PJ, cette lourde machine, les anciens disaient : *« ben c'est comme ça, on n'y peut rien ».* On avait l'impression que toutes ces mauvaises habitudes étaient inscrites dans le code de procédure criminelle entre l'action du Procureur et le rôle de l'O.P.J. Il aurait fallu un Chef charismatique et avec des « cojones » pour changer ces mauvaises habitudes, mais entre 40 et 44 c'était plus la course à la veulerie qui était à la mode, donc André travaillera tout seul, ce qui n'était pas un avantage pour l'enquête pénale on l'avait déjà vu.

Rapidement un suspect apparut évident pour André, les recoupements des archives de la PP PJ, les mains courantes auprès du commissariat du huitième et de ceux qui avaient des bars à hôtesses sur Paris, c'est-à-dire presque tous, avaient permis à André d'approcher un individu qui l'intéressait grandement. Ce type était particulier, vraiment particulier, il était fou, d'ailleurs c'était son surnom, Pierrot le fou, Pierre Loutrel né le 05 mars 1916 à Château-du-loir dans la Sarthe. Ce type ancien des « bat d'af », ces bataillons disciplinaires d'Afrique qui forgeaient les hommes à la dure réalité du désert, qui faisaient des agneaux des loups et des loups des encore plus loups. Ce service militaire en Afrique à la dure avait encore plus endurci ce type, si cela avait pu être possible. Ce Pierre Loutrel avait un caractère d'acier, sa petite taille lui ayant donné encore plus de volonté d'être respecté, donc d'être violent, en effet, pour ce genre d'individu le respect ne passait que par la violence. C'était la définition du voyou, il était rarement un poète, c'était rarement un voyou au grand cœur, comme pouvaient le fantasmer certaines femmes en mal de mâles virils, mais soi-disant si gentils derrière leurs dix couches de saloperies. Pierrot le fou avait des alias d'alias, ce qui n'était pas très bon signe pour appartenir à la bonne société. Il était le « louf », « le dingue », « le déjanté », toujours bourré, toujours violent, toujours en cavale, il avait « l'étoffe » pour être le futur ennemi numéro un même si en 40 on ne parlait pas encore de cela, l'ennemi numéro 1 c'était le juif coco et franc-maçon, un point c'était tout.

Pierrot avait fait du cambriolage, il avait aussi tenu un bar-hôtel ce qui pouvait expliquer sa passion pour les bars à hôtesses, André détenait une main courante d'un tenancier de bar où les jeunes filles étaient trop jolies et trop gentilles avec les clients pour n'être qu'un simple café de quartier, dans ce document le patron se plaignait d'un homme qui venait tourner autour de ses filles, ce type avait voulu en prendre une ou deux sous sa protection, puis avait essayé de proposer au responsable de l'établissement une protection. Cela avait fait rire ce dernier, il était ancien rugbyman et en plus seconde ligne, 1M95, 120 kilos de chair, de gnons filés à foison pendant les matchs puis les troisièmes mi-temps, et même à 45 ans un mec d'à peine un mètre soixante-dix comme protecteur cela avait fait bien rire le tenancier. Il avait plaqué des types de deux mètres, alors ce freluquet comme garde du corps de ses filles non merci. Malgré cette différence de morphologie le patron de bar avait quand même eu de la chance, ce truand avait la gâchette facile et la vie d'autrui pour peu d'intérêt.

Rapidement André accumula de très nombreux indices qui laissaient penser que le racketteur et le tueur étaient le même type et qu'il s'appelait Pierre Loutrel. Depuis le meurtre du pauvre serveur, le bar du huitième avait été laissé un peu tranquille, il ne fallait pas exagérer, certes les truands étaient comme des poissons dans l'eau croupie de l'occupation, surtout s'ils rendaient des services aux teutons, mais tuer quelqu'un restait un fait divers un peu à part, même si dans le même temps des millions de personnes décédaient à travers ce monde en pleine seconde guerre mondiale. André travaillait certes seul son dossier, il montait sa procédure, mais à un moment donné il allait devoir rendre compte à sa hiérarchie, en tout cas ce qu'il en restait, Weber étant parti et pas remplacé. De toute façon il ne pouvait pas interpeller ce fou furieux tout seul, juste par l'opération du Saint Esprit, tuer un flic ne gênerait sûrement pas le foldingue. Ce qui embêtait André c'était le fait que ce truand avait fréquenté l'avenue Foch à Paris, et l'équipe de René Launay dit le « Grand René », chasseur d'agents français travaillant pour les Anglais. Il était dans un groupe d'une organisation peuplée de voyous et appelé par un assemblage de deux mots si normalement opposés, la Gestapo française, déjà mis seul le mot Gestapo faisait trembler, mais y coller l'adjectif « française » faisait vomir et peur. Ce Pierrot avait travaillé avec eux ou pour eux, ces auxiliaires directs de la barbarie, et cela pouvait coincer aux entournures surtout pour la hiérarchie de la PP PJ. André montait quand même son dossier, il était précis, carré, tout tenait, tout était clair, il avait assez de billes pour accrocher ce Pierrot.

Un matin il demanda audience au Chef de son ex-chef, le Contrôleur Général, Sous Directeur à la PP PJ chef des Commissaires des groupes d'enquêtes générales de la PP PJ, FORTIN Émile. André avait toujours eu l'impression de demander audience au Pape lorsqu'il montait à l'étage des Chefs et qu'il voyait un Chef des Chefs. Il détestait cela, mais on devait le faire, il y avait une hiérarchie dans la Police, et dans les années 40 il fallait aussi respecter la chaîne hiérarchique même si plus on montait les étages plus on s'approchait du pouvoir donc des gens qui avaient décidé que la France devait être un paillasson pour les nazis. Il frappa à la porte qui menait à une porte qui pourrait permettre d'accéder au presque Pape. À la première porte la secrétaire du ponte lui demanda hautainement : *« Pourquoi un simple Inspecteur même pas Chef de Groupe demandait à voir Monsieur le Contrôleur Général, Sous Directeur, Chef des groupes d'enquête à la PP PJ »*. André lui répondit : *« Je désire avoir un entretien avec M. Fortin, et si c'est moi qui suis là c'est juste parce que je n'ai plus de Commissaire, de Chef de groupe et que de toute façon c'est pour le boulot et une affaire importante »*, il rajouta goguenard : *« Ce n'est pas pour demander une augmentation »*. La jolie secrétaire le regarda un peu piquée et lui dit : *« bon d'accord, je vais voir s'il peut vous recevoir »*.

André, depuis qu' il était à la PP PJ, avait vu assez souvent cette administrative au service des puissants et aux talons hauts ainsi qu'aux jupes assez courtes pour l'époque. Elle avait un air assez hautain sachant qu'elle plaisait aux hommes, de plus elle ne se prenait pas pour n'importe qui, travaillant tout de même à l'étage des pontes et pouvant donc être assimilée avec ceux qui se croyaient indispensables. À son sujet les collègues confessaient régulièrement à André : *« Cette femme est classe, belle et bien conservée pour son âge, j'en ferais bien mon cinq à sept »* phrase souvent pensée et prononcée par le mâle en rût. André n'avait jamais eu ce genre de réflexion philosophique avec cette dame de l'étage du haut. Certes, elle était belle et bien foutue, André la connaissait depuis longtemps la voyant lui aussi déambuler dans les couloirs. Mais elle lui était tellement insupportable et prétentieuse qu'il n'avait jamais eu à son encontre ces pensées un peu grivoises que pouvaient connaître les hommes même les plus fidèles devant une jolie fille qui passait.

Ce moment fugace qui vous faisait imaginer les choses sexuelles les plus extraordinaires, et peu crédibles à la vue de votre forme physique du moment, avec cette femme qui ne faisait que marcher devant vous et qui ne restera qu'un beau fantasme d'un instant. Cette façon d'être d'André prouvait que de temps en temps l'homme au sens du mâle n'avait pas toujours son sexe dans le cerveau, et qu'il lui arrivait de réfléchir, avec autre chose, la sensibilité, la mise en distance, la simple amitié, enfin toutes ces choses qu'on oubliait des fois devant un joli fessier. André lui, ne pouvait pas penser à des choses inavouables s'il détestait la personne, cela le différenciait peut-être de « l'homo erectus classique ».

Après une attente presque aussi longue que devant chez Monsieur le vice-Procureur, ce qui tendait à prouver que les gens qui se pensaient importants étaient très occupés, ou en tout cas faisaient comme si ils l'étaient, André pénétra dans le grand bureau de Fortin, d'ailleurs cette pièce se mariait bien avec le nom du Directeur, c'était vraiment comme un fortin, on n'y rentrait pas comme cela, il fallait presque y donner l'assaut pour y parvenir. André raconta alors le pourquoi de sa visite si surprenante de la part d'un simple Inspecteur à un presque Directeur. Rapidement à l'énoncé du nom de Pierre Loutrel dit « Pierrot le fou » le grand Chef tiqua fortement. Il se lança alors dans une explication tellement alambiquée que cela annonçait quelque chose d'inavouable : *« Vous comprenez, je ne dis pas que ce que vous faites ce n'est pas ce qu'il faudrait faire, d'ailleurs c'est bien mais.. moi au cours de ma carrière, lors de ma jeunesse, j'ai aussi été confronté à ce genre de problème, et je me souviens, je faisais.... »* André dans sa tête ne pouvait pas s'empêcher de penser: *« ça y est il va m'embrouiller, il noie trop le poisson pour être honnête, il me raconte sa vie, je m'en fous comme de l'an 40, de toute façon vu son âge, sa jeunesse ce n'était pas vraiment comme maintenant, pas trop comparable, à l'époque c'était la troisième République, la France était encore en démocratie »,* finalement à la fin d'un long discours sinueux, tortueux et peu clair, André fit une synthèse dans sa tête : *« Pierrot le foldingue connaissait du monde bien placé auprès des Nazis et ça gênait aux entournures pour l'arrêter »,* le presque Directeur avait dit cela en triturant dans tous les sens ses mains flétries, et en prenant un air de marchand de tapis pour mieux vendre sa réponse négative. À la fin il rajouta : *« de toute façon je dois en parler au Vice-Procureur et je vous rappellerai, merci vous pouvez disposer ».* Traduction : *« vous me faites chier vous pouvez sortir de mon bureau au plus vite c'est un ordre ».*

André n'attendit pas trop longtemps la réponse des pontes des deux ministères régaliens. Il fut convoqué dans le bureau du presque Directeur un matin à 7h30, on se levait tôt chez les détenteurs de « l'auctoritas », il y avait sûrement un convoi vers l'Est à acheminer ce matin-là pour commencer à l'heure du laitier. André fit le même parcours que quelques jours auparavant, là ce n'était pas la secrétaire à la forte poitrine qui ouvrit, il était trop tôt pour un administratif, mais un gradé beaucoup moins sexy. De sa voix sentant le pâté de mauvaise qualité, ce gardien de porte matinal lui demanda : *« c'est pourquoi ? »* André répondit : *« ben c'est le Directeur qui m'a demandé de venir, je suis Monsieur MICHEL, Inspecteur à la Brigade de voie publique de la PP PJ le groupe de René... »,* il n'eut pas le temps de finir qu'une voix d'outre tombe cria : *« Faites-le entrer, c'est bon Albert ».* Albert répondit : *« bien monsieur le Directeur ».*

André n'avait jamais supporté cette pratique assez courante à la PP PJ et dans la Police en général, le Chef appelait ses subalternes par leurs prénoms et les sous-fifres appelaient leur grand Chef « Monsieur », rapport de domination assez criant, paternalisme presque colonial, André n'aimait pas cela, il préférait qu'on s'appelle tous monsieur, c'était plus égalitaire pour la communication, cela devait être son côté : « un tout petit peu révolutionnaire mais pas trop, le chef gardant bien sûr un salaire beaucoup plus important que le subalterne ».

Une fois dans le grand bureau déjà décrit, il aperçut son grand Chef toujours habillé en costard classe, avec la petite tache rouge à la boutonnière si représentative des serviteurs de l'État quel qu'il soit, « maréchaliste » ou démocratique. Il avait une certaine classe on ne pouvait pas le nier, l'ensemble était de qualité et bien accordé, en ces temps de pénurie c'était rare, réservé à l'élite de la révolution nationale, à côté le Vice-Procureur, qui était sûrement de la même origine sociale, semblait terne, question d'habitude familiale, le Directeur devait être issu d'une famille catholique de province habituée à montrer un certain faste et le vice Procureur lui, d'une famille protestante de province austère à souhait. En tout cas, c'était le sentiment d'André en regardant les deux grands chefs. Lui, André portait certes un costume, mais il n'était ni terne ni brillant, il était vieux et de mauvaise qualité, voire élimé, comme pouvait avoir un simple citoyen en ces temps de disette en tout genre.

Le Vice-Procureur prit en premier la parole, lui aussi avait une voix d'outre tombe, décidément cela allait être annonciateur de la suite et de moments compliqués pour André :
« Monsieur l'Inspecteur, non on ne peut pas arrêter Monsieur Pierre Loutrel, il appartient à un service de Police apprécié par la puissante occupante ». Traduction pour André : « il a trop d'amis aux mains couvertes de sang et bien placés au sein de la Gestapo des sales collabos français ». André fit mine d'être surpris : *« Mais Monsieur le Procureur, j'ai tous les éléments pour pouvoir l'inculper ».* Le Procureur lui répondit sèchement : *« c'est à la Justice de décider d'une inculpation pas à un Policier ».* André rebondit : *« Certes, Monsieur, mais j'ai assez d'éléments pour l'interpeller et qu'il soit placé en garde à vue afin qu'il s'explique sur les faits qui lui sont reprochés ».* Que c'était bien dit mais bien vain, en face des deux pontes qui tremblaient qu'on arrête un ami de nos ennemis qui nous occupaient depuis plus de trois ans. Le Directeur reprit la balle du Procureur au bond comme à Roland Garros d'avant-guerre, il fit un coup droit qui laissa André sur place : *« Écoutez André... »,* ah il avait appris son prénom, ce n'était vraiment pas bon signe, il avait dû enquêter sur cet Inspecteur demandant l'impossible, il était maintenant dans le viseur de ces deux hauts responsables qui sauront

retourner leurs vestes de qualité en temps voulu, ce n'était pas de bonne augure que l'on soit en 43 sous la botte allemande ou en 44 pendant la libération. Le Directeur continua : *« André, on vous a donné un ordre, vous allez mettre de côté ce dossier, non vous allez me le remettre »* la confiance régnait, *« et on verra plus tard, voilà vous pouvez disposer ».* André était résigné, avec l'échec d'Émile Buisson et là l'interdiction d'approcher un complice des barbares. André s'exécuta, il alla chercher le dossier de Pierrot le Fou qu'il avait monté avec tant de sérieux et de temps passé au bureau. Il laissa la volumineuse procédure, signe de beaucoup de recherches, dans la matinée à la Secrétaire incendiaire mais qui n'allumait rien pour André, elle ne lui répondit pas merci, et il décida de partir se promener en cette belle journée ensoleillée le long de n'importe quoi d'autre que la PP pour oublier toute cette merde. Pour résumer cette histoire, c'était donc une affaire qu'il ne fallait pas faire, une fois de plus.

André commença à vraiment désespérer de tout, une lassitude l'envahissait, une amertume générale se trouvait dans son corps et il n'y avait plus de bon boulot pour oublier et faire passer le temps maudit, pour enterrer le tout, et surtout l'histoire du Vel d'hiv, horreur dont André a été un des acteurs mais à l'insu de son plein gré. Certes, il y avait bien en cours cette affaire de cambrioleurs en collaboration, là dans le bon sens du terme, avec la belle Michelle de la Brigade des mineurs de Paris, mais là aussi cela pouvait sentir le roussi concernant la découverte de la vérité, on le verra dans la suite de cette narration d'une vie triste d'un Inspecteur de la PP PJ entre 40 et 44, pas trop héros sur les bords, et quelque peu « mollasson » au centre. Finalement, afin d'encore plus déconnecter, André décida de prendre son vélo, sa seule richesse au printemps 43, Stalingrad venait de se finir, le débarquement en Italie se préparait mais la PP PJ était encore loin de se libérer, elle était encore et toujours sous le carcan des thuriféraires du régime qui eux-mêmes étaient sous la botte de l'ennemi. C'était trop lourd pour André, alors un peu de vélo le long du canal de l'Ourcq c'était une bonne idée, il ira seul, cette Michelle étant occupée à gérer le placement de pauvres enfants abandonnés par de pauvres parents. André avait pris un sac pour y mettre de l'eau et un morceau de pain avec un reste de margarine, qu'elle était loin la France des grands Chefs, de l'art culinaire connu dans le monde entier. La cuisine française se résumait pour la journée d'André à ces trois aliments, de l'eau, du pain et un ersatz de beurre, et encore c'était presque un luxe, le pain n'étant pas trop noir et rassi, mais l'eau n'était que du robinet parisien, pas d'une grande source, alors qu'on était quand même sous le régime que l'on appelait « de vichy ».

André aimait parcourir ce chemin de hallage le long du canal en partant de la rotonde de la Villette, quartier populaire et sympathique avec ses nombreux bistrots typiquement parisiens même en ces temps de restriction. André appréciait cette variation de paysages sur les rives du cours d'eau, au départ on était dans l'industriel, les usines, la vie des ouvriers du côté de Pantin la révolutionnaire, on continuait dans ce que l'on appelait avant guerre la ceinture rouge, Bobigny, Romainville, Noisy-le-Sec, Bondy, les Pavillons, Sevran, avant d'arriver dans la campagne de cette région parisienne tellement urbaine, avec les communes rurales de Claye-Souilly, le petit village d'Annet-sur-Marne et son château, pour finir par s'arrêter dans cette commune au drôle de nom de Trilbardou. André avait fait une bonne trotte jusqu'à ce joli village, il était passé sous les saules pleureurs du chemin de hallage loin de tout, du gris de Paris, même en ce jour de beau temps.

Lors de sa halte, il avait mangé avec appétit, on devait bien s'adapter, son morceau de pain et bu son eau de Paris comme si c'était un repas pris dans un grand restaurant de la capitale de la gastronomie mondiale. Après ce repas des plus frugal, il s'allongea dans l'herbe à l'ombre protecteur d'un vieil arbre qui en avait vu passer des ennemis de la France, des enfonceurs des lignes de défense de ce vieux pays. Et en dessous de ce monument naturel qu'on pourrait appeler aux morts, tant les guerres avaient été nombreuses dans cette plaine, André pensait, faisait une énième fois le bilan de la situation, et elle n'était pas glorieuse, il se posait encore plein de questions existentielles sur le pourquoi et le comment d'être flic à la PP PJ entre 40 et 44, et comme d'habitude, il n'avait pas de réponse. Faire l'autruche comme il le faisait ne suffisait pas à éviter les coups sur la tête, collaborer n'était pas décemment pensable et résister était difficilement envisageable tellement la chape de plomb était lourde et étanche. On avait vu sa réponse pour les Brigades de chasseurs de résistants en tous genres, ses enfants et sa vieille mère, pour le maquis même impossibilité. On avait donc pour la BS 2 de fausses vraies raisons pour surtout ne pas y aller, et pour la résistance de vraies raisons pour malheureusement ne pas y partir. André réfléchissait à tout cela, il essayait de penser à l' avenir, chose tellement difficile en ces temps d'arrêt de l'Histoire de France, il avait entendu sur les ondes clandestines de Radio Londres que les alliés avançaient pas à pas, mais cela semblait si lointain, si improbable, comme si ce Reich allait vraiment durer mille ans, c'était long mille ans à l'échelle d'un petit Inspecteur de Police sans envergure, ça en faisait des semaines et des semaines à souffrir dans son coin de Paris, abandonné par tout le monde et surtout par la destinée. Voilà, André était sans destinée, il y avait une porte en fer devant lui, elle n'avait pas de clé, elle était fermée, et il n'était pas sûr en cette année 43 que les alliés puissent la franchir.

C'était un Reich de fer et d'acier avec des dirigeants français en carton pâte qui, depuis l'entrevue de Montoire, prétendaient que l'Allemagne nazie était l'avenir mais surtout le présent de l'Europe, qu'on devait se faire piétiner en attendant d'être écrasé totalement pour finir dans les poubelles de l'Histoire. Tu parlais d'un avenir radieux, André aurait presque envie de vivre en URSS avec les camarades soviétiques chez qui tous ces intellectuels français étaient allés en prétendant à leur retour que tout était beau là-bas, même le moche, et si André savait que c'était de la foutaise, il tentait quand même d'y croire juste un temps, tellement il était désespéré par « sa non vie » de flic sous l'occupation. Certes, André avait entendu parler des camps d'internement du côté de la Sibérie où on reconstruisait le mauvais citoyen en « le transformant » en bon serviteur des soviets, ces camps de la déjà presque mort étaient gardés par des sortes de policiers, la Guépéou, police qu'on disait politique pour ne pas prononcer le mot de bourreau. Ce n'était pas resplendissant comme projet de vie, mais André était perdu, il commençait à se dire : *« Tout mais pas ça, pas la France nazie »,* peut-être que finalement Gide n'avait rien compris à son retour du voyage en URSS, que c'était Aragon qui était dans le vrai. Là-bas, chez les inventeurs du pays communiste, et comme l'écrivait le poète officiel du parti, finalement tout était mieux, plus grand, plus fort, plus beau, plus mieux, les vaches donnaient plus de lait que celles du Limousin, le blé était plus dense tellement il était heureux de pousser sur les belles terres d'Ukraine, les enfants plus grands étant élevés au bon pain blanc des plaines de l'heureux Caucase, et les femmes jouissaient tellement plus fort, ayant des hommes avec des sexes si solides et si endurants grâce à l'écoute quotidienne de la pensée « du petit père des peuples » à grosse moustache. Rapidement, sur toutes ces pensées stupides et surréalistes, que l'on ne trouvait que dans ce journal de désinformation appelé avant guerre « l'humanité », André s'endormit d'un sommeil profond et réparateur de la fatigue, mais pas de la tristesse ambiante. En se réveillant, il avait sa « gueule de bois permanente depuis juin 40 », le nazisme ça vous détruisait de toutes les façons possibles, soit dans un camp à l'est de l'Europe « soit à l'étouffée » dans une ancienne capitale de l'Ouest de ce vieux continent.

André, la tête même pas dans le pâté, puisqu'il n'y en avait plus sauf au marché noir, reprit son vélo et pédala avec beaucoup moins d'entrain qu'à l'aller, revenant vers ses soucis quotidiens, et dans ces cas-là il n'avait que des mauvaises pensées, il avait l'impression que dans sa tête tournait en boucle la propagande cette fois-ci de Radio Paris qu'il entendait dans certains bureaux de la PP. On parlait à longueur de journée *« de juiverie qui suçait le sang du bon aryen et du bon français », « de Communistes au couteau entre les dents et à la sauvagerie animale comme tout bon slave », « de ces Américains vendus aux Francs-Maçons qui étaient si mauvais qu'on parlait de complot Judéo-maçonnique, alliés en plus aux Soviétiques ».* André en avait la gerbe, il n'en pouvait plus, surtout lorsqu'il entendait les commentaires de certains de ses collègues sur la pertinence des arguments nazillons de cette voix nasillarde parlant dans le poste dévolu à la collaboration. André n'avait plus d'essence dans le moteur, même les produits les plus illicites du tour de France ne lui auraient pas redonné du tonus, il n'était plus cet André au matin du 23 juin 40 lors de sa balade matinale, à suivre le Tamerlan du vingtième siècle en goguette dans un Paris livré à l'ennemi. André n'avait plus l'espoir de ravoir de l'espoir, il y aurait peut-être cette belle Michelle dont on va parler, dont on va faire l'historique, car elle va entrer dans l'histoire et dans l'Histoire. Mais pour l'instant André pédalait dans le vide, il n'avançait plus au sens propre et figuré, et Paris devenait de plus en plus difficile à atteindre, il transpirait, il n'était pas bien, finalement de guerre lasse il arriva à bon port dans son HBM du nord de Paris, il monta son vélo avec difficulté, il rentra dans son appartement, il se déshabilla, il se doucha, puis s'écroula dans son lit, il n'avait pas faim, il n'avait pas soif, il voulait juste oublier tout ce qui l'entourait, juste avant de dormir. Il pensa à ses deux enfants en sécurité chez les beaux-parents, ça c'était positif, mais rapidement André vit ses beaux-parents, et là le négatif revenait, ces profiteurs du malheur des autres avec leur marché noir et leur place de notables de province occupée, il fera une nouvelle nuit blanche à se remémorer tout le mal qu'on lui faisait, que ce moment d'Histoire lui faisait.

Le pire dans cette histoire de Pierrot le fou sera qu'un an après l'affaire menée par André, ce « dingo » de Loutrel allait être mêlé à une énième affaire de racket de bar. Là, en 1944 ce sera un bistrot situé rue Vavin dans le dix-septième arrondissement de Paris, cet établissement avait comme nom le « Chaplin » comme Charlie cet artiste qui avait tant fait rire et rêver André et ses enfants. Une nouvelle fois le sordide du fond de l'affaire se mélangera avec le sordide de la période. Loutrel menacera le tenancier et les employés de violences, de dénonciation, de mort, enfin de toutes les menaces possibles et imaginables pour son cerveau de malade mental, cela afin d'obtenir une remise d'argent. Cette fois-ci il ne tuera pas un pauvre serveur, il enlèvera et tabassera avec sa bande de malandrins dans la forêt de Clamart un pauvre Inspecteur de Police, un certain Ricordeau Henri, flic de quartier qui voulait lui aussi faire son boulot et empêcher le racket de continuer. La hiérarchie de la PP cette fois-ci s'offusquera, peut-être que la période de juin 44 était plus propice aux protestations contre les actions des auxiliaires de la Gestapo, cette date résonnant évidemment avec un débarquement à l'ouest et une arrivée imminente de cette armée américaine, certes composée *« de nègres et financée par les juifs »,* mais tellement puissante en cette dernière année d'occupation. Finalement, les occupants teutons peut-être plus à l'écoute des pleurs des collabos, lâcheront leur exécuteur des basses œuvres, toute la PP PJ essaiera d'interpeller Pierrot.

Alors qu'un an auparavant André aurait pu l'avoir, lui qui avait tous les éléments, ses cachettes, ses points de chutes, ses maîtresses, trois cent soixante-cinq jours après, ce n'était plus la même messe, et les pontes allaient échouer à le choper, on ne demandera rien à André qui aurait pu aider, les cadors pensant pouvoir mieux faire alors qu'ils ne le feront pas. Le gros problème pour André dans cette histoire était qu'un presque Directeur et qu'un presque Procureur avaient détruit une procédure en 1943 diligentée contre un individu qui en juin 1944, au moment d'un débarquement, ne sera plus trop « en cour » et qui le sera encore moins en septembre 1944 lors des soldes de tout compte de l'occupation. Deux hauts fonctionnaires allaient devoir s'expliquer sur ce manquement, et même si le célèbre adage *« responsable mais pas coupable »* n'était pas encore connu en septembre 1944, l'adage employé à cette date sera moins alambiqué : *« ni responsable, ni coupable, mais le sous-fifre d'André qui savait beaucoup trop de choses devra payer et disparaître à tout prix ».* En attendant cela, on allait dorénavant évoquer les rares moments de bonheur que traversera André entre 1940 et 1944, en revenant tout d'abord à l'année 41.

Le temps perdu que l'on ne retrouvera pas

C'était bizarre l'amour fou, l'amour d'une vie, l'amour de sa vie, on voyait l'autre personne comme celle qui était unique, indispensable, dont on ne pouvait se passer sous peine de mourir, comme deux inséparables, ces oiseaux que l'on ne devait pas séparer sous peine de mort immédiate ou presque. Et André ressentait cela envers une femme, la jolie Michelle, il savait que c'était la compagne de sa future vie, celle dont on pensait presque à tous les moments même lorsqu'on avait autre chose à penser, celle qui vous rendait heureux, l'unique qui pouvait vous rendre léger, avec ce petit soleil quelque part à l'intérieur qui réchauffait. Celle qui vous faisait penser que la vie était belle même si les nazis occupaient votre pays ou que votre pays avait perdu la finale de la Coupe du Monde. Malgré cela, malgré ce sentiment de voler qu'il ressentait, André, étant un vrai « torturé du bulbe », se posait plein de questions. Il se disait : *« c'était étrange cette impression car en France ou à travers le monde on aurait pu rencontrer une autre personne que cette unique si la destinée avait suivi un chemin différent ».* En effet, sur ces millions de femmes il y en avait bien quelques-unes avec qui on aurait ressenti la même chose qu'avec l'amour de sa vie, et malgré cela on était dans l'esprit que cette femme, cet amour de la vie était la seule, l'unique qui pouvait vous rendre heureux, alors que finalement c'était faux ou en tout cas pas complètement vrai, d'autres auraient pu le faire, on aurait alors sûrement ressenti le même sentiment envers cette autre qui n'était pas l'autre, celle que vous aviez choisi d'être la seule. Cette femme unique qui rendait heureux comme aucune autre ne pourrait le faire, même si d'autres auraient finalement pu le faire, toutes ces choses compliquées c'était peut-être cela la magie de l'amour, car on était sincère mais dans un mensonge de l'esprit. De plus, cette « magie de l'amour » c'était pratique, lorsque l'amour de sa vie se flétrissait il pouvait renaître sous le trait d'une autre qui elle aussi sera l'unique, avant peut-être elle aussi d'être une ex-unique. En tout état de cause, André allait devenir amoureux et ça allait faire un peu de bien, cela faisait longtemps que l'amour unique d'avant n'était plus, il ne fallait pas se voiler la face, Françoise c'était fini, et bien fini, même si on gardait une apparence, enfin pas grand-chose car l'un à Paris, l'autre à Vichy et les enfants dans la Sarthe, ce n'était pas terrible pour garder un peu de couple.

Mais là, pendant deux ou trois années, depuis finalement l'horreur de l'occupation et des massacres, au milieu de ce tas de fumier, avait poussé une jolie fleur, quelque chose de différent qui sortait de l'ordinaire, quelque chose qui était si bon, dont le parfum était envoûtant, qui faisait que le cœur battait fort, qui vous donnait l'esprit léger. Cet état général vous faisait sourire même si votre chef vous faisait chier, même si le ciel était gris et humide. Et cette raison à cet état physique hors norme était une femme, une belle femme, une personne belle tant pour le physique que pour l'esprit, qui avait dans ses yeux, dans ses mouvements, tellement de choses à vous donner que vous vous disiez que toute une vie ne suffira pas à en connaître tous les recoins. André en était là, depuis qu'il avait rencontré cette Michelle, une Auxiliaire de Police de la Brigade des mineurs. Elle y travaillait depuis plusieurs années, elle s'occupait de l'enfance malheureuse qui n'avait pas attendu les années 40 pour exister. En 1935, la Préfecture de Police de Paris s'était dotée d'un service spécialisé pour les mineurs en danger, et dans ce service étaient apparues les premières femmes, non pas policières mais Auxiliaires de Police, en gros c'était du pareil au même, mais comme c'étaient des femmes on n'avait pas voulu leur donner tous les attributs du flic viril, donc les titres et le salaire. Mais n'empêche, c'était une première brèche dans la citadelle masculine de la PP, et quelle brèche pour Michelle. Elle était intelligente, vive d'esprit, belle et sympathique, donc la femme parfaite pour celui qui en était amoureux, et André était tombé amoureux, la solitude dans un Paris occupé par des nazis c'était pesant à la longue, l'amour faisait tout oublier ou presque, les nazis, les collabos, les lâches, les traîtres, peut-être pas quand même le Vel d'Hiv, mais en tout cas cela faisait du bien au cortex.

La première rencontre avait eu lieu en début d'occupation, André n'était pas très bien, certes comme tout au long de l'occupation mais là il n'était vraiment pas bien, c'était en 1941 au plus fort du néant, lorsqu'on pensait qu'il n'y avait pas de bout du tunnel, que le Reich allait réellement durer mille ans. André ce jour, devait se rendre au 12, quai de Gesvres à la Brigade des mineurs de Paris. Ce service gérait des mineurs qui étaient mal en point, qui étaient battus par des parents perdus et de mauvaises vies. C'était glauque, sale et ça puait ces affaires traitées chez « les mineurs », et comme pour toute chose compliquée il y avait des femmes, beaucoup de femmes, une majorité de femmes à la différence du reste de la police où il n'y avait presque que des hommes. Là où ces derniers étaient en nombre, les histoires étaient plus simples, il y avait un gentil, la victime et des méchants les bandits, et la Police courait et arrêtait les méchants, puis les interrogeait, les tapait un peu beaucoup, pour les présenter en plus au moins bon état à un Juge qui jugeait. Aux mineurs, ce n'était pas pareil, on était en face souvent de l'indicible, mais aussi d'affaires pas claires, où l'enfant auteur était victime, les parents maltraitants étaient des malheureux, où la pauvreté donnait des classes laborieuses donc dangereuses pour les enfants. Il fallait de la sensibilité, de l'affect et du recul par rapport aux enquêtes, il fallait donc des femmes pour mener cela à bien. En effet, un enfant même voleur ne devait pas être traité comme un voleur adulte, et ça, une femme le comprenait sûrement mieux qu'un homme. Comme on l'avait déjà dit, à la PP on était dans un monde où l'homme dominait totalement, on avait certes recruté des femmes mais sans leur donner le même titre et salaire. Et Michelle était de celles-là, elle faisait des enquêtes sur la jeunesse dangereuse, et malheureuse.

André était venu quai de Gesvres, étant toujours à la recherche de son équipe de cambrioleurs des maisons d'exilés puis des juifs une fois que les premiers étaient revenus. Ces malfrats employaient des enfants pour faire le « chouf », pour prévenir si la police passait ou tout autre perturbateur. Et André avait du mal à remonter l'équipe, il se disait que ces jeunes employés pour le « chouf » une fois identifiés parleraient plus facilement et balanceraient des noms. Ce jour de 1941, André était dans le couloir de la Brigade des mineurs, c'était un haut immeuble indépendant situé le long de la Seine. André se présenta accompagné de son jeune collègue Alexandre, les premiers fonctionnaires rencontrés n'étaient pas très avenants, ils leur répondaient à peine, visiblement ça emmerdait un peu tout le monde ces questions, à la B.M Paris les autres n'étaient pas vraiment les bienvenus, on était dans l'entre soi, ce qui était très con puisque André était de la même direction, la PP PJ, que voulez-vous l'humain était ainsi fait, des fois. Mais, car il y a toujours un mais, sinon la vie serait trop simple, Michelle sortit de son bureau au moment où André arrivait au fond du couloir, il n'avait pas obtenu beaucoup de renseignements, il commençait à se dire qu'il perdait son temps ici, il croisa donc le regard de Michelle qui avait entendu ses questions sur ces jeunes faisant le « chouf » pour « des montes-en-l'air », elle avait des choses à dire aux collègues venus à la pêche aux renseignements. Elle leur expliqua succinctement mais efficacement: *« Je m'occupe depuis peu d'une petite bande d'ados, tous âgés entre 11 et 13 ans et qui semblent vivre la belle vie alors qu'ils habitent dans des taudis avec des parents qui sont ivres toute la journée et qui sont surtout plus assidus à la soupe populaire qu'au travail ».* Elle rajouta : *« Aidée par mes indics j'ai appris que ces jeunes se sont mis à la colle avec des grands, je ne sais pas exactement ce qu'ils font ces caïds, mais visiblement il s'agit d'une bande très bien organisée, et assez violente, pour l'instant je n'en sais pas plus ».* Michelle faisait donc entrer, après ce début d'histoire d'enfants à la colle avec des malfrats, Alexandre et André dans son bureau qu'elle partageait avec deux autres auxiliaires de Police. Ce bureau avait la particularité de donner sur la Seine, avec en arrière plan la conciergerie, cette ancienne prison magnifique avec ses tours rondes, qui avait détenu tellement de monde pendant la révolution qu'elle se reposait en ces années 40. Elle était devenue un musée où l'on pouvait visiter la cellule de Marie-Antoinette et humer l'air de la terreur révolutionnaire en se disant que la terreur actuelle n'était pas la première, et malheureusement sûrement pas la dernière. Michelle sortit d'une pile d'autres dossiers, une pochette où se trouvaient plusieurs noms et des photographies d'enfants aux têtes bizarres, des têtes cabossées par le début de leurs vies. Michelle les connaissait bien ces jeunes des bidonvilles du quartier du Franc Moisin à Saint Denis, leurs vies n'étaient que violences, viols et débrouillardises. Pour se sentir plus fort on était en bande, et ces bandes pour se sentir encore plus fortes se mettaient au service de groupes de truands chevronnés. Michelle précisa : *« Je me suis arrêtée au niveau des jeunes, je n'ai pas cherché à monter plus haut et à retrouver les chefs ».*

Elle avait déjà assez de boulot avec toutes ces équipes d'ados en perdition autour de Paris qu'elle n'avait pas trop « gratté » pour leurs commanditaires. De toute façon elle n'était qu'auxiliaire de Police donc une sorte d'Assistante sociale un peu plus « pêchue » mais pas une Inspectrice. Elle avait bien essayé de sortir de la spirale infernale certains de ces jeunes, dont le plus petit par la taille et l'âge, Fortune, 11 ans et pas toutes ses dents. Justement elle pensait que pour André c'était celui qui pouvait parler et apporter des éléments, il n'était pas encore complètement foutu, pourri par la vie de misère, il avait encore ce regard d'enfant certes caché par beaucoup de vices et violences, mais lui on pouvait encore lui nettoyer ces saloperies et peut-être, non pas le remettre dans le droit chemin, mais au moins le sortir du fossé. De toute façon, en 1941 aucune route n'était droite, il n'y avait que des chemins défoncés remplis de boue et de mort, le futur de ces jeunes désœuvrés n'était pas la priorité de la révolution nationale, ils n'étaient juste que les héritiers de ce que la mauvaise France avait enfanté. Michelle avait pour finir dit à André et Alexandre : *« Je veux bien vous accompagner à Saint Denis pour discuter avec ce petit Fortune, il n'y a pas de problème, je vais vous aider ».* Rendez-vous était donc pris pour cette enquête qui avançait à son rythme.

André repartit de la BPM assez content pour son dossier des cambrioleurs violents, mais finalement est-ce que c'était ça le plus important, surtout pour les caciques de la PP, les victimes de ces voleurs étaient souvent juives et la protection des juifs n'était pas la priorité de l'État français en ces années 40, c'était le moins que l'on pouvait dire, par contre les yeux bleus de Michelle, ses cheveux dorés et son corps gracieux étaient eux, beaucoup plus importants, surtout pour André. Michelle avait illuminé ces locaux sombres par sa beauté et sa vivacité, et même si son uniforme d'auxiliaire de Police était d'une « mocheté » rarement égalée, elle restait magnifique dans cet accoutrement, Michelle n'était certes pas qu'un corps, mais quel corps elle avait. Tout au long de leur discussion, André avait ressenti quelque chose de nouveau, ou plutôt il avait ressenti à nouveau quelque chose, il était comme un tout jeune homme qui rencontrait sa première fille, tout joyeux, tout plein de choses dans les yeux tellement les yeux de l'autre étaient splendides et profonds. André n'avait pas tout de suite pris conscience du trouble qu'il ressentait en face de Michelle, au départ ce n'était qu'un sentiment de bien-être, regarder et écouter un personne intelligente et belle, puis petit à petit être submergé par une impression douce et enveloppante, un sourire hypnotisant et surtout un regard d'un bleu qu'on savait terriblement azur. En sortant, André se disait que tout avait roulé, qu'à chaque question il y avait une réponse, que tout fonctionnait, il n'y avait rien de négatif, c'était tellement différent du reste des rencontres surtout depuis ce terrible mois de juin 40, enfin du positif, du bon dans ce Paris occupé. André rêvassait dans le métro en revenant lorsque Alexandre le réveilla : *« dis-donc, tu as vu la fille des mineurs, elle était belle, et en plus j'ai l'impression qu'elle t' apprécie bien ».* André d'un coup sortit de sa torpeur et répondit : *« euh oui, enfin j'en sais rien, tu sais on a discuté quinze minutes, mais c'est vrai qu'elle est intéressante pour notre affaire ».* Alexandre poursuivit : *« elle est intéressante pas seulement pour la procédure »,* et il se mit à rire, lui avec sa petite gueule d'ange il n'avait pas trop de problème avec les femmes, et il parlait donc en connaisseur pour Michelle, et cela troublait encore plus André. Décidément cette visite à la Brigade des mineurs de Paris avait mal commencé mais s'était vraiment bien terminée. Au retour, alors qu'il s'installait derrière son bureau, André réfléchissait à ce rayon de soleil, l'occupation l'occupait un peu moins, il était occupé à penser à cette rencontre qui semblait sortir de nulle part, tellement elle était soudaine et inattendue.

André par la suite allait travailler régulièrement avec Michelle, « bizarrement » cette affaire de cambriolages en série devenait la procédure mise sur le dessus de la pile par André, c'était son affaire, celle qui le motivait, celle qui le boostait dans le gris de ces années 40, ses chefs directs eux, n'en avaient cure, mais cela ne gênait pas trop André, il s'était fait une raison depuis que le drapeau nazi flottait sur les Champs Élysées, plus rien n'avait d'importance, il fallait juste survivre et attendre on ne savait quel miracle. De toute façon, on l'avait déjà dit, en 1941 les seules choses qui comptaient pour la hiérarchie c'était la chasse aux cocos et la chasse aux juifs, et s'il s'agissait d'un coco juif alors c'était la priorité absolue des galonnés en soif de carrière de la PP. Les bons dossiers de droit commun d'André on s'en foutait un peu chez les hautes sphères, ce qui n'avait pas toujours été le cas. Mais chez les chefs de la PP, les priorités changeaient régulièrement au gré des vicissitudes de l'Histoire et des aléas des priorités évolutives. Une semaine après, André avait calé avec Michelle un transport au Franc Moisin pour y faire un premier contact avec le petit Fortune. André ce jour-là était tout différent, il était comme un ado qui allait à son premier rendez-vous avec une fille, il avait mal dormi, il avait pris du temps pour s'habiller, il se demandait comment il devait être, en mauvais costard comme il était presque tous les jours à la PP, eh oui, on s'habillait en costume à la PP c'était la tradition quand on était Inspecteur, sauf pour les jours d'interpellations ou de filature où André se mettait en tenue plus sportive au grand dam de ses chefs en costard gris. André s'en foutait un peu de leur courroux, il préférait être libre et efficace. Le problème pour un Inspecteur et donc pour André c'était que la solde n'était pas mirobolante donc la qualité des habits n'était pas terrible, encore plus depuis l'occupation, on gardait les costumes élimés, on n'avait pas les moyens de se payer des nouveaux costards réalisés par les tailleurs du coin de la rue, les Commissaires un peu plus, mais pas les Inspecteurs. Donc, à ce premier rendez-vous, André se demandait s'il s'habillait comme d'habitude pour un jour de bureau, c'est-à-dire pas terrible, ou s'il se mettait beau. C'étaient vraiment des questionnements assez hors sol en pleine occupation et terreur nazie, mais c'était peut-être cela la résilience de l'homme en attendant la résistance à l'occupant, continuer à vivre coûte que coûte, avoir l'insouciante légèreté de l'être qui vous faisait passer le temps en attendant les jours meilleurs, si un jour il y en avait.

André comme un jeune garçon avait préféré ne pas se rendre seul pour rencontrer Michelle et Fortune, il préférait être accompagné par Alexandre, oui comme un jeune puceau qui allait pour la première fois à un rendez-vous galant. Il avait peur de se retrouver con devant elle, maintenant qu'il avait intégré que c'était une superbe fille qui lui avait plu dès le premier coup d'œil. Alexandre et lui étaient arrivés par le bus à Saint Denis, ville ouvrière du nord de Paris. Commune placée à cet endroit pour éviter que les bourgeois de la rive gauche et droite se prennent dans la gueule les fumées des usines, on voulait bien aider le petit peuple par miséricorde chrétienne mais pas sentir leur saloperie qui sortait des cheminées, on ne voulait pas que les enfants des beaux quartiers s'attrapent une pneumonie ou plus, comme un vulgaire poulbot du nord de la Seine. À la descente du bus c'était un autre monde, André venait de la PP, d'à côté de Notre Dame de Paris, des immeubles haussmanniens, des bords de Seine, ici il y avait certes la Basilique Saint Denis, sépulture de nos rois anciens, mais c'était tout, le reste n'était que bidonvilles et jardins maraîchers qui permettaient d'améliorer l'ordinaire. Et là, devant justement cette basilique, André aperçut Michelle, la jolie Michelle avec le petit Fortune qui lui, le pauvre, n'était pas très beau, les représentations picturales de Poulbot ne s'étaient pas inspirés de lui, c'était une évidence. Ses parents dans leurs infortunes devaient quand même avoir un sens de l'humour très noir pour le prénommer ainsi. Mais André se reprenait rapidement, il n'était pas du genre à se moquer du faible, de celui qui ne pouvait lui rendre la monnaie de sa pièce, en cela il n'était pas comme beaucoup d'homo erectus de la PP ou d'ailleurs qui aimaient se moquer de celui qui était différent, qui n'était pas comme vous et moi, qui avait le corps tordu, le regard torve, ou les traits du visage faisant penser à un chevalier des steppes de la Mongolie, alors qu'il n'avait pas de cheval et qu'il était né en France. Cela rassurait le faible de caractère de se moquer de celui qu'on disait faible d'esprit, la différence faisait peur mais rassurait aussi, on n'était pas comme eux, on n'était pas né ainsi , nous on était « normal », ce mot qui ne voulait rien dire. Le fou du village était toléré comme une curiosité mais pas plus, s'il y avait un problème dans le quartier on saura le trouver pour l'accuser. L'handicapé en 40 n'était pas encore et ne sera peut-être jamais une part de la communauté, on le mettait de côté comme un lépreux dans une léproserie, et il paraîtrait même que ces salauds de nazis, qui faisaient toujours tout dans la démesure lorsqu'il s'agissait de l'horreur, mettaient les handicapés dans les mêmes camps que les juifs, c'était pour dire.

Ce petit Fortune, au visage tordu, aux yeux qui se croisaient tellement il louchait horriblement, ne risquait pas dans ces années d'occupation nazie de se sortir du taudis qui lui servait de maison natale. Michelle l'avait bien compris, le fait qu'il aidait de temps en temps des cambrioleurs ne pouvait pas trop surprendre en ces temps de grande misère. Michelle n'avait pas la politique de l'excuse à tout prix pour les mineurs délinquants, mais là on était dans un cas extrême, d'école même. De toute façon la politique de l'excuse dans cette première partie du siècle n'était pas trop à la mode, on traitait certes un peu mieux les mineurs délinquants depuis qu'en 1912 on avait inventé les Juges des enfants, mais les bagnes pour mineurs avaient la peau dure, et l'occupation nazie n'aidait pas à mieux comprendre l'historique d'un jeune délinquant. On verra plus tard, après 45, pour affirmer que tout mineur délinquant était d'abord et exclusivement une victime, où la politique du tout expliquer pour presque tout excuser deviendra la règle dans certains milieux judiciaires ou politiques, pour l'instant c'était classe laborieuse égale classe dangereuse, et si c'était un fils de notable qui dérapait on le cachait quelque part dans un monastère ou à l'étranger dans une mission afin de ne pas salir la réputation de la famille.

Michelle présenta Fortune à André, elle le faisait avec tact et intelligence, tout en professionnalisme d'un fonctionnaire rompu à travailler avec et pour les mineurs. André était impressionné, de toute façon dorénavant il ne sera plus objectif avec Michelle, pour lui elle était toujours parfaite, et belle bien sûr. En tout cas, ce matin-là tout était parfait, le petit Fortune était malin à défaut d'être intelligent, il avait compris qu'il pouvait obtenir des choses de ces policiers s'il collaborait, même si ce nom pendant cette période avait un sens particulier. Il savait alors très bien que ces types pour qui il travaillait et qui le traitaient souvent mal, pourront être remplacés par d'autres délinquants. Fortune n'allait pas parler tout de suite, il se faisait désirer, il faudra donc plusieurs rencontres et cadeaux pour qu'il se mette à parler, et cela ne déplaisait pas à André, car à chaque discussion il y aura Michelle, et cela permettait à André de prolonger le plaisir. Surtout qu'il n'était pas un rapide cet André, d'abord il était marié et même s'il y avait de l'eau dans le gaz, il n'avait jamais trompé sa femme, trop compliqué, pas le temps et pas l'esprit à le faire. Mais surtout Michelle était fiancée, et ça il l'avait su trop vite à son goût, avec un militaire qui était on ne savait où, car autant elle avait parlé de son homme, autant elle ne disait pas à André où il se trouvait actuellement, dans un camp en Allemagne, avec De Gaulle à Londres où ailleurs, donc cela coinçait aux entournures pour cette histoire. Mais en attendant André prenait du plaisir à voir, discuter et rire avec Michelle, c'était un plaisir un peu masochiste car plus il la voyait, plus il tombait dans une sorte de béatitude, plus il se disait que cela ne servait à rien, lui étant un piètre dragueur et elle étant une femme fidèle. Mais dans ces années 40 le plaisir simple de discuter, d'être en présence d'une bonne personne était déjà un luxe, une rareté dont il fallait profiter, et André en profitait.

Pour l'affaire des cambrioleurs, grâce à Fortune et ses confidences, André avait identifié quatre individus, des méchants qui profitaient du « bordel ambiant » de l'après 40 pour entrer dans les hôtels particuliers ou les belles demeures des beaux quartiers. Au départ ils avaient privilégié les maisons abandonnées par ceux qui étaient partis sur les routes de l'exode, là pas besoin de faire le guet, il n'y avait plus de police digne de ce nom, il n'y avait plus de voisin, il n'y avait plus de France. Dorénavant ils visaient surtout les familles juives, celles qui étaient riches, pas celles pauvres et misérable qui seront raflées en juillet 1942. C'était pratique, les juifs ayant du mal, c'était un euphémisme, à se faire entendre et « être aidés » depuis que le vieux Maréchal s'était sacrifié pour la France et dirigeait d'une main tremblante et flétrie notre pays à la dérive. Lorsque le juif venait dans un service de Police, c'était plus pour se faire recenser par les autorités que pour se plaindre. Les cambriolages étaient violents, si les marlous rencontraient les pauvres propriétaires, ils les ligotaient, ils les bousculaient et même ils les torturaient, tout ça pour obtenir la clé du coffre ou la cachette secrète de leurs économies. Pour les maisons des juifs, ces professionnels du crime étaient secondés par des gamins des bidonvilles qui faisaient pour eux « le chouf » afin d'éviter de tomber nez à nez avec la nouvelle police française ou allemande même si ces derniers n'auraient pas été gênés de participer au dépouillement des biens de juifs, c'était un « passe-temps » assez répandu chez les nazis. Dans le cas présent, ce qui pouvait être embêtant était le fait que c'étaient des Français qui le faisaient sans avoir obtenu l'autorisation des nouveaux maîtres. « Le chouf » pouvait aussi aider contre les voisins revenus de la campagne et de la mise au vert. Pendant l'occupation, le sport préféré étant la dénonciation, il valait mieux pour ces voleurs se prémunir contre la vieille dame ou le vieux monsieur caché derrière ses volets qui préviendra de suite la patrouille de ce qu'ils voyaient. Dans les années 40, on dénonçait tout autant le juif, le résistant, le coco et le cambrioleur, cherchez l'intrus.

Le petit Fortune avait donné à André quatre surnoms : *« Il y a le Mamouth, le capitaine de l'équipe, le chauve et le pâle, c'est tout ce que je sais monsieur ».* Drôle de liste et sacré équipe que ces gars-là, du bon gros voyous, des durs, des tatoués, des sans-cœur, sans état d'âme lorsqu'il s'agissait d'obtenir des aveux, d'obtenir le grisbi des pauvres riches qui occupaient les belles demeures visitées. André avait des noms, il allait devoir maintenant faire tenir la procédure, il fallait des billes pour les foutre en garde à vue avant de les cuisiner et de les présenter à un Juge d'Instruction. Il y avait du boulot, et il aimait ça, l'enquête, la recherche des éléments, le puzzle qu'on construit, le travail intellectuel pour établir ce qui s'était passé alors que l'on n'y était pas, pour bien comprendre il fallait faire des planques, des filatures, des auditions, des constatations, des réquisitions, des confrontations, des représentations derrière des glaces sans tain. Et tout cela il fallait l'écrire, le mettre noir sur blanc dans un livre qui s'appelait la procédure pour qu'un Procureur, puis un Juge enquêteur et finalement un Juge qui juge prennent une décision finale : « coupable ou non coupable ». En France, on était livresque, on était dans l'écrit, dans le papier voire la paperasse, il fallait tout mettre sur la feuille, tout ce que l'on faisait pour faire condamner quelqu'un. On n'était pas aux États-Unis, le pays où la justice était un commerce, un commerce oral où on négociait la peine, et plus vous êtes riche, plus vous payez pour ne pas aller en prison, et plus vous êtes pauvre plus « vous payez » et vous allez en prison. Bon, il fallait bien l'avouer, quand on était Inspecteur à la PP PJ on n'écrivait pas toujours tout, il fallait être malin, des fois on obtenait des renseignements un peu de façon « border line », si c'était dans le but d'obtenir le plus proche de la vérité ce n'était que louable. Alors on ne l'écrivait pas afin d'éviter les donneurs de leçon, les baveux qui allaient en faire des tonnes sur la manière dont la police était déloyale. De toute façon dans les années 40 « les dés étaient pipés », tout était déloyal, la Police, la Justice, les avocats, le gouvernement, la France même, peut-être l'un des seuls qui restait loyal même des fois à l'excès, c'était un certain Inspecteur André Michel, mais c'était une autre histoire.

André commença donc ses premières investigations afin d'identifier complètement les mis en cause. Le groupe, il était encore au complet, décida de travailler d'abord sur le « Capitaine » car lui on savait qui il était, étant connu des fichiers, enfin on connaissait un type surnommé « le capitaine », et dans les fichiers de la PP PJ il n'y avait pas 10 malfrats surnommés ainsi. De plus, il n'y avait pas deux malfrats qui avaient été Capitaines de l'équipe de France. Si, si, un véritable Capitaine d'une équipe nationale de football, participant à la coupe du Monde en 1930 en Uruguay, un vrai champion mais un vrai voleur. Cet Alexandre Villaplane, après avoir raccroché les crampons, n'était pas devenu entraîneur ou journaliste sportif mais escroc, voleur en tout genre. Ce type était intéressant, il fréquentait beaucoup de marlous, il était de tous les mauvais coups, et donc il pouvait amener aux autres complices. On décida de le suivre, de voir sa journée type, ses habitudes, ses fréquentations, tout, il fallait tout connaître, c'était comme ça le travail de la PJ, on fouinait, on retournait tout, on allait au plus profond des choses, aucun détail ne devait être oublié, il fallait comprendre, donc tout savoir sur les clients.

Rapidement l'équipe d'André s'aperçut que ce Capitaine menait la belle vie, il fréquentait les boites de nuit à la mode comme le « one two two » de Monsieur Michel. Fallait savoir qu'entre 1940 et 1944, malgré l'occupation, les nazis, les fusillés, les rationnements, il existait plus de deux cents boites de nuit dans la capitale française, il fallait bien que le corps exulte malgré la guerre et l'horreur, on devait « s'encoquiner » pendant que le boche massacrait à tout-va. Paris était la capitale de la frivolité même sous les « frisés », et les copains et les coquins en profitaient plus que de raison. Et si ce Capitaine menait la grande vie presque tous les soirs, s'il payait sa tournée jusqu'à plus soif, il fallait bien que les finances suivent, et ce n'était pas sa « non activité » professionnelle qui pouvait régler les factures. Cet oiseau de nuit volait le jour, et ça André l'avait constaté, il en avait fait des planques et des planques entre les différentes affaires en cours et celle des cambrioleurs.

André ne comptait plus les attentes dans un square, dans un bar ou dans la rue pour assembler les multiples pièces des puzzles qu'étaient les enquêtes. Au départ il les avait faites le plus souvent avec Alex, il aimait bien le faire avec lui, il aimait sa discussion, ses idées sur tout, mais aussi et surtout sa tolérance, ça le changeait des autres bas de plafond toujours à s'en prendre aux gens qui ne pouvaient pas se défendre, surtout entre 40 et 44, les juifs, les francs-maçons et autres boucs émissaires en stock. En tout cas ces planques avaient apporté beaucoup d'éléments, à la différence de celles pour choper et rater Émile buisson. Cette bande de cambrioleurs était bien organisée, le petit Fortune, le mal nommé, avait été précieux et courageux, il avait continué à être en contact avec eux, il avait donné d'autres renseignements aux policiers, il avait fait cela car Michelle savait y faire avec les mômes, elle n'en avait peut-être pas encore conçu, mais elle pourrait en élever un cheptel tellement elle était forte avec ces têtes blondes, brunes ou rousses cabossées par la vie et l'injustice. Michelle avait trouvé sa voie, et sa voix portait à la Brigade des mineurs lorsqu'il fallait défendre l'enfance en danger, qu'il fallait mettre l'humain au milieu du village et faire fi des chiffres, des apparences et de la hiérarchie.

L'un des individus que côtoyait « Le Capitaine » était une force de la nature, une armoire à glace, un « Mamouth » comme il était surnommé. Un des collègues d'André, Sous-Brigadier de son état et fin policier, rencontré lors des recherches auprès des commissariats de quartier, avait expliqué que la description de ce type correspondait à un certain Albert Danos. C'était un méchant, un vrai, à chaque fois il était dans les mauvais coups et il en donnait des coups. Certains géants étaient débonnaires et n'usaient pas de leur force, lui si, au contraire il en abusait, il aimait taper, frapper, faire mal, et surtout lorsque ce n'était pas légitime, comme s'il avait besoin de se venger de quelque chose, de sa jeunesse pourrie ou de sa vie ratée. Le « sous baloche » rencontré expliquait que lors de certaines interpellations les flics avaient dû faire le coup de poing avec lui, la dernière fois des Allemands étaient intervenus et avaient demandé aux pauvres policiers français qui se faisaient malmener de ne pas répondre aux coups et de laisser tranquille ce type comme s'il était l'un des leurs. André avait tiqué, le Danos était copain avec les schleus et ça, ce n'était pas bon, on ne parlait pas encore de la « Carlingue » la Gestapo de la rue Lauriston, mais lorsque le « chauve » et le « pâle » allaient être identifiés, ça sentira encore moins bon.

Pour les suivants de la bande, il s'agissait de Jean Satore et Robert Gourari, ils étaient bien tous des membres de la Gestapo française, celle située au 93 rue Lauriston dans le seizième arrondissement de Paris, celle qui torturait « à tout va » sans vergogne et sans le vernis de la Police officielle comme les Brigades spéciales des RG. On était dans l'horreur absolue, à l'étage du dessus de la saloperie. Si les policiers des BS n'étaient pas très reluisants, les truands de la Carlingue étaient immondes, ils étaient dignes d'être des Allemands nazis, ils le seront presque officiellement pour certains à la fin de l'occupation. Cette Police parallèle, cette fausse police, mais tellement vraie dans cette période où il n'y avait plus qu'un ersatz de France, faisait la pige entre 40 et 44 à la vraie Police qu'était la PP PJ. Les Brigades de la PP RG employaient tous les moyens et même les moins avouables pour obtenir ce qu'ils voulaient, la Gestapo française faisait pareil mais en pire si cela était possible, et c'était possible. La différence était tenue entre une Police officielle qui était hors des lois et des valeurs de la République française et une Police officieuse qui était dans les lois et les « valeurs » du troisième Reich, la seule différence serait peut-être finalement qu'au sein de la Gestapo française il y avait de vrais truands alors que dans les Brigades Spéciales de la Police française il y avait des vrais policiers qui se comportaient comme des truands, ils en avaient le goût, leurs attitudes sonnaient comme les truands, mais ils n'étaient pas des truands, et c'était cela le pire, au moins rue Lauriston, on avait le casier judiciaire qui allait avec le titre.

André se retrouvait avec quatre types de belle facture mais qui risquaient de lui faire payer la facture, il avait la totale sur eux : les noms, les témoins, les caches où ils cachaient les produits de leurs méfaits, et comme ils étaient sûrs d'eux et de leurs protections nazis ils ne se cachaient presque pas, et s' ils avaient des caches ce n'était pas pour éviter la Police de leur pays mais pour ne pas se faire voler le fruit de leur sale travail par d'autres margoulins de leur espèce. Au moins Émile Buisson et sa bande, ils s'étaient planqués, ils avaient été en cavale, à l'ancienne, le Policier chassait et le truand fuyait le chasseur, mais là plus la peine on était dans un monde à l'envers c'était le truand qui pavoisait et le flic qui rasait les murs. André sentait une fois de plus que l'affaire risquait d'être une où il ne fallait pas mettre les pieds, on passait son temps à éviter les chausses trappes en 40 et 44. André était énervé de cette situation, il allait connaître le même problème qu'avec Loutrel où les ordres avaient été *« vous ne faites rien »,* là avec quatre cadors de la carlingue qu'est-ce que cela allait être, *« vous les décorez ».* Surtout qu'en grattant, André avait travaillé sur le « chauve », ce type avait la réputation d'être un as du cambriolage, il aurait pillé presque mille appartements, on ne prêtait qu'au riche, et près de 100 millions lui seraient tombés dans les poches, c'était du bon client, du genre à vous faire monter le palpitant, à rester jusque tard dans l'avancée de la nuit pour le faire tomber, la quintessence du métier de flic d'investigation. André décida de se poser, le dossier était là, bien monté comme un tirailleur sénégalais, mais il ne fallait pas aller trop vite en besogne, il avait compris l'enjeu de cette histoire. Il n'avait plus de Chef de service, René le Chef de groupe était en maladie une fois de plus, et Lucien l'adjoint suçait la roue d'un ponte quelconque, il était son propre chef, il allait mettre la pédale douce et essayer de réfléchir à comment tenter d'essayer de sauver l'affaire, la belle affaire. Il fallait se « la jouer serré » pour ne pas faire capoter tout, tout de suite.

Et quoi de mieux pour faire une pause que de reparler, de repenser à Michelle. André, depuis le début de cette histoire, était redevenu un autre homme, il était comme un jeune premier qui n'était plus de la première fraîcheur, à chaque rencontre de Michelle il était comme un fou, le matin en se préparant il prenait soin de bien choisir les costumes ou les habits les moins fatigués, ceux qui présentaient encore un peu de standing, il se parfumait avec un reste d'eau de Cologne très diluée à l'eau du robinet afin qu'elle dure le plus longtemps possible. Michelle semblait de plus en plus belle et désirable au fur et à mesure qu'André la voyait, il n'avait plus de limite à son désir d'être quelqu'un d'intime avec elle, mais il ne passait pas le pas. Il fallait dire qu'André avait le double handicap d'être un garçon qui respectait les filles et un homme qui n'avait pas une grande confiance en lui lorsqu'il s'agissait d'attaquer l'Everest, c'est-à-dire une femme que l'on trouvait désirable. Depuis le début de ce dossier des cambrioleurs, André et Michelle se voyaient régulièrement, officiellement pour le travail, mais y en avait-il un officieusement, en tout cas pour André oui, mais pour Michelle, qu'en était-il, quelle était l'évolution de ses sentiments depuis la première rencontre dans son bureau quai de Gèvres. La difficulté de cette situation pouvait se trouver dans le fait qu'effectivement il y avait un rapprochement des corps par le boulot, mais si on additionnait le tout est-ce que cela donnera une histoire plus intime, rien n'était moins sûr.

En effet, on l'avait déjà vu Michelle avait « un fiancé » comme on disait surtout entre 40 et 44 et le retour de la pudibonderie à l'excès. Et c'était pratique de dire fiancé, on ne prononçait pas le mot de compagnon qui était synonyme de péché, de non-respect des règles rances de la révolution nationale, en tout cas pour les femmes, les hommes eux, pouvaient avoir des maîtresses, même si on ne disait pas ce mot, mais on le pensait tellement fort avec ce petit sourire entendu qu'on savait de quoi on parlait lorsqu'on abordait ce sujet pour un cacique du régime de Vichy. Michelle avait donc un homme dans sa vie, mais ce dernier n'était pas trop disponible, à présent, puisqu'il était prisonnier en Allemagne, finalement elle l'avait avoué à André. C'était un brave gars que Michelle avait connu pendant des vacances familiales au Touquet Paris-plage, elle était jeune, 20 ans, et belle bien sûr comme toujours, lui était pas mal, sportif, gentil et surtout il habitait la maison d'à côté de celle louée les étés, le plus souvent pluvieux, par la mère de Michelle. Les parties de tennis commençaient entre filles au club de ce Louis, joueur émérite, espoir du club et de la ville, en attendant d'être celui de la région, voire du pays, par un glissement qui n'était pas que sémantique ; ils s'étaient revus pas que sur un terrain de tennis. De fil en aiguille et de regard en regard, il y eut un rapprochement définitif, la jeunesse devant s'exprimer, et surtout le désir, on coucha ensemble ce qui n'était pas grave en soi-même, mais qui pouvait être compliqué avant guerre lorsqu'on était des gens de bonne famille et que les précautions n'étaient pas prises pour éviter l'arrivée d'un intrus. Tout le monde ne couchait pas seulement pour procréer dans les années 30 ou 40, on le faisait aussi pour jouir au sens propre et figuré, jouir de la vie, jouir de plaisir, jouir pour oublier les emmerdes surtout entre 40 et 44. Louis et Michelle finalement avaient commencé à construire quelque chose à deux mais pas de façon officielle, il n'y avait pas de passage pour l'instant devant monsieur le curé, et la guerre arriva. Louis fut mobilisé, il rejoignit son régiment à la frontière en face des chleuhs, on les installa dans un magnifique fort « dernière génération » avec tout le confort, sur cette ligne appelée Maginot et surnommée l'infranchissable. Elle devait arrêter toutes les invasions possibles et imaginables par notre pauvre état-major composé de vieux gâteux certes décorés, mais qui n'avaient pas imaginé que l'on pouvait passer ailleurs, là où elle n'était pas. Louis avait donc fait une drôle de guerre, mot qui prendra un sens ridicule et terrible lorsque les nazis déferleront à travers l'Europe et sèmeront la terreur. Comment une guerre pouvait-elle être drôle, certes on s'était regardé de loin à la jumelle pendant un an, les Français tapaient le carton pendant que les Allemands renforçaient leur puissance, nos pauvres soldats faisaient le job et les andouilles devant les caméras des actualités françaises pour rassurer le citoyen qui n'avait pas envie de revivre 14/18 et les Allemands fourbissaient leurs armes. Ce qui était sûr, c'était que le peuple gallo-romain n'allait pas revivre 14/18, il allait connaître autre chose, un blitzkrieg accompli. En attendant Louis avait regardé de loin les boches, puis rapidement de très près, tellement qu'il avait été fait prisonnier presque sans combattre, les Allemands étant arrivés par l'arrière de la ligne, ce qui était con pour des fortifications dites infranchissables. Louis regardait vers l'est alors qu'il aurait dû regarder vers l'ouest, en tout cas la fortification n'avait subi aucun dommage, elle n'avait aucune égratignure, elle était comme neuve lorsque le combat fut terminé, malheureusement ce n'était pas parce qu'elle avait résisté au feu mais parce qu'on s'était rendu sans combattre.

Louis dut partir comme prisonnier dans un camp de l'autre côté de la frontière, il y resta toute la guerre, l'éloignement fera le reste. Michelle l'avait attendu dans un premier temps, mais l'espacement des lettres, les souvenirs des moments de bonheur s'estompant, la vie reprit le dessus, le corps demandait à exulter surtout que Michelle était encore dans la force de l'âge, et elle était belle, désirable et beaucoup d'hommes la désiraient. Elle aurait pu tromper celui qui n'était plus finalement dans sa vie, s'étant effacé, un paquet de fois, du beau monde lui tournait autour en commençant par le chef de la Brigade des mineurs qui, comme tout Chef de service, n'hésitait pas à vouloir jouer du droit de cuissage auprès des trop rares fonctionnaires féminins de la PP PJ. Mais Michelle n'avait jamais donné suite à tous ces messieurs en rût, elle était encore dans l'idée que Louis était celui avec qui elle ferait un bout de chemin après la guerre, mais comme on l'avait déjà dit, le temps faisait son effet, et l'arrivée d'André pouvait changer la donne. De façon insidieuse, mais tellement agréable, le doute s'installait dans sa tête. Dès le départ elle avait trouvé cet André, professionnel, carré dans ce qu'il disait ou ce qu'il faisait, cela la changeait de certains collègues de la brigade des mineurs de Paris qui n'étaient là que parce qu'ils avaient vu de la lumière. Puis, elle avait commencé à le regarder autrement qu'un collègue compétent, il avait un certain humour, un recul sur les choses ce qui entre 40 et 44 était comme une bouffée d'air frais dans ce monde irrespirable de l'occupation. Pour finir il n'était pas le plus moche de la couvée d'Inspecteurs de la PP PJ, il se maintenait bien malgré les années passant et les restrictions alimentaires. Il fallait dire qu'André aimait faire du vélo, et pendant l'occupation c'était une façon de faire du sport sans trop dépenser d'argent tout en se dépensant, mais c'était aussi le moyen de locomotion le plus sûr, comme il n'y avait plus d'essence, on voyait fleurir les automobiles avec de drôle de tubes sur le toit pour les faire avancer et surtout les mettre en panne régulièrement. Le vélo comme moyen de transport c'était pas mal dans ces temps difficiles mais c'était aussi pratique pour le rapprochement des êtres et des corps. Pour André et Michelle ce ne sera que les êtres, les corps on aurait pu voir plus tard, mais l'Histoire allait s'en mêler.

Michelle et André avaient donc commencé par se fréquenter au travail, les « heures sup » entre eux arriveront petit à petit mais hors du travail, les regards, les rires, les discussions feront que ces deux collègues deviendront amis, mais l'amitié entre deux personnes de sexes différents pouvait-elle vraiment exister lorsque les deux protagonistes ne savaient plus trop où ils en étaient avec leurs vies antérieures. André n'avait plus officieusement de femme, Françoise était partie avec les enfants, certes au départ ce n'était pas comme lors des divorces, la femme partant avec les enfants sous les bras chez ses parents pour s'éloigner du mari dont on se sépare en lui disant : *« si tu veux revoir les gosses fait une procédure auprès du Juge d'où je vais »*. Non là, c'était la guerre, la défaite de la grande France qui avait fait partir Françoise et les enfants, et avec le consentement forcé d'André, il ne fallait pas que sa petite famille connaisse le mauvais air du Paris occupé. Consentement certes mais au fond d'eux ce chemin n'était-il pas finalement le même que ceux des couples qui se séparaient vraiment. Françoise était partie certes avant la séparation du couple, mais la séparation psychique s'était construite après la séparation géographique qui elle, était arrivée à cause de l'exode. La distance psychique n'avait-elle pas commencé avant la séparation physique, on l'avait déjà dit, l'usure du quotidien commençait à faire son effet avant juin 40, on était encore ensemble mais plus vraiment, on était deux mais chacun de son côté, l'exode n'ayant été finalement qu'un accélérateur de séparation. André était donc lors de sa rencontre avec Michelle ce que l'on appelait un « célibataire géographique » mais pas que, et avec le temps va tout s'en va, plus il voyait Michelle plus son esprit s'éloignait de Françoise, et pour cette dernière, en premier chez ses parents puis à Vichy avec son amant, le mari ne l'était plus du tout. De façon parallèle, Michelle et André voyaient leurs situations personnelles respectives se « clarifier », bientôt ils seront des célibataires officiels, finis le compagnon derrière des barbelés en Allemagne et la femme dans les hôtels de Vichy, ersatz de palais nationaux en ces temps de disettes.

En attendant la fin en « happy end » de leur histoire, ça se tournait autour, ça rigolait bien ensemble mais ça ne concluait pas, ce n'était pas grave, pensaient Michelle et André, on avait le temps, l'histoire de France s'étant arrêtée après juin 40, on pouvait patienter un peu qu'elle reparte pour conclure dans une sorte de bouquet final de feu d'artifice. L'enquête des cambrioleurs allait connaître elle, un tournant radical, on l'avait dit, André avait mis sur pause l'enquête, trop de « beau monde » c'est-à-dire en 40 des « moches types », dans cette affaire, fallait se méfier, cela pouvait vous retomber sur la figure, et André avait déjà pris des coups pour le même genre d'histoire. L'investigation, c'était certes le flair, du travail cérébral, du boulot, de la chance mais aussi de l'expérience, ce petit plus qui vous faisait éviter les chausses trappes, les écueils, les pièges, les ratages, enfin les bourdes du débutant, et on ne pouvait pas remplacer l'expérience, ça se forgeait à la sueur du front lors des permanences compliquées, des journées où vous aviez du boulot à plus savoir où commencer, c'était dans la douleur des ramassages en série qu'on formait le bon limier, et André en avait connu des moments où on apprenait rapidement en travaillant vite et beaucoup. Il avait donc mis sur pause le dossier en le posant sur son bureau, il pensait attendre peut-être de meilleurs moments pour le ressortir, certes les cambriolages pouvaient continuer, mais de toute façon il y avait tellement d'horreur, de massacres, de déportations en tout genre qu'un vol en plus ou en moins cela ne changeait pas la face du monde et surtout de cette pauvre France. Mais malgré l'expérience d'André, malgré le fait qu'il était un flic qui avait de la bouteille, il y eut dans cette histoire un mais, un gros mais. On apprend toujours et jusqu'à plus soif pendant sa carrière, il ne fallait jamais dire : *« je sais tout, je n'ai plus rien à apprendre »,* car c'était en disant cela qu'on se prendra la porte dans la gueule. André allait le savoir à ses dépens, il avait donc posé le dossier derrière son siège de bureau, dans un coin un peu caché, pas assez visiblement, même il était presque seul depuis le départ d'Alex, dans la pièce et il pensait qu'en fermant son bureau le soir il était tranquille et bien non il ne l'était pas. Un inconnu qui ne lui voulait pas du bien lui avait piqué des procès verbaux, il ne s'en était pas aperçu vue la grosseur de la procédure, mais il allait bientôt le savoir en ayant une visite dont il se souviendra longtemps, très longtemps, trop longtemps.

Un lundi matin de 43, alors que les troupes alliées se rapprochaient par la gauche, par la droite, par en haut et par en bas de la France, André était à son bureau, un peu triste d'y être seul sans Alexandre parti on ne savait où. Il avait vu hier pendant le week-end Michelle, ils s'étaient bien marrés, c'était important ces moments d'ailleurs dans ce monde gris et brumeux de l'occupation, deux vélos, une bouteille de vin, pas trop de pluie et des discussions légères avec des regards profonds, ça vous remplissait votre vide de l'existence et l'absence de vos enfants. D'ailleurs, cela faisait longtemps qu'il ne les avait pas vus ses gosses, André essayait d'aller de temps en temps au moins une journée à la Flèche, mais entre 40 et 44 les distances avaient augmenté, tout était loin tellement la France était redevenue un pays arriéré et endormi. Le développement et l'efficacité des transports pour un pays avaient toujours été un signe de décollage et de modernité, la France d'avant 40 c'était la SNCF triomphante, les cheminots de la fierté, les gares parsemant tout le territoire, rendant les petites villes si proches des grandes, avec ce réseau et sa forme en toile d'araignée si typique de la centralisation française, enfin la modernité, l'échange, la joie de découvrir l'autre ou autre chose, tout le contraire de la France de Vichy recroquevillée sur elle-même et sans échange, signe de liberté. Donc, plus l'occupation durait moins les transports étaient faciles, et se rendre à la Flèche devenait presque aussi aventurier que d'aller au Pôle sud. André petit à petit ne voyait plus ses enfants, il leur écrivait beaucoup comme un prisonnier de l'armée française le ferait de son stalag, André dans le Paris occupé était comme dans un stalag, il écrivait de longues lettres remplies d'amour et d'amertume à ses enfants, souvent il le faisait de son bureau car cela devenait de plus en plus compliqué de faire son métier d'Inspecteur chassant les vrais méchants, les vrais truands. Alors des fois, André abandonnait, se laissait aller, ne faisait rien de ses journées, il allait se promener le long de la Seine, allait voir Michelle pour de mauvaises raisons professionnelles mais de bonnes raisons personnelles, ou écrivait, il rédigeait de longues lettres parlant du futur à ses enfants, de ce futur qui sera peut-être radieux, sûrement radieux, on ne pouvait pas écrire à ses enfants éloignés de mauvaises nouvelles, il fallait être positif.

Elles étaient belles ces lettres, il y avait tout l'amour d'André dedans, toute l'humanité de ce très simple Inspecteur de la PP PJ, il y avait toutes ces choses qu'ils auraient dû faire ensemble si la guerre ne les avait pas séparés, il y avait toute l'angoisse d'un père seul loin d'eux et qui se demandait ce qu'ils allaient devenir si ce monde pourri de la France des années 40 ne changeait pas, si les caciques de la révolution nationale et leurs maîtres nazis ne se faisaient pas botter le cul par les amerloques et leurs copains. André recevait en échange quelques courriers de ses enfants, eh oui lorsqu'on était gamin on n'aimait pas trop écrire à ses parents, mais de temps en temps il en recevait. Elles étaient belles, écrites d'une main d'enfant avec les formes rondes des lettres, surtout pour Paule, on le savait bien, les filles avaient toujours une plus belle écriture que les garçons. À l'intérieur André retrouvait un ersatz de relation père-enfants, comme lorsqu'il mangeait des topinambours à la place des patates ou qu'il buvait une mauvaise chicorée à la place d'un bon café noir. Il y avait de l'amour dans ces mots d'enfants, des : *« tu nous manques et on t'aime papa, tu es le plus fort des Inspecteurs »* à toutes les pages, même si ce n'était pas tellement objectif, André n'étant vraiment pas le plus fort, mais ça faisait du bien et ça faisait du mal, c'était quand même bon, et des fois en d'endormant seul dans son grand lit du Paris occupé, André se récitait les mots gentils de ses mômes, ça l'apaisait et l'aidait à s'endormir. Il recevait même des lettres de ses beaux-parents, ils lui donnaient des nouvelles des enfants avec les mots d'adultes, donc plus froid et plus précis, ils « oubliaient » de préciser les choses négatives, ils « oubliaient » de parler de leur fille en vadrouille à Vichy avec son nouveau partenaire, ils étaient polis et faux-cul comme un notable de province, mais ils écrivaient et c'était déjà bien. On ne pouvait pas trop leur en demander, ils n'avaient jamais aimé André, mais ils étaient les grands-parents de ses enfants et ils avaient de l' éducation, donc ils transmettaient des nouvelles et ils ne coupaient pas les ponts, enfin pour l'instant, on verra bien à la fin de la guerre et le retour de la mère voyageuse.

Ce lundi matin déjà évoqué, des hommes qui n'étaient pas de la PP PJ, allaient venir en terrain conquis comme s'ils étaient chez eux, et ils étaient chez eux à la PP. André était en train de réfléchir à tout et à rien lorsqu'il vit entrer sans frapper trois hommes, un premier le visage glabre, grand nez, les cheveux collés en arrière, le regard dur, bien mis avec un beau costume rayé et un beau manteau, le deuxième, petite moustache ridicule, visage émacié et lunettes rondes tout aussi ridicules que la moustache, et le troisième était resté sur le pas de la porte, il n'entra pas dans le bureau, il faisait comme un vigile devant une boite de nuit, il surveillait les entrées, il en avait la carrure.

Rapidement, André crut reconnaître des mecs de la carlingue, en tout cas le premier se présenta d'un ton docte et sûr de lui, comme un vainqueur dans un pays conquis : *« Je suis Henri Lafont, je suis le Chef de la Gestapo française »,* quel oxymore qui va si mal ensemble, pensa dans sa tête André. *« Je viens vous voir juste pour vous dire que la procédure que vous avez derrière vous s'arrête aujourd'hui, je la classe sans suite, donnez-la-moi, je vais la mettre là où elle doit être ».* André vacilla, tarda à réagir : *« mais vous n'avez pas le droit »,* Lafont répondit : *« J'ai tous les droits, Pierre récupère le dossier »,* André se leva de sa chaise et alla au contact de ce type à moustache qu'il reconnaissait finalement, c'était Pierre Bonny, ancien « plus grand flic de France » et dorénavant plus grand salopard de France, André gueula : *« tu ne touches à rien, je suis dans mon bureau »,* Pierre Bonny lui répondit : *« tu n'es personne et ici c'est nulle part, tu te pousses sinon tu t'en prends une »,* et il sortit un revolver de sa poche, l'armoire à glace elle, sortit une mitraillette, ça faisait beaucoup pour André qui n'avait pas d'arme sur lui et qui était seul au monde. André reconnaissait le troisième homme, c'était le « mamouth », Abel Danos, un des mecs qui était mis en cause dans la procédure, ce type était tranquille à la PP PJ, ce truand était comme chez lui, personne ne lui disait rien, et André lui aussi ne pouvait pas lui dire grand-chose. Bonny s'empara du gros dossier, le mit dans un sac, et avec un sourire de salaud regarda André en lui disant : *« Voilà c'est classé, c'est terminé ».*

Lafont sortit de sa poche des procès verbaux, André s'aperçut que c'étaient des PV de sa procédure, et Bonny l'acheva en lui disant : *« Vous voyez on ne peut pas faire confiance à quelqu'un dans cette vieille maison, vous auriez dû les cacher plus sérieusement, un ami m'a montré votre rapport de synthèse provisoire, il est très bien écrit, il est clair, net, concis, précis, j'aime ce travail, dommage que cela porte sur des bons policiers français qui servent si bien le nouveau maître de l'Europe, oui vraiment dommage tout ce boulot pour finir dans une corbeille ou dans une cheminée qui chauffera un froid bureau de la rue Lauriston ».* André hallucina, il était dans les locaux d'un grand service de Police Judiciaire français et des truands à la solde des ennemis de son pays venaient détruire un dossier qui les concernait. André était une fois de plus seul, il était seul chez lui, et là il était seul au boulot au milieu des autres, personne pour l'aider, qu'est-ce qu'il pouvait faire face à cela, rien, il devait laisser faire comme toujours depuis juin 40, il n'était plus en position de décider, il devait encore courber l'échine, il n'en pouvait plus, il n'était décidément vraiment pas un héros, comme d'habitude depuis quatre ans les événements le dépassaient, il maîtrisait certes les truands à l'ancienne, même les plus bruts, les durs à cuire qu'il cuisinait en douceur dans un gant de fer, il n'avait pas peur d'aller au charbon le matin à l'heure du laitier, à la castagne il n'était pas le dernier à y prendre part, mais là c'était trop, il ne pouvait que regarder le propre mis en cause prendre son dossier sous ses gros bras et partir avec pour le jeter à la poubelle de l'histoire judiciaire.

Lafont avant de sortir ferma la porte, et dans un culot que seul les grands salauds avaient, commença à faire des propositions à André : *« Vous savez, dans le fond je vous aime bien, même si vous avez fait chier mes collaborateurs, Bonny m'avait bien dit que vous bossiez bien, que vous étiez un bon flic, et d'un simple bon flic vous pouvez devenir un bon serviteur de l'ordre nouveau, regardez Bonny, il n'était seulement que le « meilleur flic de France », et là, il est devenu mon meilleur collaborateur, il est dans le service français préféré de nos amis Allemands, on a tout ce que l'on veut pour travailler, on a des beaux bureaux, des armes du dernier cri, beaucoup de voitures qui roulent à l'essence, on peut travailler partout en France sans rendre de compte à personne, on peut se servir dans les prises de guerre sans être gêné par quiconque, on est en ligne directe avec les nouveaux Dieux de la France, cela ne vous intéresse pas ? ».* André était groggy, il avait eu le même genre de discours de la part des recruteurs de la BS 2, mais surtout avant guerre la PJ pour le recruter avait sorti le même genre d'argumentaire avec la collaboration et l'ennemi en moins : *« venez chez nous, nous sommes un service d'élite, on fait de belles affaires, on a plus de moyens et vous serez moins emmerdé par les petits chefs ».* Mais à l'époque c'était pour faire du boulot de flic propre, pas faire de la barbarie tous les jours, du petit déjeuner au souper, il n'en revenait pas, Lafont parlait comme un Commissaire d'un grand service Pj qui voulait faire venir un bon effectif d'un petit service dans le sien plus prestigieux, il parlait comme cela alors que ce n'était qu'un horrible truand, un énorme truand à la solde de la pire des barbaries qu'avait pu connaître le pauvre monde en souffrance. Ces types n'avaient aucune limite, ils étaient chez eux partout, ils finiront officiers de l'armée allemande, ils deviendront des boches, des vrais schleus, ils ne pouvaient pas rester français avec toutes les saloperies qu'ils faisaient tous les jours dans leurs sinistres bureaux. Leur procédure à eux ce n'était pas, taper sur une machine à écrire toute la journée pour tenter d'établir un semblant de vérité sur une affaire, mais taper toute la journée sur des innocents pour détruire ceux épris de liberté. André avait la nausée, il avait la tête qui tournait, il n'arrivait même pas à dire juste : *« non je ne veux pas travailler pour vous »,* il tourna les talons, il allait s'asseoir sur son siège derrière son bureau, il voulait s'enfoncer dans le sol, disparaître, ne plus être là en face de ce sale type qui devait avoir encore sur ses mains le sang de pauvres types défigurés et en train d'agoniser dans les caves de cette chic rue Lauriston où la haute bourgeoisie avait ses quartiers d'hiver et d'été. Vraiment la France ne s'en sortira pas, ils étaient tous là les salauds, ils étaient au cœur de la PP, au cœur d'une des plus grandes institutions de l'État français et personne ne les sortait à coups de pied dans le cul. Lafont sourit, d'un sourire d'enfoiré pervers, il tourna lui aussi les talons mais en vainqueur, il avait voulu dans sa tête, dans son esprit tordu, sauver ce pauvre type, tant pis pour lui il en trouvera bien, d'autres bons flics qui accepteront de devenir des tueurs d'innocents.

André resta longtemps dans son bureau immobile, se sentant comme une merde, il attendait quelque chose qui ne venait pas, et surtout il ne savait pas ce qu'il attendait, il était dans ses pensées vides lorsque le Contrôleur Général Fortin entra dans son bureau, il était comme d'habitude à l'affût de tout ce qui pouvait nuire à sa carrière, il avait son beau costard et sa rosette cousue dessus, André ne fut même pas surpris par cette venue, alors que les grands chefs ne venaient jamais aux subalternes, c'étaient ces derniers qui devaient venir aux grands chefs. Mais là, il y avait une raison particulière, Bonny et Lafont avaient été dans les murs, cela s'était su et cela avait troublé la haute hiérarchie. Fortin commença par demander : *« C'étaient bien Messieurs Lafont et Bonny qui étaient dans votre bureau ? »,* il enchaîna inquiet : *« tout s'est bien passé ? ».* André répondit de façon machinale *« oui, oui, ils ont récupéré un dossier qui les intéressait, ils se sont auto-saisis de l'affaire, ça vous pose un problème ? »,* André avait répondu cela comme lorsqu'un service plus prestigieux récupère de sa propre initiative une belle affaire, sauf que là ce n'était pas pour la sortir mais l'enterrer, la dissoudre, la faire disparaître. Fortin répondit tout en veulerie : *« Non, non, je venais juste me renseigner sur leur présence parmi nous, pour rendre compte à Monsieur l'Inspecteur Général ».* André regarda son supérieur hiérarchique, il pensa alors que ce n'était pas avec ce genre d'individu qu'on se sentira soutenu pour aller au front et résister à l'envahisseur. Le Contrôleur Général n'en demanda pas plus, il tourna les talons de ses chaussures brillantes et repartit vers les étages là où la haute hiérarchie décidait comment on pouvait faire plaisir au nouveau maître de la France. André lui, resta seul dans son bureau toute la journée, il n'était déjà pas grand-chose depuis presque quatre ans, mais là il se sentait encore moins que rien.

André eut envie de se confier, de parler de tout son mal être, mais pas à son chat ou à la bouteille de mauvaise bière du soir après le boulot, non à quelqu'un. Il pensa à Michelle, il se ravisa, André était quand même un type de sa génération et dans ces temps-là l'homme ne devait pas trop montrer ses failles, on était dans une société où l'homme était le chef, le leader, le caudillo, et la femme la tenancière du foyer, donc parler de ses angoisses à une femme, qu'on courtisait en plus, n'était pas dans les habitudes, même pour un André qui n'était pas le plus macho des hommes. Surtout que, pour l'instant, avant de parler de ses névroses, André devait parler de ses désirs pour Michelle, après ce sera une autre histoire, avec pourquoi pas des confessions sur ses faiblesses et ses doutes. En attendant il lui restait sa vieille mère, André prit alors sa veste élimée comme son état psychique et sortit du bureau, il était à peine 15h00 et il décida de lui-même comme un grand de prendre un départ avancé qui de toute façon n'intéressait et ne gênait personne, n'étant plus personne depuis longtemps.

André prit donc le métro, il ne faisait pas trop moche ce jour triste de 43, André longea la Seine comme toujours, il aimait ce fleuve seul rescapé libre de ses mouvements dans le Paris occupé, il arriva à l'Hôtel de Ville, beau bâtiment reconstruit qui avait lui aussi connu des heures sombres de l'Histoire avec la commune et sa répression, l'Histoire n'était-elle qu'une succession de malheurs entrecoupée de courts moments de bonheur. André descendit dans les boyaux de Paris, ligne 1, station éponyme du monument reconstruit. Il aimait bien le métro, pourquoi c'était difficile à dire, mais ce côté régulier, souterrain, comme protégé, on se servait des stations pendant les bombardements, ce bruit si significatif de l'arrivée d'une rame en station, ce facilitateur d'échanges et de mouvements tellement rare entre 40 et 44 prenait toute sa dimension du progrès humain, du positif faisant avancer l'humanité. Direction Nation, et sa place si significative de manifestations et de fêtes populaires, symbole du « front popu » et de la joie simple du peuple découvrant qu'on ne vivait pas que pour le boulot et le bénéfice des autres, on avait aussi le droit au bonheur individuel en famille même si on n'était pas rentiers ou autres privilégiés, changement pour prendre la ligne 9, direction Mairie de Montreuil, siège d'une des mairies de la ceinture rouge. Ces villes où les staliniens gouvernaient avant guerre, où on vivait presque comme en Union soviétique avec ses organisations aux ordres du parti, les cadres dirigeants aux ordres d'un pays extérieur et une population souvent proche de la misère à qui on avait vendu le rêve d'un pays à l'avenir radieux, et qui y croyait souvent sincèrement, saloperie de propagande, coco, nazi, facho, et autres même combat. André sortit des entrailles de la terre à la station Croix de Chavaux, il se dirigea vers le petit pavillon de banlieue de sa mère, elle y habitait depuis plusieurs années après avoir vécu des temps heureux puis malheureux à Misery en Picardie. Elle avait voulu se rapprocher de ses deux garçons, celui qui était à la PP et celui qui était dans les ors de la République, donc lui aussi à Paris. Elle n'avait pas une fortune personnelle Mathilde, elle avait juste un petit bas de laine gardé précieusement après un petit héritage. Petite maison, petit bas de laine, petit héritage on était bien chez des petites gens, ce qui ne voulait pas dire des gens sans intérêt.

André marcha un peu en sortant de la station, il était entré dans le sous-sol parisien au milieu du quartier chic de l'hôtel de Ville, avec la Seine, les boutiquiers, et les cafés chics, il en ressortit dans la banlieue ouvrière, avec ses façades lépreuses, ses gosses en guenilles et ses cafés d'ouvriers où le mauvais alcool coulait à flots dans des estomacs presque vides. André marcha tranquillement au milieu des rues pavées qui étaient entourées de ces petits immeubles minables à la peinture incertaine et de petits pavillons donnant directement dans la rue qu'on appelait maisons de ville. Des fois il y avait un petit jardin caché à l'arrière du bâtiment, petit jardin servant surtout entre 40 et 44 à améliorer son triste ordinaire. André arriva au début de la rue Jules Ferry, encore un de ces hommes qui avaient fait la France, celle triomphante, celle de la conquête de l'école et de l'Empire, mais qui là était le nom d'une petite rue minable d'une ville de banlieue, triste destinée, heureusement que le grand homme avait des avenues ou des boulevards plus prestigieux qui portaient son nom. André se trouva devant une toute petite maison avec un seul niveau, deux petites fenêtres séparées par une porte un peu branlante, il frappa doucement tant pour ne pas effrayer sa mère mais aussi pour ne pas endommager la fragile porte, il en avait cassé des portes à coups de pied dans sa carrière mais là il fallait la caresser pour éviter qu'elle tombe. Sa mère lui ouvrit, elle était fatiguée, de suite André le voyait, de la vie en général, mais ce jour-là aussi physiquement, elle l'exprima de suite à André. Elle avait mal dormi, elle était insomniaque, trop de douleurs dans sa vie, la perte d'un enfant en bas âge, la perte d'un mari dans la force de l'âge, un fils prodigue qui ne donnait plus de nouvelles depuis qu'il fréquentait les ors des ambassades françaises à l'étranger et un aîné qui était seul sur Paris sans sa femme, sans ses enfants, sans illusion sur son avenir, et surtout celui de la France.

André fit la bise à sa vieille mère, ça faisait quelques semaines qu'il ne l'avait pas vue, ça lui faisait du bien de la voir, ça faisait toujours du bien de voir sa vieille mère, ça vous rassurait son homme, ça faisait un peu un retour vers l'enfance, les bons souvenirs remontant à la surface. C'était agréable comme une sucrerie, peut-être pas pour tout le monde, pour certains la relation avec un père ou une mère ou les deux n'était pas de tout repos, cela pouvait être la guerre, on le savait bien, le métier de parent était le plus difficile des métiers, il n'était pas juste, vous pouviez être les meilleurs du monde et avoir l'enfant qui vous fera les pires choses, et vous pouviez être un tas de fumier comme géniteur, et il vous poussera au milieu une jolie fleur qui ne fera que du bonheur autour d'elle. En tout cas André lui, n'avait jamais eu de problème avec ses parents, son père on l'avait vu était mort trop tôt au champ du déshonneur pour la France et sa maman avait toujours été là pour ses deux garçons, tranquille, soutien et donneuse d'amour. Depuis juin 40, comme une sorte de désintégration générale, André voyait moins sa mère. Avant cette date il avait ses deux enfants avec lui, il aimait se rendre avec eux chez elle pour qu'ils s'imprègnent de la relation avec leur grand-mère, en plus il fallait être réaliste, les relations avec Françoise même avant la guerre n'étaient plus au zénith, le soleil était souvent caché dans leur intimité, plus trop rien ne se passait entre eux, et la visite avec les enfants chez la mamie permettait d'égrainer un temps meilleur qu'à la maison. Mais, depuis l'arrivée des boches à Paris, André n'avait même plus trop le cœur de venir la voir, il venait quand même prendre des nouvelles et donner celles qu'il avait de ses enfants, d'ailleurs Mathilde recevait parfois des courriers de Paule et Pierre, c'était une petite fierté pour André, ils avaient intégré leur grand-mère dans leur cercle de vie et même loin avec les autres grands-parents, ils n'oubliaient pas leur mamie Mathilde.

Mathilde proposa un café à son fils, c'était bien un café, c'était l'accueil du pauvre, tout le monde pouvait offrir un café même si on n'avait plus trop le sou, c'était une boisson assez fédératrice, et tant pis pour ceux qui n'aimaient pas ça, ils rataient souvent quelque chose. André accepta, on allait pour cela dans la petite cuisine simple mais propre, de toute façon dans cette petite maison tout était simple et propre, c'était la fierté du pauvre de bien tenir son logement, on pouvait manger par terre chez Mathilde même si une belle table en bois de cuisine s'y trouvait, vestige d'un passé plus facile quand George le Directeur de l'école faisait l'éducation des petits Picards. En préparant le café, Mathilde sentait bien qu'il y avait quelque chose qui n'allait pas chez André, instinct de mère irremplaçable et fondatrice : *« ça va André ? »* demanda Mathilde en connaissant la réponse. André répondit : *« bof, tu sais je suis dans le même état que notre pays, usé, seul, envahi de doutes et sans trop d'espoir ». « Rien que ça »* répond en souriant Mathilde. André parla de son boulot, des affaires qu'il traitait et qu'il foirait, de cette PP pourrie, avec ce relationnel avec les collègues, avec la hiérarchie qui sentaient mauvais. Il conclut : *« J'en ai marre, je me sens inutile ».* Mathilde comme toute mère de fort caractère lui répondit brusquement : *« tu n'en as pas assez de te plaindre pour le boulot, au moins tu en as un, il t'intéresse ou en tout cas il a été choisi par toi, alors vu l'état de la France ne te plains pas, en plus ce qui me semble plus important c'est que tu ne vois plus tes enfants, tu crois qu'un jour tu les reverras ? ».* André encaissa, comme un gamin pris la main dans la culotte de sa voisine de classe, au fond de lui il savait qu'elle avait raison, mais il aurait peut-être préféré entendre autre chose, même s'il savait que sa mère était comme cela, elle était douce mais sans pitié pour les caprices. Elle n'avait plus accepté les caprices après la mort de George, elle n'avait plus le temps ni les moyens, fallait qu'elle fasse tourner la maison, et ramener l'argent du foyer. Pour cela elle avait repris un travail, aide soignante, elle torchait le cul des malades, elle lavait les lits des mourants, elle servait les mauvais repas aux pauvres gens malades, mais elle travaillait en étant utile aux gens, surtout aux simples, ceux qui n'avaient pas grand-chose et qui lorsqu'ils étaient malades devenaient un poids pour certaines familles et le pays. Elle avait aimé son boulot, elle se sentait au milieu de la société, elle aidait les gens qui en avaient besoin, ce qui était rarement le cas dans nos sociétés modernes où la loi du plus fort prenait le dessus, l'exemple le plus horrible étant les nazis qui mettaient tous leurs handicapés, vieillards séniles et autres « inutiles » dans des camps loin de tout pour ne plus les voir ni les entendre.

Au moins, Mathilde pansait les plaies physiques et psychiques des pauvres gens de l'hôpital de Peronne, surtout après la guerre de 14/18 où les gueules cassées lui rappelaient l'inconséquence de ces messieurs gouvernant nos destinées en nous envoyant à la mort pour des raisons qui les regardaient mais qui ne nous concernaient pas. Ces gueules cassées lui rappelaient aussi son mari tué par des Généraux français pour l'exemple et surtout pour rien. En plusieurs années de carrière elle n'avait jamais reçu de critiques de leur part, eux savaient, eux avaient connu l'horreur, ils ne jugeaient pas et même avant le début de la réhabilitation de George, lente et fastidieuse, ils avaient dans leur chair la souffrance qui leur permettait de pardonner même à quelqu'un qui n'aurait pas été courageux. De plus, certains connaissaient le cas de Georges et leurs blessures en étaient plus vives en voyant sa veuve s'occuper d'eux. À la fin de sa carrière Mathilde avait décidé de venir sur Paris ou en tout cas à proximité afin d'être à côté de ses enfants et petits-enfants. Avec ses économies elle s'était achetée cette petite maison de ville avec son petit carré de verdure à l'arrière ce qui permettait d'améliorer le quotidien et apprendre aux petits enfants toute la richesse de la terre sans le côté rance de la révolution nationale. Eh oui, le retour à la terre n'était pas simplement une théorie d'un vieux Maréchal gâteux, des adeptes de la messe du dimanche, du « détroussage » de la boniche et du port de la rouelle. Mathilde avait donc pu voir évoluer ses fils et grandir ses petits enfants. Elle avait accompagné son fils prodige tout au long de sa carrière du quai d'Orsay, elle l'avait encouragé à s'épanouir dans sa carrière, car certains comme André s'épanouissaient dans leur boulot, d'autres comme Roger ne le faisaient que lors du franchissement des étapes de leur réussite professionnelle, ils n'étaient heureux qu'en regardant leur ascension vers les sommets, et peu importait que ce sommet ne soit qu'un agrégat d'incompétence ou de saloperie, la lutte pour y accéder était leur seul plaisir. Mathilde avait été contente lorsque Roger était parti en Espagne travailler à l'ambassade de France à Madrid, elle se disait que là-bas quelle que soit la fin de la guerre cela serait positif, Franco était un malin, il était ami avec Hitler mais pas trop, il savait garder ses distances, on ne savait jamais, si un jour les Américains arrivaient il pourrait se présenter comme un allié présentable, Franco était moins vieux et moins con que notre sénile Maréchal manipulé par le salopard de Laval, Mathilde avait donc un fils à l'abri dans les palais espagnols et André à la PP dans un vieux bureau avec des murs aux couleurs incertaines.

Pour ce dernier elle était surtout inquiète pour sa situation personnelle, des enfants éloignés et une femme disparue, ce n'était pas terrible. Elle avait compris que pour le couple c'était terminé, mais pour les petits-enfants elle ne voulait pas ne plus les voir, elle les avait eus tant de fois chez elle les jours où les parents travaillaient, sortaient ou voulaient souffler, qu'elle n'acceptait pas l'idée de ne plus s'en occuper. Ils étaient un peu à elle, et les beaux-parents de son fils avaient beau avoir une belle maison, ce n'étaient pas eux qui avaient géré les otites, les angines ou les petits bobos de la petite enfance. Mathilde avait trop le lien familial chevillé au corps pour accepter la situation, alors les états d'âme de son fils sur des procédures pas terminées et son sentiment de ne pas être le justicier reconnu, elle s'en foutait un peu, elle voulait qu'il se batte pour ses enfants et pas pour des procès verbaux. André avait beau lui expliquer sa stratégie d'attente des jours meilleurs, Mathilde n'y adhérait pas, et cela envenimait leur relation.

Cette fois-ci, elle écoutait quand même la complainte de l'Inspecteur bafoué mais c'était pour mieux reparler de ses petits enfants aux abonnés absents. Elle lui disait de façon abrupte : *« tu sais je suis fatiguée, de la vie, de la situation, je ne sais pas si je vais avoir encore beaucoup d'années devant moi, je suis seule, je n'ai pas trop de sous, je n'ai qu'une vieille maison et un petit potager où poussent deux ou trois topinambours, alors la présence de mes deux petits enfants c'est mon Graal, mon bâton de grand-mère, débrouille-toi pour qu'ils me reviennent, toi tu es grand, je suis sûre que tu es déjà à la recherche d'une autre femme, et tes enquêtes il y en aura d'autres ».* André ne s'énervait pas contre les mots de sa mère qui étaient souvent durs, elle avait souvent raison même si sa fierté d'adulte en prenait un coup. Là, le côté : *« tu es déjà à la recherche d'une autre femme »,* faisait d'un autre temps, celui de sa mère et pouvait énerver, mais il était celui de toutes les mères qui étaient toujours d'un autre temps, d'un temps où les rapports étaient différents, il ne fallait donc pas demander à une mère d'être dans le rapport humain du présent, une mère était toujours en retard c'était naturel, un parent qui pensait la vie comme ses enfants c'était soit un démagogue soit un illuminé, parents de tous les pays, pensez comme votre temps mais adaptez-vous à vos enfants, ça leur évitera de faire n'importe quoi et à vous, cela évitera de vous couper d'eux. Mathilde s'était adaptée, elle avait compris qu'à peine sa femme partie, André cherchait la suivante, elle ne le félicitait pas, mais elle l'acceptait par pragmatisme et surtout parce qu'elle voulait ses petits enfants, si en plus André venait régulièrement la voir et l'aider dans la vie de tous les jours en réparant sa vieille maison ou en lui remplissant ses demandes de tickets de rationnement, cela serait parfait.

Cette discussion avec sa vieille mère n'avait pas trop aidé André, il en ressortait fragilisé. Mathilde semblait plus dépendante, elle était seule, elle voulait ses petits enfants, elle avait besoin de lui, même si elle ne le disait pas par fierté, il l'avait compris. Il avait failli lui dire qu'en ce moment il se demandait s'il ne devait pas tout quitter pour entrer en résistance, mais il s'était ravisé, il avait eu peur de lui faire peur ou qu'elle se foute de sa gueule, lui l'indécis de la vie. De toute façon il n'avait pas de contacts avec le Front national de la Police qui était le principal mouvement connu, et il n'avait plus de contact avec Alex et Grégoire, il ne savait pas où ils se trouvaient, il espérait juste qu'ils soient encore en vie, libres quelque part, pas trop en première ligne et prêts pour reprendre une vie normale le jour où la normalité reviendra. Mais en cette année 1943, tout cela semblait tellement aléatoire qu'André ne savait plus trop quoi faire pour l'avenir et la suite des événements n'allait pas l'aider, bien au contraire.

André continuait à tourner autour du pot et de Michelle pour la suite de leur histoire, c'en était presque ridicule, ils se voyaient de plus en plus, c'était crescendo depuis 1941 et leur première rencontre. Pour André petit à petit, c'était même la seule personne qu'il voyait vraiment, il avait l'impression que le désert se propageait autour de lui, sans revenir sur le cercle familial qui se délitait, cette guerre et cette occupation avaient eu pour effet de casser le cercle d'amis qu'avait eu André. Tant les amis du couple qui n'étaient plus d'actualité parce qu'il n'y avait plus de couple, que les amis connus au cours de la vie, l'existence d'un simple parisien entre 40 et 44 obligeait à penser à d'autres choses, et les rares collègues amis comme Alex étaient partis en résistance ou en collaboration. André en 43 était donc un homme seul, seul face à l'Histoire, seul face à ses démons, seul face à ses petites lâchetés, seul face à l'horreur de la situation.

De plus, au boulot le groupe ne faisait plus rien, René le Chef de groupe avait fini d'être malade, il était mort, Lucien était de plus en plus à l'étage du dessus, celui de la hiérarchie, pour éviter les écueils, et les trois autres Inspecteurs s'étaient rapprochés des brigades spéciales, ils donnaient des coups de mains, en l'occurrence des coups dans la gueule aux suspects arrêtés, cela pour ne pas être emmerdés par les auxiliaires des nazis, mais ils ne mettaient pas leurs noms sur les procès verbaux, comme cela ils laissaient juste des traces sur la figure des suspects pas dans la procédure ; les Américains pouvant finalement arriver à Paris. Et pour couronner le tout il n'y avait toujours pas de Commissaire à la tête des groupes d'enquêtes générales. André passait donc son temps à passer du bon temps avec Michelle, qui elle, continuait à bosser pour ses enfants à la gueule cassée par la vie. André avait bien essayé à plusieurs reprises l'approche finale, mais en vain Michelle hésitait encore, son fiancé ne lui écrivait plus, mais il était encore susceptible de revenir, et Michelle ne savait plus l' état de ses sentiments envers lui, elle aimait peut-être encore l'ancien et elle aimait le nouveau, l'ancien avait la primeur, mais le nouveau une présence presque journalière, Michelle n'était pas une fille à coucher facilement, elle avait les principes du temps, même si elle était moderne, tout en se disant qu'André était quelqu'un de bien qui pouvait lui faire du bien, ils étaient finalement comme des jeunes gens découvrant l'amour alors qu'ils le connaissaient et qu'ils n'étaient plus vraiment des jeunes gens, c'était fou l'amour, comment ça pouvait rendre con.

André avait fait connaissance avec l'histoire personnelle de Michelle, ils s'étaient vus suffisamment souvent pour se confier leurs petits et grands secrets. Elle n'avait pas connu son père, sa mère était juive, donc elle était presque juive mais pas complètement puisqu'il fallait trois grands-parents juifs pour être juif, d'après les vieux racistes de Vichy, ou alors, comme ces derniers étaient très précis dans l'horreur, il fallait que votre mari, s'il était juif, ait lui-même deux grands-parents juifs, un compte d'apothicaire monstrueux. André s'était souvent demandé de quel cerveau malade d'un haut fonctionnaire de Vichy avait pu sortir ce statut des juifs « inventé » en juin 1941. Comment des types ayant fait de hautes études, et allant tous les dimanches à la messe, avaient pu se réunir en rond autour d'une table, et à l'aide d'un tableau noir faire des schémas où ils avaient mis tous les scenarii possibles sur « être ou ne pas être juif », comme s'il n'y avait pas des choses plus importantes dans la vie d'un humain normal que de définir le juif ou le pas juif, mais entre 40 et 44 en France c'était fondamental pour ces raclures de bidet du pouvoir. Le plus au point dans tout cela, celui qui était décrit comme le génie de l'administration française, l'homme de l'organisation parfaite, le haut fonctionnaire plein d'avenir, le symbole du fonctionnaire français soi-disant admiré par tous, le dénommé Tulard, avait mis tout cela en fiche, dans des petites fiches bien tenues où tout était écrit, et surtout où il était inscrit, le mot, la sentence qui sera la mort pour beaucoup : « juif ». Cela était ordonné, rangé comme pouvaient le faire les passionnés de numismatique ou d'herbier dans leurs petits registres, sauf que là c'était pour des pauvres gens et par pour des timbres ou des fleurs séchées.

André voulait revoir Michelle, cela faisait quelque temps qu'il ne s'étaient pas vus, il avait envie de lui parler, mais il avait surtout envie d'elle, il se disait qu'il fallait bien passer le pas, et que dans la France des années 40 c'était à l'homme de le faire, il allait le faire. Ils s'étaient donnés rendez-vous dans le jardin du Luxembourg, c'était Michelle qui finalement lui avait dit qu'elle voulait le voir. André avait pensé que la destinée, l'alignement des comètes étaient bonnes, c'était sûrement son D Day à lui, il n'allait pas être déçu.

Il faisait assez beau ce jour de rendez-vous à Paris, le jardin du Luxembourg était comme toujours magnifique et apaisant. Son palais du Sénat, qui ne servait à rien en ces temps de pouvoir nazi, était endormi comme un sénateur pendant une séance de l'après-midi, mais il était toujours beau avec son style presque identique à celui de Cheverny, son jardin avec la fontaine Marie de Médicis qui rappelait les grandes heures de l'Histoire de France, ses allées ombragées qui poussaient à la méditation, ses chaises en fer au farniente, et ses recoins au flirt. Toutes ces belles choses faisaient de l'ensemble un poumon de liberté en plein milieu d'un Paris occupé et prisonnier. André avait souvent emmené ses enfants avant la guerre pour voir le théâtre de Guignol, et son méchant gendarme, il fallait bien ouvrir l'esprit critique d'enfants de flics, il en profitait aussi pour regarder les parties de tennis sur les terrains situés en plein milieu du jardin. André avait même fait depuis l'occupation et lors des belles journées d'été, des siestes au soleil assis sur ses drôles de chaises longues en fer si typiques de ce jardin. Il fallait bien passer le temps lorsque la PP était en léthargie, au moins les yeux fermés face au soleil réchauffant on ne faisait pas de mauvaises rencontres, on ne faisait pas de mauvaises actions, on bronzait un peu, on se faisait du bien, on prenait de la vitamine D qui manquait tant en ces temps de restrictions alimentaires. La Seine, les quais de Valmy et Jemmapes, les berges du canal de l'Ourcq, les buttes Chaumont et le jardin du Luxembourg étaient les principales activités touristiques du André de l'occupation, c'était ce qui avait remplacé la pension Gambetta de Frontignan, les balades le long de l'étang de Thau ou les baignades sur la plage des Aresquiers. Comme pour les topinambours, il s'agissait d'ersatz, mais dans le cas présent c'était plutôt pour des destinations de repos.

Michelle était déjà arrivée, elle était assise sur une chaise en fer en face du palais à côté de la grande fontaine où les enfants emmenaient leurs bateaux en bois pour les faire naviguer dessus. C'était toujours un spectacle de voir ces gamins tous fiers de leurs fameux trois mats miniatures, se prendre pour de grands navigateurs faisant, non pas le tour du monde comme un Magellan contemporain, mais le tour du point d'eau comme tous les bambins de ce quartier de Paris. Entre 40 et 44, pour ceux qui ne fréquentaient pas les cabarets remplis de collabos et de nazis, les spectacles de rue au sens primaire du terme étaient l'aération mentale minimum pour survivre à la sinistrose de l'occupation. Michelle était donc là, assise, ses belles jambes croisées, elle était jolie comme toujours, elle était sexy comme toujours, elle était désirable comme toujours et André en la voyant avait toujours ce tellement mieux en lui, cet oubli du quotidien gris et la vision d'un rayon de soleil, qui ce jour était en plus véritablement présent, non vraiment cela allait sûrement être un bon moment.

André s'assit lui aussi, il s'était mis beau, en tout cas il avait fait de son mieux pour être à la hauteur de l'événement. Mais rapidement André sentit, comprit qu'il y avait quelque chose qui n'allait pas, le sourire de Michelle n'était pas un sourire de joie mais un sourire de mélancolie, et elle embraya de suite, car Michelle était comme cela, elle ne tournait pas autour du pot pendant longtemps comme pouvait trop souvent le faire notre pauvre Inspecteur indécis : *« Tu sais André que je ne connaissais pas mon père, je sentais bien que depuis quelque temps cela n'allait plus trop au travail, que certains commençaient à me regarder différemment, le chef de service avait lancé discrètement une recherche sur mon père, moi je ne l'avais jamais fait, car il ne m'intéressait pas, il n'était que mon géniteur qui avait laissé tomber ma mère une fois l'extase passée, et depuis il était aux abonnés absents, mais ce salaud de Patron l'a retrouvé, il s'avère qu'il est Allemand, mais juif lui aussi comme ma mère, et deux parents juifs cela veut dire plus de fonction publique et peut-être la déportation ».* André sonné, pensa d'abord à quelque chose de tellement futile qu'il en eut honte ensuite, le côté « blonde » venait donc bien de son père, sa mère étant une brune d'origine italienne, puis il réfléchit et lui dit : *« Mais ce n'est pas possible qu'on puisse te faire cela, ton père ne t'a pas reconnue donc légalement il n'existe pas, tu es toujours une fille sans père, ce qui à notre époque est certes une honte pour ceux qui vont à la messe le dimanche, mais pas un arrêt de mort décrété par les racistes de tous poils ».*

Michelle répondit doucement : *« Sous l'occupation nazie il n'y a pas de légalité, il n'y a plus de frontière, il y a juste leur volonté de tuer ceux qu'ils n'aiment pas, en plus ce salaud de patron a pris contact avec le service de Tulard pour mettre à jour ma fiche, oui ils ont fait une mise à jour, ils m'ont mise en « juive » sur une fiche et je n'ai donc plus le droit d'être dans l'administration, je suis convoquée demain pour être virée et peut-être plus, je n'en sais rien, car finalement mon père étant juif allemand ils veulent me retirer la nationalité française, ce qui veut dire que je pourrais être déportée ».* André resta comme un con, il ne savait pas quoi dire, d'ailleurs que pouvait-on dire devant cela, Michelle était juive, elle l'était à 100 %, dans un monde normal ou presque, cela n'aurait aucune importance, en tout cas cela gênerait peut-être certains abrutis mais pas la nation France. Michelle prononça la phrase couperet de leur relation et de sa nouvelle vie, une vie dorénavant faite de « survivance » : *« André je vais partir, je ne sais pas où, j'ai contacté un groupe de résistants juifs, ils vont me faire disparaître du viseur de Vichy, je ne peux rien te dire, car je veux te protéger, tu ne dois rien savoir, mais tu dois faire attention à toi, je ne sais pas comment cette sale Histoire va se terminer, et si un jour cela va se terminer, si un jour la France redeviendra la France mais là il faut que je m'évapore, ma mère est en Italie, ils ne chassent pas trop le juif, là-bas donc je suis rassurée, mon père qui n'est que mon géniteur est déjà dans un camp à l'est, ici je n'ai plus rien qui me retient, même si tu comptes beaucoup dorénavant pour moi, on a passé de bons moments ensemble, tu es un homme bien, ne change pas, mais l'Histoire est trop lourde, on n'est pas nés au bon moment ».*

Et comme Michelle était un « homme » de décision elle, elle se leva, embrassa André qui resta là comme un con, il lui dit : *« Michelle on se retrouvera le jour où le soleil « rebrillera » sur notre beau pays »,* elle arrêta le geste d' André qui voulait la retenir en lui prenant les mains, elle se mit à marcher vite, trop vite, en direction d'on ne sait où, cela pour éviter les décrets de Vichy, les étoiles jaunes, les bus verts pour Dachau, et tellement d'autres choses.

Michelle ne lui avait presque pas dit au revoir, elle avait disparu comme cela du jour en lendemain, évaporée, elle était partie en résistance, dans la clandestinité, sans un bruit, sans tambour ni trompette, il valait mieux, le souffle chaud de la chasse aux juifs commençait à frôler le joli cou de Michelle. André assis sur son banc n'avait même pas cherché à courir après elle, comme toujours il était resté bloqué, il était vrai qu'une patrouille allemande était juste en face d'eux à regarder comme des cons les enfants jouer aux marins sur le plan d'eau, comme des cons, car même si André avait fait la même chose très souvent, lui il n'occupait pas un pays, c'était toute la différence lorsqu'on envahit son voisin avec son armée, on ne regardait pas les enfants jouer avec leurs bateaux sur un plan d'eau, c'était une règle aussi conne que celles décrétées par Vichy mais pour André c'était comme ça. André, cahin caha, revint au service, il était tout penaud, sa belle qui lui remplissait ses tristes journées ne sera plus là, elle sera ailleurs, cachée, il pensait à ce salopard de patron de la Brigade des mineurs, quel empaffé, il se prenait une veste avec Michelle et pour se venger il la balançait à Tulard, il faisait même une enquête sur elle pour la pousser vers la mort. Ces types haut placés ils pensaient que tout le monde était à leur botte, et lorsqu'un caillou se mettait dedans ils sortaient l'artillerie lourde.

Ce nouveau Chef de la BM Paris il ne l'avait jamais aimé, ce type à la faconde sudiste, son accent exagéré, lui le Marseillais de Paris, avec ses costards à rayures de proxo et son chapeau toujours vissé sur le crane, il était compatible avec le service qu'il dirigeait comme un fasciste qui serait chef de la ligue des droits de l'homme. Il n'était pas à sa place, la protection des enfants demandait de l'humanisme, de la sensibilité, de l'intelligence fine, toutes ces qualités oubliées par le tout puissant Commissaire lorsqu'il était sorti des entrailles de sa mère. André avait bien vu depuis sa nomination qu'il tournait régulièrement autour de la belle Michelle, il le faisait lourdement, en surjouant le flic qui savait tout, son mauvais parfum indisposait Michelle lorsqu'il s'approchait un peu trop près d'elle. Il avait tout faux, mais il ne le savait pas tellement il pensait être le « patron » dans toutes les situations, il n'était qu'un supérieur hiérarchique incapable et vicieux. Il se foutait comme de sa première bavure des enfants malheureux, il était venu dans ce service pour sa promotion et sa carrière, ce qu'il y avait de pire dans ce genre de service où les gens devaient être volontaires et motivés. Alors vous pensez, lorsque c'était le chef qui n'était pas à sa place, imaginez le fonctionnement de la Brigade dans son ensemble. Il avait fait venir ses copains eux-mêmes aussi motivés par la cause des enfants qu'un laudateur des régimes forts de l'Europe nazie pouvait l'être pour la protection des plus faibles. Michelle devant la désagrégation du service avait mis la pédale douce, elle avait gardé les dossiers qui la touchaient le plus, elle travaillait avec une équipe réduite qui était restée elle, au service de l'enfance. De toute façon le « patron » se foutait des dossiers, son seul but était de sauter Michelle, de passer le grade supérieur et si possible se faire bien voir par l'occupant afin de profiter des ripailles de la kommandantur.

Une fois de plus André se sentait impuissant face à une situation engendrée par la désintégration de la France, que faire, casser la gueule à ce connard, peu utile et surtout ça n'aiderait pas Michelle et ça mettrait André dans la merde. André décida une fois de plus de courber l'échine, il n'ira plus à la Brigade des mineurs de Paris, cela lui évitera de croiser le regard de ce salopard et peut-être de ne pas arriver à se contrôler. Pour la belle Michelle, il avait du vague à l'âme de cette soudaine rupture pour cause de juiverie découverte sur le tard. Il tenta alors une technique de la relativité, il se disait, cela faisait presque quatre ans que la France était occupée, les bruits de la guerre libératrice se rapprochaient inexorablement et dangereusement, surtout pour les laudateurs du vieux Maréchal gâteux.

Le temps passait et André en ce printemps 44 pour éviter de tomber dans une trop grosse déprime fit enfin le pari, non pas de Pascal, mais que dans un an maxi il y aura une lumière au bout de la rue et que les ricains seront là pour botter le cul à tous ces fachos, et là peut-être qu'il retrouvera ses enfants et qu'il s'installera avec Michelle dans une belle maison. Dans leur nouveau nid, ils feront beaucoup l'amour et auront plein de beaux enfants, il était dans ses rêveries un peu connes, surtout dans ces temps où tout foutait le camp, lorsqu'il arriva devant la porte B 134. Dans son bureau où il ne faisait plus rien que d'attendre des jours meilleurs, il avait bien essayé un temps de continuer son boulot malgré les collabos, les nazis et autres nuisibles, mais là il ne pouvait plus grand-chose, dès qu'il soulevait le couvercle d'une infraction il tombait au choix sur des collabo, un nazi ou un ami du Maréchal. Plus le temps passait, plus ce vieillard ne gouvernait plus rien malgré sa dernière tournée des popotes. Pendant cette virée en avril 44 organisée comme la dernière d'une vieille star du show-biz, il avait continué à prétendre donner toujours son corps à la France pour la protéger de l'ennemi, tu parles, donne plutôt ton corps à la science pour voir ce qu'il y a dans la carne d'un Maréchal collaborateur. André le revoyait, ce de plus en plus vieux militaire, sur le parvis de Notre Dame de Paris saluer la foule de ses mains calleuses, ce peuple parisien qui ne savait plus sur quel pied danser, et surtout avec qui danser, « les teutons », « les amerloques », « les ruskofs » voire la milice. Pauvre France qui croyait encore dans cette relique de la première guerre mondiale.

Surtout que depuis décembre 1943 la Police française avait un nouveau Chef, Darnand, le milicien avait succédé à René Bousquet qui pourtant avait tout fait pour plaire aux maîtres actuels du pays. L'adage bien connu *« on sait ce que l'on perd, on ne sait pas ce que l'on gagne »* était parfaitement adapté à la situation. En effet, Bousquet n'était qu'un arriviste prêt à tout pour réussir, il avait servi la troisième République avec le même « talent » que la France de Vichy, mais là on avait un fou, un zélé supporter des fascismes en tout genre, il croyait en ces idées racistes et folles, il était pire que celui d'avant qui n'était qu'un serviteur froid de l'État ; Bousquet était ce genre de type aussi à l'aise dans un État démocratique que dans une tyrannie. Le René, ce n'était pas terrible comme l'était d'ailleurs l'État français entre 40 et 44, mais Darnand c'était Himmler à la PP. Fondamentalement pour André cela ne changeait pas grand-chose, un type ou un autre à la tête de la Police de Vichy pour un petit Inspecteur de la PP PJ cela ne changeait pas son quotidien sombre, mais tout de même Darnand le créateur d'une Police parallèle, la milice, à la tête de la Police officielle, c'était le coup de grâce pour les institutions qui faisaient encore un peu semblant d'exister malgré l'occupation.

André était donc assis sur son fauteuil à relire « l'Histoire de France » de Malet-Isaac, histoire de replonger dans la grandeur de la France en ces temps de petitesse, et de se rappeler les années collèges, lorsqu'il entendit un brouhaha dans le couloir bien calme de la PJ, des gens bien renseignés faisaient courir des bruits horribles sur Alex et Grégoire, des bruits à casser les tympans. Ces bruits de couloir étaient habituels à la PP, mais ce jour ils étaient terribles, ce n'était pas que Untel couchait avec la femme d'Untel, non Alex et Grégoire qui étaient recherchés par la gestapo venaient d'être arrêtés par cette dernière. On ne savait pas où ils se trouvaient, mais on ne donnait pas cher de leurs peaux, on connaissait la musique, arrestation violente, torture violente pour bien souligner « le talent » en cette matière des nazis, pour finir par la mort, soit sous les coups soit sous les balles. André essaya tout de même de se renseigner mais auprès de qui, les gens bien informés ne voulaient pas en dire plus, de toute façon ces pseudos « sachant » ne savaient pas grand-chose de plus. Les nazis s'étaient juste servis d'eux pour faire passer le message aux autres flics de la PP : *« si vous avez l'idée saugrenue de penser qu'il faut résister maintenant que les « riquains » s'approchent, voilà ce qui va vous arriver »,* c'est la politique de l'exemple, Alex était celui qu'il ne fallait pas imiter sous peine de mort.

Finalement à force de chercher, André trouvera, il ne les retrouvera pas, mais il aura la nouvelle officielle, ils avaient été arrêtés dans leurs cachettes de fortune en banlieue, dans la forêt de Bondy, donnés par plus jeunes qu'eux et donc moins prudents et solides. Ils avaient été torturés pendant plusieurs jours, ils avaient été courageux et beaux sous les coups, malgré leurs dilettantismes affichés pendant leurs plus belles années, ils avaient tenu, ils n'avaient rien dit, ou alors des conneries, de l'humour noir en ces moments de souffrance. Ils avaient donné des noms de têtes de réseaux inventés grâce à leurs lectures des classiques français, ils avaient cité des personnages de Balzac, Stendhal et Hugo. Leurs bourreaux avaient dans un premier temps pris pour argent comptant leurs délires, mais ils avaient vite compris qu'ils se foutaient de leurs gueules. Les coups avaient redoublé, deux de leurs camarades étaient morts dans les bureaux de souffrance de la Gestapo. Au bout de l'horreur, Alex et Grégoire avaient été fusillés on ne savait où au petit matin et jetés dans une fosse commune quelque part dans une forêt autour de Paris. André n'en sut pas plus et cela lui faisait mal, très mal, cette mort dans la souffrance, cette mort dans un lieu inconnu. Il revoyait leurs visages lorsqu'ils étaient à la PP PJ en train de se foutre gentiment de la gueule de tous ces cons de l'étage du dessus, coincés du cul et avides de servir le pouvoir mal en place. Mais sous des allures de petits merdeux ils étaient des héros, des vrais, des bons, des grands, des forts, des sans calcul, sans arrières-pensées, beaux et purs, des qu'il en faudrait plus pour sauver la France, mais ils étaient morts et la France n'était pas sauvée. D'après « radio-police » ils avaient été trahis par quelqu'un de la PP, sûrement, mais on s'en foutait ils étaient morts, et entre 40 et 44 ce n'était que le défilé des trahisons en tout genre, tout le monde trahissait tout le monde à commencer par le pouvoir, celui de Vichy qui avait trahi la France, donc si le sommet trahissait, par réflexe la base aussi. Face à tout ça, André se sentait comme toujours inexistant, il n'avait pas vu venir la chose, la veille de sa disparition Alex rigolait au bureau comme souvent, il riait de la vie qui n'était pas drôle entre 40 et 44 et le lendemain il n'était plus là, depuis personne n'avait parlé de cela, personne ne voulait dire même si certains savaient un peu. C'était terrible cette période de l'occupation nazie où du jour au lendemain tu disparaissais sans que personne ne s'en émeuve, tu étais mort un jour sans coup férir mais avec des coups dans la gueule, alors que la veille tu étais quand même encore un peu quelqu'un, en tout cas un être vivant avec femme et enfants ou père et mère. Tu n'étais certes plus qu'un habitant sans droit d'un pays occupé et sans droit mais au moins tu respirais, tu mangeais (mal) et tu baisais (peut-être bien ou mal), mais tu étais là, et un jour des gens, des puissants, des dominateurs avaient décidé que tu étais un ennemi et te tuaient, fin de l'histoire, enfin de ton histoire.

Michelle partit, Alex et Greg morts, les enfants loin, l'épisode du Vel d'Hiv que nous allons évoquer, les enquêtes qui ne menaient à rien, certes il y avait eu Stalingrad, le débarquement en Italie, pas encore celui de Normandie, tous ces alliés n'étaient plus trop loin, mais André était seul, il ne savait pas quoi faire, sa mère, ses enfants, la peur il fallait le dire, l'avouer, le « trouillaumetre » à zéro, les chocottes, il chiait mou, il était au bord du gouffre, il avait le vertige, c'était le moment où il faudrait prendre une décision, il n'y arrivait pas, ou plutôt il n'en prenait pas, il faudrait que quelqu'un le pousse au sens presque propre, c'est-à-dire salement, qu'on vienne le chercher pensant que c'était un grand résistant, alors qu'il ne l'était pas, ça l'obligerait à partir, la valise ou le cercueil comme Michelle. Mais là, il ne savait pas, il se demandait si la valise n'allait pas l'emmener dans un cercueil, pourtant personne ne le soupçonnait, il avait été tellement prudent, le dos rond tout en faisant son boulot, pour l'instant c'était lui qui devait prendre tout seul la décision de partir en résistance, d'essayer de faire quelque chose de concret, de réel, même en restant Inspecteur, en faisant double jeu, le matin et l'après midi flic bcbg, le soir et le week-end le héros secret de la résistance. Mais comme on ne pouvait pas résister efficacement dans son coin, sans les autres, en solitaire, comme un tueur en série, il fallait se rapprocher des réseaux, connaître les bonnes personnes, à la PP il y avait plein de bonnes personnes qui ne l'étaient pas en réalité, et entre 40 et 44 cela pouvait être mortel de se tromper de personne, on se retrouvait à Dachau ou dans un trou ou dans les deux rapidement sans voir venir la Gestapo ou ses affidés, comme pour Alex et Grégoire.

Donc comme souvent mais là encore plus, André hésitera avant de ne pas prendre de décision finalement, c'était l'histoire de sa pauvre vie qui se fracassait à l'Histoire de la France voire du monde en cette seconde guerre mondiale qui fracassait l'humanité. Mais, comme si cela n'était pas suffisant dans l'horreur, on allait revenir un peu en arrière, sur un moment de l'histoire de la France où le gouvernement français, la Police française, la Préfecture de Police, et André seront les acteurs maudits d'une tache indélébile sur le drapeau de la patrie des droits de l'homme.

Le jour où la Police française est morte (une nouvelle fois)

En cet été 42 André venait d'apprendre par « radio police » qu'une grande opération pour arrêter du juif allait être organisée à la PP. De ce qu'il en savait, c'est qu'on négociait en urgence, car pris par le temps et les ordres allemands, en haut lieu, l'innommable afin de savoir si on allait déporter des juifs étrangers, français, des femmes, des enfants, des chiens aussi d'origine juive voire des chats, cela aurait été pitoyable si cela n'avait pas été monstrueux. André avait déjà entendu parler de ramassages de juifs dans Paris par des policiers français, en 1941 on avait convoqué des pauvres polonais pour « vérification de la situation », ils avaient tous fini dans des camps du Loiret qui n'étaient que l'ultime étape avant un voyage plus à l'est. André avait souvent imaginé la scène où ces messieurs hautement placés avaient réfléchi dans un bureau de la PP à la meilleure « stratégie » pour faire venir le plus de juifs, pour faire qu'aucun n'échapperait à la maille du filet. Soudain, lors de cette réunion, sûrement le plus brillant d'entre eux, le jeune en devenir, l'espoir de la Révolution nationale, le « padawan » du vieux gâteux de Maréchal, avait crié tout en joie et en fierté : *« j'ai trouvé, on va mettre sur la convocation « vérification de la situation », comme cela ils viendront tous, on aura des bons chiffres de présentations ».*

C'était sûr que si on mettait sur la convocation : « dernier voyage avant l'inconnu quelque part dans l'est », il n'y aurait peut-être pas eu trop de bons chiffres à vendre au pouvoir en place, à ceux qui pouvaient faire ou défaire votre carrière, malgré la présence de pauvres bougres qui se seraient encore présentés. Lorsqu'on était normal et sans histoire, on ne pouvait pas encore imaginer que cette période de l'Histoire vous entraînerait vers les abîmes.

En 1941, on n'imaginait pas l'inimaginable, on savait bien que ces messieurs allemands, surtout leurs chefs, « n'aimaient pas » les juifs, mais on se disait pas aussi loin, et surtout pour ces juifs réfugiés, la France les avait accueillis comme une mère de substitution, une mère protectrice, et même si en juin 1940 la France n'avait pas été très vaillante, pour employer un méchant euphémisme, il y avait encore le vieux Maréchal, le doux Philippe qui mettait son vieux corps tout courbé, perclus d'arthrose en barrage pour protéger ses ouailles.

Revenons donc à ce petit Commissaire plein d'avenir qui trouva « la phrase magique », il avait gagné en si peu de mots une évolution de carrière tout en montée. Cet aréopage de lâches avait dû bien transpirer avant de trouver la formule idoine, ils avaient la pression de la hiérarchie, on leur avait sûrement demandé à maintes reprises : *« alors c'en est où, car moi qui suis au-dessus de vous, j'en ai un qui est au-dessus de moi dont celui qui lui est supérieur lui demande où cela en est ».* Machine infernale à faire bloquer le travail, tellement connue d'André pour ses affaires « sensibles », mais qui, en ces années noires, devenaient indigestes et mortelles.

Il y eurent ces Polonais, puis d'autres après, on avait même « inventé » un nouveau camp, on avait réquisitionné un HBM près de Paris, à Drancy, la cité de la muette pour y mettre des prisonniers. Quelle imagination, on avait construit avant guerre ces bâtiments pour le fier peuple français, et finalement on y mettait des recalés de la révolution nationale en attente des camps situés plus à l'est. Quelle destinée, André avait eu un temps l'idée d'y habiter, la location ne semblait pas chère, ce n'était pas très loin de la P.P, les pièces étaient modernes et spacieuses, que du bonheur futur pour un jeune couple en devenir, André lorsqu'il avait appris qu'il aurait pu vivre, rire, aimer dans un futur camp d'internement, avait eu des hauts le cœur. Il se disait que ces bâtiments, une fois le cauchemar terminé, devront être détruits, qu'ils ne pourront jamais redevenir de paisibles appartements, enfin finalement on ne savait jamais, l'humain était capable de tout, puis de toute façon est-ce-que le cauchemar pourra se terminer, en ces jours de l'année 1942, ce n'était pas gagné !

Donc ça phosphorait dur en ce début de mois de juillet 42 pour organiser la capture du plus de juifs possibles, pour ces gens-là peu leur chaut, que ce soient des problèmes de circulation de voitures dans la capitale ou des juifs à parquer dans des camps, c'était réalisé avec la même motivation et le même professionnalisme, cela devait être ça, ce sens de la progression verticale et ce sens de la carrière à tout prix qui devait leur permettre d'être aussi performant dans l'action, quelle qu'elle soit : *« Ces hommes d'appareil savent grimper les échelles des valeurs qui leur sont imposées. Leur facilité à apprendre les récitations, leur aptitude à faire marcher le système et leur art de la relation les placent rapidement en haut de l'échelle quelle qu'elle soit »* (Boris Cyrulnik).

Et qui mieux qu'un homme qu'on avait déjà évoqué, le commissaire Hennequin, Directeur de la Police Municipale, pouvait définir ce genre d'homme à responsabilités. Ce mot de responsabilité dans les deux compréhensions qu'on pouvait lui donner, la responsabilité dans le sens noble de décider, mais aussi dans l'idée de répondre de ses actes ignobles. Donc ce sale Hennequin était bien le rédacteur, le « père » de cette circulaire de juillet 1942, cette tache sur le drapeau français qui était déjà en ces années d'occupation terriblement sali. Ce minable, rédacteur de ce « plan de bataille bien huilé » contre des femmes, des vieillards et des enfants, était un falot sérieux, un professionnel, un technocrate, un organisateur, un homme apprécié de sa hiérarchie, qui avait gravi « les échelles des valeurs imposées » tout au long de sa carrière. Cet individu avait toujours fait son travail avec sérieux, il aimait vivoter au milieu des puissants, il savait en prendre la substance moelle pour faire grandir son ambition, se placer là où il fallait, avoir le sentiment du devoir accompli, même si ce devoir allait à l'encontre de toute humanité, bref c'était un servile serviteur de l'État comme on en rencontrait malheureusement trop dans ces tristes années quarante et qui avaient toujours été en incubation au sein de cette vieille PP.

Elle était « parfaite » cette circulaire, elle avait tout prévu, le nombre d'effectifs, les équipes, les véhicules, les lieux interventions, le lieu de réception, les horaires d'intervention. Qu'elle était bien huilée la P.P, une machine de guerre, un rouleau compresseur comme on disait, mais ce n'était pas pour démanteler un réseau de trafiquants ou de braqueurs, mais des femmes et des enfants, coupables juste de ne pas être de la bonne race d'après les laudateurs de la politique du fou à moustache qui écrasait tout sur son passage.

André avait toujours réussi à esquiver les permanences pour ce genre d'opération, car bien sûr il n'y avait pas assez de salauds dans les groupes dédiés à ces missions de l'infamie, il fallait toujours du monde en plus tellement c'était bien organisé. Ces groupes des renseignements généraux de la PP chasseurs de résistants et de juifs, ou des deux en même temps, ces brigades spéciales qui avaient un temps, on l'avait déjà vu, voulu recruter André, car même s'il n'était pas un type qui se mettait en avant il était connu pour être un fouineur, chercheur d'indices et de truands. André tout au long de ces années noires avait toujours tout esquivé, la résistance et la collaboration, c'était un vrai toréador, mais un jour ou l'autre il risquait bien d'être encorné par l'Histoire.

Toute la PP était en effervescence, il fallait du monde en plus, le Préfet de Police, Amédée Buissière, était sur les dents, c'était sa mission, il voulait la réussir, rendre heureux Bousquet, le secrétaire général pour la Police qui lui, sera aussi heureux qu'un haut fonctionnaire réussissant sa haute tâche, mais là pour l'envahisseur, et ce sera effectivement une tâche dans les deux sens du terme pour la Police française. En tout cas, André n'était pas bien en ce début d'été 1942, il avait une sorte d'intuition morbide, il sentait, il ressentait qu'il allait être désigné parmi les effectifs de la PJ sur un point pour seconder les missions des renseignements généraux de la PP, et pourtant il en avait fait des planques, des interpellations au saut du lit, dès 6h du mat. Il aimait cette adrénaline qui montait lors du briefing d'avant interpellation, du cœur qui battait devant la porte du recherché, du souffle coupé à monter des escaliers en silence, de la porte qu'on cassait, des cris « police », du « saute dessus » avec des baffes qui se perdaient si le malotru se défendait, de la perquisition dans la foulée, du retour au service avec la descente de stress, des rires des collègues devant un café chaud et des croissants payés par celui qui nous avait fait lever. De tout cela André n'en voulait pas pour la chasse aux juifs, déjà qu'il avait dû prêter serment au Maréchal l'année dernière comme tous les fonctionnaires, cette mascarade obligatoire, cette génuflexion de la honte devant un vieux décati. André, qui s'était toujours moqué, en raison de son anti-britannique primaire, de ces joueurs de tennis anglais qui se cassaient le dos en faisant des courbettes lors de leurs entrées sur le central de Wimbledon devant la Reine et le roi en tribune, eh bien lui avait dû faire pire, s'abaisser devant un vieillard collabo et gâteux, ce n'était vraiment pas très glorieux.

Finalement c'était tombé, André en sera, il avait perdu au tirage au sort de l'horreur, il avait été choisi par un coup du sort, le hasard morbide de noms pris dans un petit chapeau au milieu d'autres noms qui eux, n'en seront pas. De suite, il avait reçu les instructions claires et précises, il aura « deux objectifs » avec un binôme et quel binôme, un couard, un traître, un lâche, mais un vicieux dont se méfiait beaucoup André, il n'était pas de son groupe il était aux « pièces parquet », là où on mettait ceux dont on ne savait que faire, alors que cet idiot avait toujours voulu incorporer les Brigades spéciales, la une, la deux voire la trois si elle avait existé, peu importait du moment qu'il faisait la chasse à l'ennemi du régime de Vichy. Mais même chez les salauds, on dira même surtout chez les salauds, on ne recrutait pas les nuls, on voulait être efficace dans l'horreur, et Ovide Dupeu n'était pas efficace, veule mais pas efficace. Et là, il était avec André, « bon Dieu de bon Dieu bois » pas de chance, comment faire pour ne pas le faire sans se faire repérer et dénoncer à la hiérarchie.

Pendant les jours qui précédaient l'intervention, André se déchirait le cerveau pour essayer de ne pas y aller, il avait déjà fait le coup de la maladie pour d'autres missions de salaud, il ne pouvait plus où alors il allait être repéré et arrêté, le décès de quelqu'un n'était plus possible, ses grands-parents ne pouvaient pas mourir deux fois. Il sentait bien la fièvre monter dans la hiérarchie et chez les collabos de la PP, les premiers pour leurs carrières, les seconds pour leurs sales idées, et pour ceux qui étaient les deux pour la révolution nationale. André avait l'impression que personne ne réagissait comme lui, où alors tout le monde ne disait rien mais n'en pensait pas moins, de toute façon dans ces années quarante plus personne ne pensait pour soi, car il n'y avait plus qu'une pensée unique dans cette vieille Europe, ce vieux continent, c'était celle de l'homme nouveau, de race aryenne, malgré la différence qui existait entre le nazi blond aux yeux bleus et au corps glabre et le français moyen, poilu et en sabot. Il n'avait pas voulu en parler à Michelle, question d'honneur, en juillet 42 les deux commençaient à parler de pas mal de chose, mais l'honneur mal placé du mâle avait fait la différence, il ne lui avait rien dit de ses angoisses par rapport aux opérations, il lui avait même menti en disant qu'il y avait échappé une fois de plus, il ne voulait pas passer pour un lâche, il ne pouvait pas lui expliquer qu'il allait quand même faire l'innommable. Michelle elle, en était dispensée n'étant qu'une auxiliaire de Police.

Finalement, André avait trouvé comment éviter d'être complice de l'indicible. Il devait, comme toute enquête classique, faire un premier repérage, faire une « vérif de dom », comme lorsqu'il chassait le délinquant, le vrai, le méchant. Il devait, comme le disait la circulaire, se rendre avant l'intervention maudite à l'adresse qui lui était dédiée sur la petite fiche de renseignement, cela pour être sûr que les juifs y résidaient encore afin que les chiffres soient bons le jour de l'opération. Visiblement, l'honneur de la Police française en dépendait d'après la hiérarchie, plus elle réussira dans l'innommable et la honte plus elle sera efficace. Les Dignitaires de l'État français eux, seront fiers de tout cela, retournement des valeurs terribles, « liberté, égalité, fraternité » aux oubliettes, dorénavant « arbitraire, inégalité des races, tuerie » seront la devise de l'État français sous le joug allemand. Le seul côté positif pour André était qu'il n'aura finalement qu'une famille à visiter, alors que certaines équipes auront plusieurs points à faire. Certes, André en avait eu au départ deux objectifs, mais l'une des familles avait déjà disparu, on venait de lui dire, le fichier de la honte n'était pas à jour, même les fichiers les plus efficaces pouvaient être pris en défaut. Cette famille de juifs était déjà partie en direction du sud avant peut-être de passer de l'autre côté des Pyrénées, ça faisait un peu de baume au cœur d'André mais ça fâchait beaucoup Dupeu, il en aurait voulu plusieurs à faire, à réussir, à fournir en chiffres à ses chefs. Finalement, à son grand désespoir, il n'y en avait qu'une, de famille à déporter. Il fallait bien reconnaître que la hiérarchie, on l'avait déjà dit, avait une certaine efficacité dans la collaboration, ces Commissaires n'étaient pas tombés de la dernière pluie pour se coucher devant l'ennemi et faire ressortir la substance moelle des meilleurs fonctionnaires collabos. Dupeu était un servile mais un idiot et André n'était pas le plus fringant des collaborateurs, il avait refusé les Brigades spéciales, il ne criait pas qu'il n'aimait pas les juifs dans les couloirs de la PJ, donc la hiérarchie lors de sa planification avait pensé que deux points leur suffiraient à ces deux médiocres de la collaboration au sein de la PP. D'autres en feront beaucoup plus, tellement plus pour plaire à Vichy qui pensait qu'en déportant le plus de juifs possible de la main de la Police française ils allaient démontrer leur « indépendance » envers le pouvoir Nazi. Comment pouvait-on raisonner ainsi : *« c'est à nous de le faire, comme cela on restera un véritable État, on sera quand même les valets des nazis, mais nous aussi on sait s'organiser pour chasser le juif, on sait faire ça chez nous »,* bande de salauds, et André qui était au milieu de cela, comme l'était la Police toujours au milieu de la société, non André : *« ne s'était pas fait policier pour être au milieu de cette société-là ».*

Ce matin il était avec le veule Dupeu qui voulait en faire deux fois plus puisqu'il n'y avait qu'une famille à déporter, ils allaient donc dans le quartier de Belleville voir la famille de juifs qu'ils devaient arrêter. Il faisait froid en ce mois de juillet 1942, la température était anormalement fraîche mais le temps était trop beau, trop bleu pour ce jour funeste, les arbres étaient fleuris, les enfants jouaient quand même dans la rue malgré les températures, il n'y avait pas d'école, les gens étaient tranquilles dans ce Paris occupé, on commençait à survivre avec le poids de l'occupation, on ne pouvait pas hiberner plusieurs années de suite, même les ours ne le pouvaient pas, alors un citoyen de ce pays je ne vous dis pas. Il fallait manger même mal, un peu rire même tristement, et baiser pour oublier, enfin il fallait survivre. Dupeu était content, il aimait ce boulot, il jouait au « Maigret », avec son costume trop grand pour lui et son chapeau moche comme lui, il faisait « Monsieur l'inspecteur » lui le Gardien de la Paix en tenue. Il avait été « déshabillé » pour l'occasion, pour chasser le juif, lui qui voulait entrer dans ces Brigades Spéciales pour faire mal aux pauvres gens, lui le pauvre type, là il ne risquait pas grand-chose, il allait chasser de la mère de famille traquée et deux enfants à peine pubères, on pouvait faire le coq facilement. Il ferait moins le fier devant une « bande de marlous » braqueurs et trafiquants comme André avait pu rencontrer tout au long de sa carrière d'avant-guerre au groupe enquête, cette peur au ventre devant la porte, ce souffle court, cette angoisse d'avant l'interpellation qui se transformait en douce euphorie après. Non là, on allait casser des portes de gens dont le seul crime était d'être sémites et même pas riches.

Dans le métro André regardait la tête de son collègue, il le détestait, mais il ne disait rien, il savait qu'il ne pouvait rien lui dire,

Dupeu « était en cour » actuellement malgré son incompétence, il faisait tout pour l'être, il parlait fort dans les couloirs en disant : *« Ces youpins ont trop d'argent, ce sont des profiteurs de cette bonne France catholique »,* il parlait de ces visites avec ses enfants à l'exposition sur les Juifs au palais Berlitz, il rigolait quand il décrivait l'immense caricature du « Juif errant » avec son nez proéminent et crochu qui se trouvait à l'entrée, il n'avait pas vu le sien de nez, gros et moche, si le nez crochu voulait dire être juif, ce gros nez moche voulait dire être con. Ils descendirent sur la ligne 11 à Belleville, ils se dirigèrent vers le 7, passage Ronce dans le vingtième, à cette adresse il y avait un immeuble modeste sans ostentation, André ne put s'empêcher de dire : *« bah elle ne doit pas être trop riche la dame »,* Dupeu le regardait d'un air bizarre, comme si André venait de clamer une ode au peuple d'Abraham.

À cette adresse il y avait une gardienne, ils sonnèrent à la loge, derrière des vitres sales et un rideau terne qui avait dû connaître il y a longtemps des couleurs vives, une tête blanche apparaissait : *« qui c'est ? ».* Dupeu de sa voix qui se voulait virile : *« c'est la Police française »,* en entendant cela André se disait qu'il aurait préféré entendre « c'est la Police allemande, grecque, ou chinoise », mais pas la « police française ». Tout fièrement, Dupeu demanda : *« la famille BERSTEÏN c'est bien ici ? À quel étage, quel numéro, il y a qui dans ce logement, combien d'adultes, combien d'enfants ».* André se répétait en boucle dans sa tête : *« il est tellement impatient de déporter que ce Dupeu récite sa leçon en une seule fois et très vite, comme s'il avait peur d'oublier quelque chose et de faire moins bien que ce que voulait la hiérarchie, quelle servilité ce sale type ».* La gardienne ne comprit pas tout, elle devait être espagnole, une réfugiée, elle aussi, mais du fascisme « soft » de Franco, ça pouvait peut-être aider André dans son idée. Dupeu recommença ses questions avec le même « ton mitraillette » qui lui faisait penser qu'il était un super-flic au service de la France. La gardienne comprit cette fois-ci, elle répondit : *« oui »,* phrase courte mais terrible, cela voulait dire que cette famille était au bord du gouffre, que l'enfer l'attendait. Dupeu voulut faire du zèle, il ne pouvait s'arrêter là, il devait regarder la porte pour ne pas se tromper le jour J, tel un vautour il tournait autour de la proie. André suivit, ils montèrent les étages de cette cage d'escalier qui sentait l'humidité et la précarité, précarité de la situation économique mais dorénavant aussi du temps de la survie. Il ne fallait pas être grand flic pour retrouver le logement, il y avait quatre étages à l'immeuble et deux portes par étage, une gauche et une droite, si on vous dit troisième droite, ce n'était pas trop compliqué, mais Dupeu était un consciencieux besogneux de l'horreur, il allait vérifier, il monta sur la pointe des pieds comme si un danger l'attendait au troisième, comme s'il s'agissait « de la bande à Bonnot ».

La vérification était faite et bien faite, on était sûr de la présence de cette pauvre famille, elle avait eu la gentillesse de sortir de l'appartement, toute la famille, cette femme et ses deux enfants, une fille et un garçon, à peu près du même âge que ceux d'André, terrible pour lui, il fit un transfert, il vit Pierre et Paule, il pensa à leur désarroi, leur panique, leurs pleurs le jour de l'opération, il eut mal au cœur, il ne les regarda pas, voir leur regard qui disait tout, qui vous transperçait, André avait regardé ailleurs, comme souvent depuis ce funeste mois de juin 1940. Dupeu lui, cela ne l'avait pas gêné bien au contraire, il avait bondi sur le côté pour se cacher dans un recoin sombre afin de ne pas être vu, triste sire, cette pauvre femme était trop affairée par ses enfants, elle n'avait même pas vu André et son mal être dans la cage d'escalier, Dupeu lui, n'avait pas fait de transfert avec ses enfants, il ne pouvait pas le faire puisque pour lui le juif n'était qu'un nuisible, les siens d'enfants étaient eux, l'avenir de la Révolution nationale.

André rentra au bureau avec son mal être, il réfléchit pendant que Dupeu pérorait, il se disait que ce soir il ne pouvait pas ne rien faire, après-demain c'était le grand jour, il fallait tenter quelque chose, lui le bon flic avait photographié le lieu du crime futur. Il avait compris assez vite comment il pourrait prendre contact avec cette femme sans que personne ne le sache, ni les collègues, ni les voisins, ni la concierge, c'était quand même cette dernière qui l'embêtait le plus. Il connaissait bien les concierges parisiennes, elles semblaient vieilles et décaties, mais elles avaient l'œil et l'oreille quand il s'agissait de surveiller leur pré-carré, et même si pour André une réfugiée du francisme ne pouvait être soupçonnée de collaboration avec le grand frère de ce dernier, on ne savait jamais, l'occupation allemande avait cassé tous les codes de la société française, on dénonçait à tout-va, il fallait se méfier de tout le monde, même de sa propre ombre.

André, après le service, recommença son périple vers Belleville, mais cette fois-ci seul, sans ce cloporte de Dupeu, il essaya d'être le plus discret possible, dès la fermeture de son bureau et la descente du fameux escalier du 36, il commençait à stresser. Il avait l'impression que tout le monde le regardait, que tout le monde lisait dans ses pensées, que tout le monde devinait ce qu'il allait faire. Non, décidément André n'était pas et ne sera jamais un résistant de l'ombre, cet homme avec une double vie qui cachait ses actions secrètes avec une telle dextérité que même sa femme et sa mère ignoraient tout de ses occupations clandestines. Il pensait à cela tout le long de son périple, il transpirait dans sa chemise en cet été 1942, il regardait bien à droite, à gauche dans le métro comme le faisaient ces pauvres bougres communistes ou juifs ou résistants ou les trois en même temps poursuivis par les gestapistes de tout poil qui pullulaient dans la France des années 40. Il eut l'impression que le parcours dura deux ou trois fois plus longtemps que le matin avec Dupeu et pourtant il en avait soupé avec ce faux derche collabo, mais là à chaque seconde passée il voyait se rapprocher le moment où les hommes en noir viendront l'arrêter et le torturer rue Lauriston. Il n'était vraiment pas glorieux cet André-là, il était presque couard, il était tellement différent de ces matins « d'interpell », décidément il y avait pas mal « de divisions du courage » entre celle de l'Inspecteur s'occupant du délinquant classique et celle du résistant, même minime, s'opposant à l'occupant nazi.

Après ce périple qui lui sembla sans fin dans le métro, il descendit à la station d'après Belleville, toujours en observant autour de lui, il faisait gaffe quand même à ne pas trop paraître inquiet et sur ses gardes, il le savait lui, le flic de la PP, que le regard aux aguets avec les yeux écarquillés tournant comme une tourelle de char menait souvent à un contrôle des chasseurs de juifs ou résistants. Il était descendu à Pyrénées comme tout bon flic aurait fait, il fallait brouiller les pistes en ces temps difficiles. Il évita d'être revu par le poinçonneur qui pourrait le reconnaître puisque cet idiot de Dupeu n'avait rien trouvé de mieux que de se présenter à l'agent de la STCRP, histoire de frimer et de bien montrer qu'il était en mission secrète pour la nouvelle France et son allié le troisième Reich. André remonta à la surface, il retrouva cette rue vivante et tellement parisienne qu'était la rue des Pyrénées, en cet été 1942 la vie n'avait pas totalement repris depuis juin 1940, mais on s'habituait, l'humain on l'a déjà dit, avait vraiment une capacité rare à s'adapter à toutes les situations même les pires. Les héros du quotidien arrivaient toujours à retomber sur leurs pattes, et à survivre au pire, c'était ce qui devait nous différencier des dinosaures, eux une comète et plus rien, le Français lui, survivait au nazisme, et la rue des Pyrénées était survivante. Il y avait des magasins où il n'y avait pas grand-chose, des bars où on servait surtout l'occupant, mais ça vivait, ça rigolait, ça pleurait, ça draguait, ça aimait, tout comme si rien ou presque ne s'était passé en juin 1940, et lui André avait la boule au ventre, il allait vers une destinée qui allait être détruite, exilée ou plus, on ne savait pas encore. Cette famille, il fallait l'aider, la sortir de là, c'est-à-dire de son appartement qui sera sa perte si elle y restait le 16 juillet 1942 au matin.

André était devant l'immeuble, en bon flic il avait repéré que ce vieil immeuble avait une seconde porte sur le côté dont on ne se servait plus. Ce n'était pas l'entrée pour les chambres de bonnes comme dans les immeubles bourgeois, ces entrées situées à l'arrière, discrètes, peu entretenues et à la peinture défraîchie. Dans les beaux immeubles, ces entrées cachées de la rue permettaient aux domestiques de vivre transparents pour leurs employeurs, de ne pas bousculer l'ordre établi. Mais dans cet immeuble, peu de chance de trouver des serviteurs, ce n'était qu'une seconde entrée oubliée dont allait se servir André pour pénétrer dans l'immeuble. Il passa dans la cour à l'arrière de la loge de la gardienne, son cœur n'était plus très sûr de lui, il se disait que là il ne pouvait plus reculer. Il monta les escaliers sur la pointe des pieds, jusqu'au troisième, il vit la porte de droite, la terrible porte, celle de sa mission honteuse, il mit un petit papier sur l'œilleton du voisin d'en face, il écouta aussi à cette porte, il lui sembla que c'était calme qu'il n'y avait personne, il devait donc faire très vite, afin d'éviter de tomber nez à nez avec ce voisin potentiellement dénonciateur aux autorités allemandes ou françaises de la présence bizarre d'un monsieur devant la porte d'une famille juive.

André frappa doucement à la porte de la famille Berstein, personne ne répondit, il écouta là aussi à la porte, il entendit bien du bruit, il frappa un tout petit peu plus fort, là il comprit qu'on l'avait entendu, les bruits s'étaient arrêtés comme pétrifiés. André espérait qu'on allait vite lui ouvrir, ce n'était pas un oiseau de mauvais augure qui venait mais un espoir d'éviter au pire. Au bout d'un moment qui avait semblé long très long à André, une femme ouvrit la porte, elle avait, accrochée à son chemisier, une étoile jaune et accrochés à ses jambes, deux enfants, de suite André ne vit qu'eux, il vit ses deux gosses, une petite fille et un petit garçon du même âge que les siens. La mère avait un regard rempli d'inquiétude et d'interrogation, les enfants de curiosité, ces gosses qui vivaient enfermés le plus souvent, une visite comme cela c'était bien, ça changeait. André demanda s'il pouvait entrer, la femme hésita, André insista, puis montra sa médaille de la PP, son « laissez passer » pour les bons citoyens, la femme prudente regarda bien cette breloque et finalement accepta de laisser entrer André.

Une fois à l'intérieur André parla vite, très vite, trop vite, la femme ne comprit pas ce qu'il voulait dire. Pourtant, c'était simple mais si difficile à comprendre : *« Dans deux jours à 6 heures du matin la Police française viendra vous arrêter avec vos deux enfants pour vous envoyer dans un premier temps dans un vélodrome en attendant d'être déportée sans vos enfants dans un camp en France pour finir loin d'ici mais dans un autre camp et pas le même que celui de vos enfants ».* Cette femme ne saisit pas, elle savait certes que depuis juin 1940 sa vie n'était plus la même, elle devait porter une étoile, elle n'avait plus le droit de travailler dans certains métiers, il y avait un fichier de ses co-religionnaires, elle savait qu'il y avait eu des arrestations de juifs, mais ils étaient étrangers, apatrides, il n'y avait ni femmes ni enfants, en plus son mari était un honnête commerçant mort trop tôt de maladie, elle ne pouvait pas accepter l'idée qu'on vienne chez elle la prendre avec ses enfants pour la faire pourrir à des centaines de kilomètres d'ici. Elle demanda à André : *« mais vous êtes de la Police française, vous ne pouvez pas faire cela ».* André était mal, il ne pouvait pas expliquer l'inexplicable en quelques phrases dites à mots couverts. Alors, il répéta sa phrase principale : *« le 16 juillet à 6h00 ne soyez pas chez vous avec vos enfants, soyez chez des amis sûrs et qui ne sont pas juifs, c'est tout, après essayez de fuir loin de Paris dans une ferme ou autre chose mais loin des dénonciateurs et des chasseurs de juifs ».* André après avoir prononcé plusieurs fois cette terrible phrase, ouvrit la porte pour partir, la femme le regarda avec un regard perdu, elle voulait lui demander plein de choses, elle voulait comprendre mais André n'avait pas le temps, il ne fallait pas ébruiter cette visite, les voisins du dessus, du dessous, ou d'à côté étaient de potentiels ennemis. Avant de sortir, de s'enfuir, André vit une dernière fois le regard des enfants, eux avaient l'air d'avoir compris le danger, comme de petits animaux ils avaient l'instinct de survie. Ils commencèrent à pleurer, à se cacher encore plus dans les jupes de leur mère qui elle, était incrédule. André descendit quatre à quatre les escaliers, il était moins prudent, il voulait fuir le plus vite, quel courage ce « résistant », tout en courant il pensait qu'il ferait un piteux maquisard, affolé au moindre bruit dans la forêt. André reprit le métro, il avait toujours cette impression bizarre que tout le monde savait autour de lui, mais son rythme cardiaque redescendit. Lorsqu'il fut assis sur la banquette du métro il eut un sentiment comme de bien-être, un truc qu'il n'avait plus connu depuis presque deux ans, cette impression d'avoir fait quelque chose de bien, oh pas grand-chose, mais un petit truc qui le remettait dans la société des hommes, ceux qui n'étaient pas des monstres, ça rassurait son bonhomme, cette petite chose-là. De temps en temps, il fallait revenir à un peu d'humanité, sinon le doute s'installera sur l'existence de la civilisation, ce truc qui nous séparait de l'animal, même si on n'avait jamais vu des animaux pires que les nazis.

André ne se sentait pas trop mal dans cette rame du retour, car petit à petit en s'éloignant de l'appartement maudit, cette sale impression que tout le monde le soupçonnait d'être ce qu'il n'était pas, un héros, s'estompait. Ce soir il ira se promener le long du canal Saint Martin profiter de la seule chose encore accessible à un Parisien sans ticket de rationnement ou marché noir, la balade du soir sous le beau temps, certes frais, d'un mois de juillet. André fumera un ersatz de cigarette avec un succédané de bière pour se souvenir du bon temps d'avant les boches. Avant cette soirée « d'apaisement » il arriva chez lui, se changea, il se mit en polo, short, et petit pull sur les épaules comme lorsqu'on allait le week-end à « Longchamp », là il allait juste à côté de chez-lui le long du canal. Cette balade lui faisait du bien, il se sentait léger comme s'il avait sauvé le monde en allant dire à cette femme qu'elle devait fuir de chez elle avec ses enfants. Ce n'était pas grand-chose mais pour un homme comme André c'était le « Tourmalet » des coureurs du tour de France, c'était son Everest, il était sur son toit du monde. André regarda les filles, elles étaient belles quand même malgré tout le sombre de la vie, c'était dingue comment les femmes pouvaient être belles même avec rien, au milieu de la fange, il pensa à Françoise qui était loin avec les enfants et qui ne reviendra plus, à Michelle qui n'était pas encore complètement dans sa vie, il était un peu au régime sec, et là aussi, il y avait rationnement pour lui, il dormait seul, l'amour physique était un souvenir lointain, d'ailleurs le lit n'était plus devenu qu'un lieu de récupération, il n'y avait plus d'exercice physique. Malgré cela, les filles étaient belles et désirables, même si André n'était pas de ceux qui pouvaient faire une rencontre dans la rue de façon inopinée, il lui fallait du temps pour oser, et parfois il osait trop tard, son tour était déjà passé. Mais ce soir, peu lui chaut tout cela, il se sentait bien, il pensait qu'il allait sauver non pas une vie mais trois, donc si pour une tu sauvais l'humanité, alors plusieurs.

André passa deux ou trois heures dehors, en ce 14 juillet que l'on ne fêtait plus, les boches n'ayant que faire de cette date la France n'existant plus. Là aussi André faisait de la « résistance » soft, sa petite bouteille de bière récupérée lors d'une descente pour un tripot interdit, et ses fausses cigarettes étaient sa fête nationale pour lui tout seul, même s'il y avait pas mal de gens qui faisaient comme lui, c'était une sorte de réflexe, le 14 juillet on devait être à l'extérieur, on devait un peu rire, bouger à défaut de participer à un bal des Sapeurs Pompiers. Ce jour-là le corps devait un peu exulter pour que le citoyen survivre. Avec l'effet de cette bière frelatée, André commença à faire de la philosophie de fin de soirée, il pensa à ces Parisiens qui, en ce 14 juillet 42, faisaient une sorte de fête triste, les gens bougeaient, sortaient mais au fond d'eux étaient sans joie, ça faisait un drôle de tableau, ce n'était pas « le déjeuner sur l'herbe », « c'était le pique nique sous l'occupation », c'était moins joyeux et cela se vendra sûrement moins bien dans quelques années.

Finalement, André alla se coucher tranquillement et tout seul une fois de plus depuis juin 1940, décidément cette date lui avait fait perdre la guerre et la compagnie des femmes. Fidèle à sa technique de drague, André n'avait pas encore fait grand-chose pour le rapprochement des corps en ce mois de juillet 42, quand il voyait Michelle il se sentait bien et quand il devait lui parler il se sentait con. Il pensa à tout cela dans sa petite « soûlographie » de cette soirée du 14, il se sentait un peu pousser des ailes avec l'alcool et le fait que Michelle n'était pas en face de lui, il allait lui parler c'était sûr, un jour, sûrement, enfin peut-être, il pensait à tout cela en s'endormant du sommeil de celui qui se voyait, en cette fin de nuit, comme un « juste ».

Le lendemain à la PP c'était l'effervescence, c'était quand même la veille de l'opération voulue par Himmler lui-même, celle qu'aucun membre de la hiérarchie ne voulait rater. Il y avait de la promotion dans l'air, de la prime au mérite, du : *« je me fais bien voir par les caciques de la France du vieux gâteux et par leurs amis nazis »,* cela motivait les troupes, enfin surtout les chefs de tout poil. D'ailleurs du plus grand au plus petit, dans le partage de la carcasse, il y avait un certain mimétisme dans la motivation, que l'on soit un petit Sous-Brigadier, Chef « d'à peine plus que soi » ou un Directeur, Chef d'un bataillon de collabos. André arriva au bureau serein, il ne devrait pas, il y avait plus de 7000 policiers français mobilisés, donc au moins deux à trois fois plus de déportés, mais André lui, pensait qu'il en avait sauvé au moins trois, donc il était tranquille, il savait qu'il ne pouvait pas sauver tout l'univers, déjà qu'un héros ne pouvait pas sauver tout le monde, donc lui encore plus, le simple Inspecteur de la PP n'appartenant pas au « Front National de la Police » groupe clandestin résistant. Ce qu'il avait accompli c'était un réel exploit, en tout cas il ressentait cela.

À l'arrivée dans son bureau il aperçut l'autre Dupeu qui venait lui parler tout fier de lui. Il lui sortit : *« j'ai bien vérifié auprès du fichier des juifs de la PP pour la famille Bernstein, c'est bon ils sont bien trois à cette adresse, le mari est mort il n'y a pas longtemps, c'est bien d'ailleurs, car ce type était apprécié par les gens de la Préfecture, il travaillait dans le magasin qui fournissait les drapeaux français, et tu vas rire même ceux des Allemands, donc comme il n'est plus là, il n'y aura pas de passe-droit ».* En entendant cela, André se mit à bouillir à l'intérieur, mais quel salaud ce mec, quel sale type, quel collabo, quel antisémite, finalement quel français moyen. En plus il avait osé vérifié dans ce fichier de la honte, le fichier « TULARD », prototype de l'efficacité de notre administration mais à des fins horribles, comme un petit comptable, cet André Tulard avait répertorié tous les juifs de la région et leurs adresses comme on ferait avec des vaches ou des poulets. Ce haut fonctionnaire avait mis « tout son art de petit comptable » au service de l'innommable et ce sale type de Dupeu avait joué des coudes pour le consulter, quel beau couple ce fichier « TULARD » et ce minable de Dupeu, comme un résumé de notre fonction publique en cet été 42. Dupeu rajouta alors : *« tu sais, en plus hier soir je suis retourné dans l'immeuble »,* le cœur d'André se mit à repartir dans tous les sens, il lui demanda : *« ah bon, pourquoi, tu n'avais pas confiance dans notre vérification »* Dupeu enchaîna : *« Non, non, mais je n'ai pas pu me coucher avant de venir voir à la nuit tombée si les lumières étaient allumées, et elles l'étaient ».*

André souffla, si c'était à la nuit tombée, lui il était sur le bord du canal, bière à la main et regard posé sur les seins ou les fesses des jeunes femmes croisées dans la rue. Par contre, André pensa qu'hier soir la famille était encore là, il se rassura en se disant que la femme ne pouvait pas partir comme cela sur un claquement de doigts avec ses deux enfants, elle allait le faire aujourd'hui, elle avait 24 heures pour trouver un sauveur, elle allait trouver, André en était bizarrement sûr, une sorte de méthode coué du désespoir. Il ne répondit rien à Dupeu, il le laissa dans sa satisfaction malsaine, il avait mieux à faire, en fait non il n'avait rien à faire, mais il fallait faire semblant, car ce jour du 15 juillet 42 si tu commençais à vouloir continuer ton boulot de flic, c'est-à-dire arrêter les méchants, les vrais, tu étais regardé de travers, toute la PP devait être concentrée sur la traque aux juifs lors de cette opération qui allait démontrer son efficacité. Donc André faisait semblant de s'intéresser à la mise en place des troupes, il voyait arriver les bus verts de la STCRP, tels les chars des panzers divisions allemandes en juin 40, ils étaient tous alignés, prêts à bondir vers leur mission, à repousser l'ennemi, à courir vers la victoire, et quelle victoire, transporter le plus possible d'enfants juifs vers un vélodrome puis vers l'inconnu, ça c'était de la mission pour héros.

André regarda ces bus de couleur verte avec nostalgie, combien de fois il les avait empruntés pour se rendre au théâtre voir une pièce de boulevard, au parc des princes voir un match de football, à Roland Garros voir les célèbres mousquetaires, et avec ses enfants pour se rendre au jardin d'acclimatation pour le célèbre manège des tasses géantes. Ces bus étaient synonymes de bonheur, de progrès et de Paris, et là ils allaient être souillés par cette opération, des enfants n'allaient plus se rendre à des attractions mais dans des camps d'internement, que c'était dur de vivre dans ces temps noirs. En tout cas, André se disait que là c'était signé, on ne pourra plus se cacher derrière son petit doigt, c'était la Police française, c'était la France par le biais de sa PP qui déportait, le jour du jugement dernier il faudra rendre des comptes, tout du moins les coupables, comme cette hiérarchie fébrile en ce 15 juillet 42 qui salissait la Police française, mais surtout la PJ PP dont André était si fier, lui ayant apporté tant de satisfaction et de fierté. Il avait toujours été heureux d'être avec ces fins limiers « à la Maigret » qui grâce à leur travail et à leur intelligence, interpellaient ceux qui faisaient mal au vivre ensemble, ceux qui franchissaient les limites de la loi. André aimait vraiment ce métier d'enquêteur, de recherches d'indices, de rencontres en tout genre, enrichissantes parfois, usantes souvent, mais qui ne laissaient pas indifférents. Il aimait ce job de fouineur avide d'approcher la vérité ainsi que de connaître les personnalités des protagonistes de l'affaire. André pensait à tout cela avec une immense amertume en voyant les allers et venues des participants à cette matinale funeste.

Le commissaire Hennequin devait faire un briefing en fin de journée, ce sale type avait demandé à ce que tous les commissaires, les Officiers de Paix et les Inspecteurs de l'opération y soient, André allait boire le calice jusqu'à la lie, il aurait préféré éviter le grand raout de ce grand veule, il aurait bien envoyé l'idiot de Dupeu, mais il n'était que Brigadier-Chef « déshabillé », il n'avait pas le droit, cela l'embêtait bien d'ailleurs, il aurait voulu sucer la substance moelle jusqu'au bout, comme tout bon fayot qui se respectait. Tant pis pour lui ce sera André qui allait être obligé d'entendre toutes ces saloperies. Finalement à 18h00, le grand ordonnateur de cette ignominie était là en grand habit d'apparat, debout sur un pupitre dans la salle des morts de la PP, quelle honte, tous ces gens morts pour la République qui étaient obligés d'entendre ce discours honteux. André ne pouvait pas savoir en ce mois de juillet 1942 que cette salle sera baptisée « la salle des 167 morts » fin 44, en mémoire de ceux qui étaient tombés au dernier moment de la libération de Paris, mais cette résistance tardive n'était pas encore d'actualité, là on était en plein boum de la collaboration, la Police française prenait ses habits d'apparat pour mieux servir l'occupant barbare. André arriva dans la grande salle, il y avait du monde, André ne dira pas « du beau monde », car on ne pouvait être que vilain dans cette situation, on allait chercher des enfants, des femmes, des vieux, des innocents chez eux pour les mettre dans des bus pour qu'ils aillent dans un gymnase afin qu'ils finissent vers encore plus loin de chez eux, quelque part vers l'inconnu, et tous ces policiers le savaient, ils étaient là en train d'attendre le Chef de cette horreur leur dire ce qu'ils devaient faire et ne pas faire pour avoir de bons chiffres. Ah les chiffres ! Les chiffres de la Police toujours faux, toujours tronqués pour plaire à plus fort que soi, pour faire carrière, quitte à mal faire son boulot. Mais là, André sentait que la majorité de ses collègues allait bien faire son boulot, et que les chiffres allaient pour une fois être véritablement bons. Le triste sire qui servait de Chef de la Police municipale allait dévoiler son plan de bataille, sa stratégie, sa tactique. Il se prenait pour Napoléon au Pont d'Arcole, il avait des trémolos dans sa voix, on avait l'impression qu'on allait combattre les barbares agglutinés à nos portes, on parlait de pauvres bougres, pas de tueurs assoiffés de sang. Cette saloperie qui servait de Chef était vraiment totalement dans son rôle, ce rôle qu'avait tant de fois vu André lors de sa carrière, ces chefs à petits pieds qui en faisaient trop pour plaire à celui qui était au-dessus, quitte d'ailleurs à lui cracher dessus lorsque ce « au-dessus » ne sera plus « en cour ». André comprit que tous ces gens qui avant 1940 paraissaient brillants, efficaces, utiles à leur pays étaient les mêmes qui étaient brillants, efficaces et utiles à l'occupant nazi, tout était pareil à un ou deux événements près, la débâcle de juin 1940 et l'installation des boches sur notre territoire.

Donc dans cette salle il y avait le ban et l'arrière-ban de la PP, toute fiévreuse, écoutant le doigt sur la braguette du pantalon ce vieux

Hennequin. Il parlait bien ce salaud, c'était dommage quand cela était pour dire qu'on allait mettre des enfants dans des camps, car si ça avait été pour arrêter Al Capone et ses sbires, ça aurait eu de la gueule, André en aurait eu les poils dressés, il aurait eu une « demi molle » tellement il aurait été fier de sa police en marche pour le bien de la justice. Mais là non, il avait la gerbe, le dégoût des autres, mais de lui aussi d'être là comme un idiot, il avait envie de crier, de dire : *« réveillez-vous, on est la Police française, on s'en fout qu'on soit juif ou auvergnat »*. Mais non, André écouta le grand discours comme il l'avait déjà tant fait par le passé pour des opérations gérées par la P.P. Cela le saoulait déjà lorsque ce n'était que de la communication des Chefs pour se faire briller, il préférait le « briefing » d'avant « interpell » au petit matin dans un bureau du responsable du groupe où sept ou huit collègues écoutaient le chef de l'opération parler de concret, du quartier hostile ou pas hostile, de l'accès facile ou pas facile à l'immeuble, de l'étage et du problème des rez-de-chaussée, de la solidité ou pas de la porte d'entrée du logement, pour finir par le positionnement des pièces et l'endroit éventuel où le malfaisant dormait. Mais les longues interventions d'un galonné qui n'était là que pour se mettre en avant il en avait soupé et vu plus que de raison. Ce jour-là, on n'en était plus au stade de l'égo mis en avant, on était dans la récitation d'une liste de course qui allait mener des humains à l'abattoir. Hennequin termina sa propagande par ces mots terribles : *« je compte sur vous pour que cette opération soit un succès, l'avenir de la Police nationale française en dépend, nous devons nous montrer capables d'agir par nous-mêmes, nous sommes une force civile indépendante dont la France a besoin en ces temps troublés. Vive la Préfecture de Police, vive la France, vive le Maréchal »*. Si on enlevait les trois derniers mots, on pourrait penser à un discours de la troisième République, plein d'espoir et de fierté, mais un vieux gâteux et quelques nazis en plus, tout était gâché, tout était horrible.

André à la fin de la réunion regarda ses collègues sortir, il y voyait trois catégories : les heureux, les peureux et les taiseux, lui appartenait à la troisième partie, une majorité ? Il le pensait mais alors pourquoi cette opération semblait marcher comme sur des roulettes, il n'y avait pas quelques courageux pour faire dérailler le train fou lancé à grande vitesse vers la honte absolue ? Visiblement pas, peut-être qu'il y avait quand même quelques collègues qui avaient fait comme André, prévenir dans un clair-obscur et entre deux portes la famille qu'il fallait partir, c'était déjà ça, même si personne ne le disait à son voisin de peur d'être trahi et dénoncé. Dupeu croisa André, alors qu'il ne devait pas venir en tant que seulement Brigadier-Chef, mais il était quand même venu tellement ça lui tenait à cœur cette opération. Lui on pouvait le placer sans hésitation dans la première catégorie, il était tout émoustillé du discours, on avait l'impression qu'il avait eu un orgasme, il était orgasmique quand il parlait d'Hennequin : *« quel homme ce type, quelle efficacité, quelle organisation, quelle.. »,* André le coupa et lui dit : *« stop ça va j'ai compris, en effet, on ne peut pas dire le contraire, il est tout cela »,* André « oublia » de dire à Dupeu le reste : *« mais c'est pour envoyer des innocents dans un camp ».*

Tout le monde se retrouva dans la grande cour, il faisait beau en ce début de soirée de juillet 1942, l'air était certes frais, mais le ciel était bleu et la pierre de la P.P brillait, André déambula, il n'avait pas envie de rentrer chez-lui, alors que le lendemain il devait se lever aux aurores. D'habitude, avant une opération dès potron-minet, il se couchait assez tôt pour être en forme lors de l'interpellation, si ça se bagarrait il ne fallait pas rester les deux pieds dans le même sabot et rendre coup pour coup, force devait rester à la loi tout de même, et André aimait bien que cette force puisse rester au bon endroit, quelques claques, quelques coups de pied bien placés, remettaient les idées en place aux mauvais garçons qui avaient des velléités de contester l'action de la Police judiciaire. Mais une fois que les idées étaient bien en place pour André c'était fini, il n'était pas le genre de flic qui dans un bureau éclairé d'une lampe dans la gueule du suspect usait et abusait de sa position dominante pour « tarter » jusqu'à plus soif afin d'obtenir des aveux tronqués. Il en avait vu au cours de sa carrière, des innocents ayant avoué tous les crimes possibles et imaginables, même ceux qui n'existaient pas. Avant 40, on aurait pu en rire de « l'audition virile » avec le bottin en guise d'argumentaire, mais depuis juin 1940 ces séances ne faisaient plus partie du « folklore policier », il s'agissait de tortures commises sur des hommes et des femmes n'ayant commis comme seul crime que celui de vouloir être libre. De toute façon, depuis juin 1940 André n'avait même plus le cœur à remettre dans le droit chemin le vrai voyou qui prospérait dans cette période où la France se perdait, en effet, même taper sur un vrai salopard gênait dorénavant André, trop d'éclaboussures tuaient l'intérêt à le faire.

André « traînailla » cette fois-ci le long de la seine, scène de la vie parisienne depuis que Lutèce était devenue Lutèce. Il aimait les quais, les boutiquiers, l'île de la cité avec Notre Dame toujours là malgré les guerres, les révolutions et les révoltes. Ce soir-là d'ailleurs il rentra une nouvelle fois dans la cathédrale, pourquoi, lui qui ne croyait pas à ce Dieu ayant inventé l'inquisition, les bûchers, la rouelle, allait dans ce lieu dédié à ce personnage, sûrement parce qu'à chaque fois qu'il visitait un tel endroit il avait une sorte de sérénité, d'arrêt sur image des soucis et des petitesses de la vie. La maison de Dieu lui donnait le calme et le temps se suspendait. L'intérieur d'une église romane, d'une cathédrale gothique ou de la plus petite chapelle était toujours un moment de déconnexion pour cet incroyant qu'était André, c'était bizarre non, comme si ce lieu était plus fort que son Dieu. Une fois, André était entré à l'intérieur de la Mosquée de Paris construite pour les anciens combattants musulmans, il s'y était rendu à la mort d'un compagnon du front de son père, il avait appris que cet homme qui avait combattu pour la France était mort dans l'indifférence. Ce Marocain d'origine, homme de notre bel Empire qui avait été blessé au combat, avait été vite oublié par sa deuxième mère patrie, il était redevenu « un Arabe » après avoir été un combattant. André avait lu quelques lettres de son père du front avant son assassinat par les Généraux français, et son père parlait dans ses courriers de ce tirailleur courageux et sympathique, il écrivait même qu'après la guerre toute la famille sera invitée dans les montagnes de l'Atlas dans le village d'origine de ce combattant pour la France. Depuis, le papa avait été tué par des balles françaises et ce Marocain avait été renvoyé à ses origines et abandonné par ceux pour qui il avait donné son sang : *« putain de pays »* se répétait André, *« on comprend pourquoi en 40 on n'était pas en état de combattre quand on voit comment on traitait ses héros ».* En tout cas, lorsqu'il avait appris par le biais d'une connaissance que ce Marocain avait été retrouvé mort dans son taudis, André s'était obligé à se rendre à la mosquée, et là aussi il avait ressenti quelque chose, comme si le lieu était marqué par une sorte de puissance supérieure, c'était à en devenir croyant, mais André n'avait pas encore sauté le pas, Dieu était trop compliqué pour vraiment y croire, surtout que ce vieux gâteux de Maréchal qui nous dirigeait n'avait de cesse de rappeler que si la France avait perdu, c'était parce qu'elle avait perdu Dieu, foutaise oui, comme au Moyen-Âge où pour tenir la population, tout était religion, qu'elles seraient belles les religions si les hommes ne s'en mêlaient pas.

André s'assit dans la nef sur un des bancs en bois de Notre Dame, il regarda le cœur, il regarda le plafond, cette immensité lui permit de respirer, de se dire, non demain il allait se présenter devant cette porte, et personne ne sera là, évaporé, et lui pourra se dire : *« je n'ai pas fait grand-chose, je n'ai pas sauvé l'humanité, faut pas exagérer, je n'ai juste pas franchi le pas pour devenir un complice de la monstruosité ».* Si tous les flics de la P.P faisaient pareil ça serait beau, on pourrait presque dire qu'elle faisait de la résistance cette P.P, mais fallait pas rêver, combien d'André pour un Dupeu, voire un complice de Dupeu.

André rentra chez lui, il y avait Félix son chat, comme toujours il l'accueillit avec ferveur, il avait faim, sacré chat, il faisait tout pour se faire remarquer, comme ci André n'allait pas le voir dans son 50 m². Ce soir, André serra fortement Felix contre lui, de toute façon il n'avait personne d'autre à serrer, mais il aimait bien faire cela, il sortait de cette boule de poils plus d' humanité que tous ces gens qu'il avait vus lors du grand discours de cet Hennequin. André mangea un peu, but une mauvaise bière trouvée dans une arrière-boutique du marché noir : *« Putain, tu es descendue bien bas France, même ta bière est dégueulasse »*. Ce fut sur cette forte pensée qu'André s'endormit dans les bras non pas de Morphée, ni d'une belle blonde, mais d'une boule qui perdait ses poils. Cinq heures du matin, le réveil sonna, c'était dur, lui qui d'habitude sautait du lit pour se doucher et partir au combat contre les crapules en tout genre, là André était mou. Il s'habilla, mangea un peu et partit de son appartement comme s'il allait à l'abattoir, alors que c'étaient les gens qu'il allait chercher qui allaient s'y rendre.

Il arriva à la P.P, c'était l'effervescence, ça s'agitait, ça courait partout, il y avait ces bus verts, qu'avait pris si souvent André, garés en file indienne, André rejoignit son groupe, il voyait la gueule de cloporte de Dupeu tout excité et qui disait à la volée : *« on y va, on y va, on y va »*. André était chef du point, c'était lui qui avait le petit dossier avec l'adresse et le nom de la famille à déporter, plus les premiers chiffres 5 et 6 de la numérotation précisant que c'étaient des juifs français. Sous ses ordres, il avait ce minable de Dupeu et deux gardiens de la Paix, deux braves mecs à qui on avait dit : *« faut être là à 5h30 devant la P.P, vous suivrez monsieur l'Inspecteur et vous ferez ce qu'il vous dira de faire, point barre, repos, rompez les rangs »*. Ils faisaient ça bien ces jeunes policiers, ils étaient à l'écoute d'André qui leur donna l'adresse, ils y allèrent en métro, les bus de la STCRP feront eux plus tard l'arrêt de la honte à proximité du logement pour ramasser les enfants et la femme afin de les emmener au Vel d'Hiv, réceptacle de l'ignominie de la Police française. D'ailleurs peut-être qu'après cette première mission bien menée avec professionnalisme ces deux gardiens de la Paix iront garder l'enceinte sportive. En tout cas André faisait comme si... ils allaient donc devant la porte de la famille concernée.

André se positionna devant l'appartement, quand soudain Dupeu n'en pouvant plus et même avant l'heure indiquée sur la feuille de route macabre frappa fortement en criant : *« ouvrez c'est la Police française »,* André avait failli rajouter « aux ordres des nazis ». Et tout d'un coup la porte s'ouvrit, et là André eut son sang qui tomba dans les chaussettes, il vit la mère dans l'ouverture avec les enfants en arrière-plan, Dupeu se précipita à l'intérieur avec un Gardien de la Paix comme lors de l'interpellation d'un méchant braqueur, il bouscula la femme, cria sur les enfants : *« préparez vous à partir, dépêchez vous, faut descendre dans les cars qui sont en bas pour vous ».* André ne dit plus rien, il était comme pris de sidération, il ne comprenait pas, il ne savait plus quoi penser, dire, les deux enfants et la mère allaient être emmenés sans ménagement vers les autobus de la honte aux couleurs de la STCRP. La mère était là chez elle avec ses enfants malgré la venue la veille d'André, elle ne pouvait pas croire que le pays des droits de l'homme arrêterait des enfants juste parce qu'ils étaient juifs, donc elle était restée, elle pensait juste comme d'habitude à des « vérifications d'usage ». Lorsqu'elle avait compris à six heures du mat devant les uniformes, et les regards glacés, elle n'avait rien dit, elle n'avait pas dit qu'André l'avait prévenue, elle avait été « résistante », elle n'avait pas « balancé », si elle l'avait dit à la vue des visiteurs du matin : *« j'aurais dû vous écouter monsieur l'Inspecteur, je ne vous ai pas cru avant-hier soir lors de votre visite, j'aurai dû partir »,* si elle avait prononcé ces mots en présence de son binôme de la honte et des jeunes Gardiens de la paix, André était « mort et dénoncé ». Elle avait été courageuse, tellement courageuse alors qu'elle partait pour l'inconnu et pire alors que ses enfants partaient eux aussi pour un futur en pointillés. André en avait eu le souffle coupé quand il avait vu qu'elle était encore là, lui qui pensait taper à une porte et que personne n'allait ouvrir. On aurait alors « pété la lourde » comme pour une opération judiciaire, c'étaient les ordres du Commissaire Boris : *« vous cassez les accès si on ne vous ouvre pas »,* Dupeu aimant obéir à ce genre de demande aurait cassé avec ses frêles épaules toutes les portes du monde, puis on se serait retrouvé à l'intérieur, et là personne. Certes, la femme et ses enfants auraient du vivre « en cavale » comme un vulgaire voleur, avec la peur d'être dénoncé à tout moment par un bon français, peut-être même pas antisémite mais juste couard et veule, cavale pour la famille mais délivrance pour André, dans le secret de sa conscience il aurait « aidé » à survivre un être innocent et des enfants qui ne demandaient qu'à profiter de la vie. Mais non elle était là, son regard effaré, son incompréhension de la situation, oui la Police française était venue à 6h00 du matin dans une opération judiciaire mieux organisée que l'interpellation de la pire des bandes de Malfrats chercher une femme et ses enfants pour les conduire au « vel d'hiv » avant d'aller vers plus de malheurs, car on savait bien qu'on ne les arrêtait pas pour les envoyer en croisière sur le Nil. André n'y croyait pas, ce n'était pas possible, le cauchemar était toujours plus prégnant depuis ce mois de juin 1940, on n'y arrivera pas, Dieu s'il existait punissait trop la France et plus particulièrement André, pourtant un type pas trop pourri sur les bords.

Mais Dieu s'était trompé, ou alors il dormait, ou alors il était bourré, voire mort, ou finalement il n'existait vraiment pas et c'était le destin, enfin c'était horrible. André n'en pouvait plus, derrière la femme il aperçut dans ce petit appartement modeste les deux enfants, sages, gentils propres sur eux : *« Bordel ! pour un peuple qui prenait l'argent des autres, qui accaparait toutes les richesses, il était bien modeste le logement, pas ostentatoire du tout »*, pas comme ces maisons de collabo où André était allé pour « des perquiz », non c'était le petit peuple français qu'on assassinait, pas des profiteurs. Dupeu ordonna alors à la mère : *« Vous devez amener deux couvertures, une paire de chaussure et deux paires de chaussettes par enfant »,* comme l'avait précisé le bréviaire du parfait « rafleur de juifs ». Cela semblait un peu rassurer la maman, un policier français demandant d'amener des couvertures et des chaussettes c'était qu'elle allait être en sécurité dans les mains de la Police de l'État français. Dupeu qui avait toujours respecté les consignes, surtout les plus connes, celles qui plaisaient à la hiérarchie, agissait parfaitement comme avaient demandé de le faire les caciques de la PP. Une fois la famille sortie de l'appartement, Dupeu pensa même à fermer les compteurs de gaz, d'électricité et d'eau, comme pour un état des lieux sortant, comme si cette pauvre femme et ses deux enfants allaient vivre dans un plus grand appartement, plus spacieux et qu'ils laissaient leur petit appartement à des plus jeunes qui commençaient dans la vie, comme dans le sens de la vie normale : « on grandit, on s'agrandit ». Mais là non, la famille allait dans un gymnase s'entasser avant de repartir vers quelque chose de sûrement pas bon du tout pour elle. Dupeu savait rassurer, il était fourbe et lâche, son cerveau de type médiocre ne comprenait pas ou faisait semblant de ne pas comprendre l'horreur de ce qu'il était en train de réaliser, l'innommable. La mère l'aida à trouver tous les compteurs, Dupeu lui expliqua alors : *« ben oui, c'est mieux de fermer les compteurs, comme cela quand vous reviendrez vous ne payerez pas ce que vous n'avez pas consommé »,* il disait cela en souriant aux enfants qui pleuraient de tout leur corps, ayant compris par instinct que cela ne sera pas eux qui rallumeront les compteurs. La mère descendit vers l'horreur, remerciant Dupeu et nous tous d'être de la police française et d'être si polis. Pourquoi disait-elle cela, elle qui ressentait que la souffrance l'attendait, peut-être pour ne pas encore plus effrayer ses enfants, cet instinct-là de mère protectrice qui faisait ce qu'il pouvait, comme cette biche faisant face aux loups pour tenter de sauver ses faons. André n'en pouvait plus, il avait envie de crier, de prendre son arme et de tuer tout ce qui représentait l'État français, même ces deux braves gardiens de la paix à peine sortis de l'adolescence dans leurs beaux uniformes qui accomplissaient si bien, si sérieusement, leur mission, ces innocents aux mains pleines.

Le 16 juillet 1942 la Police française était morte, elle n'était plus, elle n'était plus rien, juste une troupe auxiliaire de la horde de barbares nazis. Il faudra du temps pour oublier cela, pensa André, il ne savait pas que bientôt un tour de magie fera passer les troupes de la PP, de moutons sanguinaires à héros tombeurs en deux jours et trois pétoires de la plus grande armée du monde. Non, pauvre André, son mal-être, son dégoût de lui n'étaient pas contagieux, il ne semblait pas qu'il y avait beaucoup de Collègues choqués par leurs actions. De toute façon, André avait déjà remarqué que dans la

« maison poulaga » les ordres les plus nuls étaient souvent suivis et accompagnés de cette phrase si coutumière : *« ben c'est comme ça, y a qu'à font qu'on »,* et lui pendant beaucoup de jours ne put se regarder dans une glace. Mais le gardien de la paix, de quelle paix d'ailleurs, plutôt le gardien du camp de Drancy ou d'ailleurs, ce gardien qui avait fait monter les enfants seuls sans ses parents dans les bus, ses enfants qui pleuraient, qui criaient, qui hurlaient, qui se déchiraient intérieurement par leur angoisse de partir vers l'inconnu sans papa et maman, qui eux-mêmes étaient partis vers un autre inconnu, comment ces fonctionnaires qui n'assuraient plus la paix pouvaient rentrer chez eux tranquilles, embrasser leurs enfants, leurs femmes et manger le potage chaud cuisiné par la chère et tendre. Non André ne pouvait pas, il dégueulait tripes et boyaux, il vomissait et se vomissait lui-même. Ce qui était étrange chez André, c'était qu'il n'arrivait pas à croire que le fait de prévenir une mère juive que le lendemain ses enfants ne devaient pas être à la maison, était un geste de résistance, pour lui c'était juste normal mais dans un monde anormal. Il ne se sentait pas résistant, il pensait juste qu'il était un flic potable comme il était un humain potable, mais dans ces années terribles cela ne suffisait pas d'être juste potable, il avait l'impression qu'autour de lui il n'y avait que des êtres exceptionnels tant chez les salauds que chez les héros. Il n'y avait que des « supers héros » ou des « supers-salauds » dans ces années 40.

Le lendemain de l'opération, c'était la tourmente à la PP, les chiffres, les chiffres n'y étaient pas, on devait rafler plus de 20 000 personnes et « seulement » 12 884 avaient été pris dans les filets de la honte, ça chiait dans son froc au sein de la hiérarchie. Hennequin courait partout en pleurant : *« mais qu'est-ce qui est arrivé, pourquoi on n'a pas raflé plus alors qu'on avait tout bien préparé, j'avais tout dit dans mon briefing, si on a ces mauvais chiffres c'est qu'on n'a pas bien suivi mes ordres, c'est pas ma faute ».* Les cloportes ambitieux qui entouraient le grand chef sortaient comme d'habitude plein d'idées pour bidouiller les chiffres afin de les rendre un peu présentables au chef du dessus mais aussi aux hommes de pouvoir.

Certains proposaient de compter quand même ceux qui n'étaient pas chez eux : *« puisqu'ils n'étaient pas chez eux c'est comme si on les avait raflés, d'ailleurs on n'a qu'à les mettre dans la case « raflés» car ils ont peut-être bien été déjà « raflés » puisqu'ils ne sont plus chez eux »,* certains pensaient à mettre dans la colonne « raflés » des gens déjà en prison pour du droit commun en disant qu'ils sont juifs même s'ils ne l'étaient pas, on pourra alors peut-être « s'approcher » voire dépasser le « sacro saint » chiffre de 20 000.

Mais surtout toute la clique des gradés avait « ses vapeurs » car le Secrétaire Général de la Police, René Bousquet, venait lui-même voir les résultats, il devait arriver dans pas longtemps et tous les cires pompes de la PP n'arrivaient pas à se mettre d'accord pour gonfler les chiffres. Ce secrétaire général, lorsqu'il arriva dans sa belle voiture avec son beau costume, en jetait quand même. On sentait l'homme brillant, plein d'ambition, c'était dommage pour lui, il aurait été sûrement un bon chef de la Police avant 40 sous la troisième République, là il n'était qu'un valet de l'occupant se cachant sous le faux nez du renouveau de la France. Il parlait bien, il était cultivé, il pourrait sûrement être un ami de bonne compagnie dans le futur, s'il avait un avenir. On pouvait être sûr que des gens qui tomberont du bon côté après la libération pourront l'aider tellement sa présence à table enrichissait les conversations bourgeoises, même celles dites de gauche, voire « mitterrandienne ».

Il était donc là avec sa cigarette au bec, les caciques de la PP agglutinés autour de lui, attendant fébrilement sa réaction, on lui parlait de réussite, d'un Vel d'Hiv plein à craquer, d'une organisation « au cordeau », d'une collaboration parfaite entre la STCRP et la PP, enfin un jour de gloire pour la Police française. Lui faisait la moue, il n'était pas con, il connaissait les chiffres, il avait dit aux Allemands dans un « dialogue ouvert » : *« laissez-nous faire, on sait »,* là on n'y était pas, et il le savait. André ne participait pas évidemment à cette grande réunion des grands chefs, lui n'était qu'Inspecteur, il avait eu juste le droit d'écouter Hennequin, mais pas de participer au débriefing des huiles. De toute façon à quoi cela lui aurait servi d'y être, à part d'avoir un ulcère encore plus prononcé à force d'entendre toutes ces horreurs technocratiques sans pouvoir y répondre. Mais, bon voilà, c'était le drame, on allait quand même dire qu'on avait réussi, mais il faudra peut-être changer certaines choses pour les prochaines opérations. Lui André, ne faisait que penser à la petite famille qui avait été transférée au Vel d'Hiv, il n'arrivait pas à supprimer l'image de la mère à l'ouverture de la porte, l'effroi des enfants, après il devait l'avouer il n'avait plus regardé personne dans les yeux, tout était allé très vite « grâce à l'efficacité » de ce misérable Dupeu, André avait fait comme lors de ses dernières autopsies à l'Institut Médico-légal place Mazas à Paris où il restait en retrait du boucher et du médecin légiste, il regardait ailleurs pendant la découpe et notait juste à la fin les conclusions du praticien, trop de boucherie tuait la boucherie. Ce jour de juillet 1942 il avait fait pareil, idem, une sorte de nouvelle lâcheté, une nouvelle fois il n'avait pas su affronter l'obstacle, il avait été une fois de plus écrasé par l'événement, mais là il était en prise directe, ce n'étaient pas des choses qui se passaient en France ou à Paris, c'étaient des choses qui se passaient à cause de lui, devant lui avec des êtres bien précis. Il n'avait pas pu entrer dans l'Histoire, il l'avait une nouvelle fois contournée, et ça le rendait malade, il se détestait, et on le détestait aussi d'être autant incapable d'agir, il ne pouvait pas prendre son destin en main, la période était trop dure pour lui, il n'avait pas les épaules, le coffre, il aurait voulu se laisser glisser jusqu'à la fin du cauchemar, comme on se laissait entraîner par le courant jusqu'à la prochaine rive, mais là, il y avait eu une décision à prendre à contre courant et André une fois de plus, une fois de trop, il ne l'avait pas fait.

Suite à ce funeste jour où la Police française était morte une nouvelle fois, André avait beaucoup fumé, beaucoup pris de bière, comme une volonté de s'ingérer tous ces ersatz de produits pour mieux se détruire de l'intérieur. Et dans ces longues et tristes soirées de déprime, André se disait en son for intérieur : *« oui, la folie criminelle de l'occupant a été secondée par des Français, par l'État français »* et par ses représentants en uniforme, ou pas, dont lui André Michel, Inspecteur de Police à la Préfecture de Police, affecté à la Brigade de voie publique, groupe d'enquête gérant les braquages et les escroqueries.

Le petit chat est mort

Un jour de fin d'été 43 André était triste, plus triste que la veille, et ça l'interpellait beaucoup. Pourtant André était dans l'horreur absolue depuis trois ans, il était au milieu de la monstruosité totale, il vivait au milieu des nazis, des collabos, de la Gestapo, des trains partant presque chaque jour vers Auschwitz remplis d'innocents sacrifiés à l'autel de la barbarie, mais André n'était pas triste de cela même si cela le rongeait de le savoir et de ne rien faire contre ça. Il était triste parce que son chat était mort, oui une petite boule de poils de cinq kilos avait été retrouvée écrasée par une voiture devant le bâtiment où il habitait, et cette boule de poils lui appartenait, c'était Felix le compagnon des enfants, le témoin silencieux des ébats puis des disputes du couple, cette présence si forte dans l'appartement malgré sa petite taille, Felix remplissait tout l'appartement quand il se frottait contre les jambes ou la barbe de trois jours d'André.

André s'en voulait, il l'avait laissé partir ce matin pensant qu'il avait droit à un peu de liberté lui, ce n'était pas parce que les hommes n'étaient plus libres que les animaux devaient être eux aussi enfermés. Et là, cette voiture, sûrement une voiture de nazi ou de collabo, l'avait écrasé, et André avait une petite boule dans le ventre pour cette boule de poils, il n'en avait pas honte, car il savait que « le petit chat est mort » était une phrase triste, elle n'était pas ridicule ni précieuse ou même réservée à l'école des femmes. André se disait : *« Quelle force intérieure un chat peut avoir !! Je suis au milieu d'un cauchemar peuplé de morts et de souffrance et je pense à mon petit Felix !! »*. Il pleurait cette pauvre petite bête qui n'était que joie pour lui et ses enfants, il se demandait d'ailleurs comment il allait annoncer cela à ses deux marmots quand il les reverrait s'il les revoyait. La mort de son animal pour un enfant était toujours un moment dans la vie qui comptait, cela faisait les premières blessures intérieures. Ce petit compagnon qui remplissait tout l'espace laissait un vide dans l'existence, et pas seulement pour les enfants, mais la présence des enfants rendait encore plus triste le départ d'un animal. André en cette année 1943 était quand même plus que moins, seul. On l'avait déjà dit, Françoise au départ était partie pour mettre à l'abri les enfants des envahisseurs, mais André avait compris depuis longtemps que ce n'était qu'une étape, le retour dans sa famille avait permis à Françoise de faire le point, et de se dire qu'elle était à un tournant du couple, le mari était à Paris, les enfants dans la Sarthe et l'amant à Vichy. Françoise s'était donc posé la question : *« qu'est-ce que je fais, je reste à la Flèche, je reviens à Paris ou je repars vers une nouvelle aventure dans les hôtels de Vichy ? »*. André l'avait ressenti, l'appel de cette ville d'eau avait été plus fort, les enfants étaient restés dans cette belle maison bourgeoise de cette ville moyenne au cœur de la France, le mari était resté empêtré dans ces lourds conflits internes dans l'ancienne capitale d'un pays occupé et la femme avait rejoint l'amant plein d'avenir dans la nouvelle capitale de la France écrasée, elle s'était dit : *« vivons heureux dans cette période de malheur, tant pis pour les apparences »*. André, on en avait déjà parlé, s'était rendu trop rarement chez ses beaux-parents voir ses enfants, l'ambiance n'était pas joyeuse, il n'avait jamais réussi à apprécier ces notables de province, comme eux aussi ne l'aimaient pas trop, surtout depuis le départ de leur fille, la situation générale était donc encore moins à des retrouvailles radieuses. Mais les enfants eux, étaient bien, ils étaient dans une belle maison, proche de la campagne, avec tout ce qu'il fallait dans un temps où tout manquait. Il fallait dire que notable de province permettait d'être relativement bien ravitaillé, les parents de la belle-mère étant de gros agriculteurs, donc le marché noir permettait de ne pas trop manquer. André était un pragmatique, il aurait pu exiger de ramener les enfants, mais qu'aurait-il fait seul dans ce Paris occupé avec deux enfants et tous ses nœuds dans sa tête. Il y avait bien sa propre mère, mais même si elle lui reprochait de ne plus voir ses petits enfants, elle était âgée et malade, elle n'aurait pas pu les garder H24, alors André avait fait les comptes, le pour et le contre, plutôt que de rentrer en conflit avec sa belle-famille il préférait temporiser. Depuis Stalingrad et la défaite à l'est ainsi que le débarquement en Italie à l'Ouest, il avait compris que le temps des nazis était compté, même si pour l'instant à Paris cela ne se sentait pas trop.

Il avait quand même demandé de façon ingénue où se trouvait Françoise lors de la dernière visite, son beau-père lui avait répondu avec toute la mauvaise foi d'un notable de province pendant l'occupation : *« elle est partie à Vichy pour travailler, vous savez c'est maintenant le centre de la vie politique, le gouvernement du renouveau a besoin de jeunes hommes et de jeunes femmes brillants pour reconstruire notre pays meurtri et avec sa licence de lettres elle est utile »* quand il lui avait raconté cela, André avait pensé à cette phrase d'Anouilh : *« le drame du cocu, c'est le drame de l'homme, la connaissance »,* ce n'était pas un drame pour André même si dans le cas présent il avait la connaissance, il savait qu'elle était partie, pas pour sa carrière, mais pour la carrière d'un autre qui se débrouillait bien en ce moment, tout comme Françoise qui s'était débarrassée du mari, des enfants, car « il fallait bien que le corps exulte ». André avait dit à ses deux enfants : *« Pendant un temps, le temps que les méchants allemands partent, il vaut mieux rester chez papy et mamie, après on verra pour le retour avec papa à Paris ».* Les deux n'avaient rien dit de particulier, ils sentaient avec l'instinct de survie que certains enfants ont, un instinct animal, que chez Papy et Mamie c'était bien, on ne manquait de rien et l'école était plus sympa qu'à

Paris. Ils avaient une sorte de conscience politique finalement, on ne bougeait pas, on faisait le gros dos pendant un temps puis on fera le bilan et on verra, c'étaient bien les enfants d'André. Et même si pour lui ses beaux-parents étaient des gens qu'il n'aimait pas, il savait reconnaître que c'étaient de bons grands-parents, eh oui on peut être de bons papy et mamie gâteau et être des gros profiteurs un peu collabos sur les bords, c'était compliqué l'humain, ce n'était jamais simple. En tout cas André avait fait son bilan, les enfants à la campagne, la femme chez son amant et lui qui attendait à Paris la fin du cauchemar. Finalement, André restait à sa façon une sorte d'éternel optimiste, il espérait toujours quelque chose, mais quoi exactement, on n'arrivait pas à le savoir mais le savait-il lui-même d'ailleurs, telle était la question, lui qui n'avait plus d'honneur en étant à la PP et dorénavant il n'avait plus de chat qui lui remplissait son appartement de sa présence, c'était une sacrée hibernation en attendant le printemps salvateur.

Là, pour l'instant, quand à présent comme on l'écrivait dans les rapports de Police, il devait s'occuper de son chat mort et de sa mélancolie, il se disait qu'au boulot il ne pourra pas trop confier sa peine sous peine d'être traité d'idiot de pleurer pour un chat, un animal, tout en sachant que certains de ses collègues pensaient que les juifs n'étaient même pas dignes d'être traités comme des animaux allant à l'abattoir. Et c'était vrai que les wagons à bestiaux où les juifs s'entassaient étaient pires que ceux où étaient mis les animaux pour la même destinée. Tout ça tournait en boucle dans la tête d'André lorsqu'il transportait dans un petit drap blanc le corps de son petit Felix, il se souvenait de tous ces moments de bonheur avec les enfants et ce chat, il avait décidé de l'enterrer dans un petit square situé derrière son bâtiment, il y allait régulièrement avec les enfants pour prendre un peu l'air avant que cet air ne devienne irrespirable suite à l'entrée des nazis dans Paris.

Il savait qu'il serait tranquille, plus personne ne venant prendre l'air libre dans ce petit square qui n'était plus entretenu sauf pour y cultiver des topinambours et des rutabagas. Il arriva avec sa pelle et son linge dans l'espace vert municipal, et par chance personne ne s'y trouvait pour y cultiver ce que Rousseau aurait appelé son jardin. Il alla dans un angle du square, il creusa un trou, ce qu'on pouvait nommer une petite tombe, même si ce n'était que pour un chat, il y mit le drap, il n'osa dire le linceul, il recouvrit tout cela de terre et de feuilles, il y plaça une pierre pour protéger et repérer l'endroit. Il savait qu'il n'y reviendrait sûrement pas, mais, si un jour ça lui prenait quand même, il pourrait retrouver grâce au caillou cette tombe qui n'en était pas une, même s'il y avait dedans le corps d'un être qui était vivant, qui était doué de sensibilité et qui ne rendait pas insensible un être lui, très humain.

Un banc n'était pas loin, André s'assit, prit une cigarette. Il en avait un sacré nombre de clopes, chez lui, stock qui lui permettrait sûrement de tenir pendant encore quelques années. André savait que ce n'était pas très légal ce qu'il avait fait avec ces cigarettes, mais bon à la guerre comme à la guerre. Pendant la débâcle de notre chère armée, André était tombé sur plein de paquets d'américaines contrefaites, il était censé enquêter sur ce trafic mais comme tout foutait le camp et que tout le monde s'en foutait de ce stock, il avait eu l'idée de perdre le dossier et de ramener les centaines de paquets chez lui. Ce n'était pas très décoratif, mais comme il vivait seul dorénavant chez lui, il avait tout mis dans la chambre des enfants, comme un vulgaire trafiquant qui cachait sa came dans le berceau du bébé pour éviter que les policiers ne retrouvent la marchandise. Donc, André prit une clope illicite et se mit à fumer sur son banc, depuis la défaite de 40, c'était fou le nombre de fois où André s'était assis sur un banc public en grillant une cigarette, dans ces temps de disette c'était le seul spectacle sympa sur Paris, voir la nature changer de saison, voir les oiseaux s'agiter en l'air ou sur une branche, voir des fois, le ciel parisien bleu, tout ça c'était gratuit et normalement les nazis ne pourront jamais le contrôler ou l'interdire, enfin comme on ne savait jamais en cette période maudite, André en profitait jusqu'à plus soif et surtout jusqu'à se noircir ses poumons avec ce tabac venu d'on ne sait où. Tout en fumant, il pensa à ce moment présent, c'était dingue comment André pouvait « s'introspecter » depuis trois ans, depuis la déferlante nazie, il était toujours à regarder son for intérieur pour essayer de donner un sens à ce qui n'en avait pas. Là, il se disait encore une fois, comment il pouvait avoir cette mélancolie au milieu des ruines de son pays et de la civilisation pour une petite bête, comment il avait pu faire une sorte de cérémonie pour l'enterrement de son animal alors que des millions d'hommes, de femmes et d'enfants mouraient sans sépulture.

Malgré cela André avait un ressenti, une petite tristesse au fond de lui, une mélancolie tout à l'intérieur, cette musique triste qu'on garde pour soi, les autres ne pouvant pas comprendre, un sentiment doux sucré dans la tête en repensant aux joies des enfants ainsi que de soi devant cette boule de poils qui faisait le pitre pour amuser la galerie afin d' avoir plus de choses dans sa gamelle. C'était dingue comment on pouvait s'attacher à ces petites bêtes alors que le monde croulait sous la souffrance et la mort, l'homme était bizarre, André aimait beaucoup son petit chat même s'il ne détestait pas manger de la viande rouge bien saignante, comme ces gens qui s'occupaient si bien de leurs enfants ou ceux des autres mais qui dénonçaient en 40 ceux qui étaient juifs. Ces étranges pensées sans trop de sens tournaient dans la tête d'André qui se disait dans le même temps que cela serait bien que l'humain en cette période ait la même compassion que lui envers son prochain même s'il n'appartenait pas à sa famille ou à sa « race ». Finalement, André en tira une morale positive, on pouvait encore avoir un sentiment juste, sincère sans arrière pensée dans ces années de plomb.

La cigarette était consumée, André se leva, il regarda une dernière fois la pierre qui servait de croix et repartit chez lui, il était encore tôt pour se rendre au boulot, il n'y avait pas d'urgence à ouvrir le bureau et à rédiger des procès verbaux, il allait prendre un mauvais café chez lui tranquillement, cet ersatz de café. André se disait, la cigarette ce n'était que de la paille, le café que de la chicorée aigre, la pomme de terre du topinambour, le seul Maréchal de France un collabo, et la Police française une auxiliaire des nazis, non vraiment le petit Felix était bien un être vivant doué de sensibilité, ce qui dans les années 40 le plaçait tout en haut de « l'humanité française », et même Felix n'était plus là pour donner un peu d'espoir dans cette inhumanité. Depuis 40, André avait trouvé souvent plus d'humanité dans sa petite boule de poils appelée Felix que parmi ses co-religionnaires, en ces temps troublés et terribles.

Résister comme une envie de pisser

À compter du début de ce beau mois de juin 1944, les mouches commençaient à changer d'âne, les thuriféraires du Maréchal avaient mal à la tête, et certains continuaient à s'accrocher aux dernières branches de la révolution nationale dont plus personne ne croyait qu'elle allait réveiller la France, cette pseudo-révolution ayant plutôt endormi le pays le temps de l'occupation comme on mettait dans le coma quelqu'un après un grave accident. Il y avait bien sûr les purs et durs, ils s'étaient « inscrits » dans la milice et faisaient de plus en plus de razzias parmi les « ennemis », désignés par eux de la France, il y avait aussi les truands de la rue Lauriston qui, dans une sorte d'orgie ultime, commettaient de plus en plus d'exactions, et pour compléter ce très mauvais tableau, les Brigades Spécialisées qui torturaient à tour de bras comme on allait à confesse. Mais beaucoup, des collabos tièdes, des antisémites de salon, des suiveurs de ce qui se faisait sur le moment, des « oui bwana » de la pensée dominante, commençaient à se dire en leur for intérieur : *« c'est vrai que les juifs ne sont pas très honnêtes, que Blum était bien un salaud capitulard, mais bon les Américains avec leurs soldats « noirs » avançaient quand même vachement vite vers Paris tout comme de l'autre côté les « russkofs » enfonçaient le front de l'est en violant à qui mieux*

mieux ce qui leur tombait sous la main ». Devant tout cela, ces ex-antisémites fiers et criards n'osaient plus trop se découvrir, ils essayaient « le demi-tour sur soi-même afin de retourner la veste », c'était un art difficile, leurs vestes ayant eu pendant quatre ans une couleur assez visible, mais on ne savait jamais la nature humaine réservant des surprises et elle en réservera bientôt.

André lui, était bien plus « cool », sa technique du dos rond commençait peut-être à lui permettre de voir le bout du tunnel, même s'il était tout seul, le vide s'étant fait autour de lui, mais les Américains étaient aux portes de chez lui, et depuis Stalingrad une petite lumière dans la pénombre de l'occupation s'était allumée. Le Nazi, l'homme blond, aryen dominateur et sûr de lui ne l'était finalement plus trop. Son armée pouvait débander, les chevaliers teutoniques se prenaient des roustes, même si pourtant en France ils continuaient à en donner à ce peuple français sous son emprise, les maquis mal préparés, les otages fusillés, les résistants arrêtés et les juifs déportés pouvaient en témoigner. André sentait, tout en continuant à éluder les sujets sensibles, surtout celui de l'engagement dans la résistance, que tout cela allait s'arrêter qu'on aurait bientôt une France débarrassée des boches.

Malgré cela, André s'était dernièrement mordu les doigts et avait « des bouffées d'anxiété » depuis une discussion animée un soir à la PP avec un aréopage de galonnés et des degrés d'alcool bus plus que de raison. À cette occasion, « aidé » par les bières consommées, André avait parlé un peu trop fort de son ressenti. Alors que deux ans avant les ricains n'étaient qu'un peuple d'abrutis sous la coupe de la juiverie et avec une armée de « nègres », depuis quelque temps ils étaient devenus finalement un pis aller par rapport aux Soviétiques qui fonçaient sur nous à travers l'Europe de l'est. Lors de cette soirée André, emporté par son élan de consommateur de houblon, commençait à intervenir dans la discussion en sortant la phrase qu'il croyait pleine de bon sens : *« Regardez ces Américains qui pendant la libération de notre territoire sont en train de tout raser, de tout détruire avec leur bombardement de myopes ».* Il avait eu un contact avec une connaissance normande, et en effet il ne restait plus grand-chose des villes de cette belle région. Ce n'était qu'une réflexion sur le paradoxe de l'existence, nos libérateurs nous tuaient pour mieux nous rendre libres. Mais, ici à la PP dans ces temps troubles avec retournements de vestes, cela n'avait pas été interprété de cette façon. Pour les laudateurs de la dernière heure du Maréchal, c'était une trahison de parler de libération par les alliés des juifs, pour ceux qui sentaient bien qu'il fallait se lancer bientôt dans la résistance à l'occupant après l'avoir servi, c'était une critique des futurs maîtres de notre pays, donc une trahison future. Le pauvre André avait vite compris que non, la France n'était pas encore redevenue un pays où la parole et la pensée étaient libres, il repensait à l'adage : *« tu t'es vu quand tu as bu »,* eh bien : *« tu ne disais que des conneries ».*

D'habitude depuis juin 40 il n'allait plus au pot de la PP, il préférait boire tranquille chez lui ou au bord de la Seine, surtout depuis que son groupe avait perdu ses derniers amis de la PJ, Alex et René. Mais là il ne savait pas pourquoi il avait eu envie de s'y rendre, nos amis de la PP ayant bien vendu cette sauterie, il y avait de la bière allemande, de la vraie, de la fraîche et ça André l'avait appris. Il s'était dit qu'il en avait marre de boire des ersatz, il voulait boire de la vraie, et même si c'était une bière boche, elle était bonne. André savait reconnaître les qualités même de ses ennemis, entre 1940 et 1944 on ne pouvait plus lutter contre les boches pour la bière, tout comme on n'avait pas pu lutter contre eux avec notre armée. Ce n'était finalement que cette raison qui l'avait fait venir, il le regrettait maintenant car entre 1940 et 1944, toute phrase sortie du contexte, mal interprétée, ou déformée, pouvait être fatale ou tout du moins mettre en péril votre avenir. Lors de cette soirée, André après sa bourde, essaya de rebondir avec une petite blague misogyne sur les femmes de la PP, il pensait avoir fait l'unanimité au milieu de ces hommes virils, mais non, tous les gens en face de lui gardaient sa petite phrase sur les ricains dans leurs têtes.

L'été 1944 était torride à la PP, c'était un retour à l'été 40 où tout était en stand by, mais à l'envers, les maîtres du terrain étaient dorénavant des gars venus de Géorgie, celle de l'autre côté de l'Atlantique. Les boches eux, avaient la queue entre les jambes, mais même avec ça ils continuaient à faire régner la terreur. Des régiments SS « en goguette » se faisaient de temps en temps un village bien français en remontant vers le front, ils massacraient à tour de bras le soir au coin du feu pendant leur bivouac, et repartaient le lendemain matin, laissant leur barbecue de la veille encore fumant. C'était vraiment un temps différent 40/44 se disait André, on était vraiment hors du temps de l'histoire classique avec les nazis, même pendant « sa retraite » le nazi de base faisait des holocaustes. Ils étaient des retraités sacrément actifs, ils ne pouvaient pas s'empêcher de tout massacrer avant de repartir, un dernier tour de piste et hop !! on tue, brûle , massacre. Et c'était là que le bât blessait, à la PP on avait bien compris que les maîtres allaient changer, mais quoi faire ?

Certes on l'avait déjà dit, il y avait ceux qui continuaient à soutenir le Maréchal et ses épigones, eux ils faisaient comme leurs guides, leurs führers, ils étaient violents et dans une sorte de politique de la terre brûlée, torturant à qui mieux mieux ceux qui tombaient entre leurs sales pattes. Mais la majorité, tous ceux des petites et moyennes compromissions, et qui comme André avaient fait le dos rond, ne savaient pas trop comment se positionner.

Dans ces moments-là il y avait toujours des grandes gueules, en cette fin de mois de juillet 1944 il n'y avait pas d'exception à la règle, quelques Inspecteurs ou même des gardiens de la Paix commençaient à parler de soulèvement, et plus les Américains approchaient, plus ils parlaient fort. Mais c'était compliqué, les boches tels des morpions s'accrochaient à leurs positions. Ils étaient encore puissants les nazis sur Paris, et même si c'étaient souvent des troupes âgées et loin d'être à la pointe du combat, ils avaient des automitrailleuses et des chars, en face les Policiers avaient leurs 7,65 et quelques vieux fusils, ce n'était pas très équilibré. André lui, pensait de toute façon que ce n'était pas la peine de se mettre en danger à une ou deux semaines de l'arrivée des Américains, se prendre une balle dans la peau par un vieux soldat allemand alors que pendant quatre ans on les avait servis comme des esclaves, c'était très con. Un peu comme ce soldat le 11 novembre 1918 en matinée qui reçoit l'ordre d' un idiot d'Officier de faire une dernière sortie juste pour le soi-disant honneur militaire et qui se prendra une rafale de mitrailleuse. Non, de toute façon les Américains allaient arriver un jour ou l'autre, la seule chose à ne plus faire c'était ce que l'on avait fait pendant quatre ans, collaborer avec l'ennemi, il fallait que la PP entre en torpeur, les boches n'avaient pas la tête à s'occuper de cela. D'ailleurs, le 10 août, les cheminots se mettaient en grève, pour une fois c'était une bonne idée, puis les postiers, et le 16 août une grève était décidée par les policiers de la PJ menée par l'Inspecteur Morin Georges, pour André c'était une bonne décision, ne plus rien faire, attendre le fusil au pied l'arrivée des alliés voilà la solution. Mais dans Paris il y avait plein de résistants avec des drôles de nom « les MUR », « les MLN », « les MOI FTP », « les FFI », et autres, eux voulaient en découdre avec le boche finissant, surtout que les ricains s'en foutaient finalement de Paris, qui n'était plus la capitale d'un grand pays, mais une ville occupée dans un pays occupé qu'on libérait. On voulait alors forcer la main pour que les ricains viennent quand même, alors on s'agitait et cela faisait des dégâts, des morts chez les Français et même cette fois-ci chez les nazis.

André savait au fond de lui que les plus véhéments de la PP à se révolter lors de l'apparition des premiers pneus ricains seraient sûrement ceux qui avaient des choses à se faire pardonner. André pensait au Commissaire Principal Weber Georges, ancien chef d'André, qui au départ en 40 ne savait pas trop où allait le vent, puis qui avait su aller là où le vent l'emmenait, plus précisément à la chasse à ceux qui faisaient des attentats contre les Allemands. Cet ancien chef de service d'André était passé en juin 40 de : *« pas de vague, pas de vague, on attend des jours meilleurs »* à après 42 : *« on arrête le moindre type qui était venu un dimanche d'avant 40 à la fête de l'huma pour y manger une saucisse »,* il avait donc beaucoup de choses à se faire pardonner. Tout comme l'Inspecteur principal Ruyssen et l'Inspecteur Loiseleur qui l'avaient aidé dans l'arrestation de ces jeunes communistes à Rosny-sous-Bois, ces adolescents bientôt fusillés par des balles françaises. Non, ces trois-là avaient beaucoup de choses à se faire pardonner, ils commençaient à bien s'agiter en cet été 1944. Tout comme ce vieux Brigadier qui avait fait du zèle dans son quartier de Belleville pour débusquer les quelques juifs qui avaient réussi à se cacher après les séries de rafles, tout cela pour plaire à son commissaire devenu quand même par la suite résistant de l'avant-dernière heure. Ils voulaient tous maintenant en découdre avec le fantôme de l' armée nazie, et même si les alliés leur demandaient par le biais de tracts distribués de ne pas bouger en attendant l'arrivée de l'armée de libération. Donc on sera résistant pendant une semaine, c'était décidé, André lui, était à la PP quand les premiers coups de feu étaient tirés, on était à quelques jours de l'arrivée des ricains, ça allait, il était encore temps d'obtenir son brevet de résistant, d'ailleurs même après l'arrivée des alliés certains obtiendront ce certificat faisant presque passer les révoltés du 19 août pour des vétérans de la résistance.

Comme à son habitude, André était arrivé assez tôt le 19 août 1944, il n'y avait pas grand-chose à faire en ce moment puisque c'était la grève, mais il était là pour éviter de rester à tourner en rond chez lui. Quand il arriva, c'était l'effervescence à la PP ce matin d'été, des gens couraient partout, des fusils rouillés passaient de main en main, on se retroussait les manches, on portait des sacs de sable sur les fenêtres, la PP avait été prise d'assaut par ses propres troupes pour résister à l'ersatz d'armée allemande. André était sidéré, il n'avait pas pensé à cela, il était pris par le mouvement, porta deux ou trois sacs de sable sur les bords de fenêtres, il se disait, au moins le bâtiment restera en bon état. Dans ce bordel, il avait bien aperçu un monsieur qui s'était présenté comme le chef de la résistance de Paris et qui s'auto-proclamait chef des combats à la PP, visiblement il ne s'attendait pas lui aussi à ce que les policiers deviennent résistants en masse de la dernière heure, donc ce type prenait le train en marche, même si les cheminots étaient en grève. Ce Rol Tanguy n'avait pas tort de faire cela, il ne restait plus rien de l'État français, finalement la PP était la seule institution encore debout, pendant quatre ans elle avait su montrer son savoir faire et après l'arrivée des ricains elle saura sûrement aussi montrer son savoir faire pour commencer la reconstruction avec des maîtres différents, il fallait donc occuper la place, ce que faisait ce Monsieur qui prenait la tête des agents en ébullition. André lui aussi était au milieu de l'action, il voyait les collègues peindre les véhicules de Police aux couleurs de la résistance, des croix de Lorraine, des FTTP fleurissaient sur les toits et les portières des tractions avant de la PP, ça rendait bien ces dessins se disait André, qui en son for intérieur pensait au sang des résistants arrêtés qui devait être encore incrusté dans les sièges des véhicules.

Cela tirait dans tous les sens à la PP ce 19 août 1944, peu de tirs touchaient la cible, mais ça canardait bien. André s'était positionné comme tout le monde à une fenêtre, il voyait le reste des chars allemands manœuvrer une dernière fois, les mitrailleuses allemandes faisaient du mal à notre beau bâtiment, les balles s'incrustaient dans les murs laissant à jamais les traces de la courageuse résistance des policiers français ces vraiment derniers jours d'occupation. Par contre, ce qui était moins risible était le nombre de policiers qui tombaient au quatre coins des rues dans une course effrénée au courage et au rattrapage, il y en aura des rues avec des fleurs rappelant ce sacrifice de dernière minute. Ces jeunes et moins jeunes tombés sous les balles boches faisaient de la peine à André, ceux-là n'avaient pas su se placer dans le bal de la libération. André pensa que c'étaient tout de même des héros sacrifiés en vain, les Américains arrivant. Mais tels « des héros shakespeariens » ils avaient un destin tragique, ils avaient travaillé et survécu pendant quatre ans sous la coupe des Allemands, et là au moment où ces derniers partaient, s'enfuyaient, ils mouraient à la dernière minute, alors qu'ils auraient pu vivre des jours heureux après la vraie libération, l'américaine, ils auraient été le fer de lance du nouveau départ de cette vieille institution qu'était la PP. Mais non, ils étaient morts au champ d'honneur situé au coin de la rue de la PP, armés d'une pétoire et d'un courage vain de dernière minute, ou plutôt d'un sentiment qu'il fallait rattraper le temps, mais c'était impossible ou alors pas comme cela. On le verra comment certains allaient réussir à le faire sans bouger le petit doigt. Mais 167 morts en quelques jours c'était pas mal comme sang versé, comme perte des forces de la jeunesse. André en ce beau mois d'août 44 se souvenait encore de ce jeune Gardien de la Paix qui était venu avec lui sur l'interpellation pour le « Vel d'Hiv », ce jour noir il avait bien fait son travail, il était concentré sur sa mission, il avait sécurisé l'immeuble comme si cette pauvre famille avait pu établir un camp retranché avec rien, il était entré d'un pas sûr et vif dans le logement, il avait pressé les enfants qui n'arrivaient pas à mettre leurs chaussures pour partir vers la mort, il avait porté le barda pris par la Maman pour se rendre plus vite vers les beaux bus vert de la STCRP, il avait même aidé la mère de famille à rester à côté de ses enfants dans le bus, quand on pensait à ce qui allait arriver par la suite. Là, ce 19 août, ce jeune gardien faisait aussi très bien son travail, il avait le pas sûr et vif, il bousculait un peu les vieux flics qui n'arrivaient pas trop à se positionner pour tirer sur les fantômes allemands, il était même blessé, pas trop gravement, c'était sûr, lui il aura son brevet d'oubli des missions passées.

André lui, ne savait pas trop quoi faire, il ne savait pas jouer la comédie du résistant, mais il était tout de même emporté par la joie et la pagaille de ces jours de libération. Il donnait surtout des conseils aux plus jeunes qui voulaient sortir, la poitrine en avant, pour en découdre avec le boche, André leur expliqua les risques encourus pour des résultats dérisoires. La majorité ne l'écouta pas, peut-être que ces jeunes avaient beaucoup à se faire pardonner, ou alors ils avaient une sorte de « catharsisme » des quatre ans à ronger leurs freins, ceux-là étaient sincères dans leurs envies d'exploit contre les frisés, mais beaucoup en perdront la vie pour que la PP obtienne sa légion d'honneur.

Ce Chef sorti de nulle part au drôle de nom, ce Colonel autoproclamé avait remarqué André, car le personnage était un vrai meneur d'hommes, il avait compris qu'André était quelque peu différent des autres, il n'était pas un chien fou ou un chien qui devait se faire pardonner des saloperies. Le colonel Rol Tanguy allait donc discuter avec André, il le fit venir dans le bureau qu'il avait piqué au dernier Préfet de Police de la collaboration, le triste Amédée Bussière. Ce dernier avait été mis aux arrêts dès le départ de la révolte tardive des flics, lui avait eu du mal à retourner sa veste, elle était trop salie. Tout le monde se souvenait de son discours martial dans la grande salle de la PP pour galvaniser ses troupes en juin 1942, il avait alors dit : *« La lutte à mort est engagée entre l'ordre que vous représentez et les criminels qui cherchent à briser les ressorts de notre pays »,* à l'époque beaucoup de collègues avaient eu « une demi molle » en entendant cela, on allait bouffer du coco et avoir une récompense. Bon, depuis l'eau commençait à couler sous les ponts et ceux qui avaient aimé le discours ne le criaient plus trop, Amédée tant pis pour lui, passera à la casserole, cela en fera au moins un à juger et à condamner. André n'avait pas eu de pitié pour ce type lorsqu'il avait vu qu'on le malmenait pour l'emmener aux arrêts, ses suppliques pour qu'on le laisse tranquille étaient pathétiques, il « léguait » tout à la résistance, son bureau, sa voiture, ses dossiers, ses hommes, et même peut-être sa femme, mais il voulait juste rentrer chez lui et prendre sa retraite. Il était un bon père de famille, un fonctionnaire de l'État qui avait fait sa carrière à travers l'histoire et ce n'était pas de sa faute si entre 1942 et 1944 les Allemands étaient à Paris pendant son règne à la PP. *« Pauvre type mais vrai salaud »* pensait André. Mais parmi les types qu'il arrêtait énergiquement, tous n'étaient pas très vierges de toute saloperie, parmi eux il y avait l'Inspecteur Principal Dides Jean de la 5ème section des RG, spécialiste « des affaires juives » à la PP entre 1942 et 1944, c'était lui qui criait le plus fort contre son ancien maître en le tenant fermement par le bras pour bien se faire voir des autres. Le futur ex-Préfet n'était vraiment pas dans son assiette à ce moment-là, et on pouvait le comprendre, il ne disait rien à cet Inspecteur qui lui fut servile, du genre :

« mais Jean !!! on a si bien travaillé ensemble, tu te souviens le nombre de juifs qu'on a arrêtés grâce à notre efficacité », mais non il s'était laissé traîner comme un vieux paquet jusqu'à une cellule de garde à vue puante sans rien dire.

André pénétra donc dans le grand bureau du grand patron du moment, le colonel auto-proclamé lui demanda de s'asseoir, lui-même se mit dans le grand fauteuil de l'ancien grand préfet de l'ancien temps, on entendait dehors des cris, des tirs, la discussion semblait ubuesque pour André.

L'homme qui se trouvait en face de lui, et qui avait une certaine stature, lui parlait sous les dorures de la République d'avenir de la France et de la reconstruction de la PP, tout cela pendant la chienlit générale de ces journées d'août 44. André avait compris de cet entretien que son chef d'un moment ne savait pas trop où il allait, et qu'il cherchait sur quoi se tenir pour que la PP devienne le début de la nouvelle France libérée, mais libérée par les FFI, c'est-à-dire les communistes. André ne les aimait pas trop, mais ils avaient pris pas mal dans la gueule depuis juin 41, alors il se tut et écouta.

André n'était pourtant pas le plus gradé, et de loin, mais ce Rol Tanguy avait sûrement compris que les plus hauts gradés étaient tous plus au moins pourris jusqu'à la moelle, dans le petit personnel on pouvait encore en sauver certains, et André était peut-être un de ceux-là. Le colonel avait sondé André sur ce qu'il pensait de l'après-nazi en n'évoquant pas trop l'avenir radieux du communisme. André dans le secret de ce beau bureau s'était confié, il avait été cash, il ne s'était pas présenté comme un héros, ni comme un zéro, il parlait de son mal-être, de ses déchirures, de ces années terribles pour lui entre 1940 et ce jour, il parlait des Américains, de De Gaulle, des communistes torturés, de la suite, que de toute façon la France était éternelle, phrase qu'il n'avait plus prononcée entre 1940 et 1944. Mais il était lucide sur l'avenir des fonctionnaires de la PP, certains passeront au tourniquet, d'autres auront les honneurs et beaucoup passeront d'un maître à l'autre sans trop de difficulté. Rol Tangy avait souri, il avait été cash aussi, il lui demanda : « *Pendant ces quatre ans, quel était votre rôle exact au sein de la Préfecture, simple Inspecteur enquêtant ou vous avez réalisé des missions qui compromettent vous et votre avenir ? J'espère qu'au moins vous n'avez pas participé à la chasse aux résistants communistes, cette chasse organisée par ces traîtres des Brigades spéciales ?* ». André lui répondit : « *Non je n'ai pas vendu du beurre aux Allemands, je n'ai été qu'un Inspecteur de Police Judiciaire recherchant les vrais voleurs même si ce 16 juillet 1942 j'ai subi de plein fouet cette rafle, j'ai eu cette douleur de la faire, et même si j'avais prévenu la famille la veille de notre venue au petit matin, finalement pendant quatre ans je n'ai fait que des ratages d'actes de résistance* ». Rol Tanguy réfléchissait, ne lui promit rien, car on ne pouvait rien promettre au milieu du déluge, mais il notait son nom et son service ainsi que son adresse, après peut-être il lui demanderait des choses, il ne savait pas trop quoi encore, mais des choses. André était sorti un peu bizarre de cet entretien « d'embauche », quoi en penser, rien, il avait rencontré un homme sans trop de pouvoir mais qui avait les apparats du pouvoir dans ce bordel de la libération de Paris. André pensait que cela pourrait toujours servir au cas où les vents deviendraient mauvais, et les boucs émissaires recherchés, il savait bien que les communistes seront des acteurs de l'intérieur même si les Américains étaient les vrais libérateurs de l'extérieur.

En cet fin d'été 44, on se battait dans Paris chacun de son côté avec les moyens du bord, et c'était étrange cette impression de deux des ex plus grandes armées du monde, la France des années 30 et les nazis des années 40, devenues soudain des armées de pacotilles. Les Allemands n'avaient plus que quelques vieux chars, dont certains avaient été même pris aux Français en 40, leurs troupes étaient de seconde zone et vieillissantes, elles n'avaient pas trop envie de se battre, leurs soldats préféraient sûrement attendre les Américains dans leurs casernes. Les Français n'avaient eux, que des vieilles tractions et des fusils datant de bien longtemps, plus quelques poitrines souvent jeunes à dégommer. La grandeur de l'Europe s'était bien suicidée entre 1914 et 1944, après ces trente ans de conflits on ne sera plus grand-chose à force de se massacrer et de s'entretuer. Mais malgré cela, malgré le côté un peu « vintage » des combattants, il y eut des morts et des blessés, des parents effondrés, « des femmes éplorées » et des orphelins. Comme quoi la guerre c'est toujours un drame, même si en 1939 on avait osé appeler cela « la drôle de guerre », ce n'était jamais rigolo de s'entretuer, même si l'intensité des tranchées de 14/18 étaient loin en ce mois d'août 1944 à Paris, mais cela faisait quand même mal une balle dans le corps et les petits jeunes qui voulaient chasser du boche, quand il y en avait encore sous la main, en faisaient souvent l'amère expérience. Peut-être qu'un jour, des illuminés de Généraux inventeront le concept de « guerre propre » pour ne pas effrayer l'homme moyen, mais pour l'instant même les escarmouches étaient sales.

André lui, passa les deux ou trois jours de ce triste bordel à l'abri, dans la PP, il essayait de centraliser ce qui pouvait l'être, les blessés, les cartouches, les vivres, ça l'occupait en cette fin d'occupation, il avait même vu son bureau mitraillé et commencer à brûler, certains de ses dossiers en cours avaient pris eux aussi feu. Quel sens donner à cela, on repartait de zéro, les voleurs d'hier ne le seront plus demain, comme l'avaient été les truands de l'avant-veille devenus les policiers du moment pendant ces quatre années de cauchemar. Parmi les dossiers disparus, il y avait la procédure concernant le saucissonnage d'un charcutier adepte du marché noir, et qui s'était fait braquer non pas pour de l'argent mais pour des cochons et autres victuailles cachées par cet artisan qui avait plus d'un tour dans son sac. Le malin qui avait fait le coup était un délinquant d'habitude comme on disait, il avait commencé par des petits vols, puis des plus gros, il avait un peu trafiqué à droite et à gauche, goûté au proxénétisme, enfin surtout aux filles, pour finir par du plus grand, des braquages à domicile pour soustraire argent, bijoux et là, cochon. Ce dossier André l'avait « monté » petit à petit parmi d'autres affaires, il était parti de peu d'élément, ce Charcutier n'ayant pas eu trop envie de parler de sa marchandise illicite, le voleur savait cela, mais les blessures infligées ne laissaient pas de doute sur le montant du butin et la gravité de l'infraction, même si la torture était monnaie courante entre 40 et 44 : découper un charcutier pour trouver du jambon ce n'était pas banal. Les Allemands, les collabos, les résistants avaient laissé peinard cette fois-ci André, pas d'intérêt « politique » comme on disait, tout le monde se foutait des protagonistes, mais pas André et son âme de flic d'investigation.

D'ailleurs, c'est assez intemporel cet état de fait, que l'on se trouvait sous une République, un État totalitaire ou autre chose, quand ça ne touchait pas un puissant, que la presse ne s'intéressait pas au sujet, et que de toute façon les chiffres étaient bons, le pouvoir ou la hiérarchie laissaient une paix royale à l'enquêteur, et là ce dernier pouvait s'éclater et André s'était amusé dans cette enquête. Il avait bossé surtout seul, sans l'aide de personne. Il avait identifié les auteurs, des gens de la pègre de Pigalle, des souteneurs ayant eu vent des richesses de ce charcutier venu se vider le poireau avec des filles de joie en ces temps tristes d'occupation. Eh oui, ces filles avaient plusieurs savoirs faire, la galipette mais pas que, les confessions sur l'oreiller après une bonne levrette faisait partie de leur panoplie, et leurs macs en tiraient profits, soit directement en se diversifiant ou pour les plus paresseux ou flemmards en vendant l'info. Là, ils avaient agi directement, du producteur au consommateur, et un soir le charcutier à son retour de son petit moment de plaisir s'était vu attrapé dans son magasin et charcuté pour obtenir sa caisse noire du marché noir. Le pauvre n'avait pas voulu tout de suite parler alors que ses agresseurs lui avaient bien fait comprendre qu'ils pouvaient le dénoncer aux Allemands pour son marché noir et à sa femme pour sa consommation effrénée de putes. Pourtant malgré cela, ce charcutier avait résisté, à une époque où la résistance était rare quelle qu'elle soit, et mal lui en avait pris, il avait terminé avec les jambes, les joues et même les roubignoles tailladées, pour finir par indiquer où était la caisse tant recherchée. Il avait été laissé là saignant par tous les pores au milieu de restes de porcs du marché caché. Lors de ses auditions, il n'avait pas beaucoup parlé toujours pour les mêmes raisons, mais André avait usé des mêmes « ficelles » que les truands mais sans la violence et le découpage. Il lui avait fait comprendre que les blessures n'avaient pas été faites pour le plaisir d'une partie de sadisme et que lorsqu'on agissait ainsi on cherchait autre chose qu'un bout d'os rongé dans une charcuterie, qu'il devait avoir de l'argent ou autre chose de valeur à l'intérieur. Finalement, sous le sceau du secret il avait parlé de ses visites auprès de jeunes filles qui n'étaient pas sa femme et qui faisaient au lit beaucoup plus qu'elle qui faisait seulement l'hôtel du cul tourné. Donc entre deux souvenirs salaces de positions improbables avec pour chacune un tarif différent, le pauvre charcutier parlait de sa trop grande facilité à parler de lui et de ses petits trafics, on savait bien que l'homme après avoir tiré son coup était sans défense, et le temps que le pistolet se rechargeait, le cerveau était débarrassé de sa principale occupation pour un homme, le cul. Dans ces moments l'homme se laissait souvent aller à parler de choses qu'il aurait dû garder pour lui. Une fois qu'André avait eu connaissance du lieu de débauche de notre pauvre charcutier, il avait cuisiné ces charmantes dames, et ces filles ne savaient vraiment pas tenir leurs langues, peut-être une déformation professionnelle, en tout cas certaines avaient confié leurs confessions à André qui avait pu comprendre lesquels de ces souteneurs avaient diversifié ses revenus. Il en était là, avec des noms, des planques, et des revendeurs de bijoux et de jambon du charcutier quand la libération arriva tout comme les tirs des derniers boches sur l'édifice de la PP et sur le bureau d'André. Voilà des truands qui passeront à l'as pour leurs crimes, on ne saura donc jamais, tout était parti en fumée, toutes les preuves, des heures de travail, mais tout le monde s'en foutait, le charcutier depuis s'était racheté une conduite et avait fourni la résistance gratuitement, il rouvrira une belle boutique où le tout nouveau Paris viendra se servir, sa femme aura les bijoux qu'elle voulait et les putes de Pigalle auront de nouveau comme client cet artisan tout en n'ayant plus ses confessions. Pour finir, les truands feront d'autres truanderies, se feront un jour prendre et prendront des peines, ils seront quand même un peu indirectement punis pour l'histoire du charcutier, tellement ils en avaient fait de saloperies que la Justice fera un prix de groupe pour l'ensemble de leur œuvre en leur mettant sur le dos des histoires où ils n'avaient peut-être rien fait cette fois-ci.

En ces jours du 19, 20 et 21 août cela n'avait aucune importance, la PP se refaisait une virginité, un hymen tout neuf, permissif peut-être, mais complet et compliant autant avec le nazisme qu'avec le gaullisme. Les policiers, les postiers, les conducteurs de bus, les poinçonneurs des Lilas, tous ceux qui avaient continué à bien faire leur travail pendant quatre ans se mettaient à faire toujours bien leur travail mais dans l'autre sens, en laissant quand même sur le carreau certains qui n'avaient pas de chance en se prenant les dernières balles qui seront tirées sur Paris.

Et ce 24 août 1944, André allait avoir une vision, un rêve, une hallucination, quelque chose à laquelle il ne croyait plus. Alors que l'armée française avait été « en débâcle » et n'avait pas été capable de tenir plus d'un mois contre le boche en 1940, cette ex-plus grande armée du monde en lambeaux qui n'était plus rien sous le Maréchal gâteux, cette donc armée fantôme se présenta Porte d'Orléans comme libératrice, libérateur, on ne savait plus comment l'appeler. Si, si André ne rêvait pas, ce n'était à plus rien comprendre, une division française était là, fière comme lors des plus beaux jours de la grande France, avec un Général à moustache à sa tête, décidément tout le monde avait une moustache à cette période, lui il avait une moustache foncée signe de jeunesse pas comme celle blanche du vieux décati, et normale, pas comme celle ridicule d'oncle Adolf. André avait envie de pleurer, quatre ans de plus rien et tout d'un coup la lumière, la liesse, la foule acclamant un libérateur qui était français, André n'arrêtait pas de se répéter : *« bordel !! que ça fait du bien au cœur, au corps, à tout, de voir ces hommes beaux dans leurs uniformes certes américains mais dedans il y a des Français, des vrais, des forts, des comme à Verdun ou au chemin des Dames »*. Ils étaient tellement forts que les restes d'Allemands partaient dans une débandade rare de Paris ou se rendaient comme on va à « confesse », c'est-à-dire en masse. La progression était rapide, Paris n'était plus une ville occupée mais une ville libérée en plus par sa propre armée, enfin c'était ce que l'on aimait à penser et à se dire en boucle dans les rues de la capitale.

C'était fou comme tout pouvait changer d'un coup, on voyait même un défilé de gardiens de la Paix entourant les prisonniers allemands dans les rues. C'était dingue comme tout allait vite, André reconnut parmi ces hommes en uniforme bleu de la PP accompagnant les vaincus du jour un certain Gilles, brigadier aux belles bacchantes du commissariat du vingtième arrondissement, fonctionnaire qui avait eu la fierté de ramener trois familles juives d'un coup dans le bus ce 16 juillet 1942 avec pour destination finale Treblinka. Il y avait aussi Régis le jeune Gardien de la Paix tout heureux en 43 d'avoir pu donner les noms de résistants de la SNCF qui avaient tous fini eux à Dachau, et comment ne pas oublier le gros Philippe, Officier de Paix dans le commissariat du dixième arrondissement, quel beau titre ! Chef de ceux qui gardaient la paix, cet Officier qui faisait le pied de grue presque tous les jours avec ses hommes devant la station de métro République pour être le premier dans les chiffres d'arrestations en tout genre, mais surtout en Juifs ne portant pas l'étoile juive, en jeunes n'étant pas partis au STO ou toute personne plus ou moins proche du parti communiste. Il avait été tellement fier de ses chiffres de déportés vers Buchenwald qu'il criait lors des pots de la PP à qui voulait l'entendre après quelques verres de raisins fermentés : *« Avec mes résultats et mes chiffres de déportés en tout genre je dois finir au moins Commissaire à la Police municipale de la Préfecture ».* Avec un chef de la Police municipale comme Hennequin, ça aurait sûrement collé, on se comprenait, on était efficace, on était du même moule. Bon là, le 25 août 1944 c'était un autre temps, il s'agissait de faire que ces Gardiens de la Paix soient sérieux pour emmener les anciens maîtres vers des camps moins à l'est que ceux d'avant et surtout qui ne donnaient pas la mort. À la PP on était devenu tout de même des spécialistes pour emmener des gens vers des camps, quels qu'ils soient, c'était un vrai savoir-faire de la Police française en ces temps-là. André en voyant cela se demandait qui il était pour juger tout cela, après les guerres combien de bourreaux rentraient tranquillement chez eux embrasser femme et enfants puis se remettaient tranquillement à l'ouvrage et au travail de bureau, des champs ou autres. C'était une guerre mondiale qui durait depuis presque cinq ans, il y avait trop de bourreaux dans le monde pour que tous soient jugés, on ne pouvait pas vivre avec plus de condamnés que d'hommes libres, et comment trouver le bon étiage pour décider à partir de quand on était un héros, un normal ou un salaud. Il y avait bien quelques évidences dans les extrêmes, mais pour le reste. André avait entendu parler des Einzagruppen, de leurs massacres par balle en 1941 dans les territoires d'Ukraine lors du début de l'attaque vers l'est. Avec ces soldats de la Wehrmacht, supplétifs des Waffen SS tant était grande l'ampleur de la tâche de tuer par une balle dans la tête les partisans, les femmes des partisans, les parents des partisans, les enfants des partisans, les amis des partisans, finalement tous ceux qu'on n'aimait pas et qu'on appelait partisan « par commodité ». Parmi ces simples soldats pensant avoir fait leur devoir en n'ayant, peut-être, qu'à une seule reprise mis une balle dans la tête d'un vieil homme agenouillé devant une fosse commune, combien de ces simples troufions rentrant chez eux après avoir perdu la guerre allaient hésiter à embrasser comme du bon pain leurs jolies femmes et leurs chères têtes blondes. Comment cette main ayant tenu ce fusil ou ce pistolet pourra en serrer une autre, celle d'un être lui, vivant et humain, sans laisser une sale odeur de mort. On le savait on ne jugera pas tout le monde, on ne condamnera pas tous les soldats ayant été en Ukraine pour la Shoah par balle. André se perdait comme toujours en conjectures, on fêtait la libération de Paris et en une minute, en voyant simplement ses sympathiques collègues fiers comme « artaban » garder des soldats en guenilles, qu'ils avaient servis pendant quatre ans, il se mettait à penser à tout ce bordel d'après, où on devra séparer le bon grain de l'ivraie tout en pensant qu'on pourra découvrir qu'un bon grain était en fait pourri et que l'ivraie pouvait se garder quand même.

Voilà c'était fini, c'était la fête le soir, les Américains arrivaient à leur tour, et De Gaulle aussi, il était beau ce grand dadais avec son grand pif et ses airs gauches, il se prenait pour le vainqueur de la guerre, en tout cas au moins pour le sauveur de la France. André même s'il avait essayé d'y croire, de se dire que finalement la France avait participé un peu à la libération, restait circonspect sur la suite. Comment la France allait faire après le départ définitif des Allemands, il y avait tellement de groupes différents dans la résistance et tellement de haine à l'intérieur de la population française. En tout cas lui André, était prêt à reprendre du service, c'est-à-dire à faire ce qu'il savait faire, arrêter les malfrats après avoir monté un dossier contre eux et les présenter à la Justice, au même Juge qui avait jugé pendant quatre ans ou à des tout neufs. André se prenait encore la tête avec toutes ces questions existentielles en faisant son tour de Paris de la victoire en ce mois d'août 1944 après celui de juin 1940 qu'il avait réalisé pour suivre le fou à moustache en goguette. Tout en roulant avec son vieux vélo à travers les rues qui se libéraient, André se disait : *« on verra bien qui sera là dans un mois, il faut faire confiance à l'Histoire finalement »*. Surtout qu'elle était en marche cette libération, et qu'elle était belle cette marche de la victoire le long des Champs Élysées, avec tout l'aréopage de vainqueurs, Georges Bideau, Suzanne Borel, le Général De Gaulle et plein de gens dont on se demandait ce qu'ils faisaient il y a peine deux mois. Alors qu'en juin 1940 il n'y avait personne dans les rues, là c'était le bordel, tout le monde était dehors, criait, chantait, pleurait cette fois-ci de joie. On emmenait par la peau du cou vers on ne savait où son voisin qu'on soupçonnait d'être un collabo et un peu aussi l'amant de sa femme. André suivait « la tournée post-électorale » du deux étoiles, d'abord la rue Saint Dominique et le ministère de la guerre, tout un symbole, puis à l'hôtel de ville où ce De Gaulle avait fait un beau discours. Si, si, un magnifique développement d'homme politique comme on n'en avait plus entendu depuis quatre ans, avec un style certes un peu ampoulé mais qui faisait quand même dresser les poils sur les bras tout en laissant perplexe notre Inspecteur de la PJ : *« Paris, Paris outragé, Paris brisé, Paris martyrisé mais Paris libéré, libéré par lui-même, libéré par son peuple avec le concours des armées de la France, avec l'appui et le concours de la France toute entière, la seule France, la vraie France, la France éternelle ».*

André, en sortant de ce beau moment d'Histoire, avait compris une chose, du passé faisons table rase, la PP avait libéré Paris, la France avait libéré la France, les Américains n'étaient que des auxiliaires, des supplétifs, et les années 40 à 44 n'étaient pas la France. Sacré De Gaulle, il était bon ce type, on ne dirait pas, avec sa démarche un peu gauche, sa tête en forme d'obus, son nez tout en longueur, ses yeux en boules de mites et sa petite moustache pas terrible. Il parlait avec une voix et un timbre bizarre et suranné, il avait dit de belles choses fausses en faisant croire qu'elles étaient vraies à une population qui n'avait envie d'entendre que cela. C'était la base de la politique, chapeau bas monsieur le Général. André pensait à tout cela lorsqu'il longeait la Seine, lieu de détente et de villégiature des Parisiens pendant quatre ans, cela avait été tout à la fois la promenade des Anglais, la croisette, la Riviera des Parisiens, on y avait mangé, on y avait dragué, on y avait oublié un peu l'oppression, et en ce soir du 25 août, on y fêtait la fin d'un long cauchemar, André était bien, il s'enivrait de la joie ambiante et du vin servi, les filles étaient encore plus jolies.

En parlant ou en pensant aux belles femmes, il imaginait Michelle un verre à la main, le rire aux lèvres, dansant dans une jolie robe au bord de cette Seine de tous les spectacles en cette soirée de fête. Mais Michelle n'était pas là, elle était où d'ailleurs, depuis qu'elle était entrée en résistance, André n'avait plus eu de nouvelles, peut-être qu'elle était morte, ou presque, c'est-à-dire torturée par la Gestapo boche voire Française, ou tout simplement elle était passée à autre chose, si tant est qu'elle n'ait jamais commencé quelque chose avec André, et que ce n'était que dans ses fantasmes qu'existait une attirance mutuelle. André en repensant à Michelle avec un verre dans le pif, devenait un peu plus mélancolique qu'il ne le fallait en cette soirée de libération, du retour de la grande France, retour en tout cas au moins dans le discours du grand homme. André restait là juste pour profiter du moment présent, il n'avait pas envie d'aller se coucher, de faire tomber le rideau sur cette belle journée, comme un sportif qui vient de gagner un grand titre et qui ne voulait pas que ce moment d'extase se termine, et qui restait sur le terrain alors qu'il n'y avait plus personne, juste pour lui, juste pour le plaisir, juste pour sentir son moment à fond.

Mais, finalement le temps passa quand même, l'alcool faisant aussi son effet, André alla se coucher un peu ivre et finalement heureux, sa technique du dos rond, de l'attente des jours meilleurs, de la pensée secrète, de son pari de Pascal à lui, le pari d'André simple flic à la PP : *« je tente de passer entre les gouttes de la collaboration d'être le plus honnête possible dans ce temps où toutes les vilenies étaient à la mode et je revis normalement à la sortie de ce cauchemar »,* avait été, il le croyait encore, réussi. On allait pouvoir reprendre une vie comme avant la « nakba », même si les lendemains de la libération n'allaient pas être simples, on ne passait pas quatre ans sous la botte d'un régime de fous racistes et tueurs sans qu'il y ait des blessures difficiles à guérir ou des haines impossibles à cacher. Surtout que la guerre à l'est n'était pas terminée, on avait libéré Paris, mais il restait le reste de la France et aussi il restait à envahir le Reich de mille ans. André pensait à tout cela lorsque Morphée à défaut de Michelle le prit dans ses bras avec une douce musique et de gentilles paroles, *« Paris outragé, Paris brisé, Paris martyrisé mais Paris libéré et Michelle retrouvée dans mon lit, enfin bientôt »,* André dormait, Paris s'endormit, et la France aussi, dans les bras de ces alliés qui libéraient le monde de la tyrannie et de la barbarie.

Paris libéré, André arrêté

En ce matin de début septembre 1944, André se leva avec une sale impression, une sorte de mauvais pressentiment. En effet, depuis quelques jours il n'était plus retourné à la PP PJ, trop de bordel, de règlements de compte entre cocos et gaullistes, entre FTTP et FFI, entre collabos durs et collabos mous, bref entre tout le monde. Certains militants de la révolution nationale et « du Maréchal nous voilà » avaient été déjà fusillés, alors que les chars américains venaient à peine de franchir la porte Pantin ou de Bagnolet pour aller vers l'est combattre l'armée nazie qui reprenait de la vigueur et de la couleur. André ne la sentait pas cette épuration, passés les premiers jours de liesse, le malheur revenait au galop, l'humain avait toujours besoin de catharsisme après une longue période de constipation, l'occupation allemande était une longue période qu'on pouvait comparer à une constipation, tout était resté à l'intérieur, tout était en train de pourrir, et l'action « laxativante » des armées alliées commençait à faire son effet, on fusillait à tour de bras, et on embastillait à qui mieux mieux. André pendant ces quelques jours de liesse générale, s'était promené dans les rues de Paris pour refaire le tour de l'espace libéré, comme un propriétaire après le départ d'un locataire indélicat parti en laissant dans un mauvais état le logement qu'il occupait. André constatait lors de ses pérégrinations dans le Paris humilié mais libéré, que ce n'était pas bien beau l'état des Français après quatre ans de chape de plomb nazie. Le soir lorsqu'il rentrait chez lui, il repensait à « ces spectacles de rue », tous ces mouvements de foule incontrôlés qui finissaient souvent en lynchage. André repensait aux yeux de ce collabo pris dans les phares de la vengeance, et même s'il avait été un salaud, ce type trop grand au costard rayé bousculé par la foule, et même s'il avait dû en dénoncer des juifs, des résistants ou des gens qui n'avaient rien fait, André repensait avec une certaine pitié aux yeux apeurés de ce grand type trop maigre au costard rayé. Le pire des traîtres devait quand même être jugé décemment, André était flic, il savait que la vengeance privée était toujours excessive, la Justice devait être un droit régalien pour essayer d'être juste. Les yeux de ce type disaient tout, ces yeux qui lançaient des SOS que personne ne pouvait capter tellement la foule était haineuse. André l'avait vu partir, frappé, massacré par ces gens qui trois mois avant l'auraient salué comme on salue un notable à la sortie de la messe. André, en voyant ses yeux suppliants, avait pensé à la mère, au père ou aux enfants de ce type, car il avait encore sûrement un des trois, et juste pour eux, ce grand type aurait mérité de ne pas finir écrasé, piétiné, pendu par la foule du Paris humilié mais Paris libéré.

Dans le même genre de décision prise sans aucune forme de procès au sens propre et figuré, André repensait aussi à ces pauvres femmes tondues, battues en pleine rue pour conjurer le mal des mâles français d'avoir dû laisser les femmes françaises à plus forts qu'eux, et cela pendant quatre ans. André avait vu au gré de ses « balades digestives post-libération » et jusqu'à l'écœurement, ces scènes de rue d'après-nazisme en ces jours du joli mois d'août 44. On n'avait pas perdu de temps, à peine les dernières chenilles allemandes parties et les premières roues américaines arrivées, le « sexe fort » s'était senti assez rassuré pour s'attaquer au dit « sexe faible ». On sortait de chez elles des pauvres femmes coupables pour certaines d'avoir juste été pénétrées par un Allemand. Au moins, pendant ce coït, le boche ne faisait pas de mal aux autres, il prenait du plaisir, et on savait qu'après l'acte sexuel l'homme était mou et inoffensif, béat de son orgasme, on aurait pu prendre cela en compte avant de tondre. Mais non, la société animale et peu humaine avait besoin de ces combats pour conquérir les femelles, mais là, le français n'était pas assez courageux pour combattre le mâle dominant de 1940, on avait attendu qu'il soit loin ou mort pour faire « catharsis » de ses frustrations, et on avait tondu, exposé des femmes coupables de collaboration verticale, on leur avait fait perdre leur humanité en les traitant comme cela. André s'était souvent demandé, pour celles qui n'étaient pas mortes exécutées, quelles vies futures elles pourront avoir, surtout si elles avaient eu un « bâtard » avec un boche. Le regard des autres n'allait pas s'estomper et l'enfant aura ce chemin de croix toute sa vie. André revoyait le regard vide de ces femmes en train de se faire tondre devant un public haineux mais rieur, et il en avait gardé un sacré sale goût, même si pendant cette douce période de la libération les lynchages, on venait de le voir, étaient monnaie courante, mais ce regard vide des femmes tondues lui était resté gravé au plus profond de lui-même, tout comme ce regard apeuré de ce type trop grand au costard rayé élimé, écrasé par la haine de ses victimes ou du passant résilient.

Mais à force de ne pas venir au boulot, André s'emmerdait, il avait repris contact avec Françoise et ses futurs ex-beaux-parents, visiblement il n'était pas d'actualité que la petite famille revienne sur Paris, les enfants étaient bien dans la province française loin du mauvais air parisien, Françoise aussi qui était revenue chez ses parents avec « son nouvel ami », au moins c'était clair, il y avait un nouveau couple et André n'était pas dans ce couple, de toute façon cela ne faisait qu'entériner un état de fait, et comme toujours ce n'était pas André qui avait sauté le pas. Pour la suite rien n'était clair, le nouvel homme de sa femme essayait actuellement de retomber sur ses pieds, lui le serviteur de Vichy, il en avait le talent pour réussir, il faisait oublier son passé en démontrant son avenir dans cette ville bien tranquille de la Flèche. André avait prévenu sa future ex-femme qu'il allait demander des droits sur ses enfants, elle lui avait répondu que c'était normal, Françoise était claire, elle n'aimait plus André, elle en aimait un autre mais André était le père de ses enfants, donc elle ne l'effaçait pas de sa vie. C'était une bonne chose, beaucoup de femmes, lorsqu'elles se séparaient, oubliaient vite que le père de leurs enfants existait encore, et cela même s'il fallait bien le reconnaître, ce père, cet homme, pouvait souvent lui, « oublier » qu'il avait eu des enfants avec son ex-femme lorsqu'il se remettait avec une nouvelle compagne. La nature humaine était ainsi faite, beaucoup d'hommes « effaçaient de leur mémoire » leurs enfants après une séparation, mais pour ceux qui ne les « oubliaient pas » c'était souvent un chemin de croix pour faire valoir ses droits. Un homme était le pater familial tout puissant lorsqu'il était en couple mais quand il se séparait, la Justice l'effaçait souvent de l'éducation des enfants, il faudrait un juste milieu : *« Est-ce qu'un jour la Justice de la famille prendra en compte ces pères qui voulaient rester père malgré la séparation, peut-être, mais sûrement pas avant une cinquantaine d'années »* se disait en son fort intérieur André à l'aune de la libération. En tout cas pour lui, il faudra faire des démarches judiciaires pour cela lorsque la Justice française sera passée à autre chose que juger les supposés collabos.

Son envie de reprendre le chemin de la PP venait aussi du fait que lors de ses visites chez sa mère, cette dernière, toujours à donner des instructions, comme toutes les mères, même si son enfant avait presque 40 ans, lui disait de retourner à son bureau, un homme devait être au travail, pas à ne rien faire dans son appartement à se morfondre de l'injustice de la situation. Pour finir cette revue des raisons de se bouger un peu, Michelle, le dernier sujet intéressant André après ses enfants et sa mère, c'était le néant, il n'avait plus eu de nouvelles, il avait essayé d'en avoir, il avait cru savoir qu'elle était partie en Angleterre auprès du Général grâce à ses talents d'organisatrice, depuis elle n'était pas revenue sur le territoire libéré, elle terminait sûrement les affaires courantes chez nos amis anglais avant de revenir.

André donc, en ce matin gris et brumeux de septembre 44, se rendait sans joie à son bureau B 134. Il n'avait plus de groupe, il n'avait toujours pas de Chef, juste des tables et des chaises. Il regardait ses quelques dossiers encore posés sur son étagère, ils étaient dans un bordel sans nom, la libération de la PP avait mis un joyeux désordre dans toutes les pièces du bâtiment. On avait déjà évoqué les dossiers brûlés par la canonnade, mais d'autres avaient tout bonnement disparu, sûrement par intérêt de ceux qui étaient cités dedans. André se disait qu'il allait faire comme s'il arrivait dans un nouveau service, il allait repartir de zéro sans dossier en attente, tant pis pour les anciens, ils étaient passés par pertes et profits, du passé faisons table rase. Il était dans ses réflexions assis sur son vieux fauteuil lorsqu'un groupe de « soi-disant » résistants entra alors brusquement dans son bureau, André ne les connaissait pas, mais visiblement, eux le connaissait : *« André Michel ? »* il répondit : *« Oui vous voulez quoi », « André Michel, vous êtes en état d'arrestation au nom du Comité d'épuration, nous sommes la section d'épuration du Commissaire Principal Lelièvre Auguste ».* André manqua de s'étrangler en entendant le nom et le grade, il avait bien connu cet Auguste, il était Inspecteur Principal Adjoint à la PP PJ, dans une autre section, il avait été arrêté en février 1944 pour ses liens supposés avec les cocos. Visiblement, à la différence d'Alex il avait survécu, et en plus il avait pris du grade, en six mois il était passé d'Inspecteur Principal adjoint à Commissaire Principal, belle promotion en peu de temps, il fallait vraiment des temps troublés pour gravir aussi vite tous ces échelons, il avait gagné le surnom de « Robespierre », tout un programme surtout pour notre héros du quotidien, on le verra plus tard. André ne l'aimait pas cet Auguste en Inspecteur, il n'allait pas mieux l'aimer en Commissaire. Lorsqu'ils avaient bossé ensemble avant guerre lors d'une procédure commune à leurs deux sections, André l'avait trouvé trop brusque avec les mis en cause, et trop « justicier dans l'âme », défaut que l'on retrouvait des fois parmi les flics. André n'aimait pas trop cela, le flic était un serviteur de l'État, il n'était pas un justicier de l'État. André était encore dans ses dernières pensées lorsqu'il fut plaqué au sol par les quatre gros bras qui se disaient membres de la section d'épuration. Les coups pleuvaient sur André qui ne se laissait pas faire, on échangeait des amabilités à coups de poing dans la gueule, mais à la fin les plus nombreux avaient gagné, André était menotté la figure en sang, et ce n'étaient pas les deux nez cassés sur quatre de ses partenaires de baston qui pouvaient le satisfaire. Lui, le flic intègre, celui qui avait toujours refusé de s'acoquiner avec les coquins, se retrouvait menotté dans son propre bureau de la PP par des apprentis flics, pseudos résistants et donneurs de coups de poing illégitimes.

André cria : *« Lâchez-moi, vous n'avez pas le droit, vous êtes qui pour faire ça, je suis dans mon bureau, appelez le Directeur de la PJ »,* le dernier, celui qui avait été mis à la place de l'ancien qui avait collaboré, où alors l'ancien qui était toujours là ayant réussi à faire croire qu'il avait résisté en collaborant, on ne savait plus durant cette période agitée de la libération qui avait fait quoi et quand et qui était quoi. En tout cas, André appelait au secours sa hiérarchie, et bien sûr personne n'était venu, au contraire, en descendant l'escalier et s'étant retrouvé dans la cour de la PP traîné par ses cerbères, de tristes inconnus en uniforme de Police venaient lui cracher à la figure en le traitant de collabo. C'était devenu une habitude depuis cette fin de mois d'août 44, dès qu'on voyait un pauvre bougre la gueule en sang entouré de deux ou trois collègues, on allait lui cracher dessus ou le taper, juste pour participer au catharsisme de la PP, mais aussi pour essayer de faire oublier son mauvais rôle. André était jeté sans ménagement dans une geôle du dépôt de Paris, lui l'Inspecteur qui avait mis tellement de vrais truands dedans.

Quelle misère, quelle période pourrie, de pire en pire depuis juin 40 et l'exode, pourtant on pourrait penser à mieux, Paris était libéré, mais André était martyrisé par ses pairs. André était sonné au sens propre et figuré, il avait la gueule en vrac et le moral en berne, il comprenait vaguement que son avenir était en pointillés, il savait ce que cela voulait dire sa situation, il avait vu depuis l'arrivée de la deuxième DB, les lynchages, les tondeuses, les collègues collabos, ou pas, être pris dans la nasse de cette section d'épuration de la PP menant au pas de charge des enquêtes qui auraient dû être menées à charge et à décharge, comme l'avait toujours fait en son temps notre pauvre Inspecteur « embastillé ».

Les groupes de cette section ne s'emmerdaient pas trop du code de procédure criminelle, une dénonciation, un témoin ayant beaucoup de choses à se faire pardonner, un truand arrêté devenu entre temps résistant de la dernière heure, un nom de flic écrit sur le registre des écrous du dépôt pour un pseudo ou vrai résistant déféré par ce fonctionnaire ayant écrit son patronyme, tout était bon pour faire un tableau de chasse de l'épuration. Depuis fin août 44 « ça tombait comme à Gravelotte » parmi les membres de la PP, le Comité d'épuration, l'étape d'après la section d'épuration, épurait à tour de bras, avec à la tête Airaud alias « Montigny » ancien cheminot nommé pour la circonstance Inspecteur général des services du Préfet. Cet ancien cheminot, sans faire de blague douteuse, n'était pas souvent en grève comme ses anciens collègues, il n'arrêtait pas de faire comparaître les nouveaux méchants de la PP, pour les révoquer, les sanctionner ou pire les envoyer devant la Justice pénale, et de temps en temps classer des dossiers mais si rarement qu'il ne fallait pas trop y compter une fois pris dans les griffes des épurateurs. Depuis l'arrivée d'un nouveau Préfet de Police, Charles Luizet, nommé par De Gaulle, le nouveau maître de la partie libérée de la France, c'était « la chasse est ouverte », retournement en série de vestes, et si vous n'étiez pas assez rapide « on vous chopait par le colback, et hop épuré ! ». Changer de patron n'avait jamais été évident dans un service de Police, lorsque le nouveau Chef arrivait, il voulait tout chambouler, mettre sa pâte pour briller, quitte à changer des choses qui fonctionnaient bien. Mais là, en septembre 44, le changement était dangereux pour tout le monde surtout pour ceux qui ne savaient pas se débrouiller et nager en eaux troubles.

André n'avait pas senti, pendant ces « vacances » qu'il avait prises sans le dire à personne, qu'on « montait » un dossier contre lui, il n'était pas venu pendant quelques jours après l'apparition des blindés alliés, n'en pouvant plus de l'ambiance, après le rance de la révolution nationale il y avait la puanteur de la revanche, il avait préféré laisser passer un peu d'eau sous les ponts avant de reprendre son poste, et même s'il savait que les coups fourrés étaient légion entre collègues, il n'avait pas eu le flair assez développé pour se méfier. Il s'était donc pris la porte de l'épuration en pleine poire, quelle erreur de débutant, il aurait dû y penser, mais là dans sa cellule du dépôt c'était trop tard, il était arrêté sûrement parce qu'on avait écrit sur lui, on avait fait des rapports où on disait qu'il était un traître à la France renaissante, un collabo de l'ancien régime, un délinquant à la solde des boches, un mauvais français du mauvais côté, un salaud de flic sous les ordres de Vichy. André n'avait pas su imaginer qu'on pouvait écrire tout cela, sinon tout le monde à la PP allait passer à la trappe et finir en cellule. Il y en avait des salauds à éliminer, mais pas lui, il paraissait même qu'un certain Docteur Petiot, tueur d'innombrables innocents, avait participé à la libération de Paris en se disant membres des FFI et en « s'auto-appelant » Capitaine Valery, cet assassin se faisait passer pour un homme de bien et l'honnête Inspecteur se trouvait dans la merde jusqu'au cou, franchement la France depuis 40 c'était un bordel, après la débandade, voilà la « rebandade », et on était tellement content de bander à nouveau qu'on faisait n'importe quoi, le sang était monté trop vite à la tête, on arrêtait les innocents, on décorait les coupables, et André était dans la mouise.

L'enquête était donc menée par un des groupes de la Section d'Epuration, et André allait faire la connaissance de ce chef de groupe, même s'il le connaissait déjà ce type, et malheureusement ce n'était pas très bon pour lui. Cet ancien sous-Brigadier nommé du jour au lendemain Commissaire, surtout du jour de la libération de Paris, n'était pas vraiment un ami d'André lui aussi, ils s'étaient connus au central 19 du temps où André était encore Gardien de la Paix. L'entente entre les deux n'avait jamais été possible, ils étaient trop différents, autant André aimait son boulot, autant Bernard

Pignard était un type qui était entré dans la boite par hasard, il était un ancien mauvais militaire, dont le contrat n'avait pas été renouvelé, et la Police n'avait rien trouvé de mieux à faire que de lui en proposer un. Depuis, il n'était qu'un élément dont les Chefs ne savaient quoi faire, chacun se refilant la patate chaude. André du temps de leur difficile cohabitation, avait mis les pieds dans le plat, ce qui n'était pas très courant chez lui, mais ce côté « branleur malhonnête » était difficile à supporter, il avait parlé à ses chefs : *« Je ne peux plus tourner avec lui pendant les rondes et patrouilles »,* et cela Bernard ne l'avait jamais digéré, il était toujours passé à travers les gouttes comme tous les mauvais éléments de la Police qui n'étaient jamais emmerdés à la différence des bons fonctionnaires qui, à la première erreur, payaient souvent cash. Cette animosité s'était encore aggravée lorsqu'André était devenu Inspecteur, cet idiot de Bernard avait commis quelques irrégularités sur un rapport d'intervention. Pourtant il n'en faisait pas beaucoup de ces rapports, tellement il n'était pas motivé par ses missions, mais là en rédigeant son rapport de mise à disposition d'une interpellation faite par hasard, il avait « oublié » de préciser la somme exacte d'argent liquide que le bandit avait sur lui, et André s'en était aperçu lorsque son groupe avait repris cette affaire d'escroquerie en bande organisée.

En effet, ce Bernard avait « emprunté définitivement » une partie de la fouille à la mauvaise personne, ce gardé à vue était un escroc professionnel, et on ne lui faisait pas à l'envers, il avait su trouver les mots auprès d'André pour prouver que son interpellateur avait omis quelques zéros sur la somme découverte sur lui. Suite à cela, le dossier administratif du flic voleur, qui n'était déjà pas très brillant, l'était encore moins, mais la rancœur envers André l'était encore plus. Du 19 août au 25 août 1944 la carrière de ce Bernard n'allait pas « décoller » mais « exploser » et l'emmener plus près du nouveau bon Dieu, lui qui n'avait jamais passé de grade au mérite, allait connaître une promotion fulgurante comme on pouvait en rencontrer dans les temps troubles. Tel un type qui était caporal dans l'armée du régime précédent et qui se retrouvait Colonel après un coup d'État d'un de ses amis, Bernard était dorénavant Commissaire après ses deux ou trois coups de feu tirés de la fenêtre de la PP à partir du 19 août. Il n'avait sûrement pas touché sa cible lors de ses tirs, il était mauvais partout, mais il avait su les faire voir et entendre, et aux bonnes personnes, résultat il était à la tête d'un groupe de la section de recherche, et son premier client était le pauvre André.

André en rentrant dans le bureau des interrogatoires du groupe de ce Bernard avait eu comme une bouffée de chaleur, ce n'était pas possible, ce type en face de lui qui l'interrogeait, ou plutôt qui lui gueulait dessus, c'était l'un des plus mauvais flics qu'il avait rencontré, et un des types qui le détestait le plus. En prenant les baffes André apprenait les charges contre lui, enfin les saloperies inventées par les témoins les plus pourris qui puissent exister, mais tout cela faisait un dossier. Les premiers « témoins » à charge étaient les deux truands Ernest et Joseph de l'affaire Buisson. André apprenait qu'après leurs fins de garde à vue faute de preuve, ils étaient entrés en résistance, ils étaient des vrais truands mais aussi de vrais résistants. Ce qui prouvait une fois de plus que cette période c'était vraiment n'importe quoi, les salauds d'un jour étaient les héros d'un autre. André comprenait que le fait d'avoir arrêté ces deux types sans Buisson était la preuve pour eux qu'il voulait juste casser du résistant, drôle de charge de preuve. Mais à partir de maintenant André apprendra comment on allait tourner, tordre, retourner les éléments quels qu'ils soient, pour finalement qu'ils deviennent dans la tête de ses accusateurs des preuves accablantes contre lui. D'après eux, ces deux types étaient déjà dans la résistance lors de leurs interpellations, c'était bien pratique, et André n'avait eu de cesse de les faire tomber pour cela lui, le mauvais français et eux les bons français. André essaya de répondre avec la « logique PJ », entre deux baffes il cria : *« mais si vraiment j'étais un collabo travaillant pour les nazis, les deux n'auraient pas été libérés, ils seraient partis dans un camp à Drancy ou ailleurs, s'ils sont sortis c 'était bien que je les avais pour l'affaire de droit commun et que je n'avais pas assez de preuve »,* pour toute réponse, André se prit un direct dans la face et un :

« ta gueule ». À partir de maintenant, à toute réponse logique d'André il avait le droit à une réponse violente de ses accusateurs. Cette violence n'était pas pour faire avouer ou obtenir des renseignements, juste une sorte de preuve par l'absurde que si tu te prenais des baffes dans la gueule tu étais coupable. Sous l'occupation, on interrogeait, secouait, frappait, torturait pour obtenir le nom des autres, du reste du réseau, même si le sadisme n'était jamais loin, là on tapait juste pour taper, pour laver quatre ans d'occupation.

Pour le plus grand malheur d'André au sein de ce groupe de « pseudo enquêteurs » on trouvait également le leader syndical communiste de la PP avec qui André avait eu maille à partir au moment de la signature du pacte germano-soviétique d'août 1939. En le voyant, André se disait qu'il aurait dû fermer sa gueule à ce moment-là. Il se souvenait de ces longs débats où il mettait ce laudateur du stalinisme, c'est-à-dire un membre du parti communiste français, devant ses contradictions, un accord entre salauds ne pouvait être qu'une histoire de saloperie. Le dictateur à grosse moustache en avait bien profité pour écraser la Finlande et dépouiller la Pologne, et le Dictateur à petite moustache lui, en avait bien profité pour dépouiller encore la pauvre Pologne et attaquer la France. Devant cela le souteneur indéfectible du petit père des peuples n'avait pas su répondre mais avait conclu : *« De de toute façon à la fin de l'Histoire le communisme va triompher sur les cendres du capitalisme ».* Et en ce jour de septembre 44, ce membre du parti communiste allait faire payer André pour ses dires et ses piques de 39/40 en faisant entendre qu'il était déjà anti-coco dont pro-fasciste et collabo en 39.

Un raccourci si facile qui faisait et fera encore le bonheur des « se disant tolérants surtout pour soi et les siens » de tous bords et de toute époque avec leur antienne célèbre et constante, *« si tu n'es pas d'accord avec moi ou si tu n'es pas avec moi tu es donc contre moi, donc tu es le méchant, le traître et l'ennemi, celui qui a tort, car j'ai toujours raison étant le Juste ».* Les communistes en septembre 44 poussaient à l'épuration à la PP, cela pour mieux la contrôler en vue de la prise du pouvoir par les camarades du parti, donc ce n'était pas bon d'avoir un membre de ce parti contre soi et André en avait au moins un. Il allait vite s'apercevoir qu'il cochait toutes les mauvaises cases en cet fin d'été 44. Pendant le peu de temps où il était interrogé, bousculé plus précisément, il essaya de parler de ce Colonel Tanguy qui l'avait reçu le jour même du soulèvement tardif de la maison « poulaga », il demanda : *« faut que le Colonel Rol Tangy vienne et explique notre rencontre du 19 août ou s'il ne peut pas qu'il écrive juste une lettre décrivant ce qu'on s'est dit pendant cette discussion dans le bureau du Préfet de Police, il vous le dira lui, que je suis un flic lambda pas un facho, ni un collabo ni même un pétainiste de la première heure comme la majorité des français »*. Il le criait à ses interrogateurs à la main lourde qui rigolaient mais qui notaient cela en connaissant la réponse. Le Colonel Tanguy ne viendra pas au procès et il n'écrira rien du tout, ce type, cet André, ne lui disait plus rien, les grands oubliaient souvent les petits, surtout lorsque les événements pouvaient les faire entrer dans l'Histoire. Rapidement André comprit que le dossier était truffé de rien mais qui faisait tout, c'est-à-dire qu'on l'accusait d'être un collaborateur zélé du régime de Vichy et un traître à la nouvelle France qui était éternelle d'après les dires de De Gaulle. Il ne pouvait pas se défendre, d'abord parce qu'on ne lui en laissait pas trop l'occasion, mais surtout on ne pouvait pas se défaire d'une accusation imprécise qui ne reposait sur rien de concret. André n'avait pas le temps pour tenter de préparer un début de commencement de défense pour l'étape suivante de sa descente aux abîmes, le Comité d'épuration.

Cette commission « d'éradication » s'était installée, depuis le 25 août 1944, au 9, boulevard du palais à Paris, dans le cinquième arrondissement, escalier 1, au premier étage. C'était un peu ironique cette adresse, car André lorsqu'il devait donner une adresse pour lui et qu'il ne voulait pas fournir la sienne, cela afin d'éviter que sa famille soit emmerdée par les truands, donnait le 7 ou 9 boulevard du Palais, comme tous les policiers de la PP, il était donc presque chez lui devant cette commission dirigée par un ancien Chef du Front

National Police. Cette entité était composée de trois personnes plus un rapporteur. Le Chef, « Montigny », était terrible lui aussi, il avait de la prestance et André lorsqu'il se présenta devant lui, n'était plus dans une forme éclatante, c'était le moins que l'on puisse dire, depuis plusieurs jours il se prenait des baffes, il ne s'était pas lavé et avait gardé les mêmes habits tachés de sang, il n'avait presque rien mangé, à peine bu de l'eau, et surtout il n'avait pas vraiment dormi, à peine assoupi de trop courts instants. Devant cet ersatz de Tribunal révolutionnaire, ce « Montigny », sorte de « Fouquier Tinville » à la sauce 44, rentrait dans la gueule d'André sans ménagement, mais là au sens figuré, André ne prenant plus de baffes, on montait en gamme, c'était déjà cela, par contre ce Président avait la parole telle une guillotine et André commençait à sentir le souffle chaud de la « Veuve ». Les accusations venaient de partout, on lisait les déclarations de cet Inspecteur, prénommé Théophile de la BS 2, qui avait voulu recruter André car c'était un bon flic. Ce sale type avait écrit : *« L'Inspecteur Michel André avait été volontaire pour aller dans ces groupes de chasse aux résistants, seul l'âge avancé de sa vieille mère l'ayant empêché d'y être, mais l'Inspecteur Michel André était prêt à faire la chasse aux communistes, il était « hyper motivé » par la mission ».* André en écoutant cela, se mit à crier : *« mais faites-le venir ce salopard, c'est lui qui voulait arrêter Alex, je l'ai entendu en parler au Sous-Directeur, faites-le venir devant moi pour qu'il le redise »,* un des assesseurs du comité répondit d'une voix froide : *« ce n'est pas possible, il a été fusillé ».* André rebondit : *« mais s'il a dit cela ce n'était que pour essayer de sauver sa peau, d'entraîner d'autres dans sa chute pour faire diversion, S'il est mort ce con, faites donc venir le Contrôleur Général dont je vous ai parlé, il s'appelle Durand Henri », « il a aussi été fusillé »* lui répondit toujours le même assesseur, *« il était le Chef des différents groupes de répression ».*

André resta bouche bée, mais ce qu'il ne savait pas à ce moment-là c'était que ce Durand n'avait pas été fusillé, il avait réussi à s'en sortir en collaborant mais dans le sens inverse d'avant août 44, et surtout il avait de la famille gaulliste bien placée, cela pouvait aider.

André enchaîna : *« mais bon Dieu, c'est moi qui ai prévenu l'inspecteur de mon groupe recherché, le jeune Alexandre...»,* il n'avait pas fini sa phrase qu'on lui répondit : *« il est mort lui aussi, c'est facile de le citer, vous ne citez que des morts »,* André alors répliqua : *« ben non, c'est vous qui avez cité le premier mort ».*

Montigny répondit sèchement : *« taisez-vous et respectez le comité composé de vrais résistants ».* André avait compris que de toute façon c'était une Justice expéditive ce comité, que cela ne servait à rien de parler. André savait qu'étant donné la tournure des événements et la teneur des accusations, il y aurait une troisième étape et celle-là il ne fallait pas la rater, c'était la cour de Justice de la Seine, là le comité décidait juste d'un classement, d'une révocation ou de sanctions administratives au minimum, et au maximum il renvoyait le dossier devant la Justice, de guerre lasse André garda le silence. Il entendit la longue litanie des pseudos preuves, on lui envoya dans la figure telle phrase sortie du contexte qui devenait une ode à l'occupant ou une attaque contre les alliés. On lui dit même que lors d'un pot à la PP devant l'ennemi il avait critiqué les alliés et leur combat pour la libération de la France, crime de « lèse majesté suprême », et là André dans sa tête se mit à regretter la bonne bière bue un soir d'occupation où il avait juste dit que les villes de Normandie payaient un lourd tribut à la libération du territoire par les bombardements alliés. Quand il repensait à tous ses collègues qui à longueur de journée d'occupation avaient bavé sur la troisième République, sur les Juifs, les Américains négroïdes, il se disait que vraiment il était dans un très mauvais « trip » et qu'il fallait que ça s'arrête vite, sinon le peloton d'exécution ne serait pas que pour les autres. Le comité pour finir en beauté, faisait revenir cet Ernest et ce Joseph, peut-être résistants de temps en temps mais truands à coup sûr. Il les vit arriver dans la salle, « fiers comme Artaban et son bar-tabac » (Frédéric Dard), ils avaient l'étiquette des héros, ils pouvaient tout se permettre et surtout raconter n'importe quoi pour se débarrasser d'un type qui pourrait les gêner, car il savait des choses sur eux.

Cette confrontation fut un non-sens pour l'Inspecteur André Michel qui tout au long de sa carrière en avait réalisé, de ces nombreuses auditions dites contradictoires, celles où on espérait que la vérité jaillisse de l'échange entre la victime et le mis en cause ou entre les mis en cause eux-mêmes. Ces confrontations étaient faites, en tout cas pour le cas d'André, dans le pur respect de la victime, « ce n'était pas la vérité par la violence » que l'on voulait, on mettait en face de ses contradictions le mis en cause, ou en face de la personne à qui il avait fait du mal, cela pour qu'éventuellement le truand ait un début de commencement de remords, que cela lui monte à la gorge et qu'il dise : *« oui, je l'ai fait »,* puis cerise sur le gâteau : *« je demande pardon à la victime ».*

Cela ne changeait pas grand-chose aux dégâts commis, à la suite de l'affaire si elle était déjà carrée, mais ça mettait un peu de baume au cœur des gentils de la procédure, c'est-à-dire la victime, le policier, le Procureur et pour finir le Juge qui juge. Mais là, dans le cas « d'André mis en cause », c'était plutôt une nouvelle couche de violences verbales et physiques, l'originalité était que les « victimes » participaient à l'hallali sur le pauvre bougre voué aux gémonies. Bref, rien n'était ressorti de cette confrontation à part des insultes et des nouvelles baffes, André n'avait pas pu dire plus de deux mots sans être remis à sa place : *« ferme ta gueule, et reste sur ta chaise »,* Mais même les deux mots prononcés par André, entre deux violences, mettaient en exergue la nullité des accusations qui ne reposaient que sur l'acrimonie de gens qui avaient beaucoup de choses à se faire pardonner.

Le dernier élément à charge était le fait qu'André serait passé, fin juillet 44, Inspecteur Principal Adjoint nommé par le Préfet de Police honni Buissière, pauvre André il avait été promu à l'insu de son plein gré, il n'avait donc appris sa nomination que le jour de son passage devant le comité d'épuration et sa probable éviction de la Police. Il était vrai que la PP courant juillet 44, c'était un peu un bateau ivre, « le bordel couvrez », et penser que ce Préfet collabo en pleine déconfiture, à peine quelques jours avant sa destitution et sa condamnation à mort, signait encore des arrêtés de nominations d'Inspecteurs Principaux Adjoints, c'était ubuesque, quel sens du service public, quel dévouement à la cause perdue, quel con. André ne pouvait s'empêcher de penser, dans un dernier sursaut d'ironie et entre deux violences, à ce fourbe de Lucien, lui qui ne rêvait que d'être Principal à part entière, voyait un type qu'il n'aimait pas, il n'aimait personne de toute façon, avoir le même grade que lui. En apprenant cette nomination, Lucien avait dû à l'époque pleurer auprès de ce qui restait de la hiérarchie de la PP en ce beau mois d'été 44, où alors c'était lui qui en avait parlé après la libération à la nouvelle hiérarchie pour se venger d'un type qu'il jalousait. Où plus sûrement, tellement il était une planche pourrie, il avait dû d'abord se plaindre à la hiérarchie d'avant la libération et après le 19 août 44 à la nouvelle, il était tout à fait capable de cela.

De guerre lasse et de baffes lasses, André fut viré de la Police et sans pension pour solde de tout compte, cela « en raison de ses actes anti-national », qui se décomposaient comme suit : *« d'avoir arrêté et placé en garde à vue pour « des raisons fallacieuses », des résistants, et vouloir les salir en les rendant complices d'un vrai truand, le dénommé Buisson ».* Si on réfléchissait cinq minutes, ces accusations n'avaient aucun sens puisque les Brigades Spéciales interpellaient, torturaient à tour de bras des résistants pour des faits de terrorismes, ce qui était la meilleure des inculpations pour se débarrasser de quelqu'un entre 40 et 44. Aucun des cerbères des Brigades spéciales ne rajoutaient des braquages pour mieux faire tomber un réseau, ce n'était qu'une perte de temps, un bon acte d'accusation « de terrorisme communiste » menait plus rapidement au peloton d'exécution qu'un vol à main armée, même sanglant. Mais, en septembre 44, il fallait bien trouver quelque chose et on avait trouvé cela, en plus on avait saupoudré ce premier manque à la France, d'une accusation *« de tentative de travailler avec les Brigades Spéciales tueuses de résistants », « de paroles défaitistes et anti-France à un pot de la PP », « d'une promotion obtenue par le Préfet collaborateur »,* et pour finir on évoquait le fait *« qu'une procédure concernant des membres de la Gestapo de la rue Lauriston avait disparu, ou tout du moins n'était pas allée jusqu'au bout »,* évidemment André était à l'origine de cela en raison de ses « accointances » avec les partis collaborationnistes. André, à la dernière accusation, était resté sans voix, cela valait mieux pour sa gueule, il se disait que de toute façon cela ne servait à rien d'essayer de se défendre devant « la bande à Fouquier Tinville », surtout que la dernière décision de ce comité était de le renvoyer devant la cour de Justice de la Seine pour être jugé pénalement, peut-être que là il pourra commencer à se défendre et à démontrer que toutes ces élucubrations n'étaient que des élucubrations et rien d'autre.

En attendant de passer devant la cour de Justice, André était de nouveau dans une cellule du dépôt de Paris, il avait froid, il avait peur, il commençait à puer, d'un mélange de transpiration, de sang séché et des murs lépreux de la pièce. Il s'endormit quand même pour s'échapper un peu, la fuite ne dura pas longtemps, la porte s'ouvrit, Jean Felix Buffet, un ex de la sûreté nationale, la concurrente de la PP PJ, était lui aussi jeté dans cette cellule, il avait été transféré de la petite ville de Cusset, où il avait été « jugé vite fait, bien fait », pour être fusillé dans la capitale. Il avait la même tête qu'André, c'est-à-dire au carré. André le connaissait un peu, de réputation, c'était un bon flic comme on disait, ces types qui avaient l'enquête dans le sang, qui ne vivaient que de cela, quitte à sacrifier sa famille. Avant 1939, il était la bête noire des cagoulards, ces fascistes d'avant-guerre qui en 1938 avaient été démantelés par la Police française, et Buffet en était, il avait d'ailleurs les faveurs de Léon Blum lui-même. Alors comment pouvait-il se retrouver là dans cette cellule avec une tête de Mickey et le pauvre André, le perdu de l'Histoire. Par solitude, les deux prisonniers se mirent à se parler, et André comprit pourquoi ce presque héros de la troisième République était maintenant considéré comme un traître. Après 1940, il avait accepté différents postes, s'entendant bien avec ce sale type de Laval, lui aussi comme Blum un homme de la troisième, mais qui avait mal tourné en devenant le symbole de l'homme politique sans foi ni loi et aussi le paradigme de la collaboration française. Ce Buffet avait pendant quatre ans fait la chasse aux résistants, comme il avait fait la chasse aux cagoulards, c'était un peu « bipolaire » comme action mais c'était tellement « à la mode » durant cette période qui cassait tous les codes. Ce type était donc aimé et détesté par les deux côtés de la France de 40 à 44, il avait la rancœur de ceux arrêtés en 1938 pour le compte du Ministre de l'intérieur du front populaire, le dénommé Max Dormoy, et ceux de la résistance qu'il avait interpellés, là aussi avec efficacité. Cette situation était ubuesque, certains cagoulards, fascistes d'avant 39 et résistants d'après 40, lui en voulaient doublement « haineusement » les ayant arrêtés deux fois, en tant que fasciste anti-Républicain puis en tant que résistant anti-Allemand. Quand on disait que cette époque était folle, « schizo », incompréhensible, voire plus. On ne savait plus qui était quoi et qui, on pouvait donc être un truand facho résistant anti-allemand mais policier collaborateur de la Révolution Nationale, être décoré de la francisque et finir avec la légion d'honneur sur sa poitrine en août 44 pour finalement être condamné à la déchéance nationale. En tout cas, ce Buffet n'avait pas voulu fuir à l'arrivée des amerloques, il pensait qu'il avait fait son devoir, mais il ne savait plus trop lequel, dorénavant dans sa cellule froide et humide il savait qu'il serait bientôt fusillé au petit matin. Le détachement de Buffet par rapport à son avenir bien sombre faisait froid dans le dos d'André, lui espérait toujours une éclaircie, une intervention, non pas divine, mais de quelqu'un qui dira : *« laissez le ce type, ce n'est pas un héros, mais il ne mérite pas la prison voire la mort, il est comme tous ces Français qui on fait le dos rond pendant quatre ans en égrainant les jours qui passaient tout en espérant l'arrivée, non pas du messie, mais des alliés ».*

Avant de passer au Tribunal il y avait l'instruction menée par un Juge du même nom, normalement c'était là le moment de l'approfondissement de l'enquête de Police initiale, la période de réflexion afin de bien matérialiser les infractions, pour réunir et consolider l'accusation ou au contraire innocenter l'inculpé, ben là, pas du tout, cela allait être le contraire.

En effet, on devait instruire à charge et à décharge, là c'était au pas de charge qu'on enfonçait le mis en cause, tout le contraire de l'idée développée par le code d'instruction criminelle, mais il était bien loin ce code oublié, il s'était perdu depuis juin 40, et il n'était pas encore revenu en ce mois de septembre 44. Normalement dans un monde normal, lorsqu'on était inculpé dans le cadre d'une information ouverte, en langage simple, lorsqu'on était mis en cause et que c'était le Juge d'Instruction qui dirigeait les investigations, on devait voir aussi souvent qu'il le fallait son Avocat pour préparer sa défense, on rencontrait son Juge plusieurs fois lors d'interrogatoires poussés, précis et réalisés pour s'approcher de la vérité.

On échangeait avec des experts, psychologiques, psychiatriques pendant de longues séances pour mieux se faire connaître, on pouvait même être confronté à la victime, mais aussi aux témoins, enfin bref ça bossait fort à l'instruction, on ne chômait pas. Pour le pauvre André rien de cela. Il n'avait rencontré son Juge qu'une fois, pour le premier et dernier interrogatoire qui n'avait duré que quelques minutes inutiles. Le greffier lui avait lu les accusations portées contre lui qu'il connaissait déjà, il n'avait rien pu dire, on ne lui avait pas laissé le temps, en plus il était tout seul, son Avocat désigné d'office s'était fait « porter pâle ». Cet Avocat d'ailleurs, André ne le verra pas pendant l'instruction, ce baveux lui avait écrit qu'ils se verront pour le procès, l'Instruction étant une formalité, bel adage pour un avocat pénaliste. On l'apprendra plus tard, finalement c'était mieux lorsque l'avocat d'André n'était pas présent, il faisait moins de mal à son client. Pour ce qui était « du psy » en tout genre c'était simple il n'y en avait pas eu de désigné, où si, un vieux, type hirsute, un peu sale et très bizarre, qui se disait expert, mais on pouvait se poser la question de la véracité de l'information. Il était peut-être médecin généraliste, vétérinaire, infirmier ou tout autre chose, sûrement pas très au point pour la psychiatrie, mais il avait rendu à peine deux pages d'écrits où il était noté qu'André *« était un pervers narcissique »,* sans trop expliquer pourquoi, et surtout *« dangereux pour la suite de la France, et pas du tout réadaptable à la démocratie qui revenait après la parenthèse anti-France de Vichy »,* donc pour résumer rien de bon sous le soleil.

Pour ce qui était du Juge d'Instruction, il s'agissait d'un jeune loup et d'un premier poste, cet homme bien sous tout rapport, était sorti en 1939 de la prestigieuse école de la Magistrature située à Bordeaux, il était parti directement au front sur la ligne Maginot où il avait regardé les boches à la jumelle avant de les voir dans son dos avec un fusil pointé sur lui. Il avait été prisonnier un certain temps, ce n'était pas la détention la plus dure, il était Officier, évidemment, il était de noble extraction comme souvent chez les Juges, ses parents étaient des gens qui comptaient dans leur ville, on était souvent dans l'entre soi au sein de la magistrature. À son retour de détention, il avait fait un détour par Alger début 44 pour rejoindre De Gaulle, et dans les valises de ce dernier il avait été déposé au Palais de justice de Paris pour gérer les nombreux dossiers d'épuration. Ce jeune ambitieux, prénommé Fabrice, voulait faire vite et fort, il voyait des collabos partout, même là où il n'y en avait pas, il démontait des réseaux de collabos qui n'existaient pas ou seulement dans son cerveau en ébullition, passant souvent à côté de ceux qui existaient vraiment. Il voulait surtout démontrer qu'il était un jeune homme efficace de la nouvelle France, un sur qui on pourra compter dans l'avenir proche de la reconstruction. Ce Fabrice avait beaucoup de certitudes, trop, et il n'était pas freiné par ceux qui normalement devaient le contrôler, on se méfiait toujours d'un homme qui avait approché De Gaulle. L'addition était donc très mauvaise, ambition démesurée, pouvoir de nuisance, certitudes et coudées franches donnaient presque toujours des catastrophes, surtout pour un individu dont la profession avait comme surnom « l'homme le plus puissant de France ». Ce Fabrice n'aura donc aucun état d'âme en face d'André, il ne l'écoutera que d'une oreille discrète le peu de fois où il le verra, c'est-à-dire qu'une seule fois, cela à la différence des pseudos témoins qui n'étaient là que pour baver sur les autres afin d'essayer d'expier leurs fautes, ils racontaient et employaient les mots qu'aimait entendre le Juge : « collaborateurs, notables, réseau, ramifications » et plus encore. Ce Fabrice eut donc l'honneur, la joie et l'avantage, surtout pour sa carrière, de renvoyer André devant la cour de justice de la Seine pour « haute trahison », quel beau titre, haute trahison, le fait de survivre au sein de la PP ente 40 et 44 pouvait te valoir un titre de haute noblesse, pauvre André il n'avait trahi que sa conscience, ce qui était déjà beaucoup pour un humain qui en avait une, espèce rare dans ces temps troublés. Mais ce titre sentait fort l'avenir pas radieux, le petit matin brumeux avec des fusils pointés sur vous, André commençait à se dire que cela n'augurait rien de bon pour la suite des événements, il pensait fort à ses enfants, à sa mère et bien sûr à Michelle, les images tournaient en boucle dans sa tête, mais il fallait se préparer rapidement pour le procès de la dernière chance.

Quelques jours avant le procès André allait enfin voir son avocat, ce type prénommé Augustin qui n'avait d'Avocat que le titre, et encore qu'est-ce exactement un Avocat si ce n'était souvent qu'un bretteur de salle des pas perdus devant une presse en attente, fébrile d'un scoop. Donc, cet Augustin n'avait même pas la qualification reconnue de « bon avocat du barreau », il était plus dans la colonne « à éviter », mais André n'avait pu l'éviter. Il ne le vit qu'une fois avant le procès, dans une salle dédiée aux entretiens entre détenus et avocats, on pourrait plus parler d'un débarras pas repeint avec deux chaises branlantes et une vieille table instable. Ils s'étaient dit bonjour, et pas grand-chose d'autre, cet Augustin ne connaissait visiblement pas bien le dossier, ou même plus précisément pas du tout, il avait de toute façon une dizaine de clients dans le même cas qu'André et il se mélangeait entre les dossiers, qui à sa décharge se ressemblaient beaucoup, en l'occurrence ils étaient souvent remplis avec du vide. De toute façon les vrais grands collabos avaient de vrais grands avocats, tel Jacques Isorni, mais n'était pas Isorni qui voulait, surtout pas Augustin.

Donc, pour les petits recalés de l'Histoire c'étaient les Augustin qui étaient à la barre pour, on allait quand même le dire, les défendre.

À la sortie de l'entrevue, André fut pris d'une peur irrépressible, il était déjà mal embarqué avec le dossier qu'on avait monté contre lui, mais là avec ce nul, il n'avait aucune chance de s'en sortir, sauf miracle ou apparition divine lors du procès, tel un ange descendant de son Olympe pour dire : *« laissez-le, c'est un quelconque qui n'a rien fait de mal, c'est un français très moyen ».* Comme il ne croyait ni aux anges ni à l'Olympe, André ne la sentait vraiment pas, cette affaire. Le jour du procès arriva enfin, André qui n'avait pas le choix des habits, se présenta donc en haillons ou presque, sa chemise était sale, son costume déchiré à force d'avoir été agrippé pendant les interrogatoires, il avait une barbe de plusieurs jours et une odeur aussi de plusieurs jours, ce n'était pas vraiment la meilleure des présentations, mais il fallait faire avec. Le procès eut lieu dans ces magnifiques salles du palais de Justice de Paris, pleines de dorures et de bois nobles, de cette magnificence des palais de la République d'avant la campagne de France de juin 40. La guerre n'avait en rien altéré la noblesse de l'ensemble, le bois était toujours aussi brillant tout comme les dorures, en entrant dans la salle André ne put s'empêcher de penser à toutes les fois où il avait envoyé les vrais méchants devant les Juges. Mais aujourd'hui, c'était lui qui était menotté, encadré par des Gendarmes mobiles, ces pandores il les connaissait puisque c'étaient les mêmes qui entouraient « les clients » d'André lors de leurs passages devant les Juges après les enquêtes du groupe de voie publique. Ces Gendarmes ne faisaient pas cas d'André, ils le reconnaissaient mais comme tous les autres flics déjà passés entre les fourches caudines de ce Tribunal, on épurait, on épurait en ce début d'automne 44.

Voici donc André devant la sous-section de la cour de Justice de la Seine, en passe d'être jugé pour haute trahison, comme tant de personnes l'avaient déjà été à travers l'Histoire, et qui avaient, à cause de cette qualification juridique, été effacés du devant de la scène. André lui, n'était pas sur le devant de la scène, mais il risquait quand même d'être effacé des tablettes de la PP. Lorsqu'il entra dans la salle, il reconnut de suite l'avocat général qui lui faisait face, et ce n'était pas une très bonne nouvelle là aussi. Il s'agissait du presque Procureur qui lui avait dit de ne pas aller trop vite en 1943 dans la Procédure Loutrel, ce dernier étant de la Gestapo. Ce salopard de parquetier était encore en poste et à la bonne place pour lui mais la mauvaise pour André. Ce type avait tant de choses à se faire pardonner, pour se faire oublier, que le matricule d'André risquait de chauffer, il ne fallait pas que le passé resurgisse et André pouvait le faire ressortir. Pendant tout le procès l'accusateur n'allait pas regarder l'accusé, certes ce magistrat était fuyant mais avant de fuir il allait distribuer des mines pour qu'André explose en vol et le laisse tranquille pour la suite de sa carrière. Ce protestant austère allait être un avocat général pugnace, c'était le moins que l'on puisse dire, tout au long du calvaire qui servait de procès. Il n'allait pas lâcher André sur le moindre détail, sur la moindre « création » de l'accusation, tout allait être mis en œuvre pour ne lui laisser aucune chance de s'en sortir. Il y avait donc l'accusation représentée en la personne de ce Procureur-adjoint austère et impitoyable tellement il avait de choses à se faire pardonner, et il y avait le Président, un vieil homme à moustache, la moustache de tout homme de la troisième République, mais aussi de la Révolution Nationale et dorénavant de la libération. Nulle doute que ce Président continuera à servir tous les régimes qui allaient suivre avec autant de capacité à occulter son passé afin de mieux servir le présent. Si un jour les chars soviétiques ne s'arrêtaient pas à Berlin et arrivaient à Paris, il sera le premier à juger au Tribunal des soviets les bourgeois et les « sociaux traîtres », toujours avec ce professionnalisme qui lui sied si bien.

André ne le savait pas encore, mais il allait le savoir rapidement, cela sera un procès express, la nouvelle France avait besoin d'aller vite, et on ira vite avec le cas André. Il y aura un défilé de témoins, et pas des témoins de moralité pour le pauvre Inspecteur de la PP. On commença fort, le Directeur des services et le Commissaire Weber, l'ancien Chef direct d'André, étaient chargés de l'enquête de moralité. Et cette enquête était gratinée, André n'arriva pas à se reconnaître dans le portrait dressé par ses anciens chefs, il avait tous les défauts ou presque. Ce Directeur était lui aussi en mode « j'ai des choses à me faire pardonner », ce Fortin c'était lui, avec l'Avocat général, qui avait ordonné à André de ne pas embêter ce cher Loutrel, membre de la Gestapo française. Comme par hasard cette partie de la vie professionnelle d'André ne sera pas abordée. Et lorsque de guerre lasse André voudra en faire cas pour clouer le bec de l'Avocat Général, son avocat lui coupera la parole en lui disant à voix basse : *« Non, non il ne faut pas contredire cet homme, sous peine d'être condamné plus durement ».* Ce Weber lors de sa déposition fera même référence à cette journée de fin juin 40 où André lui avait expliqué qu'il avait suivi en vélo la visite express du prince du Reich millénaire. Il transforma pour les besoins d'enfoncer André ce tour de vélo en une sorte de voyage initiatique d'un fan du teuton à moustache, comme lorsque les groupies suivaient les faits et gestes de leurs idoles préférées. Et que voulez-vous que le pauvre André répliquât, il avait bien essayé de dire : *« Ce n'était que de la curiosité, juste pour essayer de comprendre ce qui tombait sur la tête de la pauvre France en ces jours de juin 40, pas plus »,* mais rien n'y faisait à chaque fois cela se retournait contre lui.

Le pire dans cette enquête de personnalité sera le moment où ces deux contempteurs feront allusion à son père fusillé pendant la grande guerre : *« Ce déjà traître à la nation en 1915, il y aurait donc une sorte d'atavisme génétique chez les Michel, on serait traître de père en fils »,* heureusement que le grand-père d'André n'avait pas été un acteur tragique de la guerre de 1870. Il fallait tout de même préciser que ce grand-père n'avait pas vécu très longtemps, emporté par la maladie des mineurs, les damnés de la terre et du dix-neuvième siècle, en l'occurrence la silicose, cette saloperie qui l'avait rendu inapte à combattre le boche de 70, et qui l'avait emporté lorsque George, le père d'André, était à peine né. Pour ces oubliés du grand siècle on ne vivait pas longtemps, juste le temps de faire des enfants afin que les riches familles détenteurs du capital puissent continuer à s'enrichir sur leurs dos courbés. Décidément, chez les Michel on n'était pas traîtres à la nation de père en fils, mais « pas de bol, de grand-père en petit fils », et encore André ne connaissait pas le reste de ses aïeuls, son grand-père ayant été abandonné à sa naissance, ça évitait d'en rajouter. Il n'avait rien pu répondre à ces dégueulasseries, il n'en avait pas eu le courage, cela le touchait trop au cœur et à l'âme et comme son Avocat était un incapable, il n'était pas aidé. Il paraîtrait que les « grands » avocats réussissent à faire acquitter des coupables, lui cet Augustin va réussir à faire condamner un innocent, c'était vraiment un nul ce type et André n'avait que cela pour se raccrocher pour ne pas couler totalement, autant espérer ne pas se noyer en s'agrippant à une ancre de bateau qu'on vous jette à la gueule après être tombé à la mer.

Puis vint le moment de l'ineffable Dupeu, eh oui cette haute cour convoqua comme témoin ce moins que rien d'Ovide, lui qui était aux portes de la condamnation pour « haute trahison » allait témoigner contre un autre accusé pour « haute trahison », cela devait être la nouvelle justice, en tout cas ça ressemblait un peu aux procès de Moscou cette mascarade. À son entrée dans la salle, Dupeu faisait du Dupeu, sirupeux, veule, nul et surtout là il était comme un lapin pris dans les phares, inquiet, regardant partout, suintant de tous ses pores. Étant donné son état général il avait déjà dû faire connaissance avec la case Section d'épuration, quelques hématomes et autres rougeurs sur l'ensemble du visage en témoignaient. Certes, on lui avait prêté une chemise relativement blanche et un costume relativement propre, mais il donnait quand même l'impression d'être passé par la machine à baffes dans ce costard trop petit pour son pourtant petit corps, ils avaient dû trouver cette veste dans les affaires d'un enfant de collabo. Avec une voix toujours ridicule mais là en plus nasillarde, souvenir d'interrogatoires tendus, Dupeu récita sa leçon, il le faisait avec tout ce qui lui restait de force, pensant que cela pourrait lui éviter la sentence suprême. Il parla donc de cette horrible journée de juillet 42 : *« Monsieur l'Inspecteur MICHEL André avait vraiment été très efficace pour cette mission du Vel d'Hiv. Je précise tout de suite qu'étant seulement Brigadier-Chef à l'époque »,* depuis il était passé Inspecteur adjoint, *« j'étais donc sous les ordres de Monsieur l'Inspecteur Michel ».* Dupeu continuait en disant que : *« Monsieur l'Inspecteur Michel avait rondement bien mené l'opération, il avait fait des repérages, il était même retourné sur les lieux pour vérifier qu'il y avait bien la famille, il en a donc fait plus que les ordres horribles le demandaient ».* André se disait dans sa pauvre tête, comment ce sale type avait pu savoir qu'il était retourné sur place, la période 40 et 44 était vraiment celle de la délation, de la trahison et cela continuait. André se pencha vers le type qui était devant lui et qui lui servait d'Avocat : *« Merde on ne peut pas écouter ce type, c'est un salaud, il était pro-maréchal, pro-révolution nationale, pro-boche, enfin pro tout ce qui existait entre 40 et 44 »,* Augustin tenta pour une fois quelque chose : *« Monsieur le Président, je pense que ce témoignage n'est pas totalement impartial, enfin si je peux me le permettre ».* Alors là, cet ersatz d'Avocat s'était lancé, quelle violence dans la prise de parole, quel bagout, quelle pugnacité, quel couard, le Président lui répondit : *« C'est un témoin que j'ai cité moi-même, donc je le considère comme essentiel »,* point barre fermez le banc et plus rien, Augustin se rassit, comme s'il en avait déjà trop fait, comme s'il était épuisé par ce qu'il devait considérer comme du courage. Là, André se leva et parla : *« Monsieur le Président j'ai moi-même prévenu cette mère juive la veille, mais malgré cela et bien malheureusement elle est restée avec ses deux enfants ».* Il cita Alex et Grégoire prévenus toujours par lui, de fuir les copains de Dupeu qui voulaient les interpeller, le Président le coupa vite : *« vous citez comme témoins de moralité encore que des morts, vous n'avez pas honte... »* André par l'humour du désespoir répondit : *« j'aurais pu vous parler alors aussi de mon chat, il savait que je n'étais pas collabo, mais il est mort aussi ».* Le Président : *« arrêtez sinon c'est un outrage à la cour »,* outrage de quoi, outrage à la parodie de procès qui était en train de se dérouler avec comme victime expiatoire André lui-même. Dupeu sortit enfin de la salle comme il était entré, c'est-à-dire comme un veule, et malgré son témoignage bien récité il sera quand même mis en prison pour un bout de temps, mais pas fusillé, peut-être que son passage devant la cour lui aura servi à quelque chose.

André qui dorénavant ne demandait plus rien à son avocat, aurait bien tenté de citer messieurs Bonny et Lafont juste par bravade, étant donné le déroulé des choses il ne risquait plus rien et comme ces deux salopards ne regrettaient rien ils auraient été capables eux, de dire qu'André avait bien tenté d'arrêter des membres de la Gestapo de la rue Lauriston. Finalement, les plus mauvais des êtres auraient peut-être fait de bons témoins pour André, mais ils étaient au secret en attendant d'être jugés par cette même cour, et bizarrement alors que rien ne pouvait les innocenter, on prenait son temps pour les juger comme dans la vraie justice, celle qui recherchait les indices graves et concordants, pas comme pour André.

Pour achever le moral d'André, la cour fit venir à la barre son ex-future-femme, Françoise, les Juges avaient dû apprendre qu'André n'était plus en odeur de sainteté auprès du cœur de Françoise et pour eux elle allait donc l'enfoncer, si on pouvait encore l'enfoncer tellement il était sous terre. Comme souvent, la femme allait se montrer plus courageuse que l'homme, car, alors que le défilé des témoins masculins n'avait été que lâchetés, mensonges et veuleries, le témoignage de Françoise fut beau : *« L'inspecteur André est un homme que j'ai aimé et que je n'aime plus, mais il est le père de mes deux enfants et je sais au fond de moi qu'il n'est pas un traître à la nation, il aime son pays, il aime la démocratie, il aime son boulot, je ne peux pas le voir comme un collabo, il n'a pas juste ce supplément d'âme qui fait d'un homme bon un héros ».* André la regardait pendant son plaidoyer, elle n'était plus à lui, mais elle était belle, il comprenait pourquoi il l'avait aimée, peut-être trop tôt, trop jeune, mais il comprenait, il était sûr maintenant qu'elle sera une mère formidable pour ses enfants après sa mort, car André avait compris qu'il allait mourir, on ne pouvait pas déverser autant d'immondices sur un humain sans décider après qu'il devait disparaître de cette nouvelle France éternelle, cela afin qu'elle puisse repartir du bon pied.

André aurait bien sûr aimé que Michelle vienne elle aussi, mais elle n'était pas en France, elle était toujours à Londres, en tout cas c'est ce qu'avait dit son ersatz d'Avocat, André ne savait si cela était vrai, mais il n'avait pas le moyen de le vérifier donc il devait se soumettre à la nullité d'Augustin et accepter qu'elle ne vienne pas. Il pensait à elle en voyant repartir Françoise de la salle, elle le regardait avec ses beaux yeux, elle avait une nouvelle vie sans lui et finalement ce n'était pas si mal étant donné sa situation. Les Juges eux, étaient mécontents, elle n'avait pas été d'une grande aide pour eux, elle avait défendu l'accusé, mais cela ne les dérangeait pas outre mesure, de toute façon ils avaient déjà leur décision prise dans leurs esprits. Françoise fit un sourire triste en direction d'André en lui disant : *« courage »,* elle voulut juste rajouter : *« Les enfants vont bien et ils pensent fort à toi »,* mais le greffier, petit fonctionnaire aigri et gris de teint, la poussa hors de la salle, et dans une sorte de dernière révolte contre le sort, contre cette France « épurante », André bondit presque hors du box afin de frapper ce sale type qui bousculait Françoise, mais il ne le put, repris de suite par les gendarmes qui l'entouraient et qui en profitèrent pour lui en mettre quelques une de plus, ce qui ne changea pas grand-chose à la tête déjà pas mal « au carré » d'André depuis son passage devant la section d'épuration.

Ce fut le moment du réquisitoire de l'avocat Général, protestant austère jusqu'à ses costumes, il eut des paroles qui elles ne furent pas austères, elles étaient cinglantes, tranchantes, une sorte de préparation à la guillotine, même si à la libération on fusillait plus les traîtres qu'on les coupait en deux. André n'avait rien de bon en lui pour cet homme, quand on l'écoutait il était presque Vichy à lui tout seul, à croire cet homme « le Vel d'Hiv » c'était Bousquet et lui, ou presque. Enfin ce déballage n'eut qu'un avantage, il fut bref, André n'en pouvait plus, par contre la chute de ce discours fut brutale : *« la mort est demandée »,* ce fut ce que prononça comme dernière parole le presque Pasteur, et même si André avait compris depuis qu'il avait commencé « sa visite » express de la justice de l'épuration qu'il était mal parti, cela faisait toujours comme un coup de poing dans la gueule, ce mot sorti à son sujet : *« la mort est demandée pour vous ».* Puis vint le temps, non pas des cathédrales, mais de la bouillie qui servit de plaidoirie à son défenseur. André ne l'écouta même pas, elle était vide de tout, elle n'avait même pas le début d'un commencement de quelque chose qui ressemblait à de l'éloquence. Pour débuter Augustin bafouilla un vague *« Messieurs de la cour, Monsieur l'Avocat Général »* sirupeux, puis il tenta d'enchaîner la suite, il butait sur ses mots qui étaient creux, avec un Avocat comme ça, pas la peine d'avoir d'ennemi, il finit son piteux développement par quelques mots pour André : *« Ce père de famille, flic honnête, chose rare en cette période, n'a pas fait ce qu'il fallait faire pendant la guerre, mais il ne mérite tout de même pas la mort, n'ayant rien fait de mal ».* Pour ce mauvais, c'était presque un exploit, il avait dit quelque chose de sensé : *« il n'a pas fait ce qu'il fallait, mais il ne mérite pas la mort »,* finalement dans cette phrase il y avait tout, même un imbécile pouvait par hasard sortir des vérités, certes simples, mais qui tapaient juste, peut-être que les Juges en tiendront compte, André eut une lueur de début d'espoir sans trop s'emballer tout de même.

Le président se tourna alors vers André, la cour allait sortir délibérer sur une décision déjà prise, mais il fallait garder les formes d'un procès équitable : *« Accusé avez-vous quelque chose à dire, mais soyez bref, il y a d'autres affaires à traiter ».* On était équitable mais pas trop longtemps et de toute façon ces paroles seront inutiles puisque la mort se rapprochait tellement vite qu'André sentait déjà l'odeur de la poudre du fusil qu'on pointera vers lui un matin brumeux de l'automne parisien. Ses derniers mots, André les prononça devant une cour et un avocat général distraits et pensant déjà à la suite de leurs carrières, carrières qu'ils devront continuer à mettre sur les bons rails de l'Histoire : *« Vous avez devant vous un policier que vous allez envoyer à la mort alors qu'il n'a fait qu'obéir tout en évitant de suivre les ordres les plus terribles, cela en se concentrant sur le cœur de sa mission, arrêter les vrais méchants et seconder les victimes. Je ne suis qu'un simple exécutant des ordres « les moins mauvais » donnés entre 40 et 44, un flic d'investigation qui a vécu pendant le pire des régimes pour un policier républicain, certes je n'ai pas été courageux, mais je n'étais pas un salaud, un traître aux idéaux de la nation, j'ai été un Français lambda pendant l'occupation mais avec une médaille de flic sur lui, dois-je être plus puni que le citoyen de base parce que mon métier ne s'accommode pas de vivre sous la tyrannie, moi aussi je ne me suis pas accommodé de ce régime odieux. Mon histoire est l'Histoire de la Police en général, on doit obéir aux ordres sauf si l'ordre est illégal, mais lorsque l'ensemble de la chose publique n'est plus moralement légal alors que c'est quand même l'État français, ou en tout cas ce qu'il en reste, que faire ? eh bien attendre comme moi le temps qui passe trop doucement, vous savez il y a une règle dans la nature, il y a plus de pleutres ou de neutres que de héros et de salauds, doit-on tuer la majorité de la population qui n'a pas les mains sales mais juste l'esprit, en Allemagne le jour de la fin du Reich de mille ans qui aura duré dix ans, devra-t-on tuer tout le peuple ou seulement ceux qui étaient chez les SS, qui planifiaient l'horreur et qui s'occupaient des camps de la mort ? La seule chose que je sais c'est que les grands responsables, les vrais salauds, les traîtres à l'idéal Républicain de la France éternelle ne sont pas devant vous et ne viendront jamais, et vous verrez qu'en Allemagne le chef des gardiens zélés d'Auschwitz rentrera chez lui après la guerre et remettra ses pantoufles le soir au coin du feu à côté de sa blonde en disant en guise d'excuse : « je n'ai fait qu'obéir aux ordres », et vous condamnez l'Inspecteur Michel André qui n'a jamais arrêté un communiste parce qu'il pensait communisme, ou un résistant parce qu'il résistait, voire un juif parce qu'il l'était, il n'a été qu'un passif mou et impuissant devant l'Histoire de son temps, et on ne condamne pas un impuissant, on l'aide à s'en sortir ».*

Le délibéré fut très rapide, trop rapide pour qu'André puisse espérer que sorte quelque chose de positif de ce jugement, cette décision n'avait été comme prévu qu'une formalité, mais on avait gardé la forme pour faire croire que la Justice d'épuration était une justice comme une autre dans une France retrouvée. André regarda revenir dans la salle les têtes graves et sûres d'elles du Président et de ses deux assesseurs, dont on n'avait pas parlé tellement ils étaient fantoches, sans saveur et insignifiants mais terriblement dangereux pour l'avenir très proche de notre pauvre ex-Inspecteur Principal Adjoint. André debout entendit la sentence qui claqua comme un fouet, déjà que le mot « mort » prononcé par l'Avocat Général avait fait mal, mais là c'était définitif, sans appel, il n'y aura pas d'appel à ce jugement, c'était ainsi, et aux questions posées pour l'accusation le Président répondit à chaque fois, trop de fois, ou une même une fois de trop : *« coupable, coupable, coupable, coupable..... »*.

L'ex-fonctionnaire de la Préfecture de Police de Paris André Michel était habillé pour l'hiver qu'il ne connaîtra pas. Cette chaîne pénale de la section d'épuration jusqu'à la haute cour de Justice de la Seine n'était finalement qu'une mise à mort du pauvre Inspecteur dorénavant, et par pour longtemps, Principal Adjoint de la PP. En effet, ce procès pénal avait vu défiler le cortège de ceux qui en voulaient à André, et surtout ceux qui avaient de bonnes raisons pour eux, mais des mauvaises pour lui, de vouloir qu'il disparaisse définitivement du décor de la France libérée. De fragments de rien on en avait fait un tout, et André devait et allait mourir. On aurait pu juste le virer de la Police, le condamner à la déchéance, voire même à un peu de prison, mais non, la destinée des Michel était autre, elle se fracassait régulièrement sur le mur de l'Histoire. Le Président debout, habillé de ce costume de Juge un peu ridicule, bigarré de rouge et d'hermine, muni de sa moustache blanchie sous les différents régimes qu'il avait servis docilement, mais avec sérieux et zèle, termina son véritable réquisitoire, alors qu'il n'était pas Avocat Général, par le mot, le terrible mot, le mot ultime, le mot définitif pour un Juge qui prononçait un verdict : « la mort ».

Après le procès, l'attente

Le procès était terminé, il était passé comme une lettre à la poste pour les contempteurs de notre pauvre Inspecteur et comme un ouragan pour André. Il n'avait rien eu le temps de comprendre, et il avait été condamné, il se disait en son for intérieur de plus en plus sombre : *« ça va s'arrêter, à un moment on va faire éclater la vérité, je ne suis rien, qu'un pauvre bougre écrasé par ce temps historique trop lourd pour les gens de tous les jours. Je ne suis qu'un quelconque, on ne condamne pas un quelconque, on ne se débarrasse pas d'une ombre on passe à côté sans la voir »*. En attendant il était renvoyé à Fresnes, dans cette prison d'État, de tous les États, celui de la troisième République, de la révolution nationale puis celui de la France libre, les régimes changeaient, pas le décor, il était toujours en mauvais état, tout humide et sale, on jugeait les pays à l'état de leurs prisons, la France était en mauvais état, à l'aune de ce que pouvait voir André.

Il était donc rejeté en cellule, il était au milieu de plein de gens eux aussi mis au ban de la France libérée, il y avait de tout, du collabo pur et dur, celui qui virilement croyait en Allemagne millénaire, « l'intello » un peu falot qui déversait sa bile dans les journaux haineux, les « collabos d'intérêt » qui faisaient du commerce avec n'importe qui pourvu qu'il y avait le pognon au bout. Enfin, tout cela était mélangé avec André et d'autres qui comme lui allaient devoir payer des crimes qu'ils n'avaient pas commis. Ces types qui étaient comme André n'étaient pas là où il aurait fallu être, ils ne connaissaient pas les gens qu'il fallait, ou alors ils avaient croisé les gens qu'il ne fallait pas croiser.

Cette prison André la connaissait bien, il en avait envoyé des gens à l'intérieur, il en avait auditionné aussi beaucoup dans les petits box des avocats. Il était en ce temps-là du bon côté de la barrière, celui des gens dans la société, qui avaient un rôle social ou en tout cas qui pensaient en avoir un. Là, ce n'était pas pareil, il était du mauvais côté, celui des parias de la République renaissante, et la prison lui semblait beaucoup plus sombre et sale, ce qu'il trouvait « exotique » devenait lugubre, les murs encore plus lépreux et humides, le salpêtre omniprésent, les rats énormes et partout. Puis, il y avait ce bruit des portes qui se refermaient derrière vous, c'était déjà bizarre lorsqu'on venait en « visiteur » mais en tant que « locataire » c'était terrible, pas un pas sans un clic et un grand boum à chaque fois. André pensait qu'au bout de quelques années, voire quelques mois après la sortie de cet enfer, on devait continuer à entendre cela lorsqu'on marchait dans la rue ou dans une maison, on était certes libre physiquement mais pas mentalement.

Quelques jours après le retour à la case prison pour André, Michelle, de retour sur la terre de ses ancêtres, allait être décorée d'une breloque dans les salons d'apparat de la PP, elle l'avait méritée, elle avait combattu contre ce mal absolu qu'était le nazisme, elle l'avait fait par idéologie et par obligation. Elle était pour la liberté de pensée et elle était juive, donc elle n'avait pas le choix, normalement on avait toujours le choix mais pour elle c'était entre mourir et survivre, elle avait préféré survivre et se battre. Elle avait été courageuse, elle avait été blessée, certes légèrement mais l'avait été, elle se trouvait à la fin du conflit auprès du Général à Londres au sein de son État-major, elle avait mis ses compétences multiples au service de la France combattante, elle avait été une femme exemplaire, à l'égal des hommes en ces temps où la femme ne devait pas l'être. Mais en plus de son courage, Michelle était consubstantiellement juste, elle n'aimait pas cette période de multiplication des héros, mais elle ne pouvait pas dénoncer tous ces faux sauveurs de la France, alors elle voulait sauver un faux traître, cet homme qui n'avait rien fait au double sens du terme, ni héros, ni collabo. Pendant cette cérémonie de remise de décorations, non pas des sapins de noël, ce n'était pas le bon mois, mais des héros, elle prit tout son courage, comme elle l'avait toujours fait dans la résistance. Elle attendait que l'homme qui symbolisait la France, celui qui s'identifiait à elle, celui qui l'incarnait, ou plus simplement le seul qui tenait la route en ce mois d'octobre 1944 lui passât la breloque au cou, cet homme bien sûr c'était le Général. Il était arrivé à la PP droit comme un grand I dans son costume de deux étoiles un peu défraîchi. Il avait le port de tête altier, il fallait faire « le show », montrer qu'il était la France, les Américains ne pouvant pas le voir en peinture, alors il en rajoutait, ses maigres épaules étaient assez larges pour soutenir ce qui restait de la France. Il serrait la paluche à plein de monde dans cette Préfecture, comme s'il distribuait des brevets de soutien pour le futur, surtout ne pas faire croire que la France c'était le chaos, non, non, elle était éternelle, elle n'avait pas besoin des ricains et de leur corned beef, elle avait déjà son « bifteck frites », elle était debout. C'était le sens de cette nouvelle visite à la P.P, un passage obligé dans l'histoire de la libération, on ne pouvait pas se passer d'une Police dans un État de droit, une Police aux ordres du gouvernement, et qu'est-ce qui symbolisait le mieux la Police que cette institution de la PP, un État dans l'État qui allait sauver l'État français.

Le Général, cet après-midi, était donc à la Préfecture de Police de Paris pour marquer son territoire, mais surtout pour décorer à tour de bras « les résistants » de la P.P, ceux du dernier mois, voire des derniers jours et ceux plus « construits » de 42 ou 43 voire début 44, et donc parmi ceux-là il y avait Michelle, il allait la décorer, il allait lui parler d'elle, de la France, de la résistance, et elle avait décidé de parler d'André, elle allait plaider pour lui : *« Mon Général, Michel André n'est pas ce que l'on dit de lui. C'est un homme honnête qui n'a pas collaboré avec l'ennemi ni avec la racaille qui la secondait, je vous parle de cet humain, père de famille, de l'humanité de cette personne qui n'a sûrement pas su se décider à prendre le train en marche de l'histoire, il est certes « resté sur le quai » mais il n'a pas pris lui le train dans le mauvais sens comme certains, et parmi ces derniers pas mal ont changé de wagon à temps pour revenir dans le bon sens, comme avait dit un certain Morland : nous étions mal embarqués mais nous sommes bien arrivés ».*

Michelle ne sentait pas trop la réussite de sa démarche, on l'avait déjà dit, il y avait la raison d'État, la raison politique, on ne pouvait pas aller contre la PP, il fallait des médaillés mais aussi des traîtres, André sera le traître, il fallait bien quelques sacrifiés pour que la France reparte, renaisse.

De Gaulle, malgré un certain trouble devant la beauté de la jeune femme qu'il avait croisée à Londres, lui répondit suite à sa supplique : *« vous l'aimez donc vous n'êtes pas objective, moi je le suis, car je suis la France, je dois être juste pour notre pays et je ne peux pas gracier cet homme condamné par un tribunal de la République, je suis désolé Mademoiselle* »...

Il existait en cet automne 44 « un courant » pour faire des exemples sans trop regarder si c'étaient des bons ou des mauvais, donc De Gaulle « surfera » sur cette vague et n'ira pas à contre courant. André le bon fonctionnaire allait mourir pour que la France retrouve un État, on allait dire une bribe d'État, un bout qui, mis bout à bout, refera la France de toujours. On brûlait ce passé si présent et collant pour ne plus le voir, le penser. On voulait déjà l'oublier en supprimant ce que l'on pensait être ses symptômes, André n'était qu'un symptôme pour eux, un petit mais tout de même il en était un.

Pauvre André, l'Histoire le submergeait, l'engloutissait, le sortait hors de la vie, de sa vie si modeste et sans envergure d'Inspecteur à la Préfecture de Police, d'homme qui avait fait honnêtement son boulot, trop honnêtement, sans arrières ni mauvaises pensées. Il aimait son travail, ses missions, mais il n'avait jamais su se placer, ou se mettre au bon endroit au bon moment. Michelle supplia De Gaulle : *« Encore une fois mon Général, André Michel est un cas à part, il ne peut pas mourir, sa mort ne construira pas le futur de la France, cela fera juste des enfants et une mère accablée ».* On était loin du partage du monde, de Yalta, on était là pour sauver un homme innocent, mais c'était trop tard, De Gaulle était passé à un autre « héros ». Un Commissaire qui avait de l'entregent, il avait tiré avec son vieux revolver sur des soldats allemands qui s'enfuyaient, il ne les avait même pas touchés, il avait toujours été nul au tir, mais il avait su se faire remarquer, tel un héros de roman policier, il avait sorti en pleine rue son arme de la ceinture pour rattraper ses quatre ans de carrière entre 1940 et 1944, sa gestion des mises à disposition des cars de la Préfecture pour le Vel d'Hiv. Il était donc en ce mois d'automne 1944 un héros décoré, les cars du Vel d'Hiv étaient loin, du côté de Drancy, voire plus loin du côté d'Auschwitz.

Michelle quitta alors la cérémonie avant la fin, elle n'avait pas envie de discuter avec tous ces « héros », elle allait se rendre du côté de Fresnes où demain matin un peloton d'exécution allait exécuter un homme sans histoire dans un moment compliqué de l'Histoire de France. Elle se demanda si ce n'était pas de sa faute cette situation. Elle savait bien que souvent les hommes étaient des suiveurs dans le couple, si elle lui avait dit qu'elle l'aimait il l'aurait peut-être suivie « dans le maquis » pour faire comme elle, comme ces hommes qui restaient avec leurs femmes même si tout s'écroulait dans le couple n'ayant pas le courage de décider seul. Elle ne lui avait rien dit, il n'avait pas osé lui dire, et il ne l'avait pas suivie dans la résistance. Maintenant c'était trop tard, c'était le temps des regrets et de la peine, peine de cœur pour Michelle et peine de mort pour André.

En attendant la mort, André passa ses derniers temps de vie, ses derniers jours, à refaire le chemin inverse de son existence, il le fera, refera, et de plus en plus vite à mesure que sa fin approchera. C'était un phénomène étonnant, on refaisait le film de sa vie plein de fois, mais à des vitesses différentes, selon l'espace temps qui existait entre le moment présent et la décision finale, et plus l'inéluctable avançait vers vous, plus la bobine passait vite. À ce moment de l'histoire André était dans un temps qui s'accélérait, mais pour le véritable « speed » ce sera la prochaine étape, la dernière nuit puis les dernières minutes avant la balle qui lui déchirera le corps. André repassait donc son bilan avant dépôt, et cela portait sur les amis, les copains, les potes, ceux qu'on avait choisis au contraire de sa famille, on en était donc responsable en cas d'erreur ou de fausse route. André se disait dans sa cellule glauque et humide qu'il n'avait finalement eu que trois véritables amis, de ceux qui comptaient, qui avaient partagé beaucoup, avec qui on se sentait bien même s'ils n'étaient pas là tellement on avait connu de choses avec, de ceux qui même si on ne les voyait pas beaucoup, restaient toujours proches, et lorsqu'on les revoyait longtemps après, c'était comme si c'était la veille.

Il pensa tout abord à Victor, il l'avait connu dans sa jeunesse à Misery pendant les jeux de récréation dans la petite école du village où son père était Instituteur. Ils en avaient inventé des histoires de gendarmes et de voleurs après la sonnerie de la fin des cours, et André n'était pas toujours le Gendarme, peut-être déjà les prémices de la guerre Gendarmerie-Police, en tout cas ils avaient bien rigolé. Mais ils avaient aussi bien pleuré lorsque le père d'André était mort en 1915, Victor avait été le seul camarade du village qui ne lui avait pas tourné le dos, c'était déjà un signe de résistance contre la pensée dominante, et dans une cour de récréation cela pouvait être vraiment courageux de s'y opposer, c'était pire que la jungle, ce carré de jeu de nos chères têtes blondes. Cette marque de soutien avait marqué au fer rouge leur relation, et depuis ils ne s'étaient plus quittés même si leurs chemins s'étaient éloignés, leur volonté de se revoir avait toujours été intacte, ni l'internat pour André, ni leurs services militaires à deux endroits éloignés, ni leurs carrières différentes, l'un dans la Police l'autre reprenant la ferme du père, n'avaient coupé leur joie de se retrouver et de discuter sans fin de tout et de rien. Ils avaient été de leur mariage réciproque, et André lorsqu'il avait envie de prendre l'air de la campagne avec ses enfants avant guerre, venait voir son vieux copain dans sa grande exploitation, à la grande joie des enfants qui voyaient des cochons, des poules et autres animaux de la basse cour. Mais septembre 1939 arriva, et Victor dut partir sur le front, certes au début il fut comme tout le monde à regarder par les jumelles le boche assis tranquillement de l'autre côté de la frontière, mais juin 40 commença, et même si l'armée française fut écrasée, il y eut des héros sacrifiés sur l'autel de la défaite, et Victor en avait été, il était mort au champ d'honneur quelque part dans la campagne française en essayant d'arrêter la déferlante allemande avec son vieux fusil, son uniforme désuet et ses vieux Généraux incapables. Il n'y avait pas eu donc que des mauvais en juin 40, la troupe s'était bien battue à certains endroits, ne sauvant pas l'honneur de l'armée française mais celle du citoyen soldat. André avait été mis au courant du décès de son ami par les parents de Victor, paysans usés par la vie de labeur et dorénavant anéantis par la perte de leur fils unique. Depuis, André avait toujours eu l'impression que Victor n'était pas mort, il était toujours quelque part dans ses pensées, et un jour ils se reverraient après une longue abstinence de rencontre, mais là en octobre 44, André se mettait à penser qu'il reverrait bientôt Victor mais pas à l'endroit qu'il aurait voulu, il aurait aimé éviter que cela soit sur les Champs Élysées des morts pour ou par la France.

Le deuxième vrai pote était l'exact opposé de Victor, ce Firmin il l'avait connu à l'armée en Allemagne, à l'époque la vie de caserne était d'une grande tristesse, et à part la jolie allemande les moments d'allégresse étaient rares, donc les permissions avec Firmin étaient une bonne parenthèse dans la grisaille de l'autre côté du Rhin. La bière coulait à flot et les histoires drôles ou qui se voulaient drôles permettaient de retourner vers la caserne avec un peu moins de vague à l'âme. Après le service, Firmin était devenu artisan comme son père dans la belle ville de Senlis, il avait repris la petite boutique paternelle de souvenirs, et il avait continué à voir André régulièrement. Avec

Firmin on ne parlait pas politique, on parlait de beaucoup d'autres choses, de filles, de sport, surtout de sport, d'art, ou de voyages mais pas de politique. Firmin disait que cela ne l'intéressait pas, cela ne gênait pas André, il n'était pas passionné par le sujet et le peu qu'il en parlait il le faisait avec Victor ou David son troisième pote. Firmin finalement n'avait pas fait la guerre, une sale blessure au foot lors d'un match du dimanche sur une pelouse ressemblant à un champ de patates, comme souvent dans les petites villes de province, l'avait rendu infirme. Il boitait bas et avait dû suivre une longue rééducation qui ne l'avait pas complètement remis sur pied, loin de là. De cette blessure il en était sorti meurtri, certes physiquement mais aussi mentalement, il était devenu aigri et jaloux des autres qui couraient avec leurs deux jambes. André ne l'avait pas lâché, il était resté proche de lui, il comprenait que ce type, qui aimait tellement la vie et le sport, pouvait flancher devant ce coup du sort qui l'empêchait de taper dans un ballon le dimanche pour les matchs et deux soirs de la semaine pour les entraînements. Firmin en voulait à celui qui lui avait arraché la jambe, mais surtout à la terre entière, il s'était même éloigné de sa fiancée qu'il devait épouser. Il commençait à penser mal, à penser aigri, à penser que les autres, les différents, étaient responsables de ses malheurs. Il avait surtout pensé cela à l'arrivée des Allemands et la Révolution nationale dans leurs valises. Firmin était devenu un collabo, un vrai, un de ceux qui se faisaient voir à la kommandantur de la ville, au repas du Maire nommé par Vichy ou lors des traques contre les résistants du coin. Il prêchait la mauvaise parole le dimanche à la sortie de la messe, en dénonçant tous les francs-maçons supposés, les juifs cachés et autres ennemis de la France rance. André ne l'avait plus reconnu, il avait essayé après juin 40 de discuter cette fois-ci de politique, de lui dire que ce n'était pas bien de penser tout cela, qu'il faisait fausse route. Mais cela n'avait servi à rien, André avait même cru à un moment que son copain allait le dénoncer aux autorités pour déviance intellectuelle. De guerre lasse André avait abandonné, il avait pris ses distances, à grand regret, car Firmin, c'étaient des supers moments, des crises de fou rire, et comment pouvait-on avoir été aussi sympa et tomber dans cette idéologie, la nature humaine et l'âme humaine étaient vraiment insondables, elles étaient des méandres où l'on pouvait se perdre facilement. Firmin en 1943, à force de se faire remarquer, avait été tué par un groupe local de la résistance. André n'était pas venu à l'enterrement, il y avait trop de laudateurs du régime de Vichy à cette cérémonie, il avait préféré se rendre sur sa tombe quelques jours après pour lui dire un dernier adieu, Firmin avait beau être devenu un salaud, il avait été pour André quelqu'un de positif et de bien, et cela il ne l'avait pas oublié, même si au moment du jugement dernier on pouvait ne retenir que le négatif.

Le troisième vrai pote d'André, on l'avait déjà cité, c'était un certain David. Ils s'étaient connus à l'internat, à la période du lycée, au moment des premiers émois envers les filles, ce qui dans un internat de garçons rendait la chose compliquée. Ils avaient partagé tellement de spleen les week-ends, coincés entre les quatre murs quelque peu vieillissants de l'établissement, ils avaient si souvent perdu les belles heures de leurs jeunesses dans les salles très mal chauffées à imaginer comment cela serait s'ils étaient dehors sous le soleil avec des jolies filles. Cela créait des liens, de la solidarité, de l'amitié indéfectible surtout que les deux lycéens avaient toujours été là pour l'autre. André avait une peine de cœur, David le réconfortait, David avait une mauvaise note, André l'encourageait, André se faisait engueuler par le surveillant général à lunettes et à la mauvaise haleine, David le soutenait, l'un pensait à sa famille lors de trop longues soirées de semaine à l'internat, l'autre mettait de côté son vague à l'âme pour faire sourire le premier. Et grâce à l'autre, son double, son binôme de galère, les années dans cette école catholique semblaient avoir été moins longues à passer. À la sortie du lycée André n'avait pas eu son bac mais David oui, lui le juif de cet internat chrétien version traditionaliste avait pu continuer ses études à la sortie du lycée et une licence de droit en poche, il avait prêté le serment de l'avocat au barreau de Lille. Malgré l'éloignement, André gardien puis Inspecteur à Paris, et David, baveux dans la capitale des Flandres, n'avaient pas cessé de rester en contact par de longues lettres détaillant leur quotidien finalement pas si différent, étant dans le même domaine mais pas la même place. David s'était spécialisé dans le pénal, choix qui n'était pas guidé par l'appât du gain, les pénalistes débutants et pas trop établis sur la place publique gagnant largement moins qu'un avocat qui « se passionnait » pour la fiscalité ou les affaires, mais un choix aussi pour ne pas être comme son père, lui-même avocat d'affaires, vilipendé par les antisémites de tout poil pour son supposé amour de l'argent et sa défense des banques d'affaires juives. D'ailleurs, une des raisons du rapprochement des deux garçons pendant leurs années d'internat, avait été le manque de père, André le sien, tué par une balle française et David, le sien tué par la longue maladie. Mais il n'y avait pas que les relations épistolaires entre eux, il y avait les passages de David à Paris pour des procès au Tribunal de la capitale, séjour qui avait toujours une étape dans un restaurant de l'île de la cité, un de ces bars à vin situé en face du palais de justice et pas loin de la PP où l'on prenait le verre rouge du jour avec un hareng pommes à l'huile, suivi d'une crème brûlée en dessert. André lui, s'était rendu plusieurs fois dans la belle capitale du nord avec « sa grand-place » remplie de bars où les nordistes pas frileux prenaient une bonne bière ou un vin chaud en terrasse même en plein hiver. Cette véritable et solide amitié avait pris fin à l'aube de la montée du nazisme, David, dont les parents avaient fui la Russie après les pogroms de la fin du dix-neuvième, était lui parti en 1938 avant le début de la guerre, dès la nuit de cristal en Allemagne, pour les États-Unis. Il avait bien senti que la grande France n'était qu'une puissance en carton pâte qui risquait de s'écrouler dès le premier coup de canon, et sans être prophète, ce juif du sentier, exilé à Lille à quelques mètres d'une faible Belgique, avait toujours dit, une fois l'arrivée d'Hitler en 1933 au pouvoir en Allemagne, que ses jours dans cette vieille Europe étaient comptés. Cela malgré les longues discussions avec André sur le fait que la France restait un grand pays avec son Empire et son armée. Certes, André avait testé la grande armée pendant son service militaire, elle était bien mauvaise avec ses Chefs en retard d'une guerre, mais tout de même, on pouvait espérer un peu de tenue au combat pour nos fiers soldats. On avait bien vu que le pauvre André s'était fourré le doigt dans l'œil jusqu'au coude voire plus loin dans son anatomie. Cela devait être son côté « pessimiste pragmatique » comme disait le sociologue allemand Max Weber, André avait bien ressenti pendant son service que tout n'était pas très au point dans l'armée française au cours de ces années 30, mais il s'était persuadé doucement que cela allait quand même passer, il n'avait pas imaginé que c'étaient les boches qui allaient passer par les Ardennes et tout enfoncer sur leur passage. En tout cas, lui n'y était pour rien, n'ayant pas été appelé sous les drapeaux, père de famille et Policier de la PP, il n'était pas prévu sur le front, il était là pour surveiller l'arrière en tant que flic, mais tout était allé tellement vite qu'il n'avait rien vu venir et surtout il n'avait rien pu faire comme agent de surveillance des possibles traîtres, tout le monde étant parti en exode sur les routes de France.

Le départ de David sur la côte ouest avait mis un terme à leurs échanges, certes André avait écrit et David lui avait répondu au début, mais petit à petit tout s'était délité et l'occupation n'avait pas arrangé les choses. André avait juste appris, avant de perdre le contact, que David s'était mis dans les affaires, de toute façon la justice américaine ce n'était qu'une grande foire aux transactions, donc il ne fallait pas louper le train de la fortune et il ne l'avait pas raté David, il vivait bien à San Francisco au soleil et le long des plages de l'océan pacifique, la brume parisienne était loin, très loin, trop loin pour s'y intéresser, surtout que David était parti avec sa mère et sa sœur, il n'avait plus de famille en France et les malheurs d'un pays pétainiste n'étaient plus sa priorité. Si David lui manquait dans cette cellule froide, il avait surtout manqué à André pendant le procès, lui c'était un bon, pas comme son idiot d'avocat commis d'office qui ne lui avait servi à rien, voire l'avait surtout desservi pendant la procédure. Mais c'était trop tard, on ne refaisait pas l'Histoire, on pouvait juste éviter de recommencer les mêmes erreurs, pour André ce n'était plus possible, certes il ne pourra plus recommencer les mêmes bêtises, mais c'était juste parce qu'il sera bientôt mort.

Deux copains tués, l'un en combattant le boche, l'autre en aidant le frisé et le dernier loin, loin, André lui qui n'avait ni combattu, ni fui, allait mourir, et à la fin de sa réflexion sur l'amitié qui n'était plus là, dans cette longue fin d'après-midi d'ennui et de peur, on venait lui annoncer qu'il allait subir la sentence que la Justice de la France revigorée avait décidée pour lui, et cela dès le lendemain matin, dès « potron minet » comme on disait chez les gens bien.

La dernière nuit

André savait qu'il n'y avait plus rien à faire, juste attendre le temps de cette nuit qui passe, au fond de lui il espérait toujours que quelqu'un, quelque chose, allait arrêter la machine infernale à broyer, mais le croyait-il vraiment, il ne savait plus, il était fatigué de tout, mais il ne voulait pas dormir, il avait peur de dormir, il avait peur de rêver qu'il était sauvé, et qu'en se réveillant il verrait qu'il ne l'était pas. Il avait peur de cette boule au ventre, de cet état de stress qui allait le prendre à la gorge lors de son réveil, quand il comprendra que personne ne l'avait sauvé. Il préférait égrainer le temps qui défilait trop vite, de plus en plus vite, goûter aux dernières heures en pensant à plein de choses positives, sa mère, ses enfants, Michelle, il ne voulait plus penser à la France, au futur de son pays, de l'Europe, il voulait penser à son cercle de confiance, et il était bien petit. Il se disait qu'eux allaient survivre à cette ère qui avait tué tant de gens, ils allaient pouvoir sortir de cet enfer, et ça lui faisait quand même du bien, enfin des gens biens qui allaient vivre, profiter un peu du temps meilleur de l'après guerre, même si pour sa mère il se faisait du souci, elle était âgée, perdre un enfant on ne s'en remettait pas surtout lorsqu'on était au crépuscule de sa vie.

Pour lui, André se posa la question, la seule qui vaille le coup : *« Après il y avait quoi ? Après la balle dans le cœur et l'extinction des feux, il y avait quoi, un couloir avec une lumière au bout ? »*. Lui ne savait pas trop, il n'avait jamais su, il fallait dire qu'il ne s'était jamais trop posé la question. Certes il y avait son papa, il pensait souvent à lui, même s'il ne l'avait pas tellement connu, mais dans sa tête d'enfant il lui avait souvent parlé, comme s'il habitait juste au-dessus de lui, au grenier ou au dernier étage de l'immeuble, régulièrement il voulait savoir ce que lui aurait fait dans certaines situations, donc il croyait tout en ne croyant pas car : *« Dieu ? Quel être étrange »*. Dans sa situation, c'était difficile d'y croire, il fallait pardonner, mais il devait faire un sacré effort, André n'avait rien fait de mal, certes, ni de bien aussi, mais il n'avait pas été le pire, il n'avait pas fait l'innommable, ni vendu du beurre aux Allemands, alors pourquoi lui, la destinée ? Le « pas de chance », le « ça tombe toujours sur moi » le « pourquoi moi et pas un autre ». Des fois dans sa cellule il se demandait : *« et si je n'avais pas été flic, si j'avais été un employé lambda avec un costume gris à ranger des boites dans des cases, est-ce qu'on jugeait pour trahison un employé lambda »*. Finalement on pouvait aussi le faire, il suffisait que votre voisin de rangement de boite veuille prendre votre place, votre femme, ou se donner bonne conscience, et hop vous aviez un jugement pour indignité nationale, c'était le supermarché du procès, on voulait laver toutes les souillures de la période précédente, alors on faisait le grand ménage.

Les Français avaient tellement de choses à se reprocher, que c'était celui qui criait le plus fort pour cacher les souffrances des années 40 qui gagnait et qui pouvait repartir du bon pied. On créait des indignités nationales pour se refaire une dignité, et ceux qui jugeaient étaient ceux qui jugeaient avant, pendant Vichy il y avait si peu de résistants avant le débarquement de juin 1944 qu'une génération spontanée avait poussé au fur et à mesure de l'avancée des ricains. La Police française n'y faisait pas exception, la Préfecture de Police pendant quatre ans avait travaillé et bien travaillé, elle avait arrêté, interrogé, torturé, pas que des truands aux mains pleines, et là en quelques heures elle avait regagné une virginité, elle avait effacé tout le passé par la grâce d'une breloque, le célèbre ruban rouge, De Gaulle voulait un nouvel État solide, la Préfecture de Police en était la première pierre, donc elle sera une héroïne, ça avait été décidé parmi les chefs des français vainqueurs, mais il fallait quand même quelques traîtres, les 10 000 fonctionnaires ne pouvaient pas quand même tous être des héros, il y avait toujours des brebis galeuses, et tant pis si dans ce troupeau maudit, il y avait des sacrifiés, l'Histoire de la France était plus forte. André allait participer à ses dépens à cette sorte de « rite païen » où il était sacrifié sur l'autel de l'avenir radieux de la France. Finalement, c'était écrit pour André, ranger des boites dans des casiers ou arrêter des braqueurs menait au peloton.

Dans sa cellule, il pensa à « son futur » qui était très proche et définitif, il pourrait faire le pari de Pascal, se dire en employant la méthode Coué : *« Si, si, il y a quelque chose après, de toute façon je n'ai rien à perdre »,* comme cette bourgeoise oisive et pécheresse qui allait à confesse par tradition familiale mais aussi comme on allait chez le psy pour se soulager. Donc, André allait y croire un peu, ça le rassurait, ça le soignait de cette boule au ventre, de cet état de peur dans son sous-sol humide. Il voyait l'après comme un grand champ ensoleillé et infini où il pourra revoir son père, et surveiller ceux restés en bas. Mais de temps en temps il n'y arrivait pas, il ne pouvait y croire, il était bouffé par l'inconnu absolu qu'était la mort, ce passage si rapide vers l'éternel ou le néant, et là ses enfants, sa mère, ses proches qu'il aimait, étaient sans défense devant l'avenir si dangereux de cette période, ils seront eux aussi peut-être broyés. Alors, André pleurait, en se dissimulant, non pas par honte envers les « camarades d'infortune » de la prison mais pour être entre lui et lui, sans les autres qui ne pouvaient rien faire pour l'aider, c'était son moment, ce moment de faiblesse, sa seule liberté à ce jour dans son cachot.

André dans sa prison ne s'imaginait pas, ne pensait pas qu'au cours de cette triste et lugubre journée, de sa dernière journée, on avait essayé quelque chose pour lui, et c'était une personne qui ne lui avait jamais dit qu'elle tenait vraiment à lui, une belle personne qui avait de beaux sentiments envers lui. Cette femme avait donc essayé, par honnêteté, sans calcul, sans arrière-pensée de son lendemain radieux, juste par amour, d'un amour qui n'avait pas commencé mais qui aurait pu être beau, fort, et doux. Elle avait tenté de le sauver, mais elle avait échoué, échoué sur le récif de la raison d'État. André dans son cachot ne le savait pas, et ne le saura jamais, pour l'instant il était dans sa cellule humide, et il avait la boule au ventre dans cette ultime nuit.

André repensa à son père, lui aussi un écrasé de l'Histoire, cette histoire qui par moment était tellement forte et lourde qu'elle écrasait tout sur son passage, et souvent des innocents. Mais quelle idée de vivre au temps de la première et seconde guerres mondiales, deux Michel dans le même sac, le père et le fils, deux êtres broyés par la machine infernale. Ils auraient dû vivre dans des temps plus doux, certes ce n'était pas évident d'en trouver, il y avait bien tous les 10 ans un conflit, une révolution, des massacres, des conquêtes, ce n'était pas évident de passer entre les gouttes de l'Histoire. Si André et son papa avaient connu la révolution française de 1789, ils auraient été parmi les premiers à être raccourcis par la guillotine, ils n'auraient pas pu voir grand-chose de cet événement, ils auraient sûrement fait partie des charrettes des victimes de la terreur, cela en n'étant même pas membre des Girondins ni d'aucun autre club. Ils auraient pu aussi être guillotinés avec Louis XVI alors qu'ils n'avaient pas de sang bleu, André avait l'impression d'être de la lignée des dindons de l'histoire.

André essaya quand même de penser à la paix romaine, au règne du bon roi Henri IV, les premiers temps après la commune de la troisième République. Finalement, il n'y avait pas énormément de répits dans le déroulé du temps de notre cher et beau pays, c'était compliqué de trouver un moment où le monde voyait l'amour et la concorde prendre le dessus, surtout en Europe. Peut-être qu'ayant connu l'acmé de l'horreur avec le nazisme et le communisme on ira vers un continent en paix, épuisé de se massacrer, de se suicider en tuant son voisin. Ça, même si cela arrivait, André et son papa n'auront pas eu la chance de connaître, ils n'avaient connu que le bruit et la fureur, pas de bol, ils n'avaient pas les épaules pour survivre, que ces épaules soient celles de héros ou de traîtres à toutes les causes qui se présentaient.

André continuait à penser à plein de choses, il ne voulait pas dormir, il faisait donc le contraire que lors de ses nuits d'insomnie, où sa seule obsession était de s'endormir en faisant le vide dans son cerveau pour surtout ne pas penser à tous les problèmes de la vie, de la journée, du lendemain. Là, il pensait à tout ce qui lui passait par la tête, il repensait à tous les moments de sa vie, de la naissance à la bientôt exécution, aux malheurs comme aux jouissances, des enfants à la mort de son père, des échecs aux succès, des conquêtes aux râteaux lors de tentatives maladroites de conquérir des représentants de la gent féminine, de la réussite au concours de Gardien à l'échec professionnel de Loutrel, à sa carrière dans l'ensemble qui finalement n'aurait pas été totalement un ratage si elle n'avait pas croisé les chars allemands dans les rues de Paris.

Il passait en revue tout vraiment tout, des topinambours de l'occupation aux bons petits plats de sa maman, des rires de ses enfants aux pleurs de ceux qu'il avait accompagnés au Vel d'Hiv, des copains connus lors des différentes étapes de la vie à ceux perdus en raison de la guerre et de l'occupation, des belles victoires de l'équipe de France de football ou de Rugby à leurs éliminations sans gloire, il pensait au sel et au poivre de sa vie, ça le soutenait, le tenait éveillé, il luttait, il luttait pour ne rien perdre des dernières miettes, et il y en avait de moins en moins sur la table de son existence.

Le matin ultime dans la brume

André avait fini par perdre, le sommeil l'avait gagné, il ne dormait pas longtemps, mais il s'était endormi, et comme il le craignait il avait rêvé, un rêve d'un monde meilleur, où ses deux enfants le verront vieillir auprès d'eux, où Michelle sera dans sa vie et où sa mère ne le verra plus grandir mais s'épanouir, c'était doux, c'était sucré, c'était la vie d'un homme heureux. Il n'y avait plus d'épuration, de collabos, de nazis mais une douce France, cher pays de son enfance. Soudain le rêve se brisa, on lui secoua l'épaule, il était dans un demi-sommeil, il voyait au-dessus de lui des hommes à la mine sombre, il y avait un Juge, son Juge, un Procureur, son accusateur, un avocat, son mauvais défenseur, et un curé, son accompagnateur des derniers moments. On lui dit : *« André c'est le moment, il faut être courageux »,* quelle ironie, lui qui ne l'avait jamais vraiment été. On lui parla d'ultime recours débouté, de condamnation définitive et de poteau d'exécution. Tout ça dans la même phrase, c'était terrible pour une fin de vie d'un homme en pleine forme dans ce matin gris et brumeux. André était encore dans une sorte de coma, il sortit de ses rêves d'aller mieux pour se retrouver dans un cauchemar éveillé. Le voilà le moment, plus il s'approchait, plus il semblait improbable. Il avait beau savoir qu'on y allait il n'y croyait quand même pas, il pensait toujours que quelque chose allait changer le cours de sa chute, mais non on y était. Il n'aura même pas la chance de pourrir en prison dans le quartier de la mort pendant quarante ans ou plus comme aux États-Unis. Ce qui était sûr c'était qu'André n'avait pas pourri en cellule, il y était resté peu de temps, efficacité de la nouvelle justice de la France retrouvée, une arrestation subite, une non enquête à coup de baffes, une instruction à charge, un procès express et une balle vite envoyée dans le condamné.

Au moins De Gaulle allait être content, l'armée, l'administration en général c'était encore le bordel mais la Justice elle, fonctionnait à plein régime, elle exécutait vite fait bien fait, au moins André aura le droit à une exécution « propre » dans les règles de l'art, comme le Duc D'Enghien sous Bonaparte, une douve, un peloton, des fusils, une balle dans le cœur et une balle dans la tête, après cela, tout était fini c'était le néant qui commençait, quelle diligence pour cette sanction injuste.

André qui à ce moment de sa presque fin de vie pensait à plein de choses, comme pour essayer de gagner du temps sur le temps et s'accaparer le plus de choses avant de mourir, revoyait ces femmes tondues dans la rue par ces mâles sur le retour devant une foule hilare et remplie de haine sur ces femelles qu'ils n'avaient pas eues, eux. André se demandait, dans une sorte de délire de sa pauvre pensée qui se bousculait, si certains spectateurs de ces tontes seraient aussi présents pour son exécution, c'était moins rigolo, une balle c'était vite fait, c'était moins spectaculaire, à la rigueur ils seraient venus si on l'avait lapidé comme pour un adultère dans ces pays lointains, mais non cela sera juste une balle. Il n'y aura sûrement personne à 5h00 du matin dans une banlieue parisienne triste comme ce matin brumeux. Décidément André n'attirait pas les foules, déjà à son procès il n'y avait personne, seulement ses accusateurs, aucun ami, aucune famille proche à part son ex-future-femme, aucun journaliste, une mort lambda au milieu d'un chaos et de la fête.

Les croques-morts, le Juge et le Procureur laissaient André avec le prêtre pour un moment d'intimité, drôle d'intimité avec ce vieux monsieur peu ragoûtant dont la rumeur disait qu'il faisait réviser le catéchisme à ses petits enfants de cœur jusque tard dans la nuit. André demanda alors au curé si Jésus sur la croix avait bien dit : *« mon Dieu, mon Dieu pourquoi m'as-tu abandonné ? »,* même s'il ne se prenait pas pour le fils de Dieu, André se sentait quand même un peu abandonné par tout le monde et surtout par le tout puissant. Mais ce Curé, c'était un mauvais, il ne savait pas quoi lui répondre, sauf des banalités, du type : *« n'ayez pas peur mon fils, il faut se repentir, se confesser, Dieu est là, il a envoyé son fils pour sauver le monde »,* André lui ne voyait pas trop à quoi cela lui avait servi que le fils ait été envoyé sur terre, il allait mourir, condamné alors qu'il n'avait rien fait. Ce Curé de toute façon était comme son Juge, un survivant de l'ancien régime, entre 40 et 44 il avait accompagné les résistants condamnés par Vichy au peloton, il avait été aussi avec eux de peu de secours moral, la leur faisant en leur reprochant d'avoir pris le mauvais chemin, de s'être égarés sur les routes de la juiverie, de la franc maçonnerie ou du communisme. Il avait été très « Maréchal nous voilà », il avait prêché que Pétain était celui qui allait nous débarrasser de cette France décadente des congés payés, alors ses jérémiades, André s'en foutait. Il aurait préféré un Pasteur, voire un rabbin, mais là, pour ces derniers, Hitler et ses alliés français avaient fait place nette, ils étaient tous à l'est, morts ou à peine survivants, il faudra se contenter de ce vieux moche et libidineux curé qui sentait mauvais, de cette odeur rance de la révolution nationale qui avait régné sur la France pendant quatre ans.

André coupa court, il demanda plutôt que l'extrême onction un verre de quelque chose de fort, ça lui rappellera une dernière fois des bons moments de convivialité en famille ou au boulot après le bouclage d'une belle affaire de braqueur. Ces fins d'enquête à la nuit tombée où la pression redescendait dans les bureaux sombres de la PP, ce moment où l'on rigolait de rien, où on se lâchait, où l'on profitait enfin du temps présent et du boulot réalisé en amont, où l'on avait l'impression d'avoir servi un peu à quelque chose. Il n'y avait plus de véritable hiérarchie, on se mélangeait, le Chef était content il allait avoir de bons chiffres on avait fait une bonne affaire, l'équipe était heureuse de sortir le dossier qui commençait à prendre de la place sur le bureau à force de surveillance, d'auditions et de recherches, même le gardé à vue était content, enfin il se sentait un peu mieux qu'au début de la mesure de garde à vue, il n'allait plus se prendre des questions et des baffes dans la figure, il pourra se reposer un peu en prison avant de repartir dès sa sortie de maison d'arrêt vers de nouvelles aventures « truandesques » , c'était « la symbiose du déférement », c'était la fin de la première étape pénale, c'était à la justice d'agir, plus à nous les flics.

On tendit un verre de cognac à André, c'était son verre le plus matinal de sa courte vie, c'était le premier et le dernier, mais il était quand même bon, il n'avait pas mangé et la tête lui tournait un peu, il allait pouvoir prendre du recul par rapport à la mort, on était toujours plus philosophe après un verre d'alcool, parfois plus bagarreur mais André n'avait jamais eu le vin mauvais, il l'avait toujours eu mélancolique. Il pensait pouvoir en profiter et refaire une énième fois depuis hier le tour de sa vie pour ses véritables derniers instants. Mais la nouvelle France éternelle n'avait pas de temps à perdre, elle en avait même à rattraper, quatre ans exactement, donc on ne lui laissa pas trop le loisir de faire défiler une dernière fois sa vie à André, il avait dormi habillé donc on le poussa vers la sortie au sens propre et figuré. Il passa devant les autres prisonniers, qui s'étaient réveillés, habitués aux venues macabres des visiteurs du petit matin, les détenus encore derrière les barreaux le regardaient marcher vers sa destinée finale.

André ne pouvait pas les appeler ses camarades ces autres, car il n'avait rien de commun avec eux, il n'avait pas été des leur, avec leurs horreurs commises et leur renoncement à être du genre humain, il n'avait pas trahi la société, la République, et tous les idéaux prônés et enseignés depuis le siècle des lumières dans ce pays de cocagne qu'était la France. L'innocence pour eux les arrêtés de l'épuration et culpabilité pour le Front populaire, les juifs, ou les francs-maçons, c'était cette mauvaise France qui était en vérité, la vérité des vrais collabos, responsable de tout cela. Certes, peut-être qu'au milieu d'eux, il y avait quelqu'un comme lui, mais il n'avait pas eu l'occasion de faire connaissance, le peu qu'il avait entendu des discussions c'était qu'ils étaient tous innocents, comme presque toujours pour les personnes arrêtées par la Police. André n'avait donc pas eu le temps de rencontrer lors de son parcours judiciaire expéditif d'autres coupables de n'avoir rien fait comme lui, mais il était sûr qu'il en existait dans les prisons humides et froides de la libération, pourquoi serait-il le seul, ce serait trop con d'être le seul dans son cas, et même si cela ne changeait pas grand-chose au moment où la balle vous transpercera, on se sentait quand même moins seul au milieu des autres malchanceux, on était toujours moins malheureux lorsqu'on apprenait que d'autres étaient touchés par le même malheur que vous, même si ce malheur allait vous trouer la peau.

Il ne voulut pas le bandeau sur les yeux, il avait peur du noir, de la nuit, après de toute façon il y aura la nuit éternelle, il aura donc le temps de s'habituer à l'obscurité, présentement il voulait voir ce soleil qui se levait timidement entre deux nappes de brouillard, ce pâle astre sortant symbolisant le renouveau, d'un après, d'un peut-être que ce n'était pas complétement fini. Mais, il y avait peu de chance que cela ne se terminât pas par ce qui était prévu, ce n'était pas comme au cinéma où le héros attaché au poteau était toujours sauvé au dernier moment par ses copains surarmés, qui arrivaient d'on ne sait où et qui tuaient tous les méchants du peloton d'exécution. Non, André était seul face à ces quatre jeunes soldats sortis eux aussi d'on ne savait où, en tout cas pas de l'élite de l'armée de libération tellement ils semblaient frêles, pâles et tremblants. D'ailleurs c'était une exécution au rabais, que quatre, alors que les « grands traîtres » avaient le droit au double, pauvre André, exécuté à moindre coût par cette France renaissante.

Dans ses derniers moments André pensa à ceux dont il pensait qu'ils pensaient à lui, c'est-à-dire pas grand monde. Sa mère, ça c'était sûr qu'elle devait y penser à son fils, elle allait être bien seule pour ses dernières années de sa vie, un mari fusillé en 1915 pour l'exemple, un fils fusillé en 1944 pour le contre-exemple, et un second fils parti faire carrière loin de cette France déchirée. André avait mal, il avait peur pour elle, alors que la situation devrait l'amener à avoir peur pour lui, mais c'était surtout pour elle qu'il craignait l'avenir, lui il n'en avait plus. Comment allait-elle faire, elle devrait fuir ce pays qui avait tué injustement son mari et son fils, mais elle ne le pourra pas, alors elle égrainera les jours jusqu'à sa fin en continuant à être une bonne citoyenne, elle n'aura pas de haine, si peut-être, envers ceux qui allaient se pavaner à longueur de journée en affirmant avoir été des héros de l'ombre qui sortaient de l'ombre au moment où ils ne risquaient plus rien.

André pensa aussi à ses deux enfants, il savait qu'ils allaient grandir sans avoir sa version, ils n'auront qu'une version officielle qui le présentera comme un mauvais français qui n'avait eu que ce qu'il méritait. André ne savait pas jusqu'à quel point leur mère allait leur donner une version moins manichéenne, et même si elle était venue au procès dire qu'elle ne pensait pas que le père de ses enfants était un mauvais type, un mauvais français, Françoise était passée à autre chose, à une autre vie, à un homme plein d'avenir dans cette France nouvelle, donc le passé tragique, ce ne sera sûrement pas sa tasse de thé. Mais André n'était pas ce genre de personne qui jetait le bébé avec l'eau du bain, il avait aimé Françoise, il ne l'aimait plus, mais il ne la détestait pas, elle était la mère de ses enfants, il ne pouvait plus vivre avec elle, ça tombait bien il allait mourir. Il ne voulait pas son malheur, de toute façon si elle était heureuse, ses enfants le seront aussi, même sans leur papa, il voulait juste espérer qu'elle serait son biographe le moins injuste possible auprès de leurs enfants. André pensa quand même aux moments difficiles qu'allaient traverser Paule et Pierre au cours de leurs jeunes années, lui aussi avait connu un papa qui était le déshonneur officiel de la France, il savait le prix qu'ils allaient payer pour cela dans les cours de récréation, ils seront les enfants de l'indignité nationale. Il faudra être fort, ne pas montrer de la faiblesse devant les futures bassesses des autres. André pensa aux nuits de ses enfants où seuls dans leurs lits ils pleureront leur journée de suppliciés où ils auront subi moqueries, railleries, insultes et traitements que les bons fils de citoyens infligeront aux fils de traîtres. Ils subiront les mêmes choses que les enfants des amours interdits, ceux de la collaboration horizontale : *« ah ce catharsisme !!! à peu de frais sur les enfants des méchants »,* ça faisait du bien au bon peuple français qui allait se reconstruire de quatre ans d'humiliation. Peut-être que finalement son ex-femme allait devoir partir à l'étranger pour protéger Paule et Pierre, paradoxalement partir aussi loin que ces sales derniers nazis survivants de l'apocalypse, vrais bourreaux et vrais protégés de certains États du nouveau monde d'après 44.

André pensa à tout cela, il ne pouvait que subir ces pensées noires, de toute façon quand on allait être fusillé on avait difficilement des belles pensées, la seule positive c'était Michelle, il la voyait belle, forte et véritable héroïne de la France éternelle, elle était la diversité si chère à notre pays, ce brassage qui avait fait sa force et qui fera sa force, comme ces Républicains espagnols qui avaient combattu dans la résistance, la vraie. Cette juive de dernière minute en luttant et en étant reconnue comme une combattante, démontrait à tous ces vrais salauds qu'ils n'avaient que le mensonge dans leurs bouches quand pendant plus de quatre ans ils avaient vociféré, comme le Maréchal ou comme Laval, que : *« l'ennemi était de l'intérieur, que c'étaient eux, les juifs, les « francs mac » et les cocos, les vrais salauds ».* Ça devait être cela l'amour, le vrai, le beau, celui d'André, celui qu'il n'avait jamais osé mettre en pratique mais qui justement était immaculé de toutes les taches viles de la vie quotidienne, celles qui gâchaient tant d'amours si beaux au départ. Là au moins, André, ayant été si nul dans l'expression de ses désirs, pourra partir en pensant à quelque chose de positif, à tout ce qu'il aurait pu faire de bien avec cette femme si fantastique, *« ah ! fantasme quand tu nous tiens »,* n'est-ce pas là le meilleur de la vie, ce moment où rien n'était commencé mais tout était imaginé, tellement mieux que la triste réalité, cette réalité qui allait le tuer.

André avait compris depuis longtemps qu'on l'avait déjà oublié, qu'on était passé à autre chose. On avançait et on ne regardait pas dans les caniveaux de l'histoire, seule Michelle avait tenté de le sauver au milieu des vrais résistants, des vrais faux résistants, des faux vrais résistants, des qui n'avaient même pas honte, mais finalement elle ne sauvera pas le nouveau Inspecteur Principal Adjoint du peloton d'exécution. André croyait que Michelle était déjà passée à autre chose, mais il ne lui en voulait pas, il ne pouvait pas, il l'aimait et surtout il était usé, il avait compris qu'il allait mourir, il n'avait plus cet espoir complètement fou qu'au dernier moment un sauveur apparaîtra.

Le Chef du peloton, un obscur militaire qui avait su passer entre les gouttes, demanda aux soldats de mettre en joue André, ce dernier regarda ces jeunes pleins d'avenir le viser, il faisait frais, ils tremblaient, lui aussi, mais lui ne devait pas le montrer, il n'avait pas eu une vie de héros on l'avait vu, il n'avait pas une mort non plus très glorieuse donc s'il pouvait éviter qu'elle soit trop « lâche » cette mort, cela serait le minimum syndical. André attendait d'entendre « feu », c'était bizarre cette impression, c'était imminent, trop imminent, le mot allait être dit dans les secondes qui venaient, tout se bousculait dans la tête d'André, c'était donc fini, il allait vraiment mourir, il la voyait arriver sa mort, et en pleine gueule, putain c'était terrible. Au moins quand on avait un accident de la route on mourait d'un coup, on ne l'avait pas vue, la voiture qui vous arrivait de la droite, pas le temps de cogiter, de pleurer. De même lorsqu'on était malade on la sentait peut-être venir, mais au bout d'un moment on n'avait plus sa tête donc on ne voyait rien arriver, mais là il avait toute sa tête, son corps était en pleine forme et il n'y avait pas de voiture qui arrivait de la droite, et même une attaque cardiaque terriblement foudroyante n'arrivera pas avant les balles de ce peloton. Revenons à ce peloton, c'étaient juste quatre soldats mal fagotés avec des vieux fusils braqués sur un détenteur de l'indignité nationale, plus un Officier avec un air con et un sabre en l'air, on avait connu mieux dans les nombreuses exécutions de l'Histoire de France. *« Ah merde »* se dit André dans son delirium d'avant mort imminente, il faudrait dire quelque chose de grand avant la fin, du genre : *« Vive la France, Vive la République, Vive la Police française, vive la Préfecture de Police, Vive la Police Judiciaire, Vive le groupe d'enquête, Vive le bureau B 134 »,* enfin quelque chose de beau, de fort qui restera dans l'histoire, mais non il n'avait rien à dire, ou juste : *« merde, c'est quand même pas de bol ».*

Soudain, comme dans un rêve, dans un fantasme, morbide étant donné la situation, il la vit, Michelle était là, un peu loin, mais elle était là, elle était venue, elle était habillée de sombre, elle semblait pleurer, en tout cas être émue, elle était presque comme une future veuve, une vraie veuve vraiment triste, et ça changeait quand même les choses pour André, en tout cas au moins un truc, elle devait l'aimer, avoir du sentiment, ressentir de l'attirance pour lui, car tout de même, venir à 5h00 du matin dans cette triste ville de Fresnes, par temps froid et brumeux, regarder un tir au pigeon, si ce n'était pas de l'amour, du vrai, du beau, du sain, du peu qu'on rencontre, on ne comprendrait plus rien à rien. André était soudain comme un jeune homme qui allait dire pour la première fois tout son amour à la femme de sa vie, et là de sa mort, il allait lui hurler tout son désir, tous ses sentiments. Il avait plein de courage, de force, comme ces garçons qui osaient tout avec les filles, ceux qui repartaient avec les plus belles après les soirées, pas ceux qui finissaient bourrés seuls dans leur lit. André voulait donc lui crier ce qu'it aurait dû lui dire il y a quelque temps dans ce jardin du Luxembourg en cette année 43, sur ce banc en face du palais du Sénat. Il ne choisissait pas le meilleur moment, enfin finalement si, c'était le dernier, de toute façon il n'avait plus le choix et le temps. Il la regarda fixement, de loin, de trop loin, de vraiment trop loin, mais tendrement, intensément, amoureusement, fébrilement. Pour André, c'était toujours mieux comme fin que de voir pour dernière image de sa vie terrestre quatre jeunes idiots en uniformes défraîchis le mettre en joue avec leurs vieux fusils. Il se demanda, dans sa pauvre tête de condamné à une mort d'un moment à l'autre, si Michelle pouvait l'entendre, était-elle à portée de voix, il ne le savait pas, mais il lui cria, fort très fort, le plus fort qu'il put en ce matin triste, froid et brumeux : *« je t'aime Michelle, je t'aime, je t'aime Michelle, je t'aime..... »,* dans le même temps quatre détonations retentirent, elles déchirèrent le son du silence d'après le dernier « je t'aime », et déchirèrent le corps du pauvre André.

Ça y est, la mort était là, elle était entrée, elle ne sortira plus et c'était fini, André n'était plus. Il y avait une mère supplémentaire qui avait perdu son enfant, des enfants en plus qui étaient sans leur père et une femme qui n'avait plus celui avec qui elle aurait pu être heureuse si l'Histoire n'avait été si dure et écrasante, mais il y avait une France avec un innocent en moins, des héros en trop et un futur plein de gloire et de reconstruction, enfin on l'espérait…

Achevé d'imprimer en France par

Centre
Littéraire
d'Impression
Provençal

imprimerie-clip.com

Imprimé sur papier Clairefontaine fabriqué dans les Vosges.